A. Lee Martinez
Terror der Tentakel

Zu diesem Buch

Er ist der mächtigste und schrecklichste Herrscher, den das Universum je gefürchtet hat – Eroberer Mollusk hat es geschafft, dass alle Völker bei seinem Namen erzittern. Doch was soll man tun, wenn man im Leben alles erreicht hat? Wenn es keinen Planeten mehr zu unterwerfen und kein Volk mehr zu versklaven gibt? Das Einzige, was Mollusk tun kann, damit seine grauen Zellen nicht völlig einrosten, ist, sie für das Gute einzusetzen und dafür die Verehrung idiotischer Erdlinge einzuheimsen. Doch die Midlife-Crisis des gelangweilten Ex-Despoten endet jäh, als Finsterling Brain auftaucht. Und plötzlich befindet er sich mit der Venuskriegerin Zala auf einer abenteuerlichen Mission durch Raum und Zeit um die Erde zu … retten?

A. Lee Martinez wurde mit seinen phantastischen Romanen zum Star der humorvollen Fantasy. Er lebt in Dallas, Texas, wo er schreibt, jongliert, Videospiele spielt und Zeitreisen unternimmt. Vielleicht ist er ein Geheimzauberer (das wäre allerdings geheim), und es könnte sein, dass er Gartenarbeit mag. Sicher ist jedoch, dass er Lebensläufe nicht ausstehen kann. Und eigentlich hat er auch keinen Spaß an Gartenarbeit. Alles andere an dieser Biografie ist aber absolut korrekt. Weiteres zum Autor unter: www.aleemartinez.com

A. Lee Martinez

Terror der Tentakel

Roman

Aus dem Amerikanischen
von Karen Gerwig

Piper München Zürich

Entdecke die Welt der Piper Fantasy:

Piper-Fantasy.de

Von A. Lee Martinez liegen bei Piper vor:
Diner des Grauens
Die Kompanie der Oger
Eine Hexe mit Geschmack
Der automatische Detektiv
Monsterkontrolle
Zu viele Flüche
Gott im Unglück
Der Mond ist nicht genug
Terror der Tentakel

MIX
Papier aus verantwortungsvollen Quellen
FSC www.fsc.org FSC® C083411

Deutsche Erstausgabe
Juni 2014

Titel der amerikanischen Originalausgabe:
»Emperor Mollusk versus The Sinister Brain«, Orbit, New York 2012

Umschlaggestaltung: Guter Punkt, München/www.guter-punkt.de
Umschlagabbildung: Sam Nielson
Satz: Satz für Satz. Barbara Reischmann, Leutkirch
Gesetzt aus der Scala Serif
Kapitelvignette: Sven Binner
Papier: Pamo Super von Arctic Paper Mochenwangen GmbH, Deutschland
Druck und Bindung: CPI books GmbH, Leck
Printed in Germany ISBN 978-3-492-26943-8

Für alle Üblichen: Mom, Sally, Nik, Russell, den DFWWW, meinen Agenten, meinen Lektor, Orbit Books, die Leute, die die Bücher kaufen, Optimus Prime und den Rest. Ihr seid immer noch genauso wichtig, wie ihr immer wart, und all das hier ist euretwegen um einiges leichter geworden.

Für Atomic Robo, weil er meine Liebe zu Comics am Leben erhält.

Und für Victor Von Doom.

EINS

Im All gibt es zwar keinen Schall, aber die Kanonen meiner fliegenden Untertasse simulierten bei jedem Treffer ein Kreischen. Jeder Fassrolle folgte ein Rauschen. Und wenn mein Roboterschütze traf, lieferte ein ausgeklügeltes Programm die angemessene Reaktion darauf, wobei die Palette von einem einfachen *Ping* bis zu einer ausgewachsenen Explosion reichte. Ich hätte es so programmieren können, dass es jedes Mal eine Explosion produzierte, aber das hätte das Erlebnis geschmälert.

Es gab eine Farbexplosion in der Atmosphäre, während die Kanonen ihren Stakkato-Rhythmus spuckten. Obwohl mein Schiff sämtliche feindlichen Kämpfer zu Schrott schoss, blieb auch weiterhin eine beeindruckende Flotte zwischen meinem Ziel und mir. Die Schilde hielten, doch ich stand ganz kurz davor, ausgeschaltet zu werden.

Vor der Mission war ich die Optionen meines Exos durchgegangen. Wir Neptuner waren vielleicht die klügste

Rasse der Galaxie, aber außerhalb von unseren Exoskeletten konnten wir nicht viel mehr als rumhängen. Wir waren in der Lage, uns über den Boden zu schleppen – eine Art der Fortbewegung, die ebenso peinlich wie ineffektiv war. Unsere Gehirne waren zu schnell gewachsen, und wir hatten einfach nicht die Geduld besessen, darauf zu warten, dass die Natur uns bescherte, was wir uns selbst schenken konnten. Über die Jahrhunderte waren wir nur immer klüger und matschiger geworden.

Die naheliegende Exo-Wahl für diese Mission wäre ein schweres, kräftiges Kampfmodell gewesen. Doch ich hatte mich für Tarnung entschieden und einen modifizierten Ninja-3-Prototypen genommen. Er war kaum einen Meter fünfzig hoch, und aus Platzgründen konnte ich nicht viel Bewaffnung mitnehmen. Aber ich hatte ja auch nicht vor, jeden Soldaten der Station zu bekämpfen. Es klang vielleicht lächerlich, aber Zeit war tatsächlich ein Faktor. Terra war gut sechs Minuten von der totalen Unterwerfung entfernt.

Ich schlüpfte in mein Exoskelett, lud mich selbst ins Abschussrohr und bereitete die Zündung vor.

»Es war mir eine Freude, unter Ihnen zu dienen, Sir«, sagte der Bordcomputer des Schiffs.

»Gleichfalls.«

Ich warf mich selbst aus und schoss in einem tiefschwarzen Torpedo, der in der Dunkelheit des Alls praktisch unsichtbar war, durch den Weltraum. Ein verirrter Plasmastrahl hätte Glück haben und den Torpedo treffen können. Falls er mich nicht direkt zerstörte, konnte er womöglich den Torpedo aus seiner Flugbahn werfen, sodass ich entweder in die Leere des Raums wirbelte oder auf Terra stürzte. Aber ich hatte es mir ausgerechnet und beschlossen, das Risiko zu wagen.

Der Torpedo durchbrach die Hülle der Station. Ich trat die Torpedotür auf und stieg aus. Wachen gab es keine. Nur ein paar Techniker, die nach Luft rangen. Die künstliche Schwerkraft hielt sie an Ort und Stelle fest, aber die Dekompression hatte den gesamten Sauerstoff entzogen.

Ein Sicherheitstrupp stürmte den Raum. Ich schwang mich über ihre Köpfe, bevor sie auch nur einen Schuss absetzen konnten. Ein paar Schläge mit den vier Armen meines Exos schlugen sie alle bewusstlos, noch bevor sie erfassen konnten, was da hinter ihnen her war. Der Ninja-3 verfügte zwar über mehrere eingebaute Klingen, aber ich gab mir Mühe, Leute nicht nur deshalb zu töten, weil sie mir auf die Nerven gingen.

Ich nahm mir eine Sekunde Zeit, um die Notfall-Sauerstoffmasken von der Wand zu nehmen und sie den Technikern zuzuwerfen.

Dann war ich unterwegs. Mit Hilfe der Tarnfunktion meines Exos konnte ich Wachen meiden. Ohne viel Mühe schlüpfte ich durch das Sicherheitsnetz, auch wenn es ein paar Minuten dauerte. Als ich das Gerät erreichte, wurde die Zeit knapp.

Die riesige Kugel schwebte in einem Eindämmungsfeld. Hunderte von Lichtern, rein dekorativ, blinkten auf ihrer Oberfläche. Ihr Ultraschall-Summen erfüllte den Raum. Nur ein Neptuner konnte dieses Geräusch hören, ohne dass sein Gehirn schmolz.

Ich feuerte auf das Gerät. Es zersprang in tausend kleine

Stücke. Im Inneren war nichts. Nur die Keramik-Attrappe einer Weltuntergangswaffe.

Eine Tür öffnete sich, und ein Neptuner in einem riesigen Exoskelett marschierte in den Raum. Er schlug die Hände zusammen. Ihr metallisches Klatschen hallte im Raum wider.

»Du hast doch nicht gedacht, es würde einfach werden, oder?«, fragte er.

Alle Neptuner sehen gleich aus. Sogar wir haben Schwierigkeiten, einander auseinanderzuhalten. Es war nicht überraschend, dass dieser hier genauso aussah wie ich, aber die Ähnlichkeit ging noch tiefer.

Der Klon war ein Fehler gewesen. Ich mache zwar nicht oft Fehler, aber wenn es doch mal vorkommt, gestehe ich sie ein.

»Eine Falle«, sagte ich.

Imperator Mollusk, Mark Two, lachte irre. Hatte ich wirklich so geklungen? Der Klon trug einen Satz Erinnerungen minus ein paar Jahre Erfahrung sowie die dazu passende Persönlichkeit. Mich selbst zu sehen – also das, was ich einmal gewesen war – war kein hübscher Anblick.

»Du solltest deinen Gesichtsausdruck sehen«, sagte er. »Wie fühlt es sich an, wenn jemand schlauer ist als du?«

»Irgendwann musste das einmal passieren«, antwortete ich. »Wenigstens ist es ein kleiner Trost, dass ich mich selbst ausmanövriert habe.«

»Ja, wenn das jemand schaffen konnte ...« Aufgeblasen und selbstzufrieden zog er einen Augenkamm hoch. Wir haben keine Augenbrauen.

»Die Flotte, das Personal, die Raumstation«, sagte ich.

»Das alles muss dich ein kleines Vermögen gekostet haben.«

»Aber es war nötig, oder? Ich wusste, dass nur ein einziges Wesen in diesem System das Wissen und die Fähigkeiten hatte, meinem Plan ernsthaft gefährlich zu werden. Eine Operation wie diese konnte ich nicht im Verborgenen durchführen, ohne dich mit etwas abzulenken. Also habe ich zu deiner Unterhaltung ein kleines Spiel entworfen. Winzige Hinweise, die zu einer lustigen Zerstreuung führten, dann zu einer ausgewachsenen Operation, die genauso vertrackt und komplex war wie die echte Geschichte. Aber in ihrem Kern ... nichts.«

Ich sagte: »In der Zwischenzeit baust du deine Waffe irgendwo anders, an einem unwichtigen, unbemerkten Ort. Genau das hätte ich auch getan.«

»Und jetzt kann mich nichts mehr aufhalten. In drei Minuten wird Terra mir gehören.«

»Das willst du nicht.«

Er kicherte, aber ein Blick in mein Gesicht sagte ihm, dass ich es ernst meinte. Wir Neptuner mögen nicht die ausdrucksvollsten Gesichtszüge haben, aber wir kommen zurecht.

»Milliarden unterworfene Seelen, die unisono deinen Namen skandieren, können ganz gut fürs Selbstbewusstsein sein. Aber Selbstbewusstsein war noch nie unser Problem, oder?«, fragte ich.

Mark Two musterte mich skeptisch. Er vermutete eine Falle und versuchte, meine heimlichen Absichten auszuloten. Es gab allerdings keine heimlichen Absichten. Nur eine neue Erfahrung.

»Wenn du erst der gekrönte Warlord von Terra bist, wirst du sehen, dass es viel mehr Verantwortung bedeutet, als ich ... wir ... geplant hatten.«

Er suchte nach irgendeinem Anzeichen von Verrat. Ich war nie ein guter Lügner gewesen. Eigentlich merkwürdig, angesichts meines Hobbys als Welteneroberer, und doch war es eine bewusste Entscheidung. Ein erfahrener Lügner zu sein machte den Job vielleicht leichter, aber die Wahrheit zu sagen und nur gelegentlich eine Lüge durch Unterlassung erhöhte den Schwierigkeitsgrad.

»Ich will dir mal erzählen, wie alles laufen wird, wenn du Erfolg hast«, sagte ich. »Du wirst der Herrscher dieser Welt sein. Du wirst sie wie eine schöne blaue Perle in den Händen halten. Das wird dir am Anfang noch genügen. Sie einfach zu besitzen.

Aber dann wirst du anfangen herumzupfuschen. Oh, du wirst die besten Vorsätze haben. Du wirst diese lästigen kleinen Probleme lösen, die die Terraner niemals lösen werden können. Hunger. Krieg. Armut. Das wird ein angenehmes langes Wochenende werden.

Aber danach wirst du gegen die unerbittlichen Bedürfnisse kämpfen müssen, die dich antreiben. Dein Verstand wird dir sagen, dass es nicht mehr viel zu tun gibt. Doch du wirst nicht anders können. Terra wird zu deinem persönlichen Wissenschaftsprojekt werden, bis deine unvermeidliche Natur beinahe die ganze Welt zerstört. Mehrmals.

Gehen wir einmal davon aus, dass du es schaffst, das zu vermeiden – dann wirst du ein wenig Zurückhaltung lernen. Aber er wird immer da sein: dieser hartnäckige Wunsch, dieses nagende Bedürfnis. Du wirst es niemals unterdrücken können. Nicht ganz jedenfalls. Und du wirst dich unwillkürlich fragen, ob morgen der Tag sein wird, an dem du sie zerstörst, höchstwahrscheinlich aus Versehen.«

Mark Two sagte: »Ich werde aus deinen Fehlern lernen.«

»Oder du machst leicht abweichende Variationen derselben Fehler. Trotzdem, die Terraner haben unter einem Warlord schon genug durchgemacht. Sie brauchen nicht noch einen.«

Eine Sirene plärrte und kündigte den letzten Countdown an. Ich drückte einen Knopf auf meinem Exo, und die Schutzschilde der Station senkten sich. Mark Two runzelte die Stirn, als ihm klar wurde, dass ich seine Systeme gehackt hatte.

Mark Two schüttelte seine Verwirrung ab und lachte wieder. »Ich weiß nicht, was mit dir passiert ist, seit du ich warst, aber das ist auch egal. Terra wird mir gehören, und du kannst nichts dagegen ...«

»Ich habe es schon gestoppt. Du hast doch nicht gedacht, du könntest deine Operation in Minneapolis vor mir geheim halten, oder?«

Er lächelte. »Nein, das war auch nur eine Täuschung.«

»Natürlich«, antwortete ich. »Genauso wie deine Machenschaften in Lissabon, St. Petersburg und Busan.«

Sein Lächeln schwand.

»Ich muss zugeben, mit Melbourne hattest du mich fast«, sagte ich. »Aber die Falle in Genf war schlampige Arbeit, wenn ich mal ganz offen Kritik üben darf.«

Er war nicht wütend. Er war neugierig. Schließlich war er ich. Und ich ließ mich selten von meinen Misserfolgen entmutigen. Ich zog es vor, sie als Bildungsangebote zu nutzen.

Ich drückte einen weiteren Knopf. Der Bequemlichkeit halber ließ ich die Schwerkraft und das Licht an, aber alles andere in der Station erstarb. Der Countdown endete. Die Weltuntergangsmaschine, die *echte* Maschine, die an Bord dieser Station versteckt war, fuhr herunter.

Mark Two starrte mich wütend an. »Wie hast du …«

»Ich bin du, schon vergessen? Einfach du, bloß mit ein paar Jahren mehr Erfahrung. Alles, was du getan hast, habe ich schon vorher gedacht. Jeden Alternativplan, jede Möglichkeit habe ich bereits vor fünf Jahren entworfen, lange bevor du überhaupt aus deinem Tank geschlüpft bist.«

Er verbarg seine Ungläubigkeit hinter einem finsteren Blick, aber ich spürte sie. Wäre die Situation umgekehrt gewesen, wäre es mir genauso gegangen. Ich war nicht hundertprozentig sicher gewesen, dass ich seine Pläne vereiteln würde. Aber jetzt war ich ein bescheidenerer Typ als damals, als ich er gewesen war.

Seine gefleckte Haut wurde dunkel vor Wut. Mir war klar, woher das rührte. Ich hatte in der Vergangenheit zwar durchaus versagt, aber ich war nie ausgetrickst worden. Allerdings hatte ich auch noch nie gegen mich selbst antreten müssen. Jetzt war ich Frischwasser für Mark Two, wie es in einem alten neptunischen Sprichwort hieß.

Sein bulliges Exoskelett kam schwerfällig auf mich zu. »Du hast mich vielleicht dieses Mal aufgehalten, aber nächstes Mal wirst du nicht mehr da sein.«

Er versuchte einen ungelenken Boxhieb, der das Ninja-3 pulverisiert hätte, wenn ich nicht seitlich ausgewichen wäre. Darauf ließ er einen Schwinger folgen, unter dem ich wegtauchte. Ich glitt hinter ihn und benutzte eine Mikrofilament-Klinge, um die Hydraulik in der rechten Kniekehle seines Exos zu durchtrennen. Er wankte, fiel aber nicht.

Er hatte sich nicht einmal die Mühe gemacht, die Spezifikationen zu ändern. Vielleicht war er doch kein perfekter Klon.

Mark Two schwankte auf seinem verletzten Bein, während er mit Mühe versuchte, mich wieder ins Blickfeld zu bekommen. Doch es war ein Leichtes für mich, auf seinen Rücken zu springen. Unterwegs hieb ich in ein paar zentrale Systeme hinein. Das Letzte, das ich traf, war der Stabilisator. Sein mächtiges Exo stürzte um – zehn Tonnen Altmetall.

Eine Luke ging auf, aus der ein kleineres Exo herausschoss. Die durchsichtige, mit Flüssigkeit gefüllte Kuppel, in der sich sein Kopf befand, blubberte von seiner Frustration. Ich selbst hatte nie dermaßen die Beherrschung verloren, aber andererseits war ich auch nie so mühelos konterkariert worden. Oder der Klonprozess hatte vielleicht einfach nicht jeden Aspekt meiner pragmatischen Genialität nachbilden können. Er muss gewusst haben, dass sein Ersatz-Exo nicht gegen mein Ninja ankäme, aber in seiner Wut scherte er sich nicht darum. Ich wehrte seine Angriffe ab und zerlegte sein Exo mit drei effizienten Schnitten. In Einzelteilen schepperte es auf den Boden.

Er plumpste herum und durchbohrte mich mit Blicken. Neptuner können zwar längere Zeitspannen ohne Wasser überleben, aber es ist nicht gerade angenehm.

»Du kannst mich nicht aufhalten«, gurgelte er. »Ich werde wiederkommen!«

»Nein, wirst du nicht.«

Ich aktivierte den Selbstzerstörungs-Countdown der Station. Nur ein kleines Extra, das ich in seine Blaupausen geschmuggelt hatte, als er gerade nicht hinschaute.

»Das war's also?«, fragte er. »Du überlässt mich hier dem Tod?«

»Ich fürchte ja. Nichts für ungut.«

Mark Two wogte ein wellenförmiges Achselzucken. »Nein, wohl nicht. Ich würde dasselbe mit dir machen, wenn die Lage umgekehrt wäre.«

»Dann habe ich mich wohl doch nicht so sehr verändert«, erwiderte ich.

Wir lachten gemeinsam.

»Sag mir nur eines: Es hätte doch funktioniert, oder?«

»Es hätte funktioniert«, sagte ich.

Er grinste. »Wenigstens etwas.«

»Ja, wenigstens etwas.«

Ich entkam ohne weitere Zwischenfälle, bestieg mein automatisiertes Raumschiff, das mich abholen kam, und schaute aus sicherer Entfernung zu, wie die Raumstation explodierte.

Es war ziemlich hübsch.

Dann betrachtete ich die kleine Welt unter mir, die so ahnungslos ob ihrer eigenen Zerbrechlichkeit war.

ZWEI

Zwar trug ich meinen offiziellen Titel Warlord nicht mehr, doch die Terra Sapiens, die zahlenmäßig größten Einwohner des Planeten, verehrten mich noch immer als Gott. Auch wenn sie inzwischen keine große Sache mehr daraus machten.

In den ersten Jahren meiner Regentschaft hatte ich es geschafft, einige ihrer Probleme zu lösen.

Ich hatte ihre Kriege beendet, indem ich Aggressionshemmer in ihre Wasserversorgung einspeiste. Das machte sie nicht weniger übellaunig, hielt sie aber davon ab, wegen Sportresultaten Amok zu laufen und über imaginäre Linien auf Landkarten hinweg aufeinander zu schießen.

Ihre Energiekrise hatte ich mit der Entdeckung des molluskotronischen Energiefelds gelöst. Seine grenzenlose Energieproduktion versorgte die Völker von Terra jetzt mit unerschöpflichen Mengen an Energie. Jeden Tag gab es mehr davon. Ich hatte noch keinen sicheren Weg gefunden, es wieder abzuschalten, und der gewaltige Energieüberfluss wurde harmlos in den Weltraum gestrahlt. Trotzdem war es zu viel Energie, und falls die Maschine, die ich gebaut hatte, um sie nutzbar zu machen, je einen katastrophalen Ausfall erlitt, konnte es gut sein, dass die Energie sie zerstörte. Oder möglicherweise ein Loch von der Größe Plutos in diese Welt sprengte.

Für einen solchen Fall hatte ich einen Notfallplan, einen Alarm, der mich warnen würde, wenn es Zeit war, den Planeten zu verlassen. Bis dahin tat ich meine Schuldigkeit. Ich ließ sämtliche Lichter im Haus an und schaltete nie den Fernseher aus.

Ich hatte die Invasion der Saturnbewohner abgewehrt. Ohne mich hätten die Terraner ihren Planeten für ihre neuen Herren vom Saturn ausgehöhlt. Die Maulwurfsmenschen aus dem untersphärischen Reich hätten sich gewehrt, das ganze Ding hätte in einer Katastrophe geendet – und die Terra Sapiens hätten sich zwischen allen Stühlen wiedergefunden.

Ich hatte die saturnischen Eroberer dazu gebracht, so eilig in ihre Heimatwelt zurück zu hasten, dass sie nicht alle ihre Soldaten einsammelten. So waren ein paar tausend Krieger auf dem Planeten zurückgeblieben. Kämpfen war alles, was Saturner kannten, und man hätte meinen können, Krieger mit Haut aus Stein hätten es auf einem Planeten voller Säugetiere leicht gehabt. Doch die Aggressionshemmer waren erstklassig gewesen. Die Terraner führten keine Kriege mehr, und die Saturn-Soldaten hatten den Befehl, keinerlei Ärger zu machen.

Einige waren Polizisten geworden. Andere Leibwächter. Manche hatten sich auf Kleinkriminalität und aufs Knochenbrechen verlegt. Aber die meisten von ihnen – eigentlich nicht feindselig und lediglich in einer fremden Welt gestrandet – arbeiteten in handwerklichen Berufen.

Der Saturn-Tütenpacker zerquetschte meine Eier.

»Ups!«

Die Kassiererin verdrehte die Augen. Das passierte wahrscheinlich ziemlich oft. »Cragg, was hat dir Mr. Mooney zum Thema Vorsicht gesagt?«

Cragg runzelte die Stirn. »Es war ein Versehen.«

»Tut mir leid, Lord Mollusk«, sagte die Kassiererin. So sehr ich es auch versuchte – ich konnte sie nicht davon abbringen, mich *Lord* zu nennen. »Wir holen Ihnen neue Eier.«

»Das ist nicht nötig«, antwortete ich.

»Aber wir bestehen darauf.«

»Es ist wirklich kein Problem. Nachdem ich sie durch den Nährstoffextraktor gejagt habe, ist das sowieso egal.«

Der Extraktor, den ich brauchte, um terranische Nahrungsmittel verdauen zu können, verwandelte alles in eine vielfarbige Paste. Normalerweise warf ich, sobald ich nach Hause kam, alle meine eingekauften Lebensmittel in den Extraktor und schob die Paste dann in den Schrank. Aber die Kassiererin bestand darauf. Ich war auf Terra ein Held, die Bewohner mochten mich. Sie hatten keine andere Wahl.

Alle anderen Angestellten waren im Moment beschäftigt, und statt den ungeschickten Cragg nach den Eiern zu schicken, beschloss die Kassiererin, sie selbst holen zu gehen. So blieb ich mit ihm allein. Mit mörderischer Missgunst starrte er mich an, sagte aber kein Wort.

Die Kassiererin kam mit meinen Eiern zurück. Sie packte sie selbst in eine Tüte, lud sie sorgfältig in meinen Einkaufswagen und lächelte. »Danke, Lord Mollusk. Beehren Sie uns bald wieder.«

Cragg schob den Einkaufswagen hinter mir her über den Parkplatz bis zu meiner Untertasse. Es war ein Kompaktmodell, brauchte aber dennoch zwei Parkplätze. Ich half ihm, die Einkäufe in den Stauraum zu werfen. Er drückte die Tüten ein bisschen zu fest. Ich hörte Glas brechen, und mein Brot war jetzt sicherlich verstümmelt.

Als ich ihm ein paar Dollar für seine Mühe gab, knurrte er: »Sie halten sich wohl für etwas Besseres, was?«

Mein erster Impuls war Ja zu sagen, aber ich war nicht imstande, einen Saturner zu treten, wenn er schon am Boden lag.

»Held.« Er spuckte ein paar Kiesel auf den Beton.

Ich konnte seinen Frust verstehen. Wir waren beide Eroberer. Der größte Unterschied zwischen uns war, dass ich Erfolg gehabt hatte, während er gescheitert war. Aber die Geschichte wird von den Gewinnern geschrieben. Vor allem von Gewinnern mit Zugang zu Geräten, die der globalen Gedankenkontrolle dienen.

»Wenn Sie das Geld nicht wollen ...«

Er schnappte sich das Geld und starrte finster darauf. Dass ihm von den Scheinen mein Bild entgegenblickte, half vermutlich nicht gerade dabei, die Wunden zu heilen.

»Einen schönen Tag noch«, sagte ich.

»Fick dich!« Er stapfte davon.

Ich stieg in meine Untertasse und schoss über die Stadt. Weit kam ich nicht, bevor ein Späherschiff von der Venus wie ein zigarrenförmiger Raubvogel vor mir auftauchte. Sein Schatten fiel über mein Schiff.

Eine nur zu vertraute, grau geschuppte venusianische Kommandantin erschien auf meinem Monitor.

»Hallo Zala«, sagte ich.

Sie knurrte. Wäre ich der sensible Typ gewesen, hätte ich mich vielleicht gefragt, warum so wenige Leute lächelten, wenn sie mit mir sprachen.

»Imperator Mollusk, Sie erhalten hiermit den Befehl, auf der Stelle zu landen.«

»Müssen wir das jetzt wirklich durchziehen?«, fragte ich. »Ich habe da eine ... Sache ... zu erledigen.«

»Ihre ... Sache ... wird warten müssen.« Sie beugte sich dicht zum Bildschirm vor. »Zwingen Sie mich nicht, Sie niederzuschießen!«

Ein flüchtiger Scan des venusianischen Schiffs informierte mich, dass ich es mit dem einen oder anderen Tastendruck ausschalten konnte, aber mir war langweilig genug, dass mich interessierte, was Zala von mir wollte. Als wüsste ich das nicht schon.

Die Venusianer hatten es auf mich abgesehen, seit ich versucht hatte, ihren Planeten zu erobern, nachdem ich bei Neptun versagt hatte. Ich war nicht einmal nahe dran gewesen, Venus zu bezwingen. Hatte nur ein paar Wochen lang ein paar Kontinente für mich beansprucht. Kein Grund, inzwischen nicht darüber hinweg zu sein.

Aber es gab dieses Vorkommnis, als ich ihre geliebte und unsterbliche Königin den Sandskrakten zum Fraß vorgeworfen hatte. Seitdem hatte ich einen garantierten Platz auf ihrer Liste der Meistgesuchten. Es tat mir immer noch leid. Ich hatte es nicht einmal absichtlich getan, aber bisher hatte ein ehrliches »Uuups, das tut mir leid« nicht viel genützt, um die Spannung abzubauen.

Ich fand eine Straße, die breit genug war – sowohl für meine Untertasse als auch für das Späherschiff. Die Venusianer konnten mit ihrem Fahrwerk einen Toyota zerquetschen. Die Terraner hätten bei dem Anblick wahrscheinlich Panik bekommen, aber mein Erscheinen bedeutete, dass alles unter Kontrolle war. Deshalb machten sie mit dem, was sie gerade vorhatten, einfach weiter. Ein Cop begann, den Verkehr umzulenken.

»Danke, Officer.«

Der Officer lächelte. »Gern geschehen, Lord Mollusk.«

Eine venusianische Kampfgarde ging von Bord des Schiffs. Kampfgarden schepperten. Das lag an der vielen Rüstung.

Dies war nur mein Alltags-Exo, aber es besaß ein paar Erweiterungen. Stahlblauen Lack mit Metallverzierungen. Ein bisschen größer, damit ich die Welt aus dem Blickwinkel eines Terraners sehen konnte. Es war zwar nicht für einen Kampf ausgerüstet wie das Ninja-3, aber es wies ein paar Extraspielzeuge auf, um selbst einer furchtlosen venusianischen Kampfgarde zu denken zu geben.

Venusianer sind eine reptilische Spezies. Es gibt sie in vielen Farben. An ihrem Rückgrat entlang prangen Federbüschel, und biochemische Blitze flackern in ihren Augen. Der Ausdruck kann von einem Funkeln bis hin zu brennendem Starren variieren. Außerdem sind sie die einzige empfindungsfähige Spezies im System, die noch Schwänze besitzt.

Zala, die hochaufgeschossene Kommandantin, stand vor der Kampfgarde. Ihre Schuppen waren von einem bläulichen Grauschimmer. Die wenigen Federn, die man in ihrem Nacken sah, waren rot mit orange- und lilafarbenen Sprenkeln. Ihre Augen glühten gerade einmal. Normalerweise gleißten sie bei meinem bloßen Anblick in gerechtem Zorn.

Sie richtete ihr Krummschwert auf mich. Die scharfe Schneide konnte durch Titan schneiden, vorausgesetzt sie bekam den Schwung gut hin. »Flüchtiger Mollusk, ich habe den Befehl, Sie in Schutzhaft zu nehmen. Bitte kommen Sie zu Ihrer eigenen Sicherheit sofort mit uns.«

Das war eine Überraschung. Ich wurde gern überrascht. Es kam so selten vor.

»Könnten Sie das bitte wiederholen?«, fragte ich.

Zala seufzte. Sie hatte Mühe mit den Worten, die ihr so fremd waren.

»Zwingen Sie mich nicht, es zu wiederholen.«

Ich grinste. »Ach, nur noch ein einziges Mal. Nur, damit ich sicher bin, dass ich Sie richtig verstanden habe.«

»Schutzhaft«, sagte sie leise. »Zu Ihrer eigenen Sicherheit.«

»Meiner eigenen *was?*«

Sie knurrte. Ich lächelte.

»Korrigieren Sie mich, wenn ich mich irre«, sagte ich, »aber haben Sie sonst nicht mehr Interesse daran – und ich glaube, das ist Ihr meistgebrauchter Satz – *mich zur Rechenschaft zu ziehen?*«

»Sie haben nicht vor, es mir leicht zu machen, oder?«

»Warum sollte ich?«

Zala steckte ihr Krummschwert weg.

»Sie werden Ihre gerechte Strafe für Ihre Verbrechen bekommen, Mollusk. Doch uns wurde zugetragen, dass Ihr Leben in großer Gefahr sei, und ich habe geschworen, Sie eines Tages vor dem Hohen Gericht zu sehen. Das Einzige, das mich dazu bringen könnte, diesen heiligen Eid zu brechen, ist mein Tod. Oder Ihrer. Und das darf ich nicht zulassen.«

»Ihre Sorge rührt mich«, sagte ich. »Auch nach all den Jahren noch.«

Ihre Augen blitzten. »Venus vergisst nie.«

»Ich habe einen Amnesiestrahl, den ich Ihnen leihen würde, wenn wir damit diesen Unsinn hinter uns lassen könnten. Nicht, dass mich diese Spontanbesuche stören. Sie erhellen durchaus meinen Tag.«

»Ich lasse mich nicht verspotten, Mollusk!«

»Wer spottet hier?«, erwiderte ich. »Allmählich habe ich mich schon vernachlässigt gefühlt. Von all meinen Feinden waren Sie mir immer die liebste. Ich genieße Ihre unermüdliche Leidenschaft. Die meisten anderen hätten sich von der Reihe an Niederlagen, die Sie erlebt haben, entmutigen lassen. Aber Sie nicht. Sie kommen immer zurück, bereit für eine neue Lektion in Zwecklosigkeit. In gewisser Weise ist das inspirierend.«

Sie blickte finster drein. Eines Tages würde ich es zu weit treiben, aber auch das war nur ein Experiment, dem ich nicht widerstehen konnte. Eine Studie über die Grenzen der venusianischen Ehre, so perfekt verkörpert in Zala, der perfektesten ihrer perfekten Krieger. Ich tröstete mich mit dem Gedanken, dass mein Tod höchstwahrscheinlich effizient und schmerzlos sein würde, wenn ich diese Grenze erreichte.

Aber dieser Tag war nicht heute.

Zala sagte: »Ob es Ihnen gefällt oder nicht, Sie stehen jetzt unter meinem Schutz. Werden Sie kooperieren? Oder werde ich Sie außer Gefecht setzen müssen?«

»Wenn Sie mich außer Gefecht setzen könnten, würde ich jetzt in einem venusianischen Gefängnis sitzen.«

Sie schnaubte höhnisch.

»Danke für Ihre Sorge«, sagte ich, »aber ich brauche Ihren Schutz wirklich nicht.«

»Sie verstehen mich nicht, Mollusk. Es gibt Leute, die wollen Ihren Tod.«

»Ich habe Sie schon beim ersten Mal verstanden. Sollte mich das überraschen? Ich habe mir ein paar Feinde gemacht. Wenn Sie mich jetzt entschuldigen wollen ...«

Zala machte eine Geste, und ihre Kampfgarde trat vor.

»Ergreift ihn!«

Ich hob die Hand, und die Wächter zögerten.

»Ich weiß nicht, ob Zala Ihnen die Geschichte der letzten Kampfgarde erzählt hat, die mich unbesonnen packen wollte, aber Sie sollten vielleicht noch einmal darüber nachdenken.«

Wütend starrte sie mich an. »Er blufft! Wir schleppen ihn auf die Venus und werden als Helden empfangen.«

»Ich wusste nicht, dass es auf der Venus Paraden von verkohlten Skeletten gibt.«

»Wenn er etwas Gefährliches hätte, hätte er es schon benutzt.«

»Ich lehne das ab. Ich versuche, Leute nicht nur deshalb zu verdampfen, weil sie mich ärgern.«

»Wenn Sie wirklich an Buße interessiert wären«, sagte Zala, »dann sollten Sie kein Problem haben, sich uns auszuliefern.«

»Ich habe nie etwas von Buße gesagt. Ich sagte nur, ich halte meine Verdampfungsrate niedrig.«

»Haben Sie denn kein Gewissen?«, fragte sie. »Verspüren Sie keine Reue über Ihre Verbrechen?«

»Definieren Sie *Reue.*«

Sie knurrte. Ihr linkes Auge blitzte. Ich hatte das Falsche gesagt. Das passierte mir manchmal. Dafür machte ich meine Erziehung verantwortlich. Bei all unseren technologischen und wissenschaftlichen Errungenschaften deckt die Ausbildung auf Neptun keine Gesprächskompetenzen ab. Vor allem mit den weniger fortschrittlichen Spezies, mit denen wir unser System teilen.

»Ergreift ihn, oder möge der Elfte Gott euch niederschlagen, ihr Feiglinge!«

Das setzte sie in Bewegung. Venusianer nehmen ihre Götter sehr ernst. Wahrscheinlich, weil sie im Gegensatz zu so vielen anderen Gottheiten recht sichtbar in sterbliche Angelegenheiten eingreifen – und nichts erzürnt sie mehr als Feigheit. Wenn sie die Wahl haben zwischen Verdampfen und explosiver Enthauptung (die Strafe der Wahl des Elften Gottes), dann tun sie, was sie tun müssen.

Sie zogen ihre Gewehre. Dafür mussten sie zuerst ihre Schwerter und Schilde ablegen. Die primitiven Waffen fielen klappernd auf den Boden. Sie versuchten, mich zu erschießen, aber ihre Waffen klickten und spuckten nur Rauchwölkchen, wenn sie abdrückten.

»Pulsstrahl«, sagte ich. »Er setzt hochentwickelte Elektronik außer Gefecht, indem er ihre Kraftquelle entleert. Effektiv, wenn die Reichweite auch auf ungefähr hundert Meter beschränkt ist. Und man kann ihn leicht mit einem einfachen Schirm parieren. Sie sollten wirklich darüber nachdenken, Ihre Waffentechnologie zu modernisieren.«

»Wir schneiden Sie aus diesem Blechanzug, wenn es sein muss«, sagte Zala.

Ihre Wache zog die Krummschwerter und ging auf mich los. Das Können der gefürchteten venusianischen Schwertmeister war Stoff für Legenden. Zu Recht. Als ich gegen ihren Großmeister kämpfte, überlebte ich nur, indem ich ein Exo mit sechs Schwertern entwickelte, und auch dann musste ich noch schummeln, um zu gewinnen. Obwohl es meiner Meinung nach nur schummeln war, wenn man verlor.

Die Venusianer hatten das zwar anders gesehen, aber ich hatte nun mal gewonnen, also war es irrelevant, was sie dachten.

Bevor sie ihre Schwerter zum Einsatz bringen konnten, schoss meine Untertasse einen magnetischen Feldneutralisierer ab. Die gepanzerte Kampfgarde flog in die Luft, bis sie nur noch wie eine Menge winziger Punkte über unseren Köpfen aussah.

Zala schloss ich von der Wirkung aus.

»Sie sind ein Feigling«, sagte sie.

Mein Gehirn explodierte nicht in meinem Schädel. Man

hätte meinen können, dass meine bunte gemeinsame Vergangenheit mit Venus ihre Götter verärgert hätte. Sie waren ein brutaler, gnadenloser Haufen, doch sie beschränkten ihren Zorn auf Venusianer. Ich hatte einmal mit sechs der elf Gottheiten zu Abend gegessen, und wenn man über das rituelle Bluttrinken hinwegsehen konnte, waren sie ein recht angenehmer und jovialer Trupp.

»Mollusk, wenn Sie freiwillig an Bord meines Schiffs gehen, schwöre ich beim Unausgesprochenen Namen des Vergessenen Dreizehnten Gottes der Geheiligten Venus, dass Ihnen nichts geschehen soll und ich Sie ohne Ihr Einverständnis nirgendwo hinbringen werde.«

Sie senkte ihr Schwert und verbeugte sich. Es war keine besonders tiefe Verbeugung, eher ein Nicken mit dem Kopf. Aber es war eine Geste, die Bände über ihr Engagement sprach. Es musste ihren Kriegerstolz fürchterlich verletzen, wenn auch das einzige Anzeichen ihres Widerwillens nur eine leichte Blässe ihres Halses und ein Zusammenfallen ihrer Federn war.

Venusianer schwören nicht unbedacht auf ihre Götter, und der Dreizehnte Gott ist nur für die unverbrüchlichsten aller Schwüre reserviert.

»Okay, Sie haben meine Aufmerksamkeit.«

Ich ließ ihre Kampfgarde vorsichtig auf den Boden herab. Ein Rest magnetische Ladung ließ sie als Klumpen aneinanderhängen.

»Sprechen Sie mit mir. Aber in meiner Untertasse. Ihre Lakaien können später dazukommen.«

Zala ging an Bord meiner Untertasse, und wir starteten. Ich vertraute darauf, dass ihre Kampfgarde wusste, wo sie uns fand, wenn die Ladung nachließ.

»Also, wo liegt das Problem?«, fragte ich.

»Haben Sie mir nicht zugehört? Mörder sind hinter Ihnen her.«

»Haben Sie mir nicht zugehört? Mörder sind eine recht alltägliche Erscheinung in meinem Leben. Da müssen Sie mir schon mit mehr kommen.«

»Auch die Zelebranten des Vergessens?«

»Hmmm. Das ist ernst.«

Sie musterte meinen Gesichtsausdruck. Wenn wir wollten, konnten wir Neptuner besser als alle anderen unergründlich aussehen, abgesehen vielleicht vom Sol-Kollektiv. Aber außerhalb von Wolken aus intelligentem Helium waren wir ganz weit vorn.

»Sie glauben mir nicht?«, fragte sie.

»Nein, aber ich bin neugierig. Wenn Sie mir die Frage erlauben: Wie haben Sie von diesem Mordauftrag erfahren?«

»Der venusianische Geheimdienst ist der beste im System.«

»Und wie hat er es herausgefunden?«, fragte ich.

»Diese Information unterliegt der Geheimhaltung.«

»Sie haben es Ihnen nicht gesagt, oder?«

»Ich muss die Einzelheiten nicht kennen. Ich habe meine Befehle.«

»Also könnte es sein, dass sie alles nur erfunden haben«, erwiderte ich, »soweit wir beide wissen.«

Zala sagte: »Warum sollten sie?«

»Keine Ahnung. Ich spiele nur alle Möglichkeiten durch.«

»Ich bin eine hochdekorierte Veteranin des Imperialen Protektorats. Sie würden mich nicht schicken, wenn die Lage nicht höchst dringlich wäre.«

»M-hmmm.«

»Was soll das heißen?«

»Ach, nichts.«

Zala war in der Rangfolge des Protektorats vor nicht allzu langer Zeit Dritte gewesen. Dann hatte ich vor ihren Augen die halbe Venus erobert, woraufhin sie zur gewöhnlichen Agentin degradiert worden war. Zwar war sie noch immer eine hochrangige Agentin, aber eine Degradierung war dennoch eine Degradierung. Und ob sie es zugab oder nicht: Ein Teil ihrer Besessenheit, mich zu fassen, diente dazu, ihre ansonsten makellose berufliche Laufbahn reinzuwaschen. Als Symbol war Zala ihrer Königin nützlich, aber vielleicht vertrauten sie ihr nichts Wichtiges mehr an.

Wir landeten auf dem Dach meines Stadthauses und nahmen den Lift hinunter zu meinem Loft. Die Lichter gingen an, und sie ließ den Blick über die postmodernen Möbel schweifen, mit denen das Loft bereits ausgestattet gewesen war. Ich besaß ein paar Kunstgegenstände. Einige Meerespanoramen von Neptun, die mich an mein Zuhause erinnerten. Das Original der Mona Lisa, das Leonardo da Vinci versteckt hatte, weil er fürchtete, dass Terra niemals für die Geheimnisse über das Reisen in Überlichtgeschwindigkeit bereit sein würde, die er in seinen Pinselstrichen verschlüsselt hatte. Den miniaturisierten Schiefen Turm von Pisa, der sich auch bei einer Größe von zwanzig Zentimetern weigerte, gerade zu stehen. Den Schädel des Monsters von Loch Ness, bedauerliches Opfer eines schottischen Chupacabra-Ausbruchs. Edisons Geisterradio; es trat nicht mit Geistern in Kontakt, sondern mit den eindimensionalen Wesenheiten einer anderen Ebene, allerdings hurten diese Wesenheiten gern herum. Man konnte ihm den Fehler verzeihen.

»Souvenirs«, sagte ich.

Zala studierte ein riesiges Gemälde, das eine ganze Wand einnahm. Das Motiv war ich selbst, in meinem königlichsten Exo; mit einem Atom in der einen Hand und Terra in der anderen sah ich geradezu majestätisch aus.

»Ich habe sie nicht darum gebeten, das zu malen«, sagte ich. »Sie haben es von selbst getan.«

Zala schüttelte den Kopf und sah sich im restlichen Raum um.

»Sie leben hier?«

»Immer, wenn ich auf dem Kontinent bin. Ich habe noch ein paar Dutzend andere Häuser über den Globus verstreut. Aber das ist mein Hauptwohnsitz.«

»Ich dachte, er wäre ...«

»... nasser?«

»Nun ... ja.«

Ich hätte ihr erklären können, dass wir Neptuner, wenn wir erwachsen sind, den größten Teil unserer Zeit verstöpselt in unseren Exos verbringen. Es mag zwar auch ganz nett sein, alle zwölf Stunden einmal herauszukommen und sich auszustrecken, aber man fühlt sich doch ein bisschen schutzlos. Angesichts dessen, dass wir wenig mehr als hochentwickelte Gehirne in schwammigen Körpern sind, setzen wir uns nicht gern nur mit Knorpeln und einem Tarnreflex zum Schutz den Launen eines gefährlichen Universums aus.

Wir sprechen nicht darüber, aber in der Neptun-Gesellschaft herrscht ein deutlicher Minderwertigkeitskomplex. Deshalb mischen wir uns nicht unter den Rest des Systems, und die Heimatwelt bleibt hinter einem undurchdringlichen Kraftfeld weggesperrt. Es ist diese unausgesprochene Paranoia im Herzen jedes Neptuners, die uns seit jeher dazu bringt, die bedeutendsten Technologien zu entwickeln. Das Ironische daran ist aber, dass es – abgesehen von unseren Wundern der Wissenschaft – nichts besonders Wertvolles auf der Heimatwelt gibt. Nichts, weshalb man sie hätte überfallen wollen.

Aber diese Wunder der Wissenschaft ... sie sind eine mörderische Errungenschaft.

Das weiß auch mein Volk, das die Wissenschaft deshalb ohne jeden Sinn für Ironie weiterhin auf phantastische und unvorstellbare Art vorantreibt, um sich vor unseren neidischen Nachbarn zu schützen, womit wir uns nur zu einem umso begehrenswerteren Ziel machen, was wiederum unsere wissenschaftliche Raserei befeuert, jeden daran zu erinnern, dass wir die klügsten Wesen der ganzen Gegend sind, während es gleichzeitig wiederum unsere Paranoia befeuert.

Das behielt ich für mich. Ich mochte keine große Liebe zu Neptun hegen, aber ich war so loyal wie jeder andere Superschurke im Exil. Also sah ich keinen Grund, es einer venusianischen Agentin zu erzählen.

»Ich habe einen Tank im Schlafzimmer«, erklärte ich.

»Haben Sie kein Sicherheitssystem?«, fragte Zala.

Zwei Dutzend Beine trippelten lautlos hinter sie. Ihre fein justierten Reflexe setzten ein, und sie wirbelte mit gezogener Waffe herum. Der riesige Ultrafüßler fauchte und klickte mit seinen Mundwerkzeugen. Sie schoss direkt auf ihn, versengte aber nur die Rüstung der Kreatur. Der Ultrafüßler griff an und schnitt die Waffe mit einem einzigen Zuschnappen seiner scherenartigen Kiefer in zwei Hälften. Dann warf er Zala um und hielt sie mit seiner immensen Masse fest. Wie jede gute venusianische Kriegerin hatte Zala nicht vor, kampflos unterzugehen, also rang sie und schlug nach dem Monster.

Ich stieß ein Ultraschall-Signal aus. Das Tier kletterte von ihr herunter und kam an meine Seite geflitzt.

»Braves Mädchen, Snarg.« Ich tätschelte sie zwischen den Fühlern und sie quiekte.

Zala stand auf. »Beim verborgenen Mond, was ist das?«

»Mein Haustier.«

»Ich hätte nicht gedacht, dass Sie ein Haustier haben.«

»Snarg war ein Geschenk des Botschafters der Untersphäre. Sie ist der schärfste Ultrafüßler, der je für die königliche Familie gezüchtet wurde. Wie hätte ich ein solches Geschenk ablehnen können?«

Snarg schloss ihre sieben milchig-weißen Augen halb, während ich ihre Fühler kraulte.

»Sie war schon von vornherein eindrucksvoll. Ich habe sie nur ein bisschen modifiziert, ein paar nützliche Mutationen und kybernetische Verbesserungen vorgenommen, und voilà: das perfekte Sicherheitssystem.«

»Von Ihnen hätte ich etwas mehr High-Tech erwartet.«

»Das kann ich mir vorstellen. Und genau deshalb habe ich so etwas nicht. Sicherheitsnetzwerke lassen sich hacken. Technik kann man umgehen. Snarg ist zuverlässiger und überraschender. Außerdem ist sie unglaublich süß.«

Der Ultrafüßler krabbelte davon und rollte sich auf dem Sofa zusammen.

»Sie sollten sie nicht auf die Möbel lassen«, sagte Zala.

»Wer könnte diesem Gesicht widerstehen?«

Snarg kreischte zufrieden.

»Trotzdem hätte ich ein ausgeklügelteres System erwartet.« Sie hob die zwei Hälften ihrer Waffe auf.

»Eigentlich brauche ich es nicht. Die Terraner lieben mich.«

»Aber Sie haben hier doch sicher experimentelle Technologie, die in den falschen Händen eine Gefahr darstellen könnte.«

»Ach, ich habe ein paar Dinge herumliegen, aber nichts mehr, das noch viel Schaden anrichten könnte. Ich habe anderswo ein sicheres Lager, in dem ich die amüsanteren Forschungen aufbewahre. Aber ich war schon seit Jahren nicht mehr dort.«

Ich sah ihr an, dass sie mir nicht glaubte.

»Ich erobere nicht mehr«, sagte ich. »Das versuche ich Ihnen schon die ganze Zeit zu sagen. Ich habe es aufgegeben.«

»Sie können Ihr Wesen nicht ändern, Mollusk. Sie betrachten das Universum als Ihr persönliches Spielzeug, andere Leben sind in Ihren Augen Werkzeuge für Ihre perversen Ambitionen.«

»Ich betrachte das Universum als ein großes Rätsel«, erwiderte ich.

»Eines, das Sie nach Gutdünken ausbeuten können«, sagte sie.

»Ich sehe es lieber als eine Versuchsdurchführung für das übergeordnete Wohl.«

Sie stieß ein raues Lachen aus. »Definieren Sie *übergeordnetes Wohl,* Mollusk!«

»Ich kann nicht. Das ist eines der Rätsel, an denen ich arbeite.«

Ich projizierte eine Gleichung auf den Bildschirm an der Wand.

»Ein paar Stunden lang dachte ich, ich hätte einen passablen Beweis. Dann fand ich heraus, dass ich eine Sieben übersehen hatte, und die Ergebnisse waren bedeutungslos. Aber ich bin, was meine eigene Genialität angeht, optimistisch genug zu glauben, dass ich die Aufgabe immer noch knacken kann.«

»Sie können Sterblichkeit nicht ernsthaft als Versuchsverfahren sehen.«

»Warum sollte sie anders sein als alles andere? Wenigstens bin ich ehrlich genug, um zuzugeben, dass ich die Antwort noch nicht gefunden habe, statt willkürlich zu behaupten, X sei ehrlos, Y aber nicht.«

Sie studierte die Reihen von Zahlen und Symbolen. »Sagen Sie mir, Imperator, wie passen all Ihre Verbrechen hier hinein?«

Ich markierte einen Teil. »Es ist diese Variable da.«

»Ich hätte sie größer erwartet«, sagte sie mit einem süffisanten Grinsen.

»Ich auch. Aber dann stellte sich heraus, dass ich den Wert um einige Mächte überschätzte.«

Sie las meinen finsteren Blick.

»Und das missfällt Ihnen?«, fragte sie.

»Angesichts der Auswirkung, die ich auf das System hatte, beweist die Tatsache, dass sie ein so kleiner Faktor ist, nur, dass mir etwas Wichtiges entgangen ist. Oder vielleicht auch nicht. Vielleicht stimmt die Gleichung, und ich bin nur zu unzufrieden mit der Antwort, um es zuzugeben.«

Ich ließ die Einkäufe mit Tüten und allem in den Extraktor fallen. Summend sprang er an.

»Und …?«, fragte Zala.

»Was?«

»Was ist die Antwort, die Ihre Gleichung Ihnen geliefert hat?«

»Ich dachte, Sie hätten gesagt, Sterblichkeit könne man nicht durch Experimentieren beweisen.«

»Ich kann es auch nicht«, sagte sie. »Die Antwort, auf die Sie kommen, wird sicherlich immer ein Spiegelbild Ihrer eigenen verzerrten Wahrnehmung sein.«

»Hoffen Sie auf einen Blick auf mein Innenleben?«, fragte ich. »Das überrascht mich.«

»Seien Sie so nett, Mollusk. Tun Sie sich keinen Zwang an. Wenn ich eines über Sie weiß, dann dass Sie jede Chance genießen, Ihren vielzitierten Intellekt zur Schau zur Stellen.«

»Es ist tatsächlich sehr befriedigend«, gab ich zu.

»Sie wollen es mir sagen.« Sie lehnte sich mit einem herablassenden Lächeln an den Küchentresen. »Tun Sie nicht so, als hätten Sie mir diese Gleichung zufällig gezeigt.«

Meistens war Zala leicht zu manipulieren und hartnäckig berechenbar. Aber sie hatte auch ihre Geistesblitze. Diese zwei Eigenschaften setzten sie auf die kurze Liste von Feinden, für die ich mich glücklich schätzte.

»Bedeutungslos«, sagte ich. »Das ist die Antwort.«

»Ja, aber was glauben Sie, was es bedeutet?«

»Sie verstehen mich nicht«, erwiderte ich. »Bedeutungslosigkeit ist die Bedeutung. Es ist egal, wie ich die Zahlen manipuliere. Ob ich Mitgefühl multipliziere oder Grausamkeit ins Quadrat setze, selbst wenn ich es mir erlaube, das Schreckgespenst der Fehlbarkeit zu entfernen und den Vorbestimmungsquotienten verdopple, selbst angenommen, dass intelligentes Leben nicht nur unvermeidlich ist, sondern ein Endziel für das Universum selbst – es kommt immer dasselbe heraus.«

Ich drückte einen Knopf und ließ damit die Gleichung vom Bildschirm verschwinden.

»Es ist ein Nullsummenspiel. Nichts davon zählt.«

Zala sagte: »Das ist eine bequeme Form des Nihilismus, Imperator. Eine, mit der Sie jeder Schuld für Ihre Verbrechen aus dem Weg gehen können.«

»Dass sie bequem ist, macht sie nicht falsch«, sagte ich. »Und selbst wenn die Zahlen das Gegenteil beweisen sollten – ich habe kein Interesse an Sühne. Nicht, wie Sie sie wahrscheinlich definieren.«

»Versuchen Sie immer noch, mich zu überzeugen, dass Sie sich bessern wollen?«

»Ich sammle nur Daten«, sagte ich. »Alles andere ist lediglich Treibgut in den Gezeiten.«

Der Extraktor spuckte zwei Eimer Pampe aus. Das weiße

Zeug war ein ungenießbares Nebenprodukt. Snarg glitt von der Couch und wellte sich aufgeregt. Sie wartete, bis ich ihr das Okay gab, sich darauf zu stürzen.

Ich öffnete meine Helmkuppel, tauchte einen Tentakel in den zweiten Eimer mit bunter Schmiere und probierte.

»Ich würde Ihnen ja etwas anbieten«, sagte ich, »aber es würde Ihren Verdauungsapparat zersetzen.«

»Trotzdem danke.« Zala zog eine finstere Miene. »Ist die Maschine immer so laut?«

Eine Vibration durchdrang das Gebäude. Es war nicht der Extraktor. Das Rumpeln drohte, das Stadthaus von seinem Fundament zu schütteln.

»Hmmm.« Ich schloss meine Kuppel. »Ich glaube, der venusianische Geheimdienst war da doch etwas auf der Spur, Zala.«

Die Südwand löste sich auf und ein Trupp Auftragsmörder mit Jetpacks flog in den Raum.

DREI

Die Auftragsmörder richteten merkwürdig aussehende Gewehre auf uns und feuerten. Zala rannte in eine Richtung, ich rannte in die andere, um die Aufmerksamkeit der Killer auf mehrere Ziele aufzuteilen. Mein Pulsstrahl konnte ihre Waffen nicht außer Gefecht setzen. Die Supertechnologie war ein ständiger Wettlauf um Waffen. Der Todesstrahl von heute war der Marshmallow-Toaster von morgen.

Mehrere rasiermesserscharfe Scheiben schlitzten durch mein Exo. Mein linker Arm blockierte und mein linkes Bein versagte, was meinen Lauf verlangsamte. Ich verlor Zala und Snarg aus den Augen, aber ich vertraute darauf, dass sie für sich selbst sorgen konnten. Ohne eine Hardware-Aufrüstung nützte ich niemandem etwas.

Die Hälfte der Mördermenge verfolgte mich. Ihre Waffen schwirrten, wenn sie ihr Sperrfeuer an Scheiben verschossen. Die Ausweichmanöver-Techniken meines beschädigten Exos funktionierten noch gut genug, um zu verhindern, dass mir eine davon durchs Gehirn schlitzte. Eine Scheibe kam allerdings gefährlich nahe, durchschlug meine Kuppel und streifte meine Wange. Die Kuppel zersprang und verschüttete Salzwasser. Davon ließ ich mich aber nicht ablenken.

Am Ende des Flurs sprang ich in den Lift. Ein Schuss schnitt mir den Arm ab. Er fiel klappernd auf den Boden. Der andere Arm war zu nichts nütze. Das Bein machte ein Ausweichen so gut wie unmöglich. Weitere Geschosse durchschlugen mein Exo. Aus dem verletzten Bein spritzte Flüssigkeit. Dutzende weitere durchlöcherten den Torso. Doch das Exo erfüllte seine Aufgabe. Es bewegte sich auf und ab, nach links und nach rechts, damit mein ungeschützter Kopf nicht zum leichten Ziel wurde. Seine Vorahnung funktionierte wunderbar und vereitelte trotz aller Schäden sämtliche tödlichen Schüsse.

Snarg krabbelte hinter dem Mörder heran und köpfte ihn sauber mit einem Schnitt ihrer Zangen. Sie kreischte, trillerte und sorgte für lautstarke Ablenkung, genau wie man es ihr beigebracht hatte. Das verschaffte mir die Zeit, die der Lift brauchte, um ins Kellergewölbe zu schwirren.

Dutzende von Exoskeletten säumten den kleinen Raum. Ich hatte keine Zeit, wählerisch zu sein. Ein paar Schritte schaffte ich mit meinen beschädigten Beinen, bevor sie ausfielen. Dann drückte ich mehrere Knöpfe und aktivierte per Fernbedienung die »Revolverheld«-Einheit. Sie stampfte herüber, beugte sich vor und hob mich hoch. Der Prozess dauerte länger, als mir lieb war, aber es nützte nichts, wenn ich von meinem eigenen Exoskelett zerquetscht wurde.

Das Exo ließ mich auf den Pilotensitz fallen. Die Kuppel schloss sich. Im Speicherbehälter war kein Wasser, das den Ritt bequemer gemacht hätte, aber ich hatte auch andere Sorgen. Eine Explosion zerstörte den Lift, und als sich der Rauch verzog, waren die Mörder kurz davor, mich aufzuspießen.

Ich ging hinter einem massigen Exo in Deckung. Die Rüstung war gerade dick genug, um ein bisschen Schutz zu bieten.

»Ergib dich, Mollusk!«, sagte einer der Mörder. »Du sitzt in der Falle.«

»Ich wollte gerade dasselbe sagen.«

Ich aktivierte sämtliche Exos im Raum. Sie umzingelten den Feind. Die Mörder feuerten wild und setzten ein paar von ihnen außer Gefecht. Aber nicht alle. Und die Schreckensschreie der Mörder brachen abrupt ab, als die verbliebenen Exo-Modelle sie aufschlitzten, verprügelten und erschossen.

Ich schnappte mir ein Jetpack-Anbauteil von der Wand und ließ es einrasten. Die Angaben meiner Sensoren sagten mir, dass Snarg und Zala noch lebten. Drei unautorisierte Lebensformen blieben übrig. Mehr Sorgen machte mir das Angriffsvehikel, das über meinem Haus schwebte. Ich flog den Aufzugschacht hinauf bis ganz aufs Dach und inspizierte das Fluggerät.

Sowohl das sichelförmige Profil als auch das leise Summen seiner Motoren und das silbern und golden glänzende Gehäuse kennzeichneten es als ein Design aus Atlantis.

Ich hatte nie einen Konflikt mit Atlantis gehabt, aber ich hatte Schaltbilder ihres Kriegshandwerks in die Hände bekommen und ihre Schwächen studiert. Nur als Vorsichtsmaßnahme.

Ein Rommelfass auf seiner Schnauze hatte das Loch in meine Wand gesprengt, aber als Anti-Personen-Waffe war es keine große Bedrohung. Der Pilot versuchte, mich mit ein paar Hundert Schuss schwerer Artillerie zu entmutigen. Ich flog höher, während die Granaten um mich herum explodierten. Ein Schuss von mir zerstörte die Hauptwaffe. Er versuchte es mit dem Rommelfass. Es schickte Zuckungen durch das Gebäude. Hoch genug eingestellt, konnte es den Revolverhelden auseinanderschütteln und meinen knochenlosen Körper schmelzen. Vorher würde es aber noch das Stadthaus und das ganze Viertel in Trümmer schütteln.

Ich benutzte ein Trio von wohlplatzierten Raketen, um die primären und sekundären Maschinen des Schiffs auszuschalten, genauso wie den Ersatzantrieb. Es fiel vom Himmel und prallte von der Straße ab. Atlantis stellt Qualitätsprodukte her, und wenn es auch zerschrammt und zerbeult war und Rauch aus seinen brennenden Motoren quoll – es blieb intakt. Eine Explosion wäre vielleicht befriedigender gewesen, aber die Gefahr war neutralisiert.

Nur einen Moment lang dachte ich daran, ein paar zusätzliche Raketen ins Cockpit zu schießen, aber das wäre Munitionsverschwendung gewesen. Und auch kleinlich, denke ich.

Als ich nach Zala und Snarg schaute, war die Lage unter Kontrolle. Mein Wohnzimmer war zwar in Stücke zerfetzt, aber keiner von beiden war ernstlich verletzt. Zala hatte nicht einmal einen Kratzer. Snarg hatte ein paar Wunden, aber nichts von Bedeutung. Der verbesserte Panzer eines Ultrafüßlers besteht aus härterem Stoff.

»Ich habe einen am Leben gelassen.« Zala grub dem Mörder den Absatz in die Brust. »Zur Befragung.«

Snarg brachte einen Soldatenkopf, ließ ihn vor meine Füße fallen und klickte possierlich.

»Du bist ein braves Mädchen!« Ich tätschelte ihren Thorax und nahm den Kopf. »Den darfst du behalten.«

Ich warf ihn durchs Zimmer. Sie flitzte ihm fröhlich hinterher und verschlang ihn mit lauten, knirschenden Bissen.

Zala verzog das Gesicht.

»Ich hätte nicht gedacht, dass ihr Venusianer so empfindsam seid«, sagte ich.

»Die Toten verdienen mehr Würde, als Ihrem Haustier verfüttert zu werden.«

»Hoffentlich sind die Toten über Sorgen um ihre Würde hinaus.«

Sie riss ihren Gefangenen hoch, stellte ihn auf die Beine und zog ihm seinen Helm aus. Er hatte die leicht orangefarbene Haut und die tiefgrünen Augen eines Bürgers von Atlantis.

»Ich dachte, Sie hätten diese Terraner gezähmt, Mollusk. Wie kommt es, dass sie Sie angreifen?«

»Meine Invasionsmethoden haben nur die Terra Sapiens befriedet, den größten Teil ihrer an Land lebenden Bewohner. Atlantis, die Maulwurfsvölker, die Bigfoot-Nationen und andere Teile des intelligenten terranischen Lebens bleiben davon unberührt. Aber ich hatte vorher noch nie Probleme mit einem von ihnen.

Zala drückte den Soldaten an die Wand und knurrte. »Wer hat dich geschickt?«

»Auszeit!« Ich zog sie von ihm weg. »Das ist nicht nötig.«

Sie grinste. »Ich hätte nicht gedacht, dass ihr Neptuner so empfindsam seid. Wenn Sie mir nur ein paar Minuten Zeit lassen, bringe ich ihn zum Reden.«

Der Atlanter versuchte davonzuschleichen, während wir ihm den Rücken zuwandten. Snarg teilte ihm mit einem Fauchen mit, dass das keine gute Idee war.

»Ich kann ihn zum Reden bringen«, sagte ich, »und das wird um einiges leichter werden als bei sämtlichen Verhörtechniken, die Sie vielleicht gerade anwenden wollten. Ich habe nämlich festgestellt, dass Schmerz nicht unbedingt gesprächig macht. Ich habe ihn zwar auch schon zu meinem Vorteil eingesetzt, aber er ist genauso oft kontraproduktiv. Und ich tue so etwas nicht mehr.«

»Sie versuchen also immer noch, mich davon zu überzeugen, dass Sie sich geändert haben?«

»Ich habe mich nicht geändert«, erwiderte ich. »Ich verstehe immer noch nicht, warum Venusianer die Toten mehr respektieren als die Lebenden. Und ich verschwende immer noch nicht meine Zeit damit, Mörder für Informationen herumzuschubsen ... wenn ich sie auch einfach bestechen kann.«

Sie knirschte mit den Reißzähnen. »Sie wollen ihn bezahlen? Nachdem er gerade versucht hat, Sie zu töten?«

»Und ich bin mir sicher, diese Vorstellung kränkt Sie in gewisser Weise. Aber da wir hier von meinem Leben sprechen, kann ich tun, was ich will. Wenn Sie ein Problem mit meinen Methoden haben ...«

Ich ließ den Satz in der Luft hängen, denn ich wusste ganz genau, dass ich ihr damit die Illusion einer Wahl bot. Ihr Ehr- und Pflichtgefühl verbot es ihr, mich zu verlassen. Sie lebte nach einem sehr komplizierten Regelwerk, und auch wenn ich ihre Regeln lächerlich und unnötig fand, stellten sich einige lächerlichen und unnötigen Regeln, nach denen Leute lebten, doch manchmal als nützlich heraus.

Außerdem genoss ich es, ihr dabei zuzusehen, wie sie sich wand.

»Woher wollen Sie wissen, dass er das Geld nimmt?«, fragte sie überheblich.

»Weil ich ihn dem Ultrafüßler zum Fraß vorwerfe, wenn er es nicht nimmt.« Ich sprach zwar mit ihr, doch das, was ich sagte, war eindeutig für ihn bestimmt.

»Ein treuer Soldat zieht den Tod einer besudelten Ehre vor.«

»Das ist jetzt seine Sache, oder?«

Ich wandte mich an den Gefangenen. »Also, was soll es werden?«

Snarg schnappte mit hungrigen Kiefern.

»Ich nehme das Geld«, sagte er.

»Sehen Sie, wie einfach das war?«, fragte ich.

Zara stellte die Federn auf; sie schnaubte höhnisch, offensichtlich angewidert von seinem Unwillen, für seine Prinzipien einen schrecklichen Tod zu sterben. Aber ihr

Fehler war, davon auszugehen, dass jeder ihrem Kodex folgte.

Der Kodex der Armee von Atlantis war einfach. Viel verständlicher als die Ehrgrundsätze der Venusianer. Es war ein gewinnbringendes Unternehmen. Nicht ganz so wie Söldner, aber nahe dran. Die Niederlage dieses Soldaten würde in seine Personalakte eingehen, und um den Schaden zu begrenzen, wollte er etwas mitbringen.

Meine kleine Armee von Haushaltsrobotern werkelte herum und reparierte die Schäden, während wir die Einzelheiten festklopften. Sie polsterten und glätteten die Möbel, zogen Hunderte von rasiermesserscharfen Scheiben heraus, die überall steckten und begannen, das Loch in der Wand zuzumauern. In ein paar Stunden würde das Stadthaus wiederhergestellt sein. Bis auf das Sofa. Der Chefroboter meldete, es sei nicht mehr zu retten.

Ich zog das Sofa von der Bezahlung ab. Nur ein paar Hundert Dollar. Aber ein Neptuner hat seine Prinzipien, und ich liebte diese Couch wirklich.

Ich blechte ein paar Millionen, genug, dass es die Abschleppkosten und die Reparatur des Schiffs, die Anwerbung und Ausbildung neuen Personals abdeckte und noch ein kleiner Profit übrigblieb. Angesichts dessen, dass ich im Vorteil war, schien es mir ein sehr großzügiges Angebot zu sein, aber es war auch nur Geld. Ich hatte unbegrenzte Mittel zur Verfügung und hier und da alle möglichen praktischen Währungen versteckt. Ich hatte mich keineswegs mit leichter Schale aus dem Kriegsherrngeschäft zurückgezogen.

Der Soldat führte eine kurze Bonitätsprüfung durch

und ließ mich dann einen Vertrag zur Einstellung von Feindseligkeiten unterschreiben.

»Hat mich gefreut, Geschäfte mit Ihnen zu machen, Lord Mollusk.«

In steifer Missbilligung über die ganze Sache stand Zala neben uns. »Wenn Sie sowieso nur Schmiergeld nehmen wollten, warum haben Sie dann überhaupt versucht, den Neptuner zu töten?«

»Vertragliche Verpflichtung«, erklärte der Soldat. »Wir stehen für einen Eliminierungsversuch unter Vertrag. Wir haben es versucht. Wir sind gescheitert. Wenn der Kunde mit den Ergebnissen unzufrieden ist, hat er das Recht, bei der Pekuniären Gesellschaft von Atlantis Klage einzureichen.«

»Ich bezweifle, dass er sich beschweren wird«, sagte ich. »Wenn er mich wirklich töten wollte, hätte er etwas weniger ...«, ich suchte nach einem Wort, das meinen Standpunkt wiedergab, ohne den Soldaten zu beleidigen, »... Anspruchsloses geschickt.«

»Nicht nötig, meinetwegen höflich zu sein. Ich arbeite in der Rabattabteilung. Streng preisgünstig. Als ich hörte, dass sie uns zu *dem* Imperator Mollusk schicken, wusste ich schon, es würde ein Selbstmordkommando werden. Aber hey, irgendwie muss man sich seinen Lebensunterhalt schließlich verdienen, oder nicht?«

»Und Sie haben sich nicht die Frage gestellt, warum sie gerade Sie geschickt haben?«, fragte Zala.

»Ich stelle mir keine Fragen. Es steht mir nicht zu. Ich befolge Befehle.«

Seine Haltung ärgerte sie. Ich konnte nicht erkennen,

warum. Sie war buchstäblich Sklavin ihrer eigenen Befehlskette, und ich bezweifelte, dass sie sie je infrage gestellt hatte. Der einzige Unterschied zwischen ihr und diesem unglückseligen Soldaten war, wie der Führungsstab sie motivierte. Venusianer blühten für Ehre und Pflicht auf. Die käuflichen Einheiten von Atlantis funktionierten mit Aktienoptionen und Bonusplänen. Am Ende waren sie beide lediglich Werkzeuge eines manipulativen Zentralkommandos, das die Leistungen von entbehrlichem Leben erntete.

Zalas Geduldsfaden wurde dünner. »Wer hat dich geschickt?«

»Das Exekutivkommando von Atlantis«, antwortete er. »Darüber hinaus kann ich Ihnen aber nichts sagen.«

Sie zog ihr Krummschwert.

Ich stellte mich zwischen sie. »Stecken Sie das weg!«

»Aber er hat schon zugegeben, dass er nichts weiß! Sie haben ihn umsonst bezahlt!«

»Nein, ich habe für das Recht bezahlt, den Preis für ein Treffen mit dem Exekutivkommando von Atlantis zu verhandeln.«

Der Soldat lächelte, während er sich die deftige Provision ausrechnete, die auf ihn zukam.

»Aber das ist Diebstahl!«, sagte sie. »Sie haben ihn bezahlt, um ihn nicht zu töten und damit er Ihnen nichts erzählt. Und jetzt wollen Sie ihn noch dafür bezahlen, dass er ein Treffen mit jemandem arrangiert? Das ist doch Wahnsinn!«

»Das ist guter Kapitalismus«, sagte der Soldat.

Beinahe hätte sie mich umgeworfen und den armen

Kerl an Ort und Stelle geköpft. Dann erinnerte sie sich an die Befehlskette, an deren Spitze ich stand, und wich wie ein braver kleiner Soldat zurück.

Nachdem er seine Vorgesetzten angefunkt hatte, um sicherzugehen, dass er verhandlungsbefugt war, begann das Feilschen. Es dauerte fast eine ganze Stunde. Ich hätte sein erstes Angebot ohne Diskussion zahlen können, aber nur weil ich die Mittel hatte, hieß das noch nicht, dass ich kein gutes Geschäft machen wollte. Der beste Weg, sich den Respekt eines Söldners von Atlantis zu verdienen, war klug zu verhandeln. Meteoren-Kanonen und Todesstrahlen waren nicht billig, und mehr als ein genialer Eroberer war schon an einem schwachen Cashflow gescheitert. Vielleicht hatte ich im Moment nicht vor, jemanden zu erobern, aber wer wusste schon, was das Morgen brachte?

Der Handel war perfekt. Der Soldat ließ mich die entsprechenden Formulare unterschreiben. Atlantis hatte Papierkram für alles. Dann sagte ich ihm, er solle es sich bequem machen, während ich die Vorbereitung meiner Mittelklasse-Untertasse überwachte.

Die Roboterarbeiter marschierten durch mein unterirdisches Lager und luden Ausrüstung ins Schiff. Zala blieb an meiner Seite, während ich die Aufsicht führte.

»Nachdem Sie erst diejenigen bezahlt haben, die Sie töten wollten, wollen Sie also jetzt auch noch ins Herz ihres Reichs fliegen?«, fragte sie. »Wie haben Sie so lange überlebt?«

»Indem ich meine Feinde kenne. Atlantis ist aber nicht mein Feind. Es ist lediglich ein Werkzeug meiner wirklichen Feinde. Und solange Atlantis sein Geld bekommt, spielt es nach den Regeln.«

»Sie sind bemerkenswert vertrauensselig, Mollusk.«

Eine Prozession von Exoskeletten auf Autopilot trottete in die Untertasse. Ein riesiges Exo, das vor Waffen nur so strotzte, bildete die Nachhut.

»So vertrauensselig auch wieder nicht«, sagte ich.

EROBERER

Ich wählte Hayward, Wisconsin, Ort der Freshwater Fishing Hall of Fame und Heimat der größten Muskellunge, für meine Ankündigung. Ich schwebte mehrere Tage mit meiner Untertasse über der Muskellunge, hielt aber Funkstille, bis sich eine ordentliche Menge angesammelt hatte. Als Panzer, Artillerie, Soldaten und Zivilisten an Ort und Stelle waren, setzte ich endlich auf.

Ich senkte die Luke mit viel Bedacht ab, schaltete den Nebelgenerator ein und trat in den frostigen Dezemberabend hinaus. Der richtige Eindruck war wichtig, also trug ich mein formelles Exoskelett, den »Botschafter«. Das glänzende Exo war zwei Meter vierzig groß. Ich hatte mit dem Gedanken gespielt, einen Umhang zu installieren, aber das erschien mir zu effekthascherisch.

Ich wollte nicht aussehen, als gäbe ich mir zu viel Mühe.

Als ich das Wort ergriff, ließ die Untertasse meine Stimme über die Menge dröhnen.

»Terra Sapiens, ich bin Imperator Mollusk vom Planeten Neptun. Ich bin nicht als Gesandter Neptuns hier, sondern lediglich als Individuum. Bitte werten Sie meine Taten in keiner Weise als bezeichnend für das Volk oder die Regierungen Neptuns.«

Ich machte eine Pause.

»Was ich absolut klarstellen möchte, ist, dass ich den Planeten Neptun in keinster Weise mit offizieller Befugnis vertrete. Tatsächlich mag man mich dort nicht einmal. Ein ziemliches Chaos. Zu kompliziert, um es wirklich zu verstehen. Weder hier noch dort.«

Ein Blick über die perplexen Gesichter der Terraner überzeugte mich, dass ich ihre Aufmerksamkeit verloren hatte.

»Tut mir leid. Wahrscheinlich hätte ich das besser proben sollen. Ich bin kein großer öffentlicher Redner. Dessen ungeachtet stehe ich hier, um zu verkünden, dass ich Imperator Mollusk bin und euren Planeten erobert habe.«

Die Terraner blieben still.

»Das wäre dann alles«, sagte ich. »Wollte es nur offiziell machen. Also weiter.«

Ein Colonel trat vor. »Sie glauben aber nicht, dass wir uns für Sie und Ihre Neptun-Herren überschlagen werden, oder?«

Ich seufzte.

»Habe ich nicht klar und deutlich gesagt, dass ich keine Neptun-Herren habe? Das war das Erste, das ich gesagt habe.«

»Sie sind nicht der erste Alien, der unsere Welt bedroht«, knurrte der Colonel. »Und wir haben sie alle wieder vertrieben.«

Ich ging auf ihn zu. »Ich sehe, dass wir ein Kommunikationsproblem haben. Ich habe nicht gesagt, dass ich hier sei, um zu versuchen, euren Planeten zu erobern. Ich sagte, ich habe euren Planeten bereits erobert. Vergangenheitsform. Englisch mag nicht meine Muttersprache sein, aber ich bin sicher, das habe ich richtig hinbekommen.«

Der Colonel stemmte die Fäuste auf die Hüften, biss die Zähne zusammen und starrte mich mit jeder Faser militärischer Grimmigkeit an, die ihm zur Verfügung stand. »Wir werden kämpfen. Wir werden alles geben, was wir haben. Und noch mehr.«

»Ruhe.«

Er salutierte. »Ja, Sir!« Dann senkte er die Hand und blinzelte darauf.

Ich zeigte auf einen Soldaten. »Kann ich bitte Ihre Waffe sehen?«

Er eilte nach vorn und reichte mir das Gewehr. Ein verwirrter Ausdruck ging über sein Gesicht. Er wusste nicht recht, warum er sein Gewehr so leicht übergeben hatte, aber es war wohl nur eine vorübergehende Fassungslosigkeit.

»Danke«, sagte ich.

Er lächelte. »Gern geschehen, Sir.«

Ich schleuderte die Waffe zur Seite. »Dies ist ein Kampf, den ihr schon verloren habt. Hauptsächlich, weil ihr gar nicht wusstet, dass ihr ihn kämpft. Ich hatte nicht vor, euch mit Strahlenkanonen und Weltraum-Armadas zu erobern. Dabei wären all die Todesstrahlen und das Schmelzen von Panzern, die Raketen und Explosionen ein solcher Spaß gewesen. Wer hat schon etwas gegen einen hübschen epischen Krieg hier und da?«

Ich legte den Arm um den Colonel.

»Aber es ist alles so … zügellos, nicht wahr? Das habe ich während meiner Eroberung der Venus schon genug ausgelebt.

Und wenn ich ehrlich sein darf, lief das nicht allzu gut. Es ist einfach so arbeitsintensiv und verschwenderisch. Man muss so viel im Auge behalten. Nach einer Weile wird es einfach anstrengend.«

Wir gingen auf meine Untertasse zu.

»Diesmal habe ich einen subtileren Kurs gewählt. Warum sich mit Kämpfen aufhalten und die indigene Bevölkerung dann unterdrücken, wenn es auch simplere Methoden gibt? Ich bin Wissenschaftler. Ich experimentiere gerne. Und ich möchte gern glauben, dass ich aus meinen Fehlern lerne. Und aus den Fehlern anderer. Ihr Terraner seid ein sturer Haufen, trotz eurer technischen Unterlegenheit und primitiven Entwicklung. Wusstet ihr, dass die Marsianer ihren Jungen immer noch mit Geschichten von Teddy Roosevelt Angst einjagen? Oder dass es eine Vikingerkolonie auf Ceres gibt? Keiner weiß, wie sie dort hingekommen ist. Man weiß nur, dass allein Terraner töricht und eigensinnig genug sein können, um irgendwie dort zu leben.

Ihr seid eine fähige Spezies. So sehr, dass alle anderen Zivilisationen im System beschlossen haben, es wäre besser, euch einfach in Ruhe zu lassen. Eine Finger-weg-Strategie. Mehr Ärger, als ihr wert seid.«

Ich kicherte.

»Das hat mich auf euren Planeten gezogen. Ich hielt es für eine Herausforderung. Und die war es auch. Glaubt mir. Es ist nicht leicht gewesen, all das hier aufzuziehen. Eure Wissenschaftler und Anführer im Dunkeln zu lassen, während ich euer Wasser mit gewissen wahrnehmungsverändernden Stoffen sättigte. Und der Psychomanipulator ... erst musste ich den Merkurianern die Basistechnologie stehlen. Dann musste ich

sie den atmosphärischen Gegebenheiten von Terra anpassen. Ich musste das Ganze praktisch neu erfinden, aber ich wusste nicht, was dafür nötig sein würde, bis ich schon auf Merkurs offizieller Feindesliste stand. Ich versuchte, mich für das Missverständnis zu entschuldigen, aber sie wollten es nicht hören.«

Der Colonel sagte: »Ich verstehe nicht ...«

»Nein, natürlich nicht. Sie sind ein Soldat. Sie schießen auf Dinge, und ich bin sicher, Sie sind sehr gut in Ihrem Beruf. Leider hat Ihnen die Invasion meiner Wahl nichts geboten, worauf Sie schießen konnten. Und dafür möchte ich mich entschuldigen. Ich habe sogar darüber nachgedacht, euch ein kleines bisschen Krieg zu schenken. Nur, damit ihr das Gefühl habt, ihr hättet eine Chance. Aber das wäre eine Farce gewesen, ein alberner kleiner Tanz. Am Ende hätten wir trotzdem hier gestanden.«

»Wollen Sie damit sagen, dass Sie uns eine Gehirnwäsche verpasst haben?«

»In gewisser Weise. Tatsächlich habe ich eine mehrgleisige Herangehensweise gewählt. Sehr technisch. Die Details werden Sie nicht interessieren. Psychomanipulatoren, die heimlich in verschiedenen unverfänglichen Gebäuden gebaut wurden und die globale Wasserversorgung mit sich schnell reproduzierenden Mikroben beschickten, die aggressionsdämpfende Eigenschaften besitzen, ein paar unterschwellige Botschaften hier, ein paar durch Roboter-Duplikate ersetzte Weltenlenker da. Und noch ein paar andere Dinge, auf die ich im Moment lieber nicht eingehen möchte.«

»Unser Präsident ist ein Roboter?«

»Ihrer? Nein. Wenn auch ein Großteil Ihrer Regierung. Und die Bürgermeister von Scranton und Sheboygan. Es ist kompli-

ziert. Dennoch sind sie besser dran als Portugal. Ich musste die gesamte Population in Stasis versetzen. Das ganze Land ist in diesem Moment nur eine große holografische Projektion.«

»Das ist unmöglich.«

»Haben Sie in letzter Zeit einen portugiesischen Staatsbürger berührt?«, fragte ich. »Nicht in den letzten fünfzehn Jahren, das kann ich Ihnen versichern.«

»Wir würden es bemerken.«

»Wenn ja, dann wäre das eine unterdurchschnittliche gedankliche Neuprogrammierung. Nennen wir es nicht einmal Gehirnwäsche. Nennen wir es ... oh, ich weiß auch nicht, etwas weniger Aggressives jedenfalls. Wir denken uns später etwas aus.«

»Ich bin mir sicher, Ihnen wird etwas Großartiges einfallen«, antwortete er lächelnd.

»Sie sind zu freundlich. Aber um auf die Gehirnwäsche-Sache zurückzukommen – sind Sie sich absolut sicher, dass Sie es wüssten?«

»Ja. Ich bin mir sicher.« Aber einen Augenblick später war er nicht mehr so überzeugt. »Oder was meinen Sie?«

»Ich glaube, Sie sollten sich deswegen keine Gedanken machen.«

»Da haben Sie wahrscheinlich recht.«

»Colonel, könnten Sie die U.N. anrufen lassen und denen sagen, dass ich demnächst vorbeikomme? Ich wüsste es zu schätzen, wenn Sie dafür sorgen könnten, dass sie eine Art Krönungszeremonie vorbereiten. Nichts Übertriebenes. Ich will keinen Wirbel machen.«

Er salutierte. Diesmal gab es kein Zögern. »Ja, Sir.«

»Ach, und lassen Sie ein paar Fahnen hissen. Irgendetwas

Prägnantes.« Ich breitete die Hände aus und betrachtete einen imaginären Slogan. ›Willkommen, Imperator Mollusk, Warlord von Terra.‹ Oder ist das zu viel?«

»Nein, es ist perfekt.«

Nachdenklich tippte ich an meine Kuppel. »Mir kommt es übertrieben vor. Na ja, die Details können wir auch später noch festklopfen.« Ich drehte den Colonel zurück zu seinen Soldaten, ging an Bord der Untertasse und winkte den terranischen Truppen um mich herum zu. Lächelnd winkten sie zurück. Der Colonel grinste am breitesten.

VIER

Die Atlanter schickten ein Schiff, um ihre Soldaten abzuholen. Sie boten (gegen einen geringen Aufpreis) an, als Begleitschutz zu fungieren. Aber ich brauchte keinen.

Zalas Wache, die zu spät angekommen war, um noch gegen den atlantischen Angriff nützlich zu sein, bestand darauf, als Unterstützung mitzukommen. Solange ich meine eigene Untertasse nehmen konnte, beschloss ich, nicht zu diskutieren. Da draußen wollte mich jemand töten, und obwohl ich noch nie der Typ war, der sich hinter Bodyguards versteckt, wusste ich nicht, was dagegen gesprochen hätte.

Mein Schiff bestand zum größten Teil aus Frachtraum und Waffensystemen. Das Cockpit besaß keinen Sitz, weil ich aus praktischen Gründen auf dem Flug entweder in einem Exoskelett saß oder in einem Salzwassertank fläzte. Trotzdem verlangte Zala, an meiner Seite zu bleiben. Wenn sie bereit war, in der Ecke, die nicht von der zusammengerollten Snarg und meinem Tank eingenommen wurde, auf einem Klappstuhl zu sitzen, war das für mich in Ordnung.

»Hier wäre mehr Platz, wenn Ihr Haustier nicht dabei wäre. Gibt es einen Grund, warum sie nicht im Frachtraum liegen kann?«, fragte sie.

»Sie ist beim Fliegen immer ein bisschen nervös«, antwortete ich, während ich die Koordinaten in den Bordcomputer hämmerte.

Snarg gurgelte. Ihre Krallen zogen Kratzer in den Metallboden.

Venusianische Kriegerinnen sind stolz auf ihre Furchtlosigkeit, aber Zala wich vor dem unruhigen Ultrafüßler zurück. »Wäre es nicht klüger, das Tier anzubinden?«

»Das würden Sie nicht sagen, wenn Sie wüssten, wie sie reagiert, wenn sie in einen Käfig gesperrt wird.«

Snarg wölbte den Rücken und kreischte unzufrieden.

Ich aktivierte das Navigationssystem. Die Untertasse hob ab.

»Ich verstehe immer noch nicht, was Sie tun, Mollusk«, sagte Zala. »Das ist doch Wahnsinn.«

»Und was würden Sie mir vorschlagen?«, fragte ich. »Mich in venusianische Schutzhaft zu begeben und mich verstecken zu lassen, während Sie versuchen, alledem auf den Grund zu gehen?«

»Wäre vernünftig.«

»Ich habe noch nie zu denen gehört, die ihre Probleme von anderen lösen lassen, Zala.«

»Also fliegen Sie stattdessen direkt ins offene Maul Ihrer Feinde. Vielleicht sind die Geschichten über Ihre schurkische Genialität übertrieben. Oder sagt Ihnen Ihr Ego, dass niemand außer Ihnen dieses Problem lösen kann?«

»Drehen wir die Situation doch um. Angenommen, Sie wären das Ziel eines Mordkomplotts. Fänden Sie es angenehm, bewacht herumzusitzen, während jemand anders … sich um das Problem kümmert?«

»Ich würde tun, was man mir befiehlt.«

Ich gluckste. »Sie weichen der Frage aus.«

»Als Soldatin …«

Zala hatte sich lange genug zwanghaft mit mir beschäftigt, um meinen nicht überzeugten Blick lesen zu können.

»Ohne die Befehlskette gibt es nur Anarchie«, behauptete sie.

»Das ist immer noch keine Antwort.«

Und dann tat Zala etwas, das ich nie erwartet hätte: Sie dachte darüber nach. Es war nicht leicht für sie. Sie zog die grauen Augenbrauen zusammen und schürzte die blauen Lippen. Mehrmals rutschte sie auf ihrem Stuhl herum. Ich hatte Zala nie für dumm gehalten, aber Vorstellungskraft war nie ihre große Stärke gewesen. Doch unter all dem Training musste wohl etwas vergraben gewesen sein, und jetzt streckte es einen kurzen Augenblick den Kopf heraus und blinzelte ins Licht.

»Mollusk, wenn ich Sie wäre, würde ich hoffen, dass ich vernünftig genug wäre zu wissen, wann ich töricht bin. Aber ich kenne Sie, und ich weiß, dass Sie abgesehen von Ihrem Bedürfnis nach Selbstständigkeit und dem vollkommenen Fehlen von Vertrauen in die Fähigkeiten

Ihrer Umgebung lieber sterben würden als eingesperrt zu werden.«

Ich drückte ein paar Knöpfe, die gar nicht gedrückt werden mussten. Als ich einen Blick hinter mich warf, saß sie da und lächelte nur.

»Das muss ärgerlich sein«, fuhr sie fort. »So einen großen Intellekt zur Verfügung zu haben und doch nicht recht zu wissen, was man damit anfangen soll. Ich stelle mir vor, es muss ziemlich anstrengend sein, Herausforderungen zu finden, die ihn wert sind.

Was ich nicht verstehe, Mollusk, ist, wenn Sie so klug sind, warum sind Sie dann nicht damit zufrieden, die Rätsel des Universums zu lösen? Es muss doch sicher eine große Gleichung oder einen unglaublichen wissenschaftlichen Durchbruch geben, den Sie dem Universum in diesem Moment schenken könnten. Aber stattdessen flitzen Sie herum und kämpfen gegen Mörder. Ein bisschen unziemlich für ein Genie Ihres Kalibers, wenn Sie mich fragen.«

Ich hatte ein Monster erschaffen. Jetzt, wo Zala dachte, hatte sie einen Höhenflug. Aber ich sah eine Chance, sie zu unterbrechen, und ergriff sie.

»Dies ist nicht das Werk der Zelebranten des Vergessens«, sagte ich.

»Wie kommen Sie darauf?«

Ich antwortete: »Die Zelebranten des Vergessens sind ein sagenumwobener Kult von todesverehrenden Nihilisten, deren Existenz noch nicht einmal bewiesen ist. Falls ein solcher Kult existiert, benutzt er sicher keine Hilfe von außen in Form von atlantischen Söldnern mit zweifelhafter Loyalität. Auf keinen Fall startet er halbherzige Mordanschläge, die eher zum Scheitern verurteilt sind, als zum Erfolg zu führen.«

»Sie wollen mir damit aber nicht sagen, dass Sie nie in Gefahr waren, oder?«

»Nein, die Gefahr war da. Ich hätte getötet werden können. Aber es war nicht sicher, und die Zelebranten würden sich mit nichts Geringerem zufrieden geben. Andernfalls würden sie nicht die schattenhafte Präsenz bleiben, die vielleicht existiert oder auch nicht. Wenn die Zelebranten töten, tun sie das außerdem auf so subtile Art, dass niemand je davon erfährt.

Sie sind eine Legende. Sie laufen nicht herum und lassen Visitenkarten zurück oder sprengen ihre Zielpersonen in die Luft. Hätten sie mich wirklich töten wollen, wäre ich schon tot. Höchstwahrscheinlich.«

»Ich bin angenehm überrascht, dass Sie zugeben, nicht unfehlbar und unbesiegbar zu sein.«

»Habe ich je das Gegenteil behauptet? Ich bin aus Fleisch und Blut. Ich mache Fehler. Dass ich klüger bin als Sie, heißt nicht, dass ich perfekt bin.«

Sie schaute mich finster an.

»Und wenn ich sage *Sie*, dann meine ich nicht Sie im Speziellen. Ich meine einfach die große Mehrheit der intelligenten Wesen im System.« Ich rieb meine Kuppel. »Auch wenn das wohl streng genommen trotzdem heißt, dass ich behaupte, schlauer zu sein als Sie, was ja auch stimmt.«

Blaue und grüne Flecken bildeten sich auf ihrem Hals und Gesicht. Ein Zeichen ihrer Verärgerung.

Ich dachte daran, mich zu entschuldigen, darauf hinzuweisen, dass ich nur die offensichtliche Wahrheit aussprach, aber ich war mir ziemlich sicher, dass es falsch ankommen würde, egal, wie ich es formulierte.

»Aber Sie stellen Vermutungen an, Imperator. Wenn niemand je bewiesen hat, dass die Zelebranten existieren, liegt es nahe, dass ihre Methoden und Ziele noch viel rätselhafter bleiben.«

»Ja ... rätselhaft.«

Zala machte schmale Augen. »Was wissen Sie?«

»Ich weiß, dass die Zelebranten existieren«, sagte ich. »Und ich weiß außerdem, dass sie glauben, Entropie sei die einzige unaufhaltsame Kraft im Universum. Aber statt Weltuntergangsszenarien zu entwerfen, streben sie danach, die Kunst der Entropie zu produktiven Zwecken zu nutzen. Abgesehen davon kann ich nichts über sie sagen.«

»Und woher wissen Sie das?«

»Ich kann es nicht sagen. Und ich meine damit, dass ich es nicht darf. Wenn ich zu viele Informationen über die Zelebranten an Sie weitergäbe, würden sie mich töten.«

»Ich hätte nicht gedacht, dass Sie jemanden fürchten, Imperator.«

»Jetzt wissen Sie es«, erwiderte ich. »Also fragen Sie nicht. Glauben Sie mir einfach, dass ich weiß, wovon ich spreche.«

Ich lenkte das Gespräch zurück auf dringlichere Themen.

»Wer auch immer diese Söldner angeheuert hat, er hatte guten Grund zur Annahme, dass sie scheitern. Jeder, der die Funktionsweise der Armee von Atlantis kennt, weiß, dass ihre Loyalität nur so stark ist, wie es ihre vertraglichen Verpflichtungen verlangen. Deshalb nehme ich an, dass der Angriff selbst bloß meine Aufmerksamkeit wecken sollte und dass hier weitreichende Machenschaften am Werk sind.«

»Das ist eine interessante Theorie«, stimmte sie zu, »aber es gibt da ein altes venusianisches Sprichwort: ›Der hungrigste Pantoffel kann den ganzen Tag Steine in Froschform fressen.‹«

»Ich bin vertraut mit diesem Ausdruck.«

»Dann muss ich ihn ja wohl nicht erklären. Wo Sie doch so viel schlauer sind als ich.«

Es war vollkommen denkbar, dass ich eine Verschwörung heraufbeschwor, obwohl Inkompetenz normalerweise die vernünftigere Erklärung war. Ich konnte das belebende Gefühl nicht leugnen, das in den Monaten gefehlt hatte, seit ich den Plan meines Klons vereitelt hatte. Langeweile war schon immer mein beharrlichster Feind gewesen. Ein Feind, dem ich nur zuvorkommen, ihn aber niemals besiegen konnte. Und ich machte mir Sorgen um den Tag, an dem es keine Herausforderungen mehr gab, keine wissenschaftlichen Durchbrüche, keine Feinde, so unwahrscheinlich das auch zu sein schien. Aber eine ausreichend lange Flaute konnte genauso besorgniserregend sein und mich dazu führen, den Geistern meiner eigenen Phantasie nachzujagen.

»Sie haben nicht unrecht«, sagte ich, »aber falls ich mich irre, würde es nicht schaden, es sich anzuschauen. Und wenn ich richtig liege ...«

»Wenn Sie richtig liegen, dann manipuliert Sie jemand

aus unheilvollen Gründen, die Sie erst noch entschlüsseln müssen, und Sie spielen ihnen direkt in die Hände.«

Sie erwartete, dass ich sie widerlegte, aber sie hatte recht.

»Dann sind Sie meiner Meinung? Dass das auf jeden Fall ein närrisches Vorhaben ist?«

Zala stellte die spitzen Ohren auf.

»Also sind Sie meiner Meinung?«, fragte sie noch einmal.

Sie wollte Bestätigung. Ein weniger gefestigter Intellekt hätte vielleicht Mühe gehabt, ihr diesen Sieg zuzugestehen, aber ich war selbstsicher genug zuzugeben, wenn ich mich irrte.

Auch wenn ich mich nicht irrte.

Ich gab zu bedenken: »Wenn alle Optionen gleich tollkühn sind, können Sie genauso gut auch die interessantere wählen.«

Zala beugte sich vor. »Ich habe es Sie nicht sagen hören.«

»Ja. Ich stimme zu.«

Sie beugte sich noch weiter vor; jetzt war sie kurz davor, vom Stuhl zu fallen.

Ich seufzte. »Ja, ich bin Ihrer Meinung.«

Sie nickte. Es war nicht mehr als ein kleiner Triumph, aber manchmal waren die kleinen Triumphe die süßesten.

»Jetzt, wo Sie es zugegeben haben: Was soll mich davon abhalten, Sie aus diesem mechanischen Anzug zu pflücken und in Schutzhaft zu bringen? Zu Ihrem eigenen Besten natürlich.«

»Zunächst haben Sie einen Eid geschworen, und wir wissen beide, dass Sie den nicht brechen werden. Zweitens sind Sie genauso neugierig wie ich zu sehen, wo das hinführt. Und drittens ...«

Ich zeigte auf Snarg. Ihre Fühler zuckten, und sie stieß ein leises Fauchen aus.

Zala musterte Snarg. Auf engstem Raum mit nur einem scharfen venusianischen Schwert und einer kleinen Pistole an der Hüfte hatte sie keine große Chance. Aber ich war nicht dadurch so weit gekommen, dass ich meine Feinde unterschätzte. Sie war eine ausgezeichnete Kriegerin, und wenn es jemand konnte, dann sie.

»Selbst wenn Sie es schaffen, all diese Hindernisse zu überwinden und mich aus meinem Exo zu pulen, sollte ich darauf hinweisen, dass wir Neptuner mit unseren Tentakeln genug Druck ausüben können, um Stahl zu biegen. Oder dass unsere Saugnäpfe schrecklich schmerzhafte Wunden zufügen können. Ganz zu schweigen davon, dass es wesentlich schwerer ist, einen nassen Wirbellosen festzuhalten, als man denkt.«

Sie saß jetzt auf der Kante ihres Stuhls. Vielleicht bereitete sie sich auf den Sprung vor. Oder sie dachte nur darüber nach. Falls sie Glück hatte, konnte sie mir ihr Krummschwert durch den Kopf treiben. Schnell genug war sie. Snarg würde es ihr mit gleicher Münze heimzahlen und sie töten. Oder ihre Götter würden sie zerschmettern. Doch beides war ein Preis, den sie gern zahlen würde.

Aber Zala wollte mich nicht töten. Sie wollte mich lebend und wohlauf. Das war schon immer mein Vorteil gewesen, und das änderte sich auch jetzt nicht.

Sie lehnte sich zurück, verschränkte die Arme und lächelte leicht und undurchdringlich.

»Also gut, Mollusk. Wir machen es auf Ihre Art. Aber glauben Sie nicht, Sie entkommen der Gerechtigkeit, indem Sie durch Ihre eigene Arroganz sterben.«

Ich winkte ab. »Träumen Sie weiter!«

Entgegen der allgemeinen Annahmen ist Atlantis nicht im Ozean versunken. Nicht ganz. Zehn Quadratmeilen Land von dem, was einmal der größte Berg des verlorenen Kontinents gewesen war, blieb über der Oberfläche. Es war ein Filetgrundstück, und nur die Mächtigen und Privilegierten lebten das trockene Leben.

Jeder Quadratzentimeter Fläche wurde von Wolkenkratzern eingenommen, aber ein einzelnes Hochhaus in der Mitte thronte über allen. Die untergehende Sonne spiegelte sich in dem polierten Glas, dem Stahl und den Tausenden und Abertausenden von unbezahlbaren Edelsteinen, die in die Wände eingelassen waren. In der Nacht würden die Scheinwerfer angehen, und die Juwelen würden einen glitzernden Turm der Opulenz formen.

Zala zog ein finsteres Gesicht. »So eine lächerliche Zurschaustellung von Reichtum!«

Ich stimmte ihr zu. Im Prinzip. Aber wenn man Geld und Macht hatte und sonst nichts zu tun, hielt man es vielleicht für eine gute Idee, einen Wolkenkratzer mit Diamanten und Smaragden zu verzieren. Ich wollte gern glauben, ich stünde über solchen Dingen, doch hatte ich in einem Anfall von Zügellosigkeit auch mein Gesicht in den Mount Rushmore hauen lassen ... also stand mir kein Urteil zu.

Zwei Schiffe von Atlantis erschienen und boten Geleitschutz an. Sie erwähnten etwas von meinem venusianischen Schiff, aber ihre Beschwerden endeten, als ich versprach, ihnen für ihre Mühe zusätzliche Parkkosten zu zahlen.

Unser Schiff landete auf dem Dach des Kapitols. Zala drückte ihre Überraschung darüber aus, dass wir nicht auf der Stelle erschossen wurden, und als wir von Bord gingen, suchten ihre feingeschliffenen Kriegerinstinkte nach Anzeichen für einen Hinterhalt. Ihre Kampfgarde flankierte mich, und ich bin mir sicher, es sah sehr pompös aus, als mich ein Atlantis-Aufgebot empfing, angeführt von einem großen, rundlichen Offizier.

Atlanter haben von Natur aus einen orangegoldenen Hautton, doch bei den Trockenen ist es Mode, die Haut zu färben, um die Farbe zu verstärken. Und da sie keine Haare haben, sind auch Perücken sehr beliebt. Der Offizier trug eine schwarze Frisur mit Schmachtlocke. Dies, zusammen mit der glitzernden weißen Uniform, verlieh ihm versehentlich die Anmutung eines bunten Elvis-Diktators.

»Ach, Lord Mollusk.« Er packte meine mechanischen Hände und wackelte ein bisschen damit, was die traditionelle Begrüßung war. »Ich bin Leutnant Cal und werde Ihr Verbindungsmann sein, während Sie unsere wundervolle Nation besuchen. Es freut mich so, Sie kennenzulernen.«

»Danke, Leutnant.«

»Mir danken? O nein, ich sollte Ihnen danken. Das ist eine ziemlich große Ehre. Wirklich eine ziemlich große Ehre. Den ehemaligen Warlord von Terra zu beschäftigen wird sich in meinem Lebenslauf großartig machen. Im

Vertrauen gesagt: Ich buckle für eine Beförderung, und das könnte genau das Richtige sein, um mich hinaufzuhieven.«

Zala schnaubte höhnisch. Laut hörbar.

»Ich sehe, Sie haben Ihr eigenes Personal mitgebracht«, sagte Cal, ohne sich Mühe zu geben, seine Verachtung zu verbergen. »Das wäre gar nicht nötig gewesen. Ich habe den Befehl, mich all Ihrer Bedürfnisse anzunehmen, während Sie hier sind, und ich kann Ihnen versichern, dass Ihnen der feinste Luxus zur Verfügung stehen wird. Sie müssen nur fragen.«

»Danke«, sagte Zala, »aber wir bleiben nicht lang.«

Cal neigte den Kopf zur Seite, als habe er das Summen eines Insekts vernommen, dessen er sich nur vage bewusst war, bevor er sich an mich wandte.

»Wir haben uns die Freiheit genommen, auf Grundlage Ihrer früheren Besuche bei uns die beste Salzwasseranwendung vorzubereiten. Ich bin mir sicher, das wird nach Ihrem Flug sehr entspannend für Sie sein.«

»Verführerisch«, sagte Zala, »aber wir haben es ein bisschen eilig.«

Er legte den Arm um mich, als wären wir alte Freunde. »Und wir haben eine Sonderbestellung sauren Seetang nach Neptun-Art, von dem mir der Küchenchef versichert, er sei frisch und lecker.«

Es war lange her, seit ich etwas anderes als Nährstoffextraktpaste gegessen hatte.

»Es kann nicht schaden, zum Essen zu bleiben, denke ich. Ich möchte nicht unhöflich sein.«

Zala schnaubte wieder. Diesmal noch lauter.

»Ich hätte nicht gedacht, dass es möglich ist, sauren Tang von Neptun auf Terra frisch zu halten«, sagte sie. »Woher haben Sie den überhaupt?«

»Ah, das ist leider ein Betriebsgeheimnis.« Cal lächelte teuflisch.

Er drehte sich um und führte uns zu unserer Suite. Die unausgesprochene Vereinbarung war, dass nichts davon kostenlos war, aber ein kultivierter Kopffüßer sprach nicht über diese Dinge.

»Finden Sie es nicht ein bisschen merkwürdig«, fragte Zala, »dass sie so auf unsere Ankunft vorbereitet sind? Inklusive des seltenen Gerichts, zu dem nicht einmal Sie Zugang haben? Es ist geradezu, als hätten sie Sie erwartet.«

»Sie haben mich erwartet.«

»Macht Ihnen das keine Sorgen?«

»Das würde es, wenn es mich überrascht hätte, aber ich habe Ihnen schon gesagt, dass der einzige Grund des Angriffs der war, mich herzubringen. Ist es nicht so, Cal?«

Der Leutnant drehte sich nicht zu mir um, aber ich konnte sein unbeirrbares Lächeln in seiner Stimme hören. »Ich habe leider nicht die Freiheit, darüber zu sprechen, Lord Mollusk.«

Ich schob Cal ein paar Goldmünzen in die Hand. Seine Finger prüften das Gewicht und den Wert des Metalls, wenn auch mit Diskretion. Als es zu seiner Zufriedenheit war, sagte er: »Ja, Sir. Man sagte uns, wir sollten uns auf Sie einstellen, falls Sie den Mordversuch überleben.«

Ich nickte Zala wissend zu, die nur verärgert den Kopf schüttelte.

»Und wie viel wird es kosten herauszufinden, wer Ihr mysteriöser Auftraggeber ist?«, fragte sie.

Er tat sein Bestes, die Frage einer Untergebenen zu ignorieren, aber Zala ließ sich nicht leicht entmutigen. Sie packte ihn und wirbelte ihn herum.

»Du wirst mir antworten, du aufgeblasenes Pseudoexemplar eines Soldaten!«

Die Atlanter und Venusianer zogen ihre Waffen. Snarg fauchte neugierig.

Cal befahl seinen Soldaten, sich zurückzuhalten. »Na, na, so behandelt man keinen Kunden. Auch wenn wir es zu schätzen wüssten, wenn Sie Ihre Aushilfe auf Linie halten könnten, Lord Mollusk.«

»Ich arbeite nicht für ihn«, sagte sie mit zusammengebissenen Reißzähnen. Sie befahl ihrer Kampfgarde, die Waffen zu senken.

Ich verhielt mich ruhig. Ich war nie gut in Diplomatie gewesen, und alles, was ich sagte, machte die Sache wahrscheinlich nur schlimmer.

»Wie lange müssen wir Ihr Spiel spielen, Cal?«, fragte Zala, wobei sie die Stelle, an der sie seinen militärischen Rang ausließ, sehr deutlich aussprach.

»Es steht mir nicht zu, alle Details des Vertrags zu besprechen«, antwortete er mit ebenso großer Geringschätzung.

»Das ist Unsinn.« Zala warf die Hände in die Luft. »Man verhandelt nicht mit dem Feind! Man zerquetscht den Feind mit gnadenloser Präzision!«

»Und doch nennt man *mich* einen Superschurken«, sagte ich.

Sie starrte mich wütend an und bewies damit, dass ich recht hatte, was meine Fähigkeit anging, alles immer schlimmer zu machen.

»Ich bin mir sicher, dass wir aus einem guten Grund hier sind, Zala. Und dieser Grund wird sich herausstellen, wenn die Zeit gekommen ist.«

Ihre knappe zustimmende Reaktion wurde von einem fürchterlichen Kreischen übertönt.

Vor der untergehenden Sonne erschien ein schwaches rosa Glühen, das von dem Flimmern auf der Wasseroberfläche zuerst nicht zu unterscheiden war. Ein phosphoreszierender Berg stieg aus den Tiefen, und die schimmernde, siebzig Meter große Kreatur stieß ein furchterregendes Heulen aus.

»Bei den Zwölf Göttern«, staunte Zala, »was ist das?«

»Eine widernatürliche Kombination genetischer Verbesserungen, die in einem vernünftigen Ökosystem niemals existieren würde«, antwortete ich.

»Und woher wissen Sie das so schnell?«

»Ich habe sie geschaffen.«

FÜNF

Der biolumineszente Gigant schritt ans Ufer von Atlantis' Hauptstadt. Seine leuchtende Riesengestalt schleppte sich höchst ungelenk übers Land auf das Hochhaus zu.

Zala wirbelte zu Leutnant Cal herum. »Was hat das zu bedeuten?«

»Ich habe keine Ahnung«, sagte er.

Sie packte ihn am Kragen. Seine Soldaten waren viel zu erschrocken über das sich nähernde Monster, um ihm zu Hilfe zu eilen.

»Wie viel bekommen Sie dafür bezahlt?«, fragte sie.

»Lassen Sie ihn los, Zala. Ich glaube nicht, dass das Exekutivkommando von Atlantis das erwartet hat. Sie sind vielleicht geizig, aber selbst sie könnten ihre Bürger schlecht davon überzeugen, ihre geliebte Hauptstadt von einem Monster zerstören zu lassen.«

»Warum haben Sie ein solches Ding geschaffen?«, fragte sie.

»Es ist ein Qualligant. Den Namen mochte ich eigentlich nie, aber ich dachte, ich würde ihn später ändern. Doch dann habe ich das Projekt zurückgestellt und es vergessen.«

»Aber Sie sagten, Sie hätten das Ding geschaffen!«

»Ich habe das Design erforscht. Es war eine Gedankenspielerei. Ich bin immer davon ausgegangen, dass es zu lange dauern würde, und ich war nicht überzeugt, dass es eine existenzfähige Lebensform sein würde.«

Der Qualligant (der Gigantiblob? Der Schleimosaurus? Das Klebgeheuer?) war hauptsächlich ein Berg aus Wackelpudding, aber er besaß auch ungeheure mechanische Tentakel, mit denen er auf der Erde vorwärtstaumeln konnte. Außerhalb des Wassers war er nicht sehr schnell (*darin* allerdings auch nicht), doch was ihm an Geschwindigkeit fehlte, glich er mit Zielstrebigkeit aus. Er war deutlich schneller als ein Gletscher und weit unversöhnlicher.

Cal bellte einen Befehl zum Sammeln. Innerhalb von Minuten standen Fluggeräte in Formation. Sie beschossen und bombardierten die Kreatur mit aller Hardware, die sie zur Verfügung hatten. Sie heulte und brüllte und vermittelte den falschen Eindruck, sie verletzten das Ding.

»Wir sollten die Umgebung evakuieren«, sagte Zala.

»Ich kann Ihnen versichern«, sagte Cal, »dass wir das in der Hand haben.«

Der Qualligant benutzte kybernetische Tentakel, um die Kampfjets vom Himmel zu fegen – wie ein Elefant, der mit dem Schwanz nach Fliegen schlägt. Sie hätten ihn den ganzen Tag beschießen können – mit unwesentlichem Ergebnis. Die einzige entscheidende Stelle der Kreatur war ihr Nukleus, geschützt von einer Masse aus höchst absorptionsfähigem Fleisch. Der Qualligant hielt in seinem Marsch auf das Gebäude nicht inne, aber es würde noch ein paar Minuten dauern, bis er uns erreichte.

Ich starrte das Monster an, das die Stadt verwüstete. Ich ging näher ans Fenster und studierte die Bestie, eine hübsche Ausgeburt der Genetik und Ingenieurskunst. Sie war prächtig, ein Triumph der Wissenschaft. Wären Neptuner in der Lage zu weinen – ich hätte eine Träne vergossen.

Zala riss mich aus meinem Delirium.

»Wir müssen weg.«

»Ach, richtig.« Ich zwang mich zur Konzentration. »Wir müssen in mein Schiff.«

Wir rannten wieder auf unsere Untertasse zu. Cal fiel zurück, gab lahme Beschwichtigungen von sich, obwohl nichts, was die Atlanter nach dem Monster warfen, irgendeine Wirkung hatte. Ich ging mit Snarg und Zala an Bord meines Schiffs, startete und flog auf den Qualliganten zu.

»Was haben Sie vor, Mollusk?«, fragte sie.

»Ich muss näher heran«, antwortete ich.

Das Monster wedelte mit seinen Tentakeln zu meiner Untertasse hin, doch das Navigationssystem konnte ihnen mit Leichtigkeit ausweichen. Der Trägheitsdämpfer sorgte für einen ausgeglichenen Flug, während meine Untertasse zwischen den tödlichen Metallranken hindurchschoss.

Jede Bewegung des Qualliganten verursachte Millionen Dollar an Sachschäden. Die Zahl der Todesopfer hätte schon in die Tausende gehen müssen, aber wenn die Atlanter eines aus ihrer vorherigen Katastrophe gelernt hatten, dann war es, wie man eine geordnete Evakuierung plante. Fluchtkapseln waren in ihrer Architektur Standard.

Hunderte der kugelförmigen Kapseln schossen in den Himmel und in Sicherheit. So viele, dass mein Schiff eher in Gefahr war, von einer Kapsel getroffen zu werden als von einem Tentakel.

Zala sagte: »Mollusk, sind Sie wahnsinnig? Gehen Sie raus aus der Reichweite dieser Kreatur!«

»Lassen Sie mich nur noch ein paar Sensorabtastungen vornehmen.«

Die Untertasse schwirrte zwischen zwei Tentakeln durch, wich einer Rettungskapsel aus und flog zwischen die fallenden Trümmer.

»Noch ein Scan«, sagte ich.

Zala drehte mich vom Monitor weg.

»Kapieren Sie es nicht, Mollusk? Das Ding ist das perfekte Werkzeug, wenn man jemandem wie Sie ermorden will. Sie können ihm nicht widerstehen. Jedes vernünftige Wesen würde umdrehen und davonfliegen, aber Sie können das nicht. Sie müssen näher heran und es sich genauer anschauen!«

»Hmmm. Wahrscheinlich haben Sie recht.«

Ich hörte nur halb zu, während ich die Kreatur nachdenklich musterte. Sie hatte sich von den Atlantern abgewandt und konzentrierte sich jetzt auf mein Schiff. Mein Original-Entwurf hätte das nicht erlaubt, denn er hätte eine fotosensible Pigmentierung besessen, mit der er zwar Licht und Dunkelheit unterscheiden konnte, aber keine klaren Formen. Es brauchte nicht mehr, da der Qualligant für die Massenvernichtung gedacht gewesen war. Er war eine Waffe, um Städte zu zerstören, nicht Individuen zu töten, und halb blind zu sein war kein Problem.

»Achtung, Exekutivkommando von Atlantis, hier spricht Imperator Mollusk«, funkte ich. »Rufen Sie Ihre Flotte zurück. Ich werde den Feind neutralisieren.« Mit einem Lächeln fügte ich hinzu: »Mein Honorar werden wir später besprechen.«

»Sind Sie verrückt geworden?«, fragte Zala.

»Ich habe es entworfen. Mehr oder weniger jedenfalls. Dann kann ich es auch zerstören.«

»Daran zweifle ich nicht«, sagte sie.

Mit dem beiläufigen Schwung eines Tentakels warf der Qualligant ein zwanzigstöckiges Gebäude um.

»Okay, ich zweifle doch ein kleines bisschen daran. Aber wenn Sie wissen, dass dieses Ding eine Falle ist, warum spielen Sie dann mit?«

»Wenn ich gehe, verliere ich.«

»Aber Sie leben.«

»Stimmt, aber ich bekäme ungern den Trostpreis.«

Ich stellte das Schiff auf Ausweichmanöver ein und führte die Kreatur dabei – um den Schaden möglichst gering zu halten – auf demselben Weg zurück in den Ozean, auf dem sie gekommen war.

»Der Qualligant ist eine zu mächtige Waffe; niemand darf sie in die Finger bekommen, Zala. Unbeaufsichtigt könnte sie unbeschreibliche Verwüstungen anrichten.«

»Seit wann scheren Sie sich um so etwas?«

»Ich werde nicht zulassen, dass Außenstehende meine eigene Wissenschaft nutzen, um Schaden anzurichten.«

Im Frachtraum reichte mir ein Roboter einen Würfel von sieben Kilo. Ein weiterer sicherte den Jetpack und den Mikrowellenemitter an meinem Exo. Ich öffnete den Würfel, drückte und drehte ein paar Knöpfe, bis ich mit der Einstellung zufrieden war.

»Was ist das?«, frage Zala.

»Kieselerde-Bombe.«

»Sie wollen es in die Luft jagen?«

»Nicht ganz. Falls dieses Gerät funktioniert …«

»Falls?«

»Ich habe keine Zeit, alles in der Praxis zu erproben.« Ich öffnete die Türen der Verladerampe und starrte in die schimmernden Fleischberge meines Gegners.

»Sie bringen sich noch um«, sagte sie. »Ich habe Ihnen schon gesagt, ich kann das nicht zulassen.«

»Ich erinnere mich.«

Ein Roboter packte sie von hinten. Ich schaffte es nicht, ihre beiden Arme bewegungsunfähig zu machen, also zog sie mit der freien Hand ihr Krummschwert und hieb den Roboter entzwei. Ein paar weitere stürzten sich auf sie. Sie würde nun kurzen Prozess mit ihnen machen, aber damit hatte ich alle Zeit, die ich brauchte.

»Ich habe keine Zeit, eine Rakete zu programmieren und zu rüsten«, sagte ich.

Knurrend trat sie den letzten Roboter zur Seite.

Ich zwinkerte ihr zu und sprang hinaus. Sobald ich außerhalb der künstlichen Schwerkraft meiner Untertasse und ihrer Trägheitsdämpfer war, stürzte ich im freien Fall. Ich schaltete meinen Jetpack gerade rechtzeitig ein, um zu vermeiden, dass ich von einem baumlangen Tentakel zerquetscht wurde. Ausweichen war einfach, denn die Tentakel waren dafür ausgelegt, Gebäude zu zermalmen, aber kein einzelnes Exoskelett, das sich schnell bewegte.

Ich boxte mich mit minimalem Widerstand durch die äußere Haut des Monsters und schwamm durch den milchigen Pudding im Inneren des Qualliganten. Das Sehvermögen der Neptuner ist an trübe Gewässer angepasst, also konnte ich gut genug sehen. Ich schaltete auf meine Aquajets um und steuerte auf den Nukleus zu.

Ein Klumpen kybernetischen Protoplasmas, das Äquivalent eines weißen Blutkörperchens, reagierte aggressiv auf mein Eindringen. Seine mechanischen Gliedmaßen versuchten, mich in seine erstickende Masse zu ziehen. Ich verbrannte ihn mit dem Mikrowellenemitter zu einer verschrumpelten schwarzen Schmiere.

Er war nicht der einzige. Dutzende von Verteidigungsorganismen rückten näher. Zweimal schafften es die Klumpen, mich zu packen, und ich musste meine verletzten Beine, die sowieso totes Gewicht waren, abwerfen, um nicht aufgelöst zu werden.

Es ging langsam voran. Der dicke Pudding der Kreatur und die Armee von Schmiereklumpen waren lästig. Es gab jedoch keine Überraschungen. Alles war dicht genug an meinem ursprünglichen Entwurf, dass ich mich zurückhalten musste, nicht die Ergebnisse auszuwerten, um die nächste Generation Qualligant zu verbessern. Vielleicht war es der skrupellose Wissenschaftler in mir, der junge Kalmar, der nur zum Spaß Entsalzungsbomben baute und genetisch veränderte sechsköpfige Piranhas, doch irgendetwas an dem Qualliganten inspirierte mich.

Ich verdrängte meine wissenschaftlichen Instinkte und grub mich tiefer hinein. Ich erreichte den Nukleus, einen pulsierenden gelben Klumpen mit einem kybernetischen

Netz, das – falls man es so bezeichnen konnte – als Verstand der Bestie fungierte. Ich zögerte. Ich hatte nie vorgehabt, diese monströse Waffe zu bauen, doch nun, da sie hier war, zögerte ich, sie zu zerstören. Nur einen Augenblick lang.

Ich musste es tun. Wenn ich einem solchen Ding nicht einmal in meinen eigenen Tentakeln vertraute, konnte ich es auch keinem anderen anvertrauen. Die Herausforderung war gestellt, der Fehdehandschuh geworfen, und wenn ich den Qualliganten nicht zerstörte, war das eine Niederlage. Ich hatte schon vorher verloren. Aber niemals freiwillig. Es lag nicht in meiner Natur.

Ich bemerkte einen Knoten im Nukleus des Qualliganten, der dort nicht hingehörte. Es war nichts Großartiges. Nur eine kleine Komponente an der Verdrahtung, kaum wahrnehmbar. Wahrscheinlich war es gar nichts, eine eingebaute Redundanz, eine einfache Modifikation, doch bei der sehr oberflächlichen Untersuchung, die mir die Umstände erlaubten, erschien er mir nicht nur unnötig, sondern noch nicht einmal mit dem Rest des Systems verbunden. Bei genauerem Hinsehen entdeckte ich, dass er mit einer einfachen Verdrehung endete.

Die Abwehr des Qualliganten rückte näher und zog meine Aufmerksamkeit wieder auf meine Mission. Ich aktivierte die Bombe, warf sie in den Nukleus und drehte meine Jets voll auf, ohne mich darum zu kümmern, den Verteidigungsschleimklumpen auszuweichen. Vielmehr schoss ich einfach durch sie hindurch, nahm den Schaden in Kauf und überlegte, ob wohl genug von meinem Exo übrigbleiben würde, um mich vollends nach draußen zu bringen. Ich verlor einen Arm, und meine Batterie konnte die Jets fast nicht mit genug Energie versorgen, als ich aus dem Qualliganten brach. Meine Raketen sprangen an, stotternd und beinahe nicht mehr zu gebrauchen, doch sie brachten mich außer Reichweite der wild um sich schlagenden Gliedmaßen der Kreatur. Mein restliches Exo war nur noch tote Masse. Ich packte den Knoten mit den Tentakeln und löste den Schleudermechanismus der Pilotenkuppel aus, während das Exo vom Himmel fiel.

Die Notfall-Anti-Graviton-Hüllen der Kuppel verlangsamten meinen Fall, doch zu viel mehr waren sie nicht nütze. Der Qualligant schrie, als meine Bombe den Nukleus versengte und sich durch das Protoplasma brannte. Es dauerte eine Weile, bis eine Kreatur von seiner Größe starb. Sie taumelte hin und her und heulte, während ihr Schleim ergraute und verkalkte.

Sechs Minuten später war aus dem Qualliganten ein verkieselter Berg geworden.

Ich ging zwischen dem Schutt hindurch, den der Qualligant hinterlassen hatte. Alles in allem hätte die Zerstörung schlimmer sein können. Sachschäden bedeuteten neue Bauprojekte auf der Insel, was nach Denkart der Atlanter fast schon ein Segen war. Und die Verluste in der Bevölkerung waren minimal, wenn es auch einige gab, die nicht ganz unverletzt entkommen waren.

Ein Kind, halb unter Schutt vergraben, rief nach Zala. Sie eilte ihm zu Hilfe.

»Das würde ich an Ihrer Stelle nicht tun«, sagte ich.

Sie ignorierte die Warnung. Sie brauchte mehrere Minuten, um die Trümmer wegzuräumen, aber sie war nicht stark genug, um ein Stück Wand anzuheben.

»Sie könnten helfen«, sagte sie. »Diese Leute wären ohne Sie gar nicht in dieser Lage.«

Seufzend rief ich mehrere Dutzend Arbeitsroboter aus meinem Schiff. Sie rollten zwischen den Schäden hindurch und begannen mit der Rettungsarbeit. Zwei davon warfen die Wand beiseite, während Zala dem Kind auf die Beine half.

»Au«, sagte es. »Sie hätten nicht so fest ziehen müssen!«

»Wir sollten dich in ein Krankenhaus bringen«, sagte Zala.

»Ja.« Der Junge rieb sich die Schulter. »Ich glaube, Sie haben mir den Arm ausgekugelt.«

»Kannst du gehen?«

»Meine Beine sind okay.« Er bewegte den rechten Arm und verzog theatralisch das Gesicht. »Aber meine Schulter fühlt sich furchtbar an.«

»Ja, ja. Das tut mir leid. Ich hätte wohl vorsichtiger sein sollen, aber ich ...«

»Dann geben Sie also zu, dass Sie unvorsichtig waren«, sagte ihr Schützling.

»Na ja, so weit würde ich nicht gehen. Du warst halb lebendig begraben.«

»Aber meiner Schulter ging es prima, bevor Sie mir aufgeholfen haben.«

Zala verdrehte die Augen. »Also gut. Ich verstehe zwar nicht, warum das wichtig sein soll, aber es ist schon möglich, dass ich ... vielleicht ... die Verletzung verursacht habe.«

»Aha!« Das Kind wandte sich an mehrere andere Leute,

die gerade von meinen Robotern aus den Trümmern ausgegraben wurden: »Sie haben es alle gehört! Sie sind meine Zeugen. Sie hat mir eine Schulterverletzung zugefügt.«

»Dieser Roboter ist auf meine Hand getreten«, sagte ein alter Mann.

»Ich glaube, der hier hat meinen Tennisarm verschlimmert«, sagte ein anderer.

Die anderen geretteten Opfer führten ihre eigenen Beschwerden an, von gebrochenen Knochen bis zu vagen psychischen Traumata.

»Wie heißen Sie?«, fragte das Kind Zala. »Ich muss wissen, wem ich meine Arztrechnungen schicken soll.«

»Du stehst noch unter Schock. Du weißt nicht, was du sagst.«

Zala legte ihm die Hand auf die Schulter. Er heulte auf.

»Jetzt haben Sie es noch schlimmer gemacht!«

»Ich habe es gesehen«, sagte ein anderer. »Zeuge.«

Zala wich zurück, als sie auf uns zukamen.

»Seid ihr jetzt alle verrückt geworden?«, rief sie. »Eure Stadt wird von einer Katastrophe heimgesucht, und ihr wollt nichts als Profit daraus schlagen?«

»Die Atlanter finden Lebensmut in Rechtsstreits«, sagte ich. »Wenn sie ihre Bankkonten mästen können, hatte das Ganze wenigstens ein Gutes.«

»Tja, ich bin Bürgerin der Venus und ihren dummen Gesetzen nicht unterworfen.«

Die Bürger murmelten untereinander. Es war eine Grauzone. Vielleicht wären sie bereit gewesen, darüber zu streiten, aber warum sich die Mühe machen, wenn der ehemalige Warlord von Terra greifbar war.

Sie überschütteten mich mit ihren Klagen, doch ich hob eine Hand, um sie zur Ruhe zu bringen.

»Sobald die offiziellen Stellen hier sind, handeln wir eine gerechte Lösung aus.«

Zala zog sich in den Schatten meiner Untertasse zurück, und ich gesellte mich zu ihr.

Die Rettungskräfte von Atlantis trafen ein. Aus Protokollgründen hatten sie einen Anwalt dabei. Ich überließ es ihm, die zwei oder drei Dutzend Vergleiche auszuhandeln und besprach das Ganze mit Leutnant Cal.

»Meine Vorgesetzten sind meiner Meinung, Lord Mollusk, dass dies inakzeptabel ist.« Er machte eine effektvolle Pause. »Ziemlich inakzeptabel. Der Amoklauf dieses Monsters hat mindestens dreihundert verschiedene unrechtmäßige Verletzungsklagen gegen das Militär ausgelöst.«

Am Ende des Tages würden es zweifellos noch mehrere Tausend weitere sein. Und vermutlich auch nicht nur wegen des Verlusts von Leben und Eigentum. Falls sich ein fliehender Bürger den Zeh gestoßen hatte, fand er sicherlich jemanden, den er dafür verklagen konnte. Bürger am anderen Ende der Stadt würden Seelenqualen geltend machen. Einige würden klagen, weil die Warnhörner zu laut waren und mögliche Hörverluste verursachten. Andere würden klagen, weil die Hörner zu leise waren und ihnen damit nicht genügend Zeit zur Flucht geblieben war. Und es gab das allseits beliebte Schleudertrauma, verursacht durch den Start der Rettungskapseln.

Cal wischte sich mit einem Taschentuch die Stirn. »Die Gewinnspanne dieses Projekts ist inzwischen ...«

»Inakzeptabel?«

»Ihre flapsige Antwort bessert die Lage auch nicht.«

Ich beugte mich nieder und nahm eine Probe der pudrigen weißen Substanz am Boden. Der Versteinerungsprozess war instabil und der Qualligant zersetzte sich. Ich öffnete meinen Helm, um mit einem Tentakel über das Pulver zu reiben.

»Wer hat Sie beauftragt?«, fragte ich Cal.

Er stockte. »Wir haben noch nicht einmal mit den Verhandlungen über die Konditionen dieser Information begonnen!«

»Ich schreibe Ihnen einen Scheck.«

»Ich bin nicht befugt, in Abwesenheit eines Anwalts zu handeln.«

Ich stand auf und drehte mich zu ihm um. »Ich schreibe *Ihnen* einen Scheck.«

»Ich, Sir, bin ein Mitglied der angesehenen Armee von Atlantis. Ich habe den Eid geleistet, gewisse Regeln zu befolgen …«

Meine Geduld war am Ende.

»Ich werde Ihnen einen Scheck schreiben. Und Ihrer angesehenen Armee ebenfalls. Und noch einen für jeden Bürger, der den Angriff überlebt hat, mit einem ordentlichen Bonus für den Schmerz und das Leid. Und dann noch einen für den Wiederaufbau der Stadt. Am Ende wird Sie das keinen Penny kosten.«

Cal entspannte sich. »Das ist sehr großzügig von Ihnen, Lord Mollusk. Möchten Sie die Einzelheiten vielleicht bei einem Abendessen besprechen?«

»Möchte ich nicht. Ich reise in zwanzig Minuten ab.«

»Aber für eine so profitable Angelegenheit muss ich meine Vorgesetzten konsultieren.«

»Zwanzig Minuten.«

Ich ging und ließ ihn die Einzelheiten ausarbeiten.

»Ist das weise?«, fragte Zala. »Was, wenn er Ihnen die Information nicht gibt?«

»Das wird er. Auch wenn es nicht wichtig ist. Was immer diese Atlanter wissen mögen, es wird unwichtig sein.« Ich hob die Hand und zeigte ihr das Pulver auf meinen Fingerspitzen. »Das war der entscheidende Hinweis.«

»Warum bezahlen Sie sie dann überhaupt?«

»Weil ich ihre Stadt zerstört habe. Ohne mich wäre nichts davon passiert.«

Sie nickte vor sich hin. »Für jemanden, der behauptet, er sei nicht an Besserung interessiert, ist das äußerst verantwortungsbewusst.«

»Nein, ist es nicht. Mir stehen unbegrenzte Mittel zur Verfügung. Ich schwimme bis zu den Kiemen im Geld.«

»Dennoch bin ich überrascht, dass Sie sie nicht einfach hypnotisiert haben, damit sie die ganze Geschichte vergessen. Oder ihnen mit Zersetzung drohten.«

»Ist mir nie in den Sinn gekommen.«

Der Rettungsanwalt reichte mir einen Stapel Vergleiche, die meine Unterschrift benötigten, und dazu einen Stift. Ich unterzeichnete.

»Na ja, vielleicht habe ich doch ein- oder zweimal daran gedacht«, sagte ich mit einem leichten Lächeln.

SECHS

Die Atlanter waren anonym beauftragt worden. Ein Roboter hatte mit einer Tonne nicht zurückverfolgbaren Goldes den Mordauftrag bezahlt. Die Verträge waren mit einem X unterschrieben. Solange die Zahlung groß genug war, stellten die Atlanter bereitwillig keine Fragen.

Man erlaubte mir, das Sicherheitsvideo der Transaktion zu sehen. Der Roboter war allein in einem kleinen Schiff angekommen. Sowohl der Roboter als auch das Schiff beruhten auf meinem eigenen Entwurf.

Sonst konnte mir das Video nichts sagen, also schaltete ich es aus.

»Also, wohin jetzt?«, fragte Zala.

Ich projizierte ein dreidimensionales Bild unseres Ziels.

»Vor weniger als einem Jahrhundert entdeckte der Terra Sapiens die Atomenergie. Wie fast jede fühlende Rasse im System interessierte ihn fast augenblicklich die Größe der Explosion, die er damit auszulösen imstande war. Ein sehr amüsanter und vollkommen natürlicher Schritt in seinem technologischen Wachstum. Einer der Tests fand auf einer Insel in einem Graviton statt, das als Bermudadreieck wohlbekannt war.«

»Sind das Idioten?«

»Sie haben noch nicht alle Feinheiten der Schwerkraft verstanden. Zu ihrer Verteidigung muss ich sagen, dass ihre Entwicklung bisher sporadisch und verwirrend ist. Sie haben sich zwar in sehr jungen Jahren auf die Geometrie und Ingenieurswissenschaften gestürzt, aber Ewigkeiten gebraucht, um die Dampfmaschine einer guten Verwendung zuzuführen.«

»Was haben sie in der Zwischenzeit gemacht?«

»Kultur«, sagte ich. »Poesie, Musik, Theaterstücke, Philosophie. In solchen Dingen sind sie wirklich gut.«

Ich drückte einen Knopf, und verschiedene Bilder liefen über den Bildschirm. Erfolge der Architektur, Kunst und des kreativen Ausdrucks. Es war nicht so, dass die anderen Rassen des Systems frei von Kunst gewesen wären. Doch keine verbrachte annähernd so viel Zeit damit wie die Terraner.

»Sie haben eine gewaltige Vielfalt von dem Zeug produziert«, sagte ich. »Sie streiten darüber, steigern sich hinein, führen Kriege darüber. Sie erklären manches davon für hochwichtig, anderes aber für dumm und sinnlos. Und das Interessanteste daran ist, dass sie sich anscheinend nicht darauf einigen können, was davon was ist.«

Zala musterte die Bilder. »Wie bekommen sie irgendetwas Wichtiges zustande?«

»Beurteilen Sie sie nicht zu streng«, sagte ich. »Ich verstehe es auch nicht ganz, aber es scheint sie glücklich zu machen.«

Sie schüttelte den Kopf. »Wie haben sie es geschafft, so lange unerobert zu bleiben?«

»Hartnäckigkeit.« Ich lächelte. »Sie sind eine sture Rasse. Und sie haben Glück. Die Atomexplosion hat auf eine Art mit den Gravitons interagiert, wie es nur ein von einer Million Mal vorkommt. Statt ihren Planeten in die Luft zu jagen, bildete sie eine Raum-Zeit-Anomalie, ein einzigartiges Phänomen im ganzen System. Möglicherweise in der ganzen Galaxie.«

Zala sagte: »Ihre vielen verschiedenen Lebensformen, ihre seltsame Fähigkeit, jeder vernünftigen Annahme auf Auslöschung zu trotzen, ihre lächerlichen Bewohner. Langsam fange ich an zu verstehen, warum diese Welt Sie so fasziniert.«

»Sie ist voller Herausforderungen. Die Anomalie wäre beinahe in sich kollabiert und hätte Terra möglicherweise sogar zerstört. Aber ich habe einen Weg gefunden, sie zu stabilisieren.«

»Noch mehr Glück für die Terraner«, sagte sie.

Ich zeigte ihr eine Ansicht der Insel. »Die Anomalie sitzt auf dieser Landmasse, in einem Stadium von Quantum-Flux, unregelmäßig zugänglich, normalerweise zufällig. Oder mit der Hilfe eines Quantum-Synchronisators.«

»Mir war nicht bewusst, dass es im System so eine Technologie gibt.«

»Ich habe sie erfunden. Die relative Stabilität der terranischen Anomalie hat es mir leichter gemacht, das Problem zu knacken. Obwohl es auch durch meine vorherigen

Studien in Raum-Zeit bedeutend leichter wurde. Ich habe für meine Arbeit über Wurmloch-Theorie eine Belobigung bekommen. Primitives Zeug, aber nicht schlecht für einen Vorschüler.«

»Wird es Ihnen nie langweilig, über Ihre eigene Genialität zu sprechen, Imperator?«, fragte sie.

»Ich würde weniger darüber sprechen, wenn es kein so häufiges Gesprächsthema wäre.«

Ich zog eine Karte der Insel auf.

»Die Anomalie hat es ermöglicht, dass Flora und Fauna aus der Vergangenheit von Terra in die Gegenwart schlüpfen konnten. Die Strahlung hat dazu geführt, dass Mutationen um sich griffen. Ich nenne den Ort Dinosaurier-Insel.«

Sie grinste süffisant. »Sehr kreativ von Ihnen.«

»Ich bin ein Superschurke, kein Kartograf.«

Zala lehnte sich auf ihrem Stuhl zurück. »Ich denke, den Rest kann ich erraten. Sie verfügen über ein geheimes Labor oder Lager oder was auch immer auf dieser Insel – in der egoistischen Annahme, dass sich niemand Zugang verschaffen können wird.«

Vielleicht hatte sie das Wort *egotistisch* ein bisschen hart ausgesprochen, aber sie hatte nicht unrecht. Ich hatte einen Fehler gemacht, und dieser Fehler hatte Auswirkungen auf Atlantis gehabt.

»Keine markige Antwort?«, fragte Zala.

»Keine markige Antwort.«

Ich aktivierte den Synchronisator und übermittelte Instruktionen an unsere venusianische Eskorte. Eine ringförmige Insel materialisierte sich im Ozean unter uns, während die Luft um uns herum einen smaragdfarbenen Ton annahm. Ein Vulkan an der Nordspitze stieß Fahnen von schwarzblauem Rauch aus.

Der dichte Dschungel verbarg die meisten der vielen Gefahren der Insel, doch eine Familie von gefleckten Apatosauriern war am nächsten Strand zu sehen, und ein Schwarm Pterodaktylen segelte dicht an uns vorbei. Ein weiterer Schwarm kam von Osten angeflogen. Und noch einer erschien scheinbar aus dem Nichts und umrundete unsere Schiffe. Auf der Dinosaurier-Insel war der Radar unzuverlässig.

»Sie sind nur neugierig«, sagte ich. »Kein Grund zur Sorge.«

Die Sensoren meiner Untertasse piepsten warnend.

»Wir haben Schilde verloren.«

Die Augen der Pterodaktylen blitzten, als sie sich als Dutzende von Lasern auf unser Schiff richteten. Die Panzerung hielt aber. Eines der großen, geflügelten Reptilien kollidierte mit der Untertasse. Es scharrte nach einem Halt, doch seine Krallen glitten über die Legierung. Die Rotation der Untertasse schleuderte den Pterodactylus fort.

Das venusianische Späherschiff hatte acht oder neun neue Passagiere. Ohne seine Schilde brannten und rissen sich die angreifenden Tiere bereits ihren Weg hinein.

Ich aktivierte die Steuerbord-Blaster und wehrte den Angriff ab. Die Hintergrundstrahlung verwirrte fortschrittliche Sensoren und zwang mich, die Reptilien manuell abzuknallen. Meine Verteidigung der Venusianer wurde beendet, als sich der Himmel vor lauter Angreifern verdunkelte. Ich verlor ihr Schiff in der lebenden Wolke.

Sensoren kreischten eine weitere Warnung.

Zala schaute auf den Monitor. »Multiple ankommende Projektile unbestimmten Typs.«

»Jetzt sollten wir uns vielleicht doch langsam Sorgen machen«, sagte ich.

Die Sensor-Störung bedeutete, dass die Fluchtprotokolle meines Navigationscomputers nur noch auf gut Glück funktionierten. Die Dutzende und Aberdutzende von Pterodactylus, die den Himmel verdunkelten, machten ein manuelles Ausweichen unmöglich. Ich tippte ein Standard-Ausweichmanöver in die Tastatur. Wer auch immer da auf uns schoss, musste sich offensichtlich auf eine Zielbestimmung ohne Unterstützung verlassen, also war es den Versuch wert.

Ein Projektil zischte am Cockpit vorbei. Zu schnell, um es zu identifizieren. Mehrere weitere trafen die Pterodactylus und explodierten. Das Schiff zitterte unter den Erschütterungen. Der Schwarm zerstreute sich, schuf eine Öffnung im Himmel, die groß genug war, dass man die mehreren hundert Raketen sehen konnte, die von der Insel unter uns mit Höchstgeschwindigkeit auf uns zugeflogen kamen.

»Plump, aber effektiv«, musste ich mir eingestehen.

»Für jemanden, der behauptet, ein Genie zu sein«, sagte Zala mit finsterem Blick, »machen Sie ordentliche Fehler.«

»So funktioniert Genie«, antwortete ich.

Mehrere Raketen trafen meine Untertasse, und wir fielen vom Himmel.

SIEBEN

Der Computer informierte uns mit kühler Gleichgültigkeit. »Bereite Aufprall vor.«

Zala saß auf ihrem Stuhl mit den Rollen und merkte, dass er ihr bei einem Absturz nicht viel helfen würde. Ich überließ sie sich selbst und schnallte mein Exoskelett in seine Absturz-Halteklammern.

Der Aufprall war nicht so schlimm. Zumindest nicht im Cockpit, das einen eigenen Trägheitsdämpfer hatte, ein Gyroskop zur Stabilisierung und ein Notfall-Schleudersystem. Im Moment des Aufpralls wurden wir in eine sichere Entfernung katapultiert. Unsere silberne Kugel rollte mehr als hundert Meter weit und riss eine Schneise in den Dschungel. Die Systeme funktionierten und ließen alles so glatt ablaufen, dass es für die Passagiere im Inneren nicht aufregender war als eine raue Meereswelle. Ich brauchte ein paar Sekunden, bis ich merkte, dass wir aufgehört hatten zu rollen.

Dann schnallte ich mich aus den Klammern los und checkte die Funktionstüchtigkeit des Exos.

»Sie hätten mich davor warnen können«, sagte Zala.

»Wovor?«, fragte ich. »Dass meine Rettungskapsel arbeiten würde wie sie sollte und dass es keinen Grund zur Sorge gab?«

»Warum haben Sie sich dann selbst gesichert?«

»Ich habe Vertrauen in meine Entwürfe«, erwiderte ich, »aber ich bin nicht dumm.«

Ich führte ein paar Scans der Umgebung durch. Die Strahlung störte die Sensoren der Kapsel. Die seltsamen Wellen der Dinosaurier-Insel machten präzise Messungen so gut wie unmöglich. Im Augenblick bekam ich nur Dutzende von Lebensformen herein, aber die Messungen waren ungenau und unzuverlässig. Im Dschungel wimmelte es von Organismen, und es war unmöglich herauszufinden, was da draußen sein mochte, ohne selbst nachzuschauen.

Ich drückte einen Knopf, die Kapselwände wurden transparent, und wir konnten die Schneise im Dschungel sehen. Wir hatten Bäume zermalmt und Unterholz plattgewalzt, und das jetzt zu sehen erfüllte mich mit einem gewissen Stolz darauf, wie gut mein Entwurf funktioniert hatte. Es gab Hinweise, dass wir mehrere hundert Meter gehüpft waren, ohne auch nur einen Kratzer davongetragen zu haben. Abseits unseres Pfades waren wir von einer undurchdringlichen Wand aus Grün umgeben. Der leuchtend smaragdgrüne Himmel über uns war klar, soweit wir das durch Lücken in den Baumkronen erkennen konnten.

»Warum nutzen sie ihren Vorteil nicht aus?«, fragte Zala, die Strategin. »Wir sind doch angreifbar.«

»Ich weiß nicht, aber wir können nicht hier darauf warten, dass mein Mitarbeiter uns retten kommt.«

»Sie haben hier jemanden stationiert?«

»Eigentlich nicht. Er war schon da, als ich den Laden aufgemacht habe, aber ich verlasse mich trotzdem auf ihn. Er kennt die Insel besser als jeder andere. Unter normalen Umständen würde ich sagen, wir bleiben hier und warten ab. Aber wie Sie sagten: Wer auch immer uns angreift, er wird jetzt wahrscheinlich nicht aufgeben.«

»Sagen Sie mir, Mollusk – haben Sie nie die Nase voll davon, in Hinterhalte zu laufen?«

»Das wird langsam zur schlechten Angewohnheit«, antwortete ich, »aber man muss ihren Stil bewundern, wer auch immer sie sind. Die wahre Frage, die wir uns stellen müssen, ist, ob sie uns ständig verfehlen oder ob sie es noch nicht ernsthaft versucht haben.«

»Warum sollten sie versuchen, Sie *nicht* zu töten?«

»Noch eine gute Frage. Auf die ich keine Antwort habe. Noch nicht.«

Sie bemerkte mein Lächeln.

»Sie genießen das, Mollusk.«

»Teilweise.«

Ich erinnerte mich an die Zerstörung, die mein Monster in den falschen Händen über Atlantis gebracht hatte. Das war zumindest zum Teil meine Schuld gewesen. Ich erinnerte mich an das brennende Paris, als die Kriegsschiffe der Saturner seine Straßen übersäten. Ich erinnerte mich an Saturn.

Auf diese Art von Erinnerungen konnte ich gut verzichten, davon wollte ich nichts mehr wissen. Ich hatte daran gedacht, sie zu löschen. Mehr als einmal. Aber Erinnerungen an vergangene Fehler zu löschen macht die Fehler nicht ungeschehen. An manche Dinge muss man sich erinnern.

Ich öffnete das Fach mit der Notfallausrüstung und gab Zala ein paar Waffen.

»Ich bin schon bewaffnet«, sagte sie.

»Sie werden etwas Größeres brauchen.« Ich gab ihr das Gewehr. »Die Wildnis kann man nicht mit einem Schwert und einer Pistole abwehren. Das hier werden Sie auch brauchen, gegen die Strahlung.«

Sie nahm die Schutzfeldgeneratormanschette und streifte sie über. Mein eigener Schutzfeldgenerator war bereits in den Anzug eingebaut.

Zala nickte zu Snarg hinüber. »Was ist mit ihr?«

»Strahlung macht sie nur hungrig.«

Snarg schnappte mit ihren Mundwerkzeugen und schnurrte leise.

Mein Exo hatte eingebaute Verteidigungsmechanismen, aber ich schlang mir trotzdem eine Strahlenkanone über die Schulter. Um ganz sicherzugehen, befestigte ich auch noch eine Protonen-Entwirrerpistole an meinem Arm. Im Lager gab es außerdem einen zusätzlichen Jetpack, aber fliegen war vermutlich keine gute Idee, während die Pterodactylus frei herumschwirrten. Doch Vorsicht war besser als Nachsicht, also stöpselte ich ihn mir trotzdem auf den Rücken.

Wir verließen die Kapsel. Zala, immer noch in ihrer Personenschützerrolle, bestand darauf, als Erste auszusteigen und sagte mir, ich solle so lange warten, bis sie mir signalisiere, dass es sicher sei. Ich tat ihr den Gefallen, aber was sie nicht verstand, war, dass die Dinosaurier-Insel niemals sicher war.

Ich vertraute Snargs Instinkten mehr als allem anderen. Der Ultrafüßler scannte den Dschungel und stieß den Laut aus, der Gefahr bedeutete, wenn auch keine unmittelbare.

Etwas brüllte. Wegen des Echos war es schwer zu lokalisieren.

Ich quiekte Snarg das Kommando zu, vor uns auf Erkundung zu gehen, dann folgte ich ihr.

»Ich würde mich wohler fühlen, wenn ich die Vorhut wäre«, sagte Zala.

»Vertrauen Sie mir. Wenn Snarg es nicht sieht, sehen wir es erst, wenn es zu spät ist. Sie können die Nachhut übernehmen, wenn Sie sich dann nützlicher fühlen. Ich bin mir sicher, in diesem Moment schleichen sich alle möglichen tödlichen Mutanten von hinten an uns heran.«

Ich lächelte wie im Scherz, doch es raschelte tatsächlich im Unterholz. Ein rotes Augenpaar starrte aus den Schatten, und ein peitschender Schwanz (oder vielleicht ein Tentakel) wurde sichtbar, als die Kreatur davonschoss.

Zala versuchte, ihre Kampfgarde zu kontaktieren, aber die Strahlung machte ihr Kommunikationssystem funktionsunfähig. Das Beste, das sie hinbekam, waren ein paar abgehackte Geräusche, die vielleicht Wörtern entsprachen. Oder vielleicht auch nur statisches Rauschen waren.

»Wir sollten davon ausgehen, dass sie tot sind«, sagte

ich. »Wenn die Pterodaktylus und der Absturz sie nicht getötet haben, dann wird es die Insel tun.«

»Wir Venusianer sind robuster. Man kann nicht Teil des Protektorats werden, wenn man nicht nackt und unbewaffnet im rauesten Dschungel der Venus überlebt hat. Ein Krieger besteht den Test erst, wenn er mit dem Pelz des fürchterlich kreischenden fünfhörnigen Teufels in die Zivilisation zurückkriecht.«

»Klingt nach Spaß«, sagte ich. »Dann können sie für sich selbst sorgen. Solange sie nichts Dummes tun, wie zum Beispiel ihre Absturzstelle zu verlassen. Oder das Wasser zu trinken. Oder zu viel Lärm zu machen.«

»Das Standardvorgehen ist, ein Treffen mit der Anführerschaft zu versuchen«, sagte Zala.

»Ich bleibe bei meiner Annahme, dass sie tot sind. In dem unwahrscheinlichen Fall, dass sie es nicht sind, tun wir ihnen keinen Gefallen, wenn wir auf der Suche nach ihnen sterben. In meiner Niederlassung habe ich Ausrüstung und Vorräte für eine richtige Rettungsmission. Falls sie nicht tot sind, was sie aber höchstwahrscheinlich sind.«

Wir erreichten die Absturzstelle meiner Untertasse. Meine Hoffnung, wenn auch schwach, war die, dass das Schiff zu retten sein oder uns zumindest Zugang zu besserer Ausrüstung bieten würde. Doch die Pterodactylus schwärmten über dem Wrack, rissen es mit ihren Krallen, Schnäbeln und Augenstrahlen in Stücke. Auf keinen Fall war ein Herankommen möglich, ohne dasselbe Schicksal zu erleiden.

»Wussten Sie nichts von diesen Dingern?«, fragte Zala.

»Normalerweise sind sie nicht so aggressiv, auch wenn die Fauna dermaßen schnell mutiert, dass man nicht den Überblick behalten kann. Doch in diesem Fall glaube ich, dass sie gesteuert wurden.« Ich zeigte auf eine kleine Rakete, die in der Seite der Untertasse steckte. »Die hier muss den Kurzschluss im Kraftfeld verursacht haben. Wahrscheinlich ist sie mit einer Art Signalgenerator ausgestattet, der die Pterodactylus wild macht. Schlau. Durch die Sensorstörung ist das kleine Gerät fast nicht wahrnehmbar, und wenn das Feld erst einmal zusammengebrochen ist, erledigen die Reptilien den Rest.«

»Sagen Sie mir nicht, dass Sie das auch konstruiert haben!«

»Ich habe tatsächlich mit Frequenzwahrnehmung bei Wildtieren experimentiert, hatte aber mit meinen Untersuchungen nichts weiter angestellt. Jemand muss es in die praktische Anwendung weitergeführt haben.«

»Gibt es etwas, das Sie je angefasst haben, aus dem man keine Waffe machen kann?«

»Alles ist eine Waffe«, erwiderte ich. »Das ist nur eine Frage der Kreativität.«

Zala zielte mit ihrem Gewehr. »Ich zerstöre das Gerät. Dann müssten die Kreaturen verschwinden, und wir können vielleicht etwas Nützliches aus der Untertasse retten.«

»Das könnte nach hinten losgehen. Wir wissen nicht, wie die Pterodactylus reagieren werden.«

»Nein, aber wir wissen, dass wir mit dem, was uns zur Verfügung steht, einen Marsch durch den Wald wahrscheinlich nicht überleben werden.«

Sie hatte zwar recht, doch in einer Lage wie dieser zahlte es sich aus, die Variablen abzuwägen. Während ich noch grübelte, feuerte sie ihr Gewehr aus der Hüfte ab. Der Schuss traf genau ins Schwarze. Die Rakete wurde in Stücke zerfetzt. Die Pterodactylus reagierten mit Gekreisch und ein paar Laserstrahlen aufs Geratewohl. Ein Strahl kam Zala so nahe, dass er ihr fast den Kopf abgetrennt hätte. Ein zweiter prallte von Snargs dickem Panzer ab. Der Querschläger tötete ein Reptil. Die Pterodactylus schwangen sich mit einem Chor von Krächzen und Kreischen in den Himmel auf.

»Sieht aus, als hätten Sie recht gehabt« – Zala schnippte mit den Fingern – »es gab keinen Grund zur Sorge.«

Etwas fiel vom Himmel und landete nur ein paar Meter von uns entfernt. Der metallene Polyeder grub sich in den Boden. Wir blieben reglos und warteten darauf, dass mehr davon herunterfielen.

»Noch eine Waffe?«, fragte Zala. »Vielleicht eine Bombe?«

Snarg stellte die Stacheln auf ihrem Rücken auf. Das tat sie nur, wenn sie besonders angespannt war. Mein Exo fing ein Ultraschall-Heulen auf.

»Zerstören«, sagte ich.

Zala feuerte mehrmals in das Ding hinein. Die Kugeln schwärzten nur die Hülle, ohne weiteren Schaden anzurichten. Die Frequenz blieb, Snarg grub die Krallen in den Boden und zuckte.

Die Insel grollte. Das Gebrüll angreifender Nodosaurier war viel zu dicht und kam noch näher. Das Blätterdach machte es unmöglich zu erraten, aus welcher Richtung sie kamen, doch wir hatten nur ein paar Sekunden, bevor sie über uns herfallen würden.

Ich packte Zala, aktivierte meinen Jetpack. Wir flogen genau in dem Moment hoch, als die zweiköpfigen Nodosaurier durch den Dschungel brachen, Bäume umknickten und alles auf ihrem Weg zerquetschten. Wir schwebten in der Luft, während unter uns mein Schiff von der tobenden Herde pulverisiert wurde. Die zusätzlichen Köpfe der Kreaturen schienen sie nicht klüger zu machen, nur leichter zu erschrecken. Und mehrere hundert Tonnen gepanzerter Dinosaurier in Panik genügten, um meiner Untertasse den Rest zu geben. Die Nodos zertrümmerten sie mit ihren Schwänzen und stießen sie wie ein riesiges Frisbee mit den Köpfen hin und her.

Es dauerte mehrere Minuten, bis das Gerät, das ihre Raserei ausgelöst hatte, aufhörte zu senden. Ob ein sturer Nodo darauf getreten war oder jemand einfach das Signal ausgeschaltet hatte – die Dinosaurier beruhigten sich. Die Herde lief auf der Lichtung herum und trampelte über die Trümmer, die sie selbst produziert hatte.

Ich war nahe genug an den Blätterbaldachin herangeschwebt, um nicht von übereifrigen Pterodactylus entdeckt zu werden, doch es war nur eine Frage der Zeit, bis sie etwas erspähten, das kleiner war als sie – und das sie vom Himmel pusten konnten. Ich landete und setzte Zala ab. Die Nodos brüllten, machten uns ein bisschen Platz und ignorierten uns ansonsten.

»Oh, Imperator.« Zala nickte zu Snarg hinüber, die in den Boden getrampelt worden war. »Das tut mir leid.«

»Das muss es nicht.«

Snarg hob den Kopf und spuckte ein bisschen Erde aus. Sie kletterte aus dem Loch und rollte sich an meiner Seite zusammen.

»Beim Siebenten«, sagte Zala. »Was ist nötig, um dieses Ding zu töten?«

»Mehr als ein paar wütende Nodosaurier jedenfalls.« Ich beugte mich herunter und hob ein Stück Schrott auf, das ich nicht identifizieren konnte. Jetzt war es nur noch Abfall.

»Wir sollten uns auf den Weg machen«, sagte ich.

Wir hatten beide die Rauchfahne gesehen, wo die Venusianer abgestürzt waren. Sie waren näher am Lager heruntergekommen, aber es ging trotzdem schneller, wenn wir allein weitergingen. Zala gefiel das zwar nicht, aber sie musste zugeben, dass es sinnvoller war als zu versuchen, die Wildnis zu durchsuchen.

Es ging langsam voran, doch es war besser, auf der Insel in Bewegung zu bleiben. Stillstand bedeutete normalerweise immer noch den Tod. Wenn nicht durch die Mörder, die hinter mir her waren, dann durch die bestrahlten Monster, die hier zu Hause waren. Bewegung war eigentlich nicht sicherer, fühlte sich aber aktiver an und gab uns die Illusion, unser Schicksal wenigstens ein bisschen selbst in der Hand zu haben. In Tatenlosigkeit war ich nie gut gewesen. Ich leitete gern Dinge in die Wege. Wenn wir schon über etwas Großes und Hungriges stolpern mussten, war es mir lieber, wenn wir diejenigen waren, die stolperten, als wenn auf uns herumgestolpert wurde. In beiden Fällen war es allerdings wahrscheinlich, dass wir auf dieser Insel starben, und doch fand ich Ersteres zufriedenstellender als Letzteres.

Zala zweifelte an mir. Das war mir egal. Tatsächlich gefiel es mir sogar ganz gut, wenn an mir gezweifelt wurde. Es war erfrischend, mal was anderes.

»Die Sicherheit Ihres Lagers ist gefährdet«, sagte sie.

»Stimmt.«

»Jemand versucht, Sie zu töten.«

»Auch richtig.«

»Und doch verhalten Sie sich weiterhin genauso, wie sie es von Ihnen wollen.«

»Ich sehe keine Alternative. Wir werden wohl kaum die Nacht überleben, wenn wir es nicht versuchen. Es sei denn, mein Mitarbeiter findet uns zuerst. Bis dahin ist es besser, in Bewegung zu bleiben.«

Ein kleiner Raubsaurier sprang aus dem Dschungel. Zala versetzte ihm mit dem Griff ihres Gewehrs einen Schlag auf die Schnauze und er wich zurück. Sie ging unbeirrt weiter.

»Was, wenn Ihr Verbündeter inzwischen mit unserem geheimnisvollen Puppenspieler unter einer Decke steckt?«

»Das bezweifle ich ehrlich. Obwohl es eine interessante Möglichkeit ist.«

»Ihre Definition von *interessant* ist mir immer noch rätselhaft.«

Wir blieben stehen, während Snarg in die Luft schnüffelte. Ihre Antennen zuckten nervös.

»Falls er kein Verräter ist, könnte er tot sein«, sagte Zala.

Ich kicherte. »Wenn ihn die Dinosaurier-Insel noch nicht umgebracht hat, dann kann man wohl mit Fug und Recht sagen, dass er nahezu unzerstörbar ist.«

Snarg zirpte eine Warnung. Zala musste man nicht erst sagen, dass sie ihre Waffe ziehen sollte.

Ein Obsidianbrocken flog aus dem Unterholz und krachte uns vor die Füße. Zala schwenkte ihr Gewehr über den Dschungel.

»Nehmen Sie es herunter!«, befahl ich.

»Aber ...«

»Nehmen Sie es herunter, bevor sie Sie an Ort und Stelle töten!«

»Was tötet mich?«, wollte sie wissen.

»Wenn Sie es nicht herunternehmen, bekommen Sie keine Möglichkeit, es herauszufinden.«

Der nächste Felsbrocken flog nur Zentimeter an ihrem Kopf vorbei und zersplitterte einen dicken Baumstamm.

»Es wird keine weitere Warnung mehr geben«, sagte ich.

Widerstrebend senkte sie das Gewehr.

Der Dschungel teilte sich, und fünfunddreißig Meter große reptilartige Primaten mit Fächerfinnen auf dem Rücken kamen in Sicht. Die Kreaturen umringten uns.

»Was ist das?«, fragte sie.

»Irgendwann waren sie einmal Dimetrodons, aber mehrere Generationen Mutation haben sie in riesige Primaten mit der schlauen Gerissenheit höherer Tierformen verwandelt. Ich nenne sie Primadons. Interessant ist«, fügte ich hinzu, »dass Dimetrodons von durchschnittlichen Terranern oft für Dinosaurier gehalten werden, obwohl sie tatsächlich enger mit Säugetieren verwandt sind als mit Reptilien und somit unter die Kategorie Pelycosaurier fallen.«

»Ich finde das nicht besonders interessant«, sagte sie.

»Kein Fan von terrestrischer Paläontologie, nehme ich an.«

Das Alphatier der Primadons, ein massiges Vieh mit narbenübersätem Körper, boxte mit den Fäusten in die Erde und brüllte.

»Was werden sie mit uns tun?«, flüsterte Zala.

»Das bleibt abzuwarten, aber sie sind Fleischfresser, also haben sie vermutlich vor, Sie zu fressen. Mich werden sie wahrscheinlich nur in Stücke hauen und – falls sie überhaupt daran denken – die breiigen Überreste auflecken.«

Ihr Gewehr summte, als sie die Schadenseinstellungen höherdrehte.

»Sie werden sie nur verärgern.«

»Eine wahre Kriegerin schlittert nicht freiwillig den Schlund ihres Gegners hinab.«

Der Alpha beugte sich vor und schnüffelte an Snarg. Sie schnippte nach seiner Nase, und er sprang mit einem fürchterlichen Heulen zurück. Die Primadons antworteten mit ihrer eigenen schrecklichen Kakophonie, und innerhalb eines Kilometers rannten sicherlich sämtliche essbaren Wesen in die entgegengesetzte Richtung.

»Wir werden das Risiko eingehen müssen zu fliegen, um zu entkommen.«

»Ich werde nicht gern wie ein hilfloses Kind aus einem Kampf getragen«, antwortete sie knurrend.

»Für mich ist das okay. Ich muss Sie nicht mitnehmen.«

Der Tanz der Primadons erreichte einen fieberhaften Höhepunkt. Sie boxten und rauften miteinander um das

Recht auf den ersten Bissen, und es würde gewiss keine bessere Gelegenheit kommen. Ich packte sie und schoss in die Luft. Doch der Alpha, wachsamer Räuber, der er war, hatte andere Pläne. Er warf etwas. Ich wusste nicht, was es war, aber es war groß und schwer und besaß genug Kraft, dass ich herumwirbelte, durch die Bäume brach und krachend auf dem Boden aufschlug.

Ich verlor den Überblick über alles. Meine Sinne klärten sich nur so weit, dass ich den verschwommenen Umriss der Kreatur erkennen konnte, die sich bereitmachte, mich zu zermatschen.

Dann hörte ich das lange, furchterregende Heulen, das jedes Monster der Insel mit Angst erfüllte. Eine Gestalt sprang aus dem Nichts heran und stellte sich zwischen die Bestie und mich.

Mein plumper, gedrungener Retter war kaum einen Meter fünfzig groß. Seine Hülle war ein Regenbogen aus scharlachrot und blau. Er hatte ein Messer in einer Scheide an der Hüfte, doch er zog es nicht. Es war nicht nötig.

Der Wilde hob den Kopf und heulte, trommelte sich mit den Fäusten auf die Brust, was einen pulsierenden Rhythmus ergab, der vor seiner Ankunft warnte.

Die Primadons wichen zurück. Alle bis auf das Alphatier, das sich auf seinen Gegner stürzte. Schneller als es das Auge verfolgen konnte, rang der Wilde mit dem Alphatier, drehte sich und zuckte, und mit einer flüssigen Bewegung knallte er das Riesenbiest auf den Dschungelboden. Das Alphatier gab sich kreischend geschlagen, doch der Wilde ließ nicht ab, bis er einen Knochen knacken hörte.

Er ließ das Alphatier los, das uns noch ein letztes Mal

anknurrte, bevor es mit dem Rest des Stamms im Dschungel verschwand.

Der Wilde half mir auf die Füße.

»Wie läuft's, Imperator?«

»Könnte besser sein«, gab ich zurück. »Schön, dass du es geschafft hast.«

Der Wilde lächelte nicht. Das lag nicht in seiner Natur. Er legte mir die Hand auf die Schulter und nickte. »Sie müssen meinen Leuten verzeihen. Sie sind einfach keine kultivierten Gastgeber.«

Zala stolperte in unser Blickfeld.

»Schön, dass Sie sich zu uns gesellen«, sagte ich. »Darf ich Ihnen Kreegah den Gnadenlosen vorstellen? Mein Mann im Inneren.«

ACHT

Mit Kreegah und Snarg, die uns durch den Dschungel eskortierten, verlief die Reise wesentlich reibungsloser. Der klein gewachsene, aber kräftige Jupiterianer sprach wenig. Seine ausgebildeten Sinne konzentrierten sich auf die Umgebung und suchten sie nach möglichen Gefahren ab.

»Ich wäre früher hier gewesen«, sagte er, »aber ich war näher an dem anderen Luftschiff.«

»Haben Sie meine Kampfgarde gefunden?«, fragte Zala.

»Ich habe ein paar Leute gefunden. Sie sahen genauso aus wie Sie. Einige waren tot.«

»Aber nicht alle?«

»Nein, es waren noch Lebende unter ihnen. Ich habe ihnen gesagt, sie sollen bleiben, wo sie sind, bis ich sie holen komme. Sie hatten Waffen. Wenn sie auf mich warten, müsste alles gut gehen.«

Kreegah blickte Zala mit geneigtem Kopf an. Er blinzelte mit den großen blauen Augen.

»Hab ich etwas falsch gemacht?«

Zala zuckte die Schultern. »Nein, aber hätten Sie sie nicht mitbringen können?«

»Sie waren zu langsam. Wenn ich auf sie gewartet hätte, wären Sie inzwischen tot.«

Er witterte. Dann sprang er durchs Blätterdach und verschwand. Wir warteten auf seine Rückkehr.

»Wie ist ein Jupiterianer hierher geraten?«, fragte Zala.

»Man weiß es nicht genau«, antwortete ich. »ich habe das Schiff gesehen, das ihn hergebracht hat. Ein Sportmodell. Wahrscheinlich hatte es technische Probleme. Vielleicht hat sie die Schwerkraftquelle unvorbereitet erwischt. Falscher Ort, falsche Zeit. Was auch immer der Grund war – das Schiff muss vor ungefähr vierzig Jahren auf die Dinosaurier-Insel gestürzt sein. Alle Passagiere werden beim Aufprall umgekommen oder dem Dschungel zum Opfer gefallen sein. Bis auf ein Küken, das von einem Primadon-Weibchen adoptiert und wie ein eigenes Junges aufgezogen wurde. Trotzdem wäre er gestorben, wenn seine außergewöhnliche Kraft und Anpassungsfähigkeit nicht gewesen wären.«

»Ich habe nie einen mit einem so voll ausgebildeten Panzer gesehen.«

»Meiner Schätzung nach weckte die Strahlung der Insel schlafende Gene, während er noch im Ei war.«

»Und er lebt hier?«

Mit kaum einem Rascheln landete Kreegah hinter uns. Zala fuhr zusammen, tat jedoch ihr Bestes, es zu verbergen.

»Wo sonst sollte ich leben?«

Bevor sie die Frage beantworten konnte, hob er die Hand.

»Sie sollten jetzt still sein.«

Etwas stampfte durchs Unterholz. Es hatte den kehligen Atem eines ausgewachsenen Stegosaurus, eines begriffsstutzigen, aber leicht zu erschreckenden Tiers. Doch wenn es kreischte, klang es mehr wie ein Siamotyrannus. Wir sahen es nicht, und es ging vorbei, ohne uns zu bemerken.

Wir schafften es zu Kreegahs Haus, als gerade die Nacht hereinbrach. Es wurde nie ganz dunkel auf der Insel, es herrschte höchstens ein smaragdgrünes Zwielicht. Dass die Pflanzenwelt schwach leuchtete, wurde erst sichtbar, wenn die Sonne sank. Dann schimmerte auch der radioaktive Himmel.

Kreegah lebte in einem kleinen Berg. In dem dämmerigen grünen Glühen war es schwierig, den Umriss eines jupiterianischen Sportschiffs zu erkennen, das mit Moos und Kletterpflanzen überwachsen war. Kreegah rollte einen moosbedeckten Stein vor einer ehemaligen Luftschleuse zur Seite.

Er sagte: »Warten Sie hier drin. Falls Ihre Freunde noch leben, bringe ich sie her.«

Nachdem wir im Inneren angekommen waren, verschloss er den Eingang.

»Was, wenn ihm etwas passiert?«, fragte Zala. »Wie sollen wir hier herauskommen?«

Ich ignorierte die Frage. Jupiterianische Handwerkskunst bedeutete, dass das Innere immer noch ein paar funktionierende Leuchten besaß. Außerdem hatte Kreegah luminiszierendes Gras auf dem Boden verteilt. Wir gingen einen Korridor entlang. Der Boden war deutlich geneigt, aber nicht so, dass es uns aufgehalten hätte. Wir erreichten die Brücke, wo die Notfallbeleuchtung glitzernde grüne Schatten an die Wand warf. Die meisten Konsolen und Terminals waren kaputt. Ein paar Kletterpflanzen und hartnäckige Wurzeln hatten Risse in die Hülle gestemmt, und alles war von einer dünnen Staubschicht bedeckt. Knochen aller Größen und Formen lagen auf dem Boden verstreut, und angesichts dessen, wie Zala das Gesicht verzog, roch es vermutlich ziemlich unangenehm. In meinem Exo blieb mir diese Erfahrung erspart.

»Er lebt wie ein Tier«, sagte sie.

»Ach, ich weiß nicht«, antwortete ich. »Ich würde sagen, angesichts der Umstände hat er sich ganz gut eingerichtet.«

Sie setzte sich auf einen Stuhl, zuerst vorsichtig, aus Furcht, dass er verfault sein und zusammenbrechen könnte. »Er gehört nicht hierher. Sie hätten ihn nach Hause bringen sollen, Imperator.«

»Ich habe es ihm angeboten. Er ist nicht interessiert.«

»Dann bleiben wir also über Nacht hier?«, fragte sie.

»Sie wollen bestimmt nicht bei Nacht in diesem Dschungel da draußen sein«, sagte ich. »Dort gibt es ... Dinge.«

»Vorhin waren auch schon Dinge da draußen.«

»Das sind andere Dinge«, erwiderte ich. »Schlimmere Dinge.«

Sie verbrachte die folgende Stunde damit, ihre Waffen zu prüfen und dann noch einmal zu überprüfen. Als ich vorschlug, sie solle ihre Rüstung abnehmen und es sich bequem machen, lehnte sie allein schon die Vorstellung ab. Ich amüsierte mich damit, eine Grasprobe zu studieren.

»Sie können es nicht lassen, oder?«, fragte Zala.

»Was lassen?«

»Analysieren und studieren und denken. Das ist bei Ihnen zwanghaft.«

Ich hielt inne, um den Energieertrag der Probe zu notieren. »Wenn Sie das sagen, klingt es so negativ.«

»Bei Ihnen ist es das auch. Wahrscheinlich haben Sie es schon geschafft, sich zwölf Arten auszudenken, wie Sie dieses Gras für einen schändlichen Plan nutzen können.«

Ich lachte. »Sie schmeicheln mir, Zala. So gut bin ich nicht. Bisher sind es nur sechs.« Mein Exo piepte, als er weitere Daten ausspuckte. »Oh, sieben.«

Sie richtete ihr Gewehr auf mich. »Verdammt sei der Zorn meiner Götter, ich sollte Sie hier und jetzt töten.«

»Und nur fünf dieser Nutzarten könnte man als *schändlich* bezeichnen«, sagte ich. »Die sechste und siebte gelten lediglich als *moralisch zweifelhaft.*«

Sie senkte die Waffe und legte sie quer auf den Schoß. Ihre Augen blitzten, zwei Stecknadelköpfe in der Dunkelheit. Ihre Schuppen fingen das eigentümliche Licht ein, und sie glühte beinahe selbst.

Dann polierte sie weiter ihre Pistole, bis Kreegah zurückkehrte. Er hatte nur drei Venusianer dabei.

»Wo ist der Rest?«, fragte sie.

»Tot«, antwortete einer der Soldaten. »Ein paar starben bei dem Absturz. Den Rest haben wir verloren, als wir uns in den Dschungel wagten, um Sie zu finden. Wir konnten die Kreaturen bis zum Abend abwehren. Dann kam etwas aus dem Nichts und trug mehrere von den anderen fort.«

»Ich hatte Sie gewarnt«, sagte Kreegah.

»Wir haben die Vorschriften befolgt«, sagte der Soldat.

»Vorschriften sind etwas für Leute ohne Verstand«, sagte ich leise vor mich hin.

Zala warf mir einen wütenden Blick zu. »Wir wären nicht einmal hier, wenn Sie uns nicht in einen Hinterhalt gelockt hätten!«

»Sie können diese fehlgeleitete Personenschutz-Mission jederzeit abbrechen, wenn Sie wollen.«

Einen Moment lang herrschte Schweigen. Ich wusste nicht, was Zala dachte, nahm aber an, dass es etwas über Ehre und Gerechtigkeit war. Oder eine Variation davon.

Was mich anging, so wusste ich nicht recht, wie ich die Vorstellung fand. Ich hatte Zala im Lauf der Jahre lieb gewonnen. Ich besaß nicht viele Freunde, und auch wenn unsere Beziehung immer den Beigeschmack einiger Missverständnisse aus der Vergangenheit trug, lag etwas Beruhigendes darin, sie in meiner Nähe zu wissen. In einer chaotischen Gleichung gehörte sie zu den Konstanten. Es war nett, sich auf etwas verlassen zu können.

Sie gab ihrer restlichen Mannschaft die Erlaubnis, sich zu entspannen. Sie suchten sich Sitzplätze, um ihre Ausrüstung zu prüfen. Wie gute Soldaten. Auch darin lag etwas Tröstliches. Sie waren für die Gefahren der Dinosaurier-Insel jämmerlich schlecht ausgerüstet, aber dennoch entschlossen, das Beste aus dem zu machen, was sie hatten. Ich genoss ihren Optimismus.

»Hier sind wir bis zum Morgen sicher«, sagte Kreegah. »Möchte jemand etwas zu essen?«

Er beugte sich nach unten, nahm einen unidentifizierbaren Lappen rohen Fleisches und bot ihn uns an.

»Ich kann keine terranischen Lebensmittel essen«, erwiderte ich.

»Ach ja. Das hatte ich vergessen. Vielleicht möchten die Venusianer ein Stück?« Er riss Fleischstreifen ab und bot jedem etwas davon an. Sie nahmen gern welche.

Snarg wiegte sich gierig und schnappte nach Kreegah. Er lachte und warf ihr ein paar Pfund faulendes Fleisch hin. Vor Vergnügen quiekend huschte sie in eine Ecke, um sich über ihr Abendessen herzumachen.

Zala und ihre Soldaten nahmen zylindrische Geräte von ihren Gürteln ab. Es summte, als sie sie unter dem Fleisch schwenkten.

»Wofür ist das?«, fragte Kreegah.

»Es gart und reinigt«, sagte sie.

Er blickte sie neugierig an. »Warum tut man so etwas?«

»Um Schadstoffe, Parasiten und so weiter zu meiden.«

Kreegah nahm einen großen Bissen von seinem rohen Abendessen. »Aber die Parasiten sind das Beste daran.«

Snarg zirpte zustimmend, während sie auf einem leckeren Knochen knirschte.

»Die venusianische Biologie ist ... empfindlich«, sagte ich.

Er nickte, kaute und wischte sich die fettigen Hände an der Hose ab.

»Wo haben Sie sprechen gelernt?«, fragte sie. »Hat es Ihnen der Imperator beigebracht?«

»Der Computer hat mich gelehrt.«

Er drückte einen Knopf. Er musste mehrmals drücken, bis eine Reaktion kam. Der einzige funktionierende Bildschirm erwachte knisternd zum Leben, die Beleuchtung wurde blau und ein Hupen ertönte.

»Achtung«, sagte eine Stimme statisch knisternd. »Achtung. Unbefugte Lebensformen auf der Brücke identifiziert. Unbefugte ...«

Es gab einen Kurzschluss, und das Blau ging aus. Das Hupen setzte sich fort, hörte sich aber nur noch wie ein gedämpftes Basswummern an.

Kreegah drückte den Knopf noch ein paarmal. Das Blau kam wieder. Der Computer dröhnte seine Warnung.

»Eindringen erlaubt«, sagte er. »Autorisierte Besucher.« Das schien dem Computer zu gefallen. Er stellte die Beleuchtung wieder auf den normalen Zustand ein, und das Basswummern verschwand.

»Hallo«, sagte der Computer.

Als wir nicht antworteten, wiederholte er sich nach einer Weile.

»Hallo.«

»Ich grüße dich«, sagte Zala, die Mitleid mit dem unterbeschäftigten Gerät hatte.

»Hallo«, kreischte die Computerstimme. Zala hielt sich die Ohren zu.

»Du erinnerst dich doch an den Imperator und an Snarg, oder, Computer?«, fragte Kreegah.

Tief in seinem Kern verarbeitete der Computer die Frage. Rauchfahnen stiegen von seinem gesprungenen Bildschirm auf.

»Imperator Mollusk und Ultrafüßler Snarg identifiziert. Hallo, Imperator.«

»Hallo, Computer«, antwortete ich.

Die Maschine kreischte Snarg eine Ultraschall-Begrüßung zu. Diese hörte gerade lange genug auf zu kauen, um mit ihren milchig-gelben Augen zu blinzeln und zurückzukreischen.

»Ich bin Zala von ...«

»Bitte unbekannte Lebensform bezeichnen.«

Zala versuchte es noch einmal, doch der Computer unterbrach sie und verlangte eine Bezeichnung.

»Ich versuche, die Bezeichnung zu liefern«, sagte Zala. »Wenn du mich nur ...«

»Bezeichnung, bitte!«

»Zala von ...«

»Bezeichnung, bitte!«

»Du dummes, fehlfunktionierendes Stück Technik ...«

»Inakzeptabler Grad an Feindseligkeit ermittelt. Wende Befriedung an.«

Eine Wandvertäfelung öffnete sich sehr, sehr langsam. Von Rechts wegen hätte sie überhaupt nicht funktionieren dürfen, doch nach ein paar Sekunden entschlossenem Knarzen, Kreischen und Knacken erschienen zwei schwebende Sicherheitsroboter unbeholfen und in Schräglage auf der Brücke. Einer der Roboter kam nur kaum zwei Meter weit, bevor er knallte, Feuer fing und umfiel. Der zweite schaffte es zu Zala hinüber. Er fuhr eine kleine Kapsel aus und stieß sie damit an der Schulter. Es gab einen winzigen Funken, der aber nicht groß genug war, um eine Reaktion von einer abgebrühten venusianischen Kriegerin zu verdienen.

»Unbekannte Lebensform befriedet«, sagte der Computer mit einem Anflug von Selbstzufriedenheit.

Dann tuckerte der Roboter zurück in die Wandverkleidung, wo er sich lautlos deaktivierte. Die Verkleidung knirschte und ächzte noch und schloss sich dann wieder.

»Bezeichnung, bitte!«

Zala seufzte.

Der Computer machte ein schleifendes, surrendes Geräusch.

»Bezeichnung zugeteilt: Zala.«

Der Computer knipste sich aus.

»Sie ist nicht mehr das, was sie früher einmal war«, erklärte Kreegah, »aber sie war immerhin funktional genug, um mir eine Ausbildung zu bieten.«

»Dann wissen Sie, woher Sie kommen?«, fragte Zala. »Wo Ihre Heimat ist?«

»Dies ist meine Heimat. Jupiter ist ein Planet, an den ich mich nicht einmal erinnere.«

»Und Sie wollen nicht dorthin zurück?«

»Warum sollte ich?«

»Aber es ist Ihre Abstammung, der Ort, an den Sie gehören.«

»Ich bin nicht auf Jupiter aufgewachsen. Ich weiß nur, was mir der Computer darüber gezeigt hat. Aber ich wäre ein Wilder in der dortigen Welt, ein Ding, das man bemitleidet und verhöhnt. Hier dagegen bin ich glücklich. Ich gehöre nicht auf den Jupiter.«

»Aber wird es Ihnen hier nicht einsam?«

»Ich bin viel zu sehr mit dem Überleben beschäftigt, um einsam zu sein«, sagte er. »Und ich habe den Computer und mein Adoptivvolk, die mir Gesellschaft leisten. Warum sollte ich etwas anderes brauchen?«

»Aber es gibt mehr im Leben als das Überleben«, sagte sie.

»Was zum Beispiel?«, fragte Kreegah ehrlich interessiert.

»Ehre und Dienst zum Beispiel.«

»Diese Prinzipien kenne ich nicht. Der Computer hat sie nie erwähnt, und in meinem Volk kommen sie auch nie vor.«

»Weil Ihr Volk aus unzivilisierten Tieren besteht.«

Sie schwieg.

»Tut mir leid. Das war respektlos.«

»Ach ja? Sie haben nur gesagt, was Sie dachten. Hält man das für unhöflich? Aber ist das nicht ehrlich? Ist Ehrlichkeit weniger wichtig als Respekt? Ist Täuschung ein Teil der Ehre?«

»Nein, aber ich wollte Sie nicht beleidigen.«

»Aber ich bin gar nicht beleidigt. Mich bekümmern Lügen mehr als die Wahrheit. Wenn im Stamm ein Mitglied ein anderes nicht mag, sagt es das. Dann kämpfen sie, bis die Sache geregelt ist. Bis zum Tod, wenn nötig. Wollen Sie damit sagen, dass Sie mich nicht mögen? Auch wenn ich nicht beleidigt bin, kämpfe ich gegen Sie, wenn Ihre Ehre das verlangt.«

Sie sagte: »Nein, Sie missverstehen mich.«

Kreegah nickte. »Verstehe. Wenn ich Sie beleidigt habe, sollen wir dann kämpfen?«

»Ich will nicht gegen Sie kämpfen.«

»Ich fürchte, dann verstehe ich nicht, was Ehre ist. Es erscheint mir ... lächerlich, ein Weg, sich von anderen beleidigen zu lassen und andere zu beleidigen.«

»Nein, so ist das nicht. Es ist kompliziert.«

»Das habe ich schon einmal gehört«, sagte Kreegah. »Das scheint mir ein Wort zu sein, das Leute benutzen, um etwas nicht erklären zu müssen. Vielleicht bin ich zu unzivilisiert, um beleidigt zu sein.«

Zala zögerte. Das waren alles keine leichten Fragen, und ich bezweifle, dass sie in der Vergangenheit oft darüber nachgedacht hatte. Die venusianische Kriegergesellschaft neigt nicht zur Philosophie.

»Ich weiß nichts davon«, erwiderte ich. »Ich bin zivilisiert und verstehe es selbst nicht.«

Sie schnaubte und murmelte vor sich hin.

»Mach dir nichts draus. Sie hält mich für einen Kriminellen.«

»Sie *sind* ein Krimineller!«

»Kommt darauf an, wen man fragt«, sagte ich.

»Wen könnte ich fragen, der Sie nicht für eine gefährliche Bedrohung hielte?«

»Die Terraner mögen mich.«

»Nur, weil Sie ihnen eine Gehirnwäsche verpasst haben.«

»Eine Formsache. Es ist ja nicht mehr so, als würde ich ihnen meinen Willen aufdrücken. Sie können ihr Leben frei leben.«

»Man kann nicht einfach beschließen, kein Krimineller zu sein, Imperator«, sagte Zala.

»Warum nicht?«

»Weil das ... weil ...« Sie zog die grauen Brauen zusammen und runzelte die Stirn. »Weil es so nicht funktioniert. Sie müssen für Ihre Verbrechen bezahlen.«

»Auch wenn ich sie nicht mehr begehe?«

»Sie können doch nicht einfach mit einem Tentakel wedeln und sich von allen vergangenen Sünden freisprechen!«

»Klar kann ich. Tatsächlich war das eine meiner letzten Taten als Oberster Warlord. Erinnern Sie mich bei Gelegenheit daran, Ihnen das Dokument zu zeigen. Es ist auf offizielles Regierungs-Briefpapier gedruckt und alles.«

Zala seufzte.

Das Schiff rumpelte, als ein Erdbeben die Insel erschütterte.

»Die Insel bebt in der Nacht. Seit der andere gekommen ist«, sagte Kreegah. »Mein Volk fürchtet ihn. Sie sagen, der neue Stamm hat den Vulkan erbost. Aber jetzt, wo Sie hier sind, Imperator, kann ich ihnen sagen, dass sie sich nicht fürchten müssen.«

»Wie ist dieser andere?«, fragte Zala.

»Er ist klein. Wie der Imperator. Und benutzt Roboter und Kreaturen für seine Arbeit.«

»Ein Neptuner?«

Kreegah schüttelte den Kopf. »Nein, ich habe ihn nur von Weitem gesehen, aber er ist anders als der Imperator.«

Der Boden bebte.

»Das sollte nicht passieren«, sagte ich. »Es sei denn, jemand hat an der Stabilisierungseinheit herumhantiert. Aber ohne den Stabilisator könnte die Anomalie in eine Singularität zerfallen, die diesen Planeten und irgendwann das ganze System in Gefahr bringen würde.«

»Wie in Gefahr bringen?«

»Wie ein Schwarzes Loch«, antwortete ich.

»Das ist schlimm.«

»Sehr schlimm. Wir sollten wahrscheinlich etwas dagegen tun«, stimmte ich zu. »Also dann, gute Nacht.«

»Sind Sie verrückt, Imperator? Sie gehen jetzt schlafen?«

»Nein, ich werde nicht schlafen. Ich muss nicht. Aber Sie sollten es tun, denn wir haben morgen einen großen Tag, und Sie nützen mir nichts, wenn Sie müde sind. In der Zwischenzeit studiere ich das hier.«

Ich hielt den Knoten hoch, den ich dem Qualliganten entnommen hatte. Ich hatte ihn in einem Fach meines Exos gelagert.

»Was ist das?«, fragte Zala.

»Möglicherweise etwas Wichtiges«, sagte ich. »Oder einfach etwas, das ich für wichtig halte. Ich werde es erst nach einem genaueren Blick darauf wissen.«

Die Schrauben, die den geschwärzten, halb geschmolzenen Knoten zusammenhielten, waren selbst geschmolzen und schwarz. Ich benutzte einen Laser, um ihn vorsichtig aufzuschneiden. Der innere Schaltkreislauf war beschädigt, aber merkwürdigerweise sah er nicht so aus, als wäre er überhaupt je eingeschaltet worden. Ich begann, die Einheit zu zerlegen und breitete die Einzelteile an einer sauberen Stelle auf einer Konsole aus.

Dann gab ich Snarg das Ultraschall-Signal, sich auszuruhen. Sie suchte sich eine dunkle Ecke, in der sie sich zusammenrollen konnte. Kreegah ließ sich in einen alten Sessel fallen und schlief augenblicklich ein. Er konnte innerhalb von Augenblicken schlafen oder aufwachen. So forderte es sein Leben.

Zala verstand das trotz ihrer Proteste auch. Ein erschöpfter Soldat war ein Risiko, und sie hatte schon auf einigen Schlachtfeldern geschlafen.

»Ich verstehe, dass es Sie ärgert, auf Gedeih und Verderb einer unwirtlichen Lage ausgesetzt zu sein und nur mich als Anführer zu haben«, sagte ich. »Aber Sie werden sich daran gewöhnen.«

Sie funkelte mich an. »Ich nehme keine Befehle von Ihnen entgegen.«

»Betrachten Sie es nicht als Befehl. Sehen Sie es eher als einen hilfreichen Rat von jemandem, der standardmäßig zuständig sein sollte. Es sei denn, Sie glauben, den besten Weg zu wissen, um zu verhindern, dass eine Raumzeitkatastrophe die Galaxie verschlingt. In diesem Fall dürfen Sie sich sehr gerne kopfüber allein in die Nacht stürzen.«

»Ich dachte, Sie hätten gesagt, die Bedrohung sei auf das System beschränkt.«

»Habe ich? Wollen wir es hoffen. Ich drücke die Tentakel.«

Zala schüttelte den Kopf. »Sie genießen es, mich zu ärgern, oder?«

»Tatsächlich muss ich ein leises Vergnügen eingestehen.«

Die Dinosaurier-Insel bebte zustimmend.

DIE AUSROTTUNG VON TOPEKA

Mutanteninsekten fraßen Kansas.

Schon wieder.

Meine Untertasse und ihre Flotte automatischer Kampfflugzeuge führten gegen die riesigen Kreaturen Krieg. Riesige radioaktive Hornissen lieferten sich in den Straßen von Topeka Luftkämpfe, während zwölf Meter große Feuerameisen Flammen spien und alles und jeden in Brand steckten.

Es war allerdings nicht so verheerend, wie es zunächst erscheinen mochte. Dies war der fünfte Angriff in vielen Wochen. Die Bürger von Topeka waren schon nach dem zweiten nicht in ihre Stadt zurückgezogen. Noch hatten sie mit Reparaturen an den Ruinen begonnen. Inzwischen war in der Stadt nicht mehr viel übrig, das man zerstören konnte. Was bedeutete, dass die Insekten, wenn ich sie nicht hier und jetzt stoppte, wahrscheinlich auf der Suche nach verlockenderen Jagdgründen weiterziehen würden. Von dort aus konnten sie sich über den ganzen Globus verteilen.

Doch die wahre Gefahr der Insekten lag nicht in ihrem Aufstieg zur Vorherrschaft, sondern in dem radioaktiven Abfall, den sie hinterließen. Er war sogar noch schwerer in Schach zu halten als die Insekten selbst, und wenn genug davon die Wasserversorgung und die Luft verunreinigte, würden die eingeborenen terranischen Lebensformen einem schmerzhaften Tod entgegensehen.

Ich wollte lieber nicht, dass meine Regentschaft über Terra damit endete, dass sie zu einem unbewohnbaren Ödland wurde. Obwohl mir die Terraner, wenn sie ausgelöscht waren, keinen Vorwurf mehr daraus machen konnten, und der Rest des Systems hielt mich sowieso schon für einen unverbesserlichen Kriminellen. Es war also keineswegs so, als hätte ich mir Sorgen um meinen Ruf machen müssen.

Aber trotzdem, es wäre eine miserable Art gewesen, meine Herrschaft zu beenden.

Mehrere Springspinnen stürzten sich auf meine Untertasse. Ich drückte einen Knopf und tötete sie per Stromschlag. Eine Gottesanbeterin schnappte ein Kampfflugzeug aus der Luft und verschlang es mit drei Bissen. Das Schiff zerstörte sich selbst und sprengte den Kopf der Gottesanbeterin in die Luft. Ich beschoss die Flut von Feuerameisen, doch es kamen mehr nach.

Es kamen immer mehr nach.

Wider Willen hielt ich mich irgendwie verantwortlich dafür, diesen Weltuntergang aufzuhalten. Es hatte wahrscheinlich etwas damit zu tun, dass die Insekten eine unbeabsichtigte Folge meiner eigenen entomologischen Forschungen waren. Mein Entwurf war eine genetische Optimierung gewesen, die Schaffung einer neuen Rasse von Insekten, die eine nützliche Kraftquelle absondern konnte, als Ersatz, falls der Molluskotron je ausfallen sollte. Ich hatte einfach ein bisschen Genmaterial einer Wespenkönigin vom Merkur in ein paar einheimischen Spezies eingebaut. Ein sorgfältig kontrolliertes Experiment, bis einige Ameisen in die Wildnis entkamen.

Ich wusste immer noch nicht, was den Gigantismus verursachte. Die Insekten auf Merkur waren nicht so groß. Doch ein paar der großartigsten Entdeckungen der Wissenschaft resultierten aus glücklichen Zufällen. Ich war immer noch optimistisch, dass diese Forschungsarbeit gerettet werden konnte. Im Moment war ich aber eher damit beschäftigt, sie einzudämmen.

Während meine automatisierten Panzer und Kämpfer ihren Krieg führten, schwebte ich über der Stadt und scannte sie Block um Block. Dieser Insektenstaat musste eine Königin haben, eine Hauptträgerin, die die anderen Kreaturen infizierte. Die gab es immer. Bisher hatte ich jedes Mal die Königin vernichtet und gehofft, das wäre die Lösung des Problems. Doch bis jetzt hatte es nicht geklappt.

Wenn es diesmal nicht gelang, würde ich den ganzen Bundesstaat vaporisieren müssen.

Meine Sensoren klingelten; sie hatten eine ungewöhnlich hohe Radioaktivität festgestellt. Das musste das Nest der Königin sein. Meine Forschungen legten nahe, dass sie wahrscheinlich eine ausladende, buchstäblich immobile Kreatur sein würde, deren einzige Funktion die mutagene Verseuchung war. Der Schwarm würde sie bis zum Tod verteidigen, doch waffentechnisch war er unterlegen. Und wenn die Königin erst fort war, würde es einfach sein, die Schweinerei wegzuputzen.

Das Nest befand sich unter einem Gebäude, das fast nur aus Ruinen bestand. Ich ließ es mit einem Feuerstoß vollends einstürzten und benutzte dann einen Traktorstrahl, um den Schutt wegzuräumen. Das Summen der Insekten wurde wütender. Meine Verteidigungskräfte hielten sie in Schach, während ich tiefer grub.

Ein Überschallkreischen ließ die Luft erzittern, dann stieg ein Geysir aus Staub auf. Die Sensoren spielten verrückt. Ein Schatten verdunkelte den Himmel. Die Königin war sieben Mal so groß wie mein Schiff. Und sie war nicht glücklich.

Außerdem war sie alles andere als immobil. Zwar war sie zu groß, um mit ihren rudimentären Flügeln zu fliegen, doch ihre drei Beinpaare funktionierten. Ein Raketenhagel explodierte an ihrer natürlichen Rüstung und fügte ihr ein paar kleinere Wunden zu. Sie spie einen Schleimbatzen, unter dem ich wegtauchte. Er explodierte mit ungeheurer Wucht auf dem Boden. Wenigstens hatte sich die Idee mit der Energiequelle als praktikabel erwiesen.

Sie spuckte einen Strom zersetzenden Schleims über eine Reihe von Panzern und zerstörte sie mit einem Flammenstoß. Dann krümmte sie sich vornüber. Öffnungen, die an ihrem Rücken entlang zu sehen waren, sprühten Hunderte von Kügelchen in die Luft. Insekten und Kämpfer lösten sich gleichermaßen unter dem rücksichtslosen Angriff auf. Die Schilde meiner Untertasse absorbierten die Hauptlast davon, doch sie hätten keinem weiteren Angriff standgehalten.

Die Königin richtete ihre Aufmerksamkeit auf mich, das Einzige, das nach ihrem Blitzangriff immer noch flog. Sie krabbelte mit überraschender Geschwindigkeit vorwärts, doch ich flog hoch und außerhalb ihrer Reichweite. Die erzürnte Königin kreischte und feuerte Salve um Salve. Ich ließ sämtliche Raketen und Bomben auf die Kreatur herabregnen, dann leerte ich meine Pulsar- und Blasterkanonen. Die Königin war verletzt, machte aber keine Anstalten zu fallen.

Am Ende brachte ich die Kreatur dazu, gerade nach oben zu spucken. Die Schwerkraft erledigte den Rest. Ihr Schleim traf sie zwischen die Vielzahl ihrer Augen, worauf ihr Kopf explodierte. Sie stolperte noch drei Stunden durch die Stadt und tobte blind in den Ruinen herum, bevor sie ihren Verletzungen erlag.

Die Terraner hatten schon Banner und eine Parade vorbereitet, als ich meine Untertasse vor der Stadtgrenze landete. Unter Jubel stieg ich aus. Reporter hielten mir Mikrofone hin.

Einer fragte: »Lord Mollusk, wie fühlt es sich an, die Stadt Topeka zum fünften Mal gerettet zu haben?«

»Vielleicht ist gerettet nicht das richtige Wort«, erwiderte ich.

»Dennoch stehen die Völker von Terra wieder einmal in Ihrer Schuld. Sie müssen sicherlich enorm stolz sein. Oder sind Sie einfach zu bescheiden, um zu erfassen, wie großartig Sie sind?«

»Darauf komme ich später zurück.«

Ich näherte mich dem Podium. Schweigende Ehrfurcht fiel über die Menge.

»Ich denke, das wäre erledigt, alle miteinander«, sagte ich. »Wahrscheinlich würde ich noch eine Woche warten, bevor ich mit ernsthaften Wiederaufbaumaßnahmen anfange. Nur zur Vorsicht. Wenn Sie mich jetzt entschuldigen würden ...«

Mein Exo-Kommunikator piepste.

»Verzeihen Sie, nur einen Moment. Da muss ich rangehen.«

Die Stimme am anderen Ende sagte: »Lord Mollusk, wir haben China verloren.«

»Definieren Sie verloren.«

»Es ist nicht mehr da, Sir.«

»Das ist jetzt aber nicht gut, oder?«, fragte ich.

»Nein, Sir. Darum dachten wir, Sie sollten es wissen.«

»Ja, ich werde dem nachgehen. Mollusk out.«

»Heil Lord Mollusk!«, schrie die Stimme im Lautsprecher.

»Heil Mollusk«, stimmte ich leise zu.

Ich winkte der Menge zum Abschied und ging an Bord meiner Untertasse.

Am Ende fand ich China doch noch, auch wenn es beinahe mehr Arbeit bedeutete, als es wert war, das Land von den transdimensionalen Katzenmenschen wiederzubekommen, die es gestohlen hatten.

NEUN

Als Zala aufwachte, fand sie mich über eine Konsole gebeugt vor.

»Eine Sekunde«, sagte ich. »Ich bin hier fast fertig.«

Ich benutzte das Punktschweißgerät in der Fingerspitze meines Exos, um die letzten Reparaturen zu beenden, dann schloss ich das Panel.

»Ich brauche Ihre Hilfe. Legen Sie diesen Schalter um, wenn ich Ihnen das Signal gebe.« Ich zeigte auf einen notdürftig zusammengebastelten Stromkreisunterbrecher, der neben ihr an der Wand hing.

Sie warf mir mit verschränkten Armen einen finsteren Blick zu. »Sie können mich nicht wie einen Ihrer Roboter herumkommandieren, Imperator, und dann erwarten, dass ich ganz nach Belieben springe.«

»Legen Sie diesen Schalter um, wenn ich Ihnen das Signal gebe ... bitte.«

Sie bemerkte die notdürftigen Reparaturen, die offenliegenden Kabel und die umgeleiteten Systeme, mit denen ich mich beschäftigt hatte, während sie schlief.

»Was haben Sie getan?«

»Mir war langweilig«, antwortete ich. »Hab ein paar Reparaturen gemacht.«

»Warum?«

»Warum nicht?«

»Ich hätte gedacht, der Knoten, der vielleicht wichtig sein könnte – oder auch nicht –, hätte Sie genug beschäftigt.«

»Hat er nicht. Hat mich nur vierzig Minuten gekostet, bis ich gesehen habe, dass er nicht funktioniert. Da waren keine Daten drin.«

»Also nicht wichtig.«

»Das würde ich nicht sagen«, erwiderte ich. »Es gab ein paar eigentümliche Komponenten. Dinge, die unnötig erschienen, auch wenn man das ganze Gerät unter der Annahme, dass es nicht benutzt wurde, als unnötig betrachten könnte. Aber ich habe die Teile aufgehoben, die mir besonders fehl am Platz erschienen.«

»Warum?«

»Warum nicht?«

Zala knurrte. »Das ist keine Antwort.«

»Aber es ist die beste Antwort, die ich im Moment habe.«

Sie begutachtete den Kabelsalat, an dem ich arbeitete. »Es überrascht mich, dass Sie mich nicht geweckt haben.«

»Ich arbeite gern in Ruhe.«

»Mir ist egal, wie schlau Sie sind, Sie können jedenfalls kein verrottetes Raumschiffwrack, das Jahrzehnte im Boden vergraben war, einfach nehmen und wieder zum Laufen bringen.«

»Na ja, ich bin *sehr* schlau«, sagte ich. »Und jeder kann etwas reparieren, wenn er alle Teile hat. Dafür muss man kein Genie sein. Nur ein begabter Handwerker. Aber einen halben kaputten Computer nehmen und ihn in etwas Nützliches zu verwandeln ... das erfordert Talent.« Ich untersuchte ein paar weitere Systeme. »Habe ich ein moralisch fragwürdiges Dilemma übersehen, warum man einen alten Computer nicht reparieren sollte? Denn wenn ja, bin ich sicher, dass Sie es kaum erwarten können, mir das zu sagen.«

»Nein, daran ist nichts auszusetzen«, sagte sie. »Auch wenn ich in Ihrem Fall einen gewissen Verdacht hege, dass es auf irgendeine Art falsch sein könnte.«

»Sie verletzen mich, Zala. Nicht alles, was ich tue, dient einem finsteren Zweck. Um genau zu sein hat sogar überhaupt nichts von dem, was ich tue, einen finsteren Zweck, denn *finster* impliziert *trügerisch*. Und das bin ich nie. Ich gehe offen mit dem um, was ich getan habe, und ich war auch meistens sehr direkt, wenn ich es getan habe.«

»Meistens«, sagte sie.

»Man kann keine Welt erobern, ohne zu lügen oder gelegentlich nur die halbe Wahrheit zu sagen. Zumindest habe ich keinen realistischen Plan ausgearbeitet, das zu tun, und wenn ich nicht darauf komme, ist es doch unwahrscheinlich. Aber ich möchte meinen, dass ich meine Irreführung auf ein Minimum reduziere.«

Sie schaute sich in dem halbdunklen Raum um. »Wo ist meine Kampfgarde?«

Ich nickte zu einer anderen Kammer. Sie marschierte

hinüber und fand ihre treuen Soldaten in Stasis vor. Dann kam sie mit gezogenem Krummschwert zurück.

»Die Geste wäre um einiges bedrohlicher, wenn Sie das Ding nicht bei jeder Gelegenheit ziehen würden«, sagte ich.

»Was haben Sie mit ihnen gemacht?«

»Sie vor dem Tod durch radioaktive Verseuchung gerettet«, antwortete ich. »Ich entschuldige mich, falls das meinerseits zu vermessen gewesen sein sollte.«

»Ich glaube nicht, dass sie Ihnen einfach so erlaubt haben, sie in diese Hüllen zu stecken.«

»Ach, ich würde ihnen das nicht vorwerfen. Ich habe gewartet, bis sie zu krank waren, um sich noch groß wehren zu können. Eine von ihnen hat mich allerdings getreten. Angesichts dessen, dass sie kaum noch atmen konnte, hätte sie sich damit wahrscheinlich eine Auszeichnung oder so etwas verdient. Tapferkeit bei törichter Kurzsichtigkeit oder so etwas. Ich nehme an, so eine Belobigung gibt es auf Venus, wenn auch wahrscheinlich mit einem weniger akkuraten Namen.«

»Lassen Sie sie raus!«

»Lassen Sie sie selbst raus.« Ich schwieg kurz, um zwei Drähte zusammenzudrehen. »Ohne Schutz sind sie innerhalb von Stunden tot. Ich kann nicht behaupten, dass ich alle Nuancen Ihres besonderen Kriegerkodexes verstehe, also überlasse ich Ihnen die Entscheidung, ob ein sinnloser und grausamer Tod dazugehört.«

Zala steckte ihr Schwert weg. In ihrem Ärger peitschte ihr Schwanz mit kurzen, scharfen Bewegungen hin und her. »Werden sie wieder gesund?«

»Irgendwann ja. Ich musste die Stasiskapseln nachrüsten; jetzt reinigen sie auch von Strahlung und reparieren Zellschäden. Es ist Stückwerk, aber wenn der Prozess nicht unterbrochen wird, geht es Ihren Leuten vielleicht in neun oder zehn Tagen wieder gut.«

»Das ist zu lang.«

»Sie befinden sich in Stasis. Für sie wird es wie ein Nickerchen sein.«

Sie legte die Hand an ihr Krummschwert, zog es aber nicht. Dann kaute sie auf der Unterlippe. Ihre Schuppen wurden dunkel.

»Und bevor Sie fragen«, fuhr ich fort, »nein, die Kapsel wird sie nicht in bewusstseinskontrollierte Sklaven verwandeln. Oder Selbstzerstörungscodes in ihre DNS implantieren. Oder sie in lebende Bomben verwandeln. Oder in Kannibalen. Oder ihnen ein peinliches Stottern zufügen. Oder irgendeine andere verrückte, alberne Boshaftigkeit, derer Sie mich gerade bezichtigen wollen.«

Sie entspannte sich, auch wenn mir ihre Art von Entspannung immer als nur unwesentlich weniger angespannt vorkam, doch vielleicht war das ausschließlich in meiner Gegenwart so. »Sie hätten mich vorher fragen können.«

»Ich dachte nicht, dass ich eine Erlaubnis bräuchte, um Leben zu retten. Und ich habe gehofft, mir eine lange, unnötige Diskussion darüber zu ersparen. In der Art, wie wir sie gerade hatten. Gern geschehen.«

Zalas Lippen bewegten sich kaum, während sie knurrte. Ein deutlicheres Dankeschön konnte ich nicht erwarten.

Ich verband ein letztes Kabel. »Auf mein Zeichen legen Sie den Schalter um. Wenn Sie so freundlich sein wollen.«

Sie legte den Schalter um. Die Lichter gingen aus, und das glühende grüne Gras verhinderte, dass es auf der Brücke stockfinster wurde. Ich sortierte das bunte Gewirr vor mir.

»Aha.« Zala kicherte. »Also muss sogar der unglaubliche Imperator Mollusk seine Grenzen erkennen.«

»Ihre Besessenheit von meinen Misserfolgen grenzt ja schon fast an eine Manie. Ich habe nie behauptet, perfekt zu sein. Lediglich genial.«

»Also jetzt sind Sie nur *lediglich* genial.«

»Genial zu sein fällt mir nicht schwer«, sagte ich. »Die meisten Neptuner könnten das, was ich getan habe, auch tun. Vielleicht ohne die Anmut und Souveränität, die ich so mühelos verkörpere, aber das ist wohl kaum von Belang. Am Ende zählen nur die Resultate.«

Ich zwirbelte einen roten Draht in das bunte Kabelgewirr vor mir. Die Lichter der Brücke gingen wieder an. Der Bordcomputer erwachte knisternd zum Leben. Ich hatte es nicht geschafft, die Lautsprecher zu reparieren, und es gab eine leichte Rückkopplung, als der Computer sprach.

»Hallo, Imperator. Wie kann ich Ihnen helfen?«

»Ich brauche einen allgemeinen Scan von allem, das sich in einem Umkreis von fünfzig Kilometern befindet«, sagte ich. »Möglichst sofort.«

Ich führte ein paar kleine Korrekturen an der verbesserten Sensoranordnung durch, die ich aus Ersatzteilen zusammengeschustert hatte. Dann gab ich Snarg einen gequiekten Befehl. Sie krabbelte aus ihrer Ecke herüber, um die Anordnung mit den Zangen zu packen, und stürmte hinaus. Das Kabel spulte sich hinter ihr ab. Es würde aufhören, wenn sie einen ausreichend hohen Ast gefunden hatte.

»Wo ist Kreegah?«, fragte Zala.

»Er ist in der Morgendämmerung hinausgegangen. Ich lasse ihn ein paar Besorgungen machen.«

Sie benutzte ihr Reinigungsgerät an einem Stück weniger ranzigem Fleisch, um sich Frühstück zu machen. »Haben Sie keinen Hunger, Imperator?«

»Ich kann wochenlang ohne Essen auskommen.«

»Nicht essen. Nicht schlafen. Sind Sie nicht ein veritables Superwesen?«

»Um genau zu sein schlafe ich durchaus. Nur nicht das ganze Gehirn gleichzeitig. Immer nur ein kleiner Prozentsatz.«

»Wie praktisch für Sie.«

Das Kabel hielt an. Ich befahl dem Computer, den Scan durchzuführen.

»Ein Jammer, dass Sie die Monitore nicht reparieren konnten«, sagte Zala.

»Immerhin war ich in der Lage, eine Notlösung zu improvisieren.«

Ein Hologramm der Insel erschien zu unseren Füßen.

»Ich entschuldige mich für das Schwarzweiß. Mehr habe ich mit dem, was ich zur Verfügung hatte, nicht zustande gebracht.«

»Sagten Sie nicht, die Strahlung der Insel mache detaillierte Scans unmöglich?«

»Aber nicht, wenn Sie wissen, wonach Sie suchen.

Meine vorherigen Erfahrungen mit der Raum-Zeit-Anomalie war ein Ausgangspunkt. Entschuldigen Sie die ungenauen Messungen.«

Ich zeigte auf ein Echozeichen. »Das sind wir. Und das da …« – ich deutete auf ein zweites Echozeichen an der Nordspitze der Insel –, »das ist das Herz der Anomalie. Es befindet sich auf dem Grund des Vulkans, an den der Raum-Zeit-Riss geografisch gebunden ist. Meine Forschungen über die Anomalie haben zwar nicht ergeben, wie man ihn schließt, aber ich konnte ihn stabilisieren.«

Ich hob ein paar Wellen im Hologramm hervor.

»Zeitverzerrung ist im Grunde nicht viel anders als Schwerkraftmanipulation. Wie Sie an diesen strahlenden Deformationen in der Ausdehnung des Gravitons sehen können, werden Sie hier zweifellos eine deutlich stärkere Welle erkennen, die darauf hindeutet …«

»Ja, ich sehe das Ding mit dem Ding auf dem Ding. Und ich bin mir sicher, dass es etwas sehr Wichtiges bedeutet. Warum sagen Sie mir nicht einfach, was das ist?«

»Zeitreise.«

»Sie können durch die Zeit reisen?«

»Meine eigenen Experimente haben bewiesen, dass es unmöglich ist. Die Anomalie funktioniert nur in einer Richtung. Jegliche Materie, die aus diesem Universum stammt, abgesehen von ein paar exotischen subatomaren Partikeln, wird augenblicklich zerstört, wenn sie versucht, in der Zeit zurückzureisen.«

»Vielleicht hat jemand etwas herausgefunden, das Sie nicht herausgefunden haben.«

»Möglich«, sagte ich. »Wahrscheinlicher ist aber, dass

jemand das Universum ins Auge piekst, ohne an die Konsequenzen zu denken. In beiden Fällen müssen wir dem ein Ende machen – was auch immer das für ein fehlgeleitetes Experiment sein mag, das diejenigen da durchführen –, und die Anomalie wieder in ihren ursprünglichen Zustand zurückversetzen.«

Der Computer fragte: »Möchten Sie, dass ich eine weitergehende Analyse des Musters beginne?«

»Tu das.« Ich drehte das Hologramm, um es aus einem anderen Blickwinkel zu studieren. »Sie sollten sich vielleicht vorbereiten, Zala. Wir erwarten jetzt ein kleineres Erdbeben.«

Die Insel erzitterte. Sie rüttelte ein bisschen Erde los, und die Lichter flackerten.

»In den nächsten paar Stunden müsste alles glattlaufen, allerdings erwarte ich den vollständigen Kollaps – meiner Einschätzung nach – in sechs Stunden.«

»Vollständig? Was heißt das?«

»Eine hervorragende Frage«, antwortete ich. »Könnte so ziemlich alles bedeuten.«

»Definieren Sie *alles.*«

»Die Anomalie könnte sich selbst reparieren, sodass die Dinosaurier-Insel permanent stabil wäre. Oder es könnte am Ende zum Kollaps des ganzen Universums führen. Das ist ein Worst-Case-Szenario, wohlgemerkt. Und so schlimm wäre das auch gar nicht, denn es würde ein paar Milliarden Jahre dauern, bis es soweit wäre. Wir selbst wären natürlich sofort tot. Genauso wie alles andere innerhalb von mehreren Lichtjahren.«

»Und Venus? Was ist mit Venus?«

»Ich mache mir weniger Sorgen um den Planeten als um unsere eigene Notlage.«

»Milliarden Leben stehen auf dem Spiel, Imperator!«

»Das ist mir bewusst. Und falls ich umkomme, ist es unwahrscheinlich, dass ich das Problem lösen kann. Ergo ist mein Leben ziemlich wichtig.«

»Ich vertraue darauf, dass Sie einen Plan haben«, sagte sie.

»Ich arbeite an einem. Ich bin mir sicher, ich werde bald etwas haben. Etwas mit Anti-Schwerkraft. Oder vielleicht mit Lasern. Ich arbeite gern mit Lasern.«

»Was auch immer Ihnen einfällt, Imperator. Aber beeilen Sie sich!«

Ich grinste.

»Was ist jetzt?«

»Es ist lustig, nicht wahr? Jetzt wollen Sie unbedingt ganz eifrig Ihr Vertrauen in meine wissenschaftliche Genialität setzen.«

»Das ist überhaupt nicht lustig. Das erfordert die Lage, und ich bin nicht eifrig. Oder auch nur besonders froh darüber. Aber eine Kriegerin passt sich ihrer Situation an.« Sie schlang sich ihre Waffen über die Schulter. »Ich hoffe, Sie sind fertig.«

»Fast.«

Ich schweißte das Gehäuse eines kleinen Geräts zu und überprüfte es kurz.

»Was ist das?«, fragte sie.

»Eine tragbare Wettermaschine, die ich gestern Nacht mit ein paar Teilen, die übrig waren, erfunden habe. Könnte noch nützlich werden.« Ich befestigte sie mit einem Magneten am Gürtel. »Habe ich schon erwähnt, dass mir langweilig war?«

»Viel Glück«, sagte der Schiffscomputer. »Ich werde sämtliche wichtigen Informationen, die sich aus meiner Analyse ergeben, weiterleiten.«

»Danke.«

Wir verließen das Schiff durch das Zugangsrohr zur Oberfläche. Gelbe Wolken wirbelten vor einem glühend grünen Himmel.

»Ich kann Ihren Jupiter-Wilden nirgendwo sehen«, sagte Zala.

»Haben Sie schon hinter sich nachgeschaut?«, fragte ich.

Sie drehte sich um.

Kreegah winkte. »Hallo.«

»Das sollten Sie wirklich nicht tun«, sagte sie.

»Was tun?«

»Sich anschleichen.«

»Entschuldigung. Das ist eine Angewohnheit von mir. Ich dachte, ich wäre recht augenfällig gewesen. In Zukunft werde ich versuchen, mehr Lärm zu machen, wenn Sie dann lockerer sind.«

Sie brummelte.

»Habe ich etwas falsch gemacht?«, fragte mich Kreegah.

»Nein, sie ist nur nicht in ihrem Element und deswegen schlecht gelaunt.«

»Soll ich mich entschuldigen?«

»Das wäre unklug«, erwiderte ich. »Besser ist es, sie einfach in Ruhe zu lassen.«

»Verstehe.«

»Man muss zivilisiert sein, um das zu kapieren«, sagte ich.

Kreegah nickte. Mehr Erklärung brauchte er nicht. Von allen Wesen im Universum mochte ich Kreegah am liebsten. Er war ohne Arg, gutmütig und gnadenlos gegen seine Feinde. Manche missverstanden seine fehlende Raffinesse als Dummheit, doch Kreegah war eine sehr rare Kreatur, ein Wesen, das vollkommen an diese Welt angepasst war. Ich beneidete ihn. All meine Genialität hatte mir diesen universalsten Wunsch nie erfüllen können.

Er stieß ein Gebrüll aus und schlug sich auf die Brust. Dabei produzierte seine gepanzerte Haut tiefe, hallende Basstöne. Der Boden bebte. Es war kein erneutes Erdbeben. Ein Hecteratops brach durchs Unterholz. Zala richtete ihr Gewehr auf ihn. Der Dinosaurier senkte den Kopf und richtete alle acht Augen auf sie. Er stampfte mit seinen sechs Beinen auf die Erde, flatterte mit seinen gefiederten Flügeln und seine Schuppen nahmen einen drohend roten Farbton an.

»Wenn Sie nicht zertrampelt werden wollen«, sagte ich, »sollten Sie vielleicht Ihre Waffe senken.«

Der Hecteratops schrie durchdringend. Er schüttelte die Rassel am Ende seines Schwanzes.

Kreegah legte ihm die Hand auf die Schnauzenspitze. Dann zog er spielerisch an den zwei Hörnern auf der Nase des Dinos und blökte zurück.

»Er bringt uns viel schneller zum Vulkan, als wenn wir zu Fuß gehen müssten«, sagte Kreegah. »Und auch wesentlich sicherer. Die meisten Räuber auf der Insel wollen nichts mit dem alten Broot zu tun haben.«

Der Hecteratopsbulle schnaubte und stampfte weiter, dass die Erde bebte.

»Ich verstehe nicht, wie wir uns auf dem Rücken dieses Dings an irgendjemanden anschleichen sollen«, sagte Zala.

»Manchmal ist es gut zu schleichen«, erwiderte Kreegah. »Und manchmal ist es besser, wenn gehört wird, dass man kommt.«

»Angst und Schrecken verbreiten.« Zala grinste. »Damit kann ich umgehen.«

Kreegah bot ihr zwar an, ihr auf den Rücken des Bullen zu helfen, doch sie bestand darauf, es selbst zu machen. Sie brauchte mehrere Minuten, um auf die riesige Kreatur zu klettern. Schließlich hielt sie sich an einem Flügel fest und wuchtete sich in Position. Kreegah trug seinen üblichen Ich-verstehe-das-nicht-Gesichtsausdruck. Ich antwortete mit meinem üblichen Du-bist-besser-dran,-wenn-du-es-nicht-verstehst-Blick und platzierte mich mithilfe meines Jetpacks vor Zala.

»Wo ist Ihr Haustier?«, fragte sie mich.

»Haben Sie schon hinter sich nachgeschaut?«, antwortete ich.

Snarg quiekte und legte die Zangen spielerisch um Zalas Kopf. Sie schob den Ultrafüßler von sich.

»Sie sollten netter zu ihr sein«, sagte ich. »Sie mag Sie.«

»Sie werden mir verzeihen, wenn ich vermeiden will, dass ihr Sabber meinen Helm rosten lässt.« Sie versuchte, den Schleim abzuwischen, der an ihrer Rüstung klebte.

»Sie hat Sie mit einem wachsartigen Harz benetzt, das

mit dem Bruchwiderstand von Titan aushärtet. Es trocknet sehr schnell, aber ich nehme an, das haben Sie gerade selbst herausgefunden.«

Zala versuchte vergeblich, die Hände von ihrem Helm zu lösen. Ich sprühte ein neutralisierendes Mittel auf das Harz, und nun konnte sie ihre klebrigen Hände wieder lösen.

»Das ist ein Zeichen von Zuneigung.«

Sie warf Snarg einen finsteren Blick zu, die mit den Lidern ihrer milchig-gelben Augen klimperte und schnurrte.

Kreegah brüllte wieder. Mehrere Primadons kamen angestapft.

»Ich habe meinem Volk gesagt, dass Imperator Mollusk der Meinung ist, die Zukunft dieser Insel und aller Inseln jenseits des Meers stehe auf dem Spiel. Sie verstehen es nicht. Ich bin mir auch nicht sicher, ob ich es verstehe. Aber die mutigeren Männer haben sich bereit erklärt, sich mit uns zum Berg des Feuers zu wagen.«

Er bellte dem Stamm ein paar Befehle zu, und sie verschwanden wieder im Dschungel. Kreegah schwang sich auf Broots Rücken, und mit einem weiteren Urgebrüll drehte sich der Hecteratops. Der Dinosaurier war weder wendig, noch gehorchten ihm die zusätzlichen Beine. Doch als er es endlich geschafft hatte, sich umzudrehen, stürzte er sich mit erstaunlicher Geschwindigkeit in den Wald.

Die Insel zog wie im Nebel an uns vorbei. Wir kauerten uns nieder, klammerten uns an Broots Rücken, um nicht von unserem taumelnden Lasttier abgeworfen oder von peitschenden Ästen abgestreift zu werden. Ich versuchte gar nicht erst, Einzelheiten des Ritts aufzunehmen; ich vertraute auf Kreegahs Expertise ebenso, wie er meiner vertraute.

Der Dschungel teilte sich, und wir schwankten über eine sumpfige Lichtung. Eine Herde telekinetischer Iguanodons jagte auseinander und schwebte aus dem Weg, was auch gut war, da der gute alte Broot kein Interesse daran hatte stehenzubleiben. Eine chinesische Dschunke, die im Schlamm steckte (ein Relikt aus einem vergessenen Abenteuer), tauchte auf unserem Weg auf, und statt darum herumzugehen, pflügte der Hecteratops mitten hindurch und zertrampelte das Schiff mitsamt den Knochen lange schon toter Seeleute unter seinen Hufen.

Die gelben Wolken gleißten in merkwürdigen Farben, und eine B-52 Stratofortress durchbohrte den wirbelnden Schleier. Das Flugzeug fiel vom Himmel und stürzte am anderen Ende der Insel ab.

Ich prüfte die neuesten Ergebnisse des Computerscans. »Es wird schlimmer.«

»Ich dachte, Sie hätten gesagt, wir hätten Stunden!«, schrie Zala über den Donner und das Heulen des Windes hinweg.

»Zeit ist relativ, und je näher wir der Anomalie kommen, desto schneller vergeht sie. Relativ. Stunden können zu Minuten werden, wenn wir uns dem Fokalpunkt nähern.«

Die Insel bebte, und dann öffnete sich eine Erdspalte vor uns.

Der schwerfällige Broot vermied es knapp hineinzufallen, stolperte aber und grub die Schnauze in die Erde. Ich fiel herunter und war nur froh, nicht unter der Masse des Hecteratops begraben zu werden.

Zala, Kreegah, Snarg und sogar der alte Broot waren nirgends zu sehen. Die Insel war still. Der Himmel war bewölkt, aber ruhiger. Ein rascher Scan meiner Daten bestätigte mir, dass ich in eine temporale Verzerrung gefallen war, eine Blase verschobener Zeit. Es war, wie zum Mars zu fliegen, indem man blieb, wo man war und den Planeten zu sich kommen ließ. Zala und Kreegah befanden sich wahrscheinlich Minuten – vielleicht Stunden – in der relativen Vergangenheit. Möglicherweise sogar Tage oder Jahre.

Ich musste den Rand des Phänomens finden, ob zeitlich oder räumlich, um ihm zu entkommen. Das Ergebnis würde mich wieder in Übereinstimmung mit der richtigen Raum-Zeit-Ausrichtung bringen. Das war zwar nur eine Hypothese, doch meine eigenen Studien in theoretischer Zeitmanipulation hatten diese Möglichkeit nicht ausgeschlossen. Zugegebenermaßen war ich eher ein Hobby-Zeitreisender, doch nichts ging über eine kleine praktische Feldstudie.

Offensichtlich war ich nicht an Ort und Stelle geblieben, sonst hätte ich auf der Lichtung auf mich gewartet, bevor die Zeitblase eintraf. Ich konnte hierbleiben und schauen, ob es möglich war, ein Paradoxon zu schaffen. So verführerisch das klang, es war durch die Kausalität durchaus gefahrenbehaftet, und auch wenn es unter normalen Umständen nach Spaß klang, das Raum-Zeit-Kontinuum herauszufordern, hatte ich hier einen Planeten zu retten.

Ich schoss in die Luft und blieb dabei dicht an den Bäumen. Das brachte mir eine gewisse Deckung, immer in der Hoffnung, dass es etwas nützte. Die Exosensoren führten mich zu der Anomalie, auch wenn ich sie nicht brauchte.

Sie war genau dort, wo ich sie zurückgelassen hatte, am südwestlichen Fuß des turbulenten Vulkans der Dinosaurier-Insel. Meine Versuche, heimlich vorzugehen, wurden sinnlos, als mich ein Schwarm Pterodactylus flankierte. Ein außergewöhnlich großes Exemplar mit dem gestreiften Fellmuster eines Tigers sprach zu mir.

»Schön, dass Sie sich zu uns gesellen, Imperator«, sagte er. Oder besser der Lautsprecher, der in dem Apparat steckte, der auf seinen Rücken geschnallt war, sagte es. »Wir haben Sie erwartet.«

Er gab den anderen geflügelten Reptilien einen Ultraschall-Befehl. Sie kreischten. Ihre Laseraugen blitzten und warteten auf das Zeichen zum Töten.

»Ich bin sicher, Sie werden nichts Dummes versuchen.« Der Anführer der Pterodactylus war nicht zu Ausdrucksänderungen fähig, doch da sein Gesicht zu einem ständig furchteinflößenden Zähnefletschen erstarrt war, passte es sehr gut zu der Drohung.

»Ich nehme an, ihr seid nicht hier, um mich zu töten, sonst hättet ihr das bereits getan«, sagte ich.

»Sie nehmen richtig an. Kommen Sie mit, Imperator. Und benehmen Sie sich.«

Sie eskortierten mich zum Vulkan. Als wir näher kamen, wurden die Wolken wilder. Das Beben der Insel wurde schlimmer. Ich fing den plötzlichen Dateninput des jupiterianischen Schiffs auf, das ich zuvor repariert hatte. Er bestätigte mir, dass ich mich in der Vergangenheit befand. Vielleicht nur eine halbe Stunde von dem Punkt entfernt, an dem ich Zala und Kreegah verloren hatte. Bis dahin war ich auf mich gestellt.

Wir landeten auf einer Lichtung, auf der mein Stabilisierer stand, ein Gerät, das den Großteil der Südwestseite des Vulkans einnahm. Zwei Dutzend Arbeitsroboter marschierten herum und erfüllten Aufgaben. Jemand hatte den Stabilisierer mit ein paar zusätzlichen Komponenten hier und da modifiziert. Außerdem gab es eine Maschine von der Größe eines riesigen gehörnten Riffhais neben der schimmernden Verzerrung.

Selbst im unruhigsten Zustand war die Anomalie überwiegend unsichtbar. Manchmal, zur richtigen Jahreszeit und unter den richtigen Umständen, glühte sie sanft rot. Es brauchte eine Menge Wissenschaft, um die Raum-Zeit aufzustemmen. Die Maschine sprühte Funken und rauchte. Die Roboter besprühten sie mit Kühlflüssigkeit, damit sie nicht explodierte.

Der gestreifte Pterodactylus landete neben mir. »Beeindruckend, nicht wahr?«

»Wie habt ihr die Tachyonen-Rückkopplung korrigiert?«, fragte ich.

»Für Fragen wird noch genug Zeit sein. Erlauben Sie mir zuerst, mir etwas Praktischeres anzuziehen.«

Roboterarbeiter brachten einen schwerfälligen Tyrannosaurus mit einem ähnlichen Apparat auf dem Rücken, wie ihn der Pterodactylus trug.

Der Mesmerosaurus war der Spitzenräuber der Insel. Ich hatte nur eine Spezies katalogisiert. Er war ein Albertosaurus, der kleinere Verwandte des berühmteren Tyrannosaurus, und ein fettes, träges Biest. Sie waren wilder und stärker, doch der Mesmerosaurus musste nicht schnell oder gewieft sein, wenn er nur zu warten brauchte, dass ihm seine Beute in sein drittes Auge blickte. Jedes Tier würde in hilflose Katatonie verfallen, während der schwerfällige Räuber daherwalzte, um seine Beute zu töten.

Trotz seiner beeindruckenden mentalen Dominanz war der Mesmerosaurus von einer sturen Dummheit. Was allerdings kaum überraschte, vor allem angesichts dessen, dass er sich hauptsächlich ernährte, indem er darauf wartete, dass ihm jemand ins dritte Auge schaute.

»Ich nehme an, Sie wollen, dass ich meine Waffen übergebe und mein Exo deaktiviere«, sagte ich.

»Das wird nicht nötig sein.« Der Pterodactylus schlich zu dem Mesmerosaurus hinüber. Der Apparat ging auf und enthüllte ein Terra-Sapiens-Gehirn in einem durchsichtigen Sphäroid. Das Sphäroid breitete mehrere mechanische Gliedmaßen aus und trippelte den Schwanz des Mesmerosaurus hinauf, um sich in die Verbindung auf seinem Rücken zu setzen. Der Apparat summte. Der Mesmerosaurus blinzelte und streckte die stummeligen Finger an seinen stummeligen Armen. Er wölbte den Rücken, streckte sich und scharrte mit den Hinterbeinen.

Dieselbe Stimme kam aus seinem Lautsprecher.

»Schön, Sie endlich kennenzulernen, Imperator. Von Angesicht zu Angesicht.«

Der Dino mit den vielen Zähnen richtete sein hypnotisches Auge auf mich.

ZEHN

Ich starrte dem Mesmerosaurus in sein drittes Auge, und ein Kribbeln ging durch mein Nervensystem. Meine Tentakelspitzen wurden taub.

Seine Zähne blitzten. »Noch da, Imperator?«

»Das ist das Witzige am Leben auf Neptun«, erwiderte ich. »Hypnotische Räuber waren irgendwann einmal der letzte Schrei. Deshalb sind dort alle Lebensformen von Natur aus gegen psionische Manipulation resistent.«

Brain zuckte die schmalen Schultern seines geliehenen Körpers. »Ich hatte es befürchtet. Das macht aber nichts, denn Sie werden für mich arbeiten.«

»Ich fühle mich geschmeichelt«, sagte ich, »aber ich bin finanziell unabhängig und nicht gut im Befolgen von Befehlen, deshalb werde ich wohl passen müssen.«

»Aber Sie haben mein Angebot doch noch gar nicht gehört.«

»Weltherrschaft.«

Er knurrte.

Ich seufzte. »Es ist immer die Weltherrschaft.«

»Mein Ziel ist viel größer. Warum sich auf eine einzige Welt beschränken, wenn wir das ganze System regieren können? Und von da aus ... wer weiß? Eines Tages wird die Galaxie ...« – er breitete die winzigen Arme aus – »... nein, das Universum selbst soll sich unserer Herrschaft beugen.«

»Sie haben Ambitionen. Das muss ich Ihnen zugestehen.«

Er kicherte. »Sie bezweifeln, dass es machbar ist.«

»Alles ist machbar«, sagte ich.

»Ja, ja«, antwortete er. »Wenn man nur fest genug daran glaubt und es unbedingt will und hart arbeitet und bla, bla, bla. Wir haben dieses Glaube-an-dich-selbst-Gequassel oft genug gehört, und wir wissen beide, was es ist: der Wunschtraum niederer Wesen, von Dummköpfen und Idioten, die glauben, sie könnten mehr sein als die geistlosen Sklaven, zu denen sie bestimmt sind.«

Er kicherte boshaft. Seine Versuche, sich die Hände zu reiben, scheiterten an den Grenzen der Mesmerosaurus-Anatomie.

»Wenn Sie meinen Rat wollen«, sagte ich, »sollten Sie vielleicht versuchen, sich das finstere Gelächter zu sparen. Es nützt sich nach einer Weile ab.«

»Stört es Sie nicht, Imperator, unter diesen erbärmlichen Terraner-Schwachköpfen zu wandeln, als wären sie Ihnen ebenbürtig? Streiten Sie es nicht ab, denn ich weiß, wie das ist. Ich kenne die Frustration und Wut, die sich in einem aufbaut, während man diesen irrationalen Kreaturen dabei zuschaut, wie sie sich durch ihre bemitleidenswerten Leben wursteln.«

Er stapfte auf mich zu und beugte sich nieder, um mir ins Gesicht zu schauen. »Sagen Sie mir nicht, dass Sie das nie gedacht haben.«

»Ach, ich denke das mindestens einmal am Tag. Normalerweise öfter.«

»Dann geben Sie es also zu. Tief unten in ihrem Herzen ...«

»Neptuner haben kein Herz. Wir wälzen unser Blut über ein System um, das der Osmose nicht unähnlich ist. Selbst wenn wir Herzen hätten, würden wir es vermeiden, ihnen irgendwelche Funktionen zuzusprechen, die über den strikt biologischen Entwurf hinausgehen. Also versuchen Sie vermutlich, an meine Basalganglien zu appellieren.«

Brain verdrehte die Augen. »Von mir aus. Tief drinnen in Ihren Basalganglien wissen Sie, dass es Ihr Schicksal ist, über diese ...«

»Die Basalganglien sind nicht für die Wahrnehmung verantwortlich. Sie sind eher ein Handlungs- und Hemmsystem.«

Er starrte mich wütend an. »Sie stellen meine Geduld auf die Probe, Imperator.«

»Das ist nur recht und billig«, erwiderte ich, »wenn man bedenkt, wie sehr Sie meine auf die Probe stellen. Ich muss Ihr Angebot gar nicht hören. Ich bin nicht interessiert.«

»Sie zweifeln an meinen Fähigkeiten? Sie glauben, ich könnte das Undenkbare nicht vollbringen, erringen, was noch kein anderes Wesen geschafft hat? Doch die Geschichte ist voller großer Lebensformen, die das Unglaubliche getan haben, weil sie es wagten, sich vorzustellen, was niedrigere Kreaturen für unmöglich hielten.«

»Ich habe nicht gesagt, dass ich zweifle. Ich sagte, ich bin nicht interessiert.«

Er neigte sich näher heran, jetzt musste er die Schnauze zur Seite neigen, um mir in die Augen zu schauen. »Wo ist Ihr Eroberergeist, Imperator?«

»Ich bin drüber weg.«

Er wich zurück und schnappte theatralisch nach Luft. »Ach, Sie sind ja jetzt geläutert. Das vergesse ich ständig.«

»Nicht geläutert. In Rente.«

»Gibt es da einen Unterschied?«

»Ich habe nicht vor, für vergangene Sünden zu büßen. Mir sind die Vergangenheit und die Verbrechen – wie manche das nennen würden, was ich begangen habe – vollkommen egal. Ich habe getan, was ich getan habe, und jetzt tue ich es nicht mehr.«

Er grinste unheimlich. »Sie können nicht vor Ihrem Schicksal davonlaufen.«

»Ich habe nie ans Schicksal geglaubt. Meine persönliche Philosophie ist die der vorgetäuschten entropischen Verleugnung.«

»Sie können Ihr Wesen nicht ändern.«

»Das sagen mir alle. Ständig.«

Die Insel bebte. Der Vulkan grollte. Der Himmel wurde langsam wieder gelb. Alles Signale, dass sich die Anomalie dem kritischen Kollaps näherte.

»Wollen Sie, dass ich Ihnen sage, dass ich glaube, das Universum werde von dummen Wesen regiert?«, fragte ich. »Also gut. Ich glaube es. Wollen Sie, dass ich zugebe, dass ich glaube, alles wäre besser, wenn mehr würdige Anführer an der Macht wären? Auch dazu ein Ja. Glaube ich, dass der Planet in meiner Zeit als Warlord von Terra trotz einiger turbulenter Momente besser dran war als vor meiner Ankunft? Ohne Zweifel.

Aber selbst wenn ich das Universum regieren wollte, wüsste ich nicht, warum ich mich dafür mit Ihnen zusammentun sollte. Sie wären mir nur im Weg. Doch das alles ändert gar nichts, denn ich will es nicht. Ich habe mich weltherrschaftsmäßig längst ausgetobt. Wenn Sie dort hinausgehen und das Universum erobern wollen, bitteschön. Viel Spaß. Erwarten Sie nur nicht von mir, dass ich mitmache.«

Die Maschine neben der Anomalie explodierte. Wenn auch nur ein bisschen. Das schimmernde Loch in der Zeit nahm einen grellen Orangeton an, und ein Roboter, der nicht weit genug entfernt war, zerfiel innerhalb von ein paar Sekunden in einen Haufen verrosteter Einzelteile. Die anderen Drohnen mühten sich ab, die Maschine zusammenzuhalten.

»Sie sollten mich vielleicht einen Blick darauf werfen lassen, bevor die Galaxie implodiert«, sagte ich.

Er trat beiseite. »Auf jeden Fall.«

Die Arbeitsroboter gingen mir aus dem Weg, als ich die Maschine inspizierte. »Da haben Sie wirklich etwas Hübsches angerichtet.«

»Nichts, was Sie nicht reparieren könnten, da bin ich mir sicher.« Er kicherte. »Sehen Sie es nicht, Imperator? Sie arbeiten schon für mich. Es war Ihre ursprüngliche

Forschung an der Anomalie, die mir die Grundlage verschaffte, den Zeitstrahlempfänger zu bauen. Es war Ihr Genie, das es mir ermöglichte, das Geheimnis der umgekehrten Zeitprojektion zu lüften.«

»Sie haben es nicht gelüftet. Sie haben es gestohlen. Von mir.«

Er brummelte: »Ich gebe zu, dass ein großer Teil der Vorarbeit von Ihnen geleistet wurde, aber ich hatte den Willen und die Vision, etwas zu vollenden, das zu vollenden Sie zu wenig Rückgrat hatten.«

»Ihnen ist schon klar, dass man manche Beleidigungen nicht auf wirbellose Kulturen anwenden kann?«, fragte ich.

Er schaute mich finster an. »Sie wissen genau, was ich meine.«

»Das tue ich. Sie haben Wissenschaft genommen, die Sie nicht verstehen, und machen jetzt schreckliche Fehler damit.«

»Hören Sie auf sich selbst. In den richtigen Händen gibt es keine Grenzen für die Wissenschaft.«

»Oh, da bin ich ganz Ihrer Meinung. Ich glaube, wir sind uns nur nicht darüber einig, wer die richtigen Hände hat.«

Die Anomalie strahlte einen Hitze- und Spannungsstrom aus, der die Maschine beinahe umgeworfen hätte. Brain wich ein paar Schritte zurück.

»Kein Grund zur Sorge, das kann ich Ihnen versichern«, sagte er.

»Jetzt, wo ich hier bin, nicht mehr«, antwortete ich, »aber das wussten Sie schon, oder?«

»Ja. Der Empfänger funktioniert. Er funktioniert! Als

wir an Ihrem ursprünglichen Entwurf erst einmal ein paar nutzlose Sicherheitseinrichtungen entfernt hatten, konnten wir die größte Leistung der modernen Wissenschaft vollbringen. Kommunikation durch das Gefüge der Zeit selbst hindurch! Kann Ihre begrenzte Vorstellungskraft die Sagenhaftigkeit dieser Errungenschaft überhaupt erfassen?«

Er lachte, während der gelbgrüne Himmel brodelte. Blitze zuckten, der Vulkan brüllte. Ich musste ihm Stilpunkte geben, auch wenn ich zu beschäftigt damit war, den Empfänger davon abzuhalten zu überlasten und den Planeten zu zerstören, um die Show richtig würdigen zu können.

»Hat meine Überschreitung der schwachen Wissensgrenzen Sie jetzt vor Angst und Schrecken verstummen lassen, Imperator?«

»Sie haben nicht zufällig einen Schraubenschlüssel bei sich, oder?«, fragte ich.

Ein Roboter reichte mir ein Werkzeug, und ich schlug auf den bebenden Empfänger ein, bis das Rütteln aufhörte.

»Manchmal muss man die Wissenschaft einfach daran erinnern, wer der Boss ist«, erklärte ich. Die Maschine ratterte, doch ein weiterer Hieb fuhr sie auf ein mattes Bullern herunter. »Ist alles eine Frage der Steuermanschette.«

Die Roboter brachten mir eine ganze Reihe von Werkzeugkisten, sowohl verlässliche alte Lieblinge als auch innovative Geräte. Ich wühlte in ihnen herum, während Brain mir dabei zuschaute.

»Was meine begrenzte Vorstellungskraft angeht ... haben wir nicht festgestellt, dass diese Maschine von mir erfunden wurde? Übrigens nenne ich sie lieber Antizeit-Radio.«

Er nickte. »Ja, ja, Sie haben den größten Teil der Grundkonstruktion erfunden.«

»Mmmhmmm. Ich will ja nicht kleinlich sein, aber was genau haben Sie hinzugefügt, um ihn zu verbessern?«

»Eine ganze Menge«, sagte er.

»Eine Menge, sagen Sie?«

»Es sind hauptsächlich Kleinigkeiten. Aber von entscheidender Wichtigkeit, damit die Maschine, *der umgekehrte Zeitempfänger*, funktioniert.«

»Wie zum Beispiel die Notfallüberbrückung auszubauen, die dafür gesorgt hat, dass das Antizeit-Radio keine Singularitäten auslöst?«

»Ja.« Er nickte. »Solche Dinge eben. Diese nutzlose Überbrückung war schuld daran, dass der *umgekehrte Zeitempfänger* nicht funktioniert hat.«

»Zugegeben. Aber das lag daran, dass ich mir nicht sicher war, ob es die Gefahr wert ist, die Galaxie zu zerstören, nur um das *Antizeit-Radio* einsatzfähig zu machen. Selbst das, was ich für die Wissenschaft riskieren würde, hat Grenzen.«

»Und diese Grenzen sind Ihre Schwäche, Imperator.«

»Ich war der Warlord von Terra«, erinnerte ich ihn.

»Waren Sie«, erwiderte er mit einem selbstgefälligen Grinsen. »Aber Sie sind es nicht mehr, oder?«

Damit hatte er mich drangekriegt, also konzentrierte ich mich stattdessen darauf, den Schraubenzieher und einen tragbaren Partikelbeschleuniger zu benutzen, um zu verhindern, dass das Antizeit-Radio zu einem Haufen Schlacke zusammenschmolz.

»Sie sind vielleicht der brillanteste Geist im System«,

sagte er. »Neben mir natürlich. Aber Ihre Weigerung, alles zu riskieren, bedeutet, dass Sie niemals erreichen werden, was ich erreichen werde.«

»Ihr Genie, gepaart mit Ihrer Rücksichtslosigkeit, macht Sie also zum höheren Wesen. Verstanden, und ich habe kein Interesse daran, weiter darüber zu diskutieren. Es schert mich nicht im Geringsten, ob Sie den Rest des Systems erobern. Nur zu. Es gehört ganz Ihnen. Aber Sie werden das nicht mit meiner Forschung tun. Besorgen Sie sich doch selbst eine. Und Terra bekommen Sie nicht. Ich habe sie als Erster erobert. Und auch wenn ich sie losgelassen habe, gehört sie auf alle Arten, die zählen, immer noch mir.«

»Ach, du meine Güte«, sagte er. »Haben Sie in Ihrem Herzen ... Verzeihung, in Ihrem osmosebasierten Blutkreislauf eine Schwäche für diesen kleinen Planeten entwickelt?«

Ich wandte mich von der Maschine zu ihm um. »Das verstehe ich jetzt nicht.«

Er lächelte. »Muss ich Ihnen die Feinheiten des Geräts erklären?«

»Nein, das« – ich schlug gegen die Maschine – »das verstehe ich. Ich kapiere nur nicht, was wir hier tun. Worum geht es in diesem Gespräch?«

Er lächelte. »Ich verspotte Sie.«

»Warum?«

Sein Lächeln schwand. »Weil das dazugehört. Sie sind mir ausgeliefert, also verspotte ich Sie jetzt. Ich setze Sie einem verbalen Katz-und-Maus-Spiel aus, bis Sie keine Wahl mehr haben als zuzugeben, dass ich Ihnen überlegen bin. Oder vielleicht ziehe ich Ihnen langsam die Schichten Ihrer Psyche ab, um eine geistige Schwäche freizulegen, eine lähmende Verletzlichkeit, die ich dann ausnutzen kann.«

Ich dachte an den Beginn meiner Erobererkarriere zurück. Damals hatte ich auch ein wenig gespottet. Jetzt kam mir das so unreif vor, so zügellos.

»Vielleicht verschwenden Sie auch nur meine Zeit«, sagte ich.

Das Antizeit-Radio ratterte, und ich versetzte ihm ein paar Schläge, um es zu beruhigen.

»Wenn Sie erobern wollen, tun Sie es einfach. Sie brauchen keine langen Reden und verschleierten Drohungen. Oder richten Sie diese Reden wenigstens an Ihre Lakaien und Armeen, wenn es unbedingt sein muss. Auch wenn ich immer Roboter bevorzugt habe, vor allem aus dem Grund, dass sie nichts dergleichen brauchen.«

Ein Roboter reichte mir ein Werkzeug, das ich annahm.

»Sehen Sie? Und ich musste mir nicht einmal Gedanken darüber machen, ihm zu danken.«

Ich korrigierte ein paar technische Sachen an dem Antizeit-Radio, während ich weitersprach. »Sie sind davon besessen, das Universum zu erobern, aber Sie wissen nicht, warum. Tja, ich werde es Ihnen sagen. Es liegt daran, dass Sie ein unsicheres kleines Gehirn mit einem Minderwertigkeitskomplex sind, dem kein besserer Weg einfällt, Leute dazu zu bringen, es zu mögen, als über sie zu herrschen und sie zu zwingen, Sie zu mögen. Oder wenigstens so zu tun, als würden sie Sie mögen.

Aber selbst das wird Ihnen nicht genügen. Weil Sie nicht

unzufrieden mit dem Universum oder den Völkern darin sind. Sie werden niemals glücklich sein. Und ich kann es Ihnen auch ein bisschen nachfühlen. Das heißt aber nicht, dass ich mir Ihre unendliche Leier anhören muss, wie unglaublich Sie sind, wenn Sie damit doch nur die Unterschiede zwischen uns aufzeigen wollen – und wie wenig Sie sich von den Sklaven unterscheiden, auf die Sie herabblicken.

Und ja, ich bin mir der Ironie dessen bewusst, dass ich das sage, also sparen Sie sich die Mühe, mich darauf hinzuweisen. Aber betrachten Sie es als Warnung, denn ich habe das, was Sie planen, schon hinter mir, und ich wünsche Ihnen mehr Glück damit. Wenn auch in einem sehr allgemeinen Sinn, denn ich werde Sie aufhalten.«

Der sprachlose Brain zog ein finsteres Gesicht. Aber zumindest schwieg er.

»Ich nehme es zurück«, sagte ich. »Vielleicht sehe ich doch manchmal einen Sinn im Verspotten. Und jetzt halten Sie bitte weiter den Mund und lassen mich arbeiten.«

Ich brauchte eine Viertelstunde, um das Antizeit-Radio zu einem improvisierten Stabilisierer umzubauen. Ich musste ein paar Teile in Eile zusammenbasteln, aber Raum-Zeit-Reparaturen per Graviton-Manipulation waren eine Kunst, ein Instinkt. Wenn es um so etwas ging, entspannte ich mich normalerweise und ließ mein Nervensystem die Arbeit machen. Dreißig Prozent des Neptuner-Gehirns sind in kleine Taschen hier und da aufgeteilt, und mein erstes und drittes Tentakel waren auch allein ziemlich clever. Mein zweites Tentakel war auch keine Niete, es hatte einmal Verbesserungen für ein Exo entworfen, während ich schlief. Wenn ein Neptuner den richtigen Rhythmus erwischt und sämtliche Neuronen in Einklang arbeiten, dann ist das etwas Seltenes und Schönes. Und etwas so Triviales wie ein Loch in der Raum-Zeit zu reparieren war ein Kinderspiel.

Der Mesmerosaurus beobachtete mich aufmerksam. Er wagte es nicht, Fragen zu stellen, weil er seine Ignoranz nicht eingestehen wollte, doch ab und zu erklärte ich ihm, was ich tat, weil es ihn ärgerte. Ich fand das sehr befriedigend.

»Jetzt stabilisiere ich die gravimetrischen Wellen mit einer Reihe von zeitlich abgepassten Protonensalven«, sagte ich.

»Klar«, sagte der Mesmerosaurus.

»Und da wir es hier mit Antizeit zu tun haben, benutzen wir natürlich Quorgs Theorem über Paralleluniversenkonvergenz.«

»Eine interessante Wahl.«

»Natürlich hat Quorg das Hyperzeit-Paradoxon nicht einberechnet, das Rusk vorschlug, aber in einer Lage wie dieser ist es einfacher, dieses Detail schlicht zu ignorieren und darauf zu vertrauen, dass es von selbst läuft.«

Brain misslang es auf ganzer Linie, den verwirrten Blick auf dem Gesicht seines Wirts zu verbergen. Er musste beklagenswert verwirrt sein, um das mit den eingeschränkten Ausdrucksmöglichkeiten eines Dinosauriers zu schaffen. Völlig zu Recht, angesichts der Tatsache, dass Rusks Paradoxon vor über einem Jahrhundert gelöst worden war. Trans-Quantenphysik zauberte mir immer ein Lächeln ins Gesicht.

Die Insel bebte, als ich einen letzten Regler drehte. Dann wurde die Anomalie wieder sichtbar. Der Vulkan schwieg. Die Wolken trieben davon.

»Das sollte genügen«, sagte ich. »Ich musste nichts weiter tun, als die Polarität umzukehren. Das löst neunzig Prozent der meisten Superwissenschaftsprobleme.«

»Ja, sehr gute Arbeit, Imperator.«

Ich ließ die Werkzeuge fallen; die Roboter konnten sie aufheben. »Wollen Sie mir jetzt, da ich Sie davon abgehalten habe, das Universum zu zerstören, vielleicht sagen, was Sie über die Zukunft erfahren haben?«

»Sie können sicherlich nicht von mir erwarten, dass ich all meine Geheimnisse offenbare.«

»Warum nicht? Wenn Sie Wissen über die Zukunft besitzen und mich so manipulieren konnten, dass ich genau zu dem von Ihnen gewählten Zeitpunkt an diesem Ort ankomme, was für eine Gefahr könnte ich dann darstellen?«

Brain wedelte mit dem Arm. »Nun ja, dieses Wissen ist noch nicht absolut. Sie verstehen, dass die Natur des Prozesses einen komplexen Filtrierungs- und Verbesserungsprozess erfordert, um Klarheit zu schaffen. Das ist eine Ergänzung zu meinen eigenen Kodierungsmaßnahmen, um sicherzustellen, dass die Botschaften in dem unwahrscheinlichen Fall, dass jemand mit eigenem Empfänger sie abfängt, nicht so leicht entziffert werden können.«

»Ein bisschen paranoid, aber eine weise Vorsichtsmaßnahme. Und wie viel haben Sie entwirrt?«

»Genug, um Sie hierher zu bekommen, damit Sie das Gerät reparieren. Und ein paar zusätzliche Fetzen hier und da. Dinge, die Sie in der Tat faszinieren würden, Imperator – und es zweifellos auch bald werden. Doch da ich der Herr der Zeit bin, müssen Sie zugeben, dass jeder Widerstand Ihrerseits zwecklos wäre. Nichts kann mich überraschen. Kein Plan, egal für wie schlau Sie ihn vielleicht halten, wird mich unvorbereitet …«

Der fürchterliche Kampfschrei von Kreegah dem Gnadenlosen zerriss die Luft, und der alte Broot, der mächtige Hecteratops, brach durch den Dschungel. Zala saß auf seinem Rücken und feuerte auf die Roboter. Kreegah sprang wie eine riesige rote Grille durch die Luft, um mehrere Drohnen unter seinen Füßen zu zerquetschen. Snarg und die Primadons folgten ihm auf dem Fuß und erledigten sämtliche anderen Roboter, die von der Vorhut nicht zu Alteisen zerstampft worden waren.

Broot griff Brain an, der trotz seiner behaupteten Unfehlbarkeit äußerst überrascht wirkte. Er richtete seinen hypnotischen Blick auf Broot. Der hypnotisierte Lastzug wurde langsamer und blieb stehen; seine fünf Hörner waren nur Zentimeter vom Bauch des Mesmerosaurus entfernt.

Kreegah stürzte sich auf den Kopf des Mesmerosaurus. Zala hatte ihr Schwert gezogen und sprang nach sechs hüpfenden Schritten über Broots Rücken ab. Der schwerfällige Dinosaurier bewegte sich gerade noch rechtzeitig, um nicht in die Kehle gestochen zu werden. Zalas Krummschwert traf nur ein paar Zentimeter von der Halsvene des Dinos entfernt. Der Mesmerosaurus wich zurück, während Zala Roboter zerstörte.

Ich seufzte.

Snarg trippelte an meine Seite und schnitt den Robotern links und rechts von mir die Köpfe ab. Sie schnurrte und zirpte, bis ich sie zwischen den Fühlern tätschelte.

»Dann wohl mal Danke schön.«

Der Mesmerosaurus drosch um sich, schickte Kreegah ins Unterholz und Zala zu Boden. Er schaute ihr unverwandt in die Augen, und sie konnte nur hilflos hingestreckt daliegen, während er sich anschickte, sie zu zertreten.

Ich drückte einen Knopf an meiner tragbaren Wettermaschine. Mehrere Blitze zuckten vom Himmel und drängten Brain zurück. Zala sprang auf, bereit, den Kampf fortzusetzen. Ich drehte einen Regler an meiner Maschine, und ein starker Wind kam auf. Miniaturtornados peitschten um uns. Exakte Steuerung war nicht möglich, und die Tornados prallten in wilden Mustern hin und her. Einer hob Zala hoch und warf sie wieder zu Boden. Ein erneuter Knopfdruck, und ein größerer Tornado rauschte heran und schleuderte den Mesmerosaurus in weite Ferne.

»Warum haben Sie mich dazu gezwungen?«, fragte ich, während ich Zala auf die Füße half.

»Sie gezwungen? Ich habe Sie gerettet! Wie konnten Sie vor uns hier sein, Imperator?«

»Lange Geschichte.«

Ein dreieckiges Schiff, das auf einem meiner eigenen Entwürfe beruhte, flog über uns hinweg. Es blieb in der Luft stehen, wo der Mesmerosaurus gelandet war. Ein Traktorstrahl beamte Brain aus dem Mesmerosaurus und zog ihn an Bord. Bevor wir reagieren konnten, verschwand das Schiff in Blitzesschnelle am Horizont.

ELF

Die Primadons heulten und kreischten, während sie die bereits gründlich zerstörten Roboter weiter zertrümmerten.

»Du kannst ihnen sagen, dass sie aufhören können, Kreegah«, sagte ich.

Der Dschungelherrscher grunzte, und sein Stamm fügte sich.

»Was sollte das?«, fragte ich.

Zala schaute mich wütend an. »Wir haben Sie gerettet!«

»Es ist beinahe liebenswert, dass Sie das glauben«, sagte ich. »Noch liebenswerter wäre es, wenn Ihre überhastet geplante und unnötig gewalttätige Rettung nicht in Wahrheit ein Triumph über harmlose Nutzroboter wäre.«

»Aber wir dachten ...«

»Sie haben nicht gedacht. Sie sind einfach hineingestürmt, mit jeder Faser die eigensinnige Kriegerin, die ihren Intellekt durch ihre Waffen ersetzen lässt.«

»Aber die Roboterarmee! Und der Dinosaurier!«

»Sehen diese Roboter bewaffnet aus? Und mit dem Dinosaurier habe ich gesprochen. Hatten Sie Sorge, er werde mich zu Tode diskutieren?«

Ich schob meine Verärgerung beiseite. Es nützte nichts, sich über Vergangenes aufzuregen.

»Es ist nicht Ihre Schuld, Zala. Ihre Ausbildung hat Sie nicht gerade mit Raffinesse ausgerüstet. Und ich weiß schon zu schätzen, was Sie vorhatten, so fehlgeleitet Ihre Intentionen auch gewesen sein mögen. Aber dank Ihrer halsstarrigen Eile, etwas zu erstechen und zu erschießen, ist unser Feind entkommen.

Sie haben es nur geschafft, einen geliehenen Körper zu zerstören. Als hätten Sie eines meiner Exos zerschlagen, nur dass der Mesmerosaurus im Gegensatz zu einem Exo ein unersetzliches Exemplar war. Das können Sie also in Ihren Bericht schreiben. Vielleicht werden Sie sogar befördert.«

Sie protestierte halbherzig, aber ich unterbrach sie.

»Deshalb arbeite ich allein.«

Die nächste halbe Stunde verbrachte ich damit, den Stabilisierer zu überprüfen. Ich zweifelte selten an meiner Genialität, aber angesichts dessen, was auf dem Spiel stand, schien mir ein kleiner Zweifel nur umsichtig. Ich hätte ungern wegen einer fallengelassenen ganzen Zahl oder einer losen Schraube das Sonnensystem implodieren lassen. Ich hätte mir keine Sorgen zu machen brauchen. Alles funktionierte, und auch wenn das improvisierte Gerät irgendwann Verbesserungen brauchen würde, hatten wir jetzt erst einmal dringendere Probleme.

Per Fernbedienung öffnete ich eine geheime Tür in dem Vulkan.

Zala hielt ihre Waffe bereit.

»Die können Sie wegtun«, sagte ich, als ich eintrat. Sie und Kreegah folgten mir einen kurzen Flur entlang, der mattweiß beleuchtet war.

»Woher wussten Sie, dass das hier ist?«, fragte sie.

»Ich habe es gebaut. Das ist meine Anlage.«

»Dieselbe Anlage, die übernommen wurde?«

»Genau die.«

Wir näherten uns einer Schiebetür. Zala hielt mich am Arm fest. »Und jetzt führen Sie uns einfach in einen neuen Hinterhalt oder sonst eine Falle?«

»Es wird keinen Hinterhalt geben.«

Die Türen glitten auf, und Zala richtete ihre Waffe auf die Bedrohung, die in ihrer Vorstellung dahinter auf uns wartete. Doch es war nur der Eingangsbereich, ein Raum, den ich den Silberpalästen der Herzöge vom Planeten Mars nachempfunden hatte. Die Zweite Symphonie von Gugugugug Roost, dem größten Komponisten des Planeten Merkur, wehte sanft aus den Lautsprechern.

Gugugugug war schon immer einer meiner Lieblingskomponisten gewesen, und die merkurianische Nutzung von Lebewesen als Instrumente macht seine Musik zu etwas ganz Besonderem. Gugugugug starb einen heldenhaften Künstlertod, als er von einem Viviphonork zerfleischt wurde, dem merkurianischen Äquivalent einer Tuba, aber mit viel mehr Zähnen und einer Vorliebe für Blut. Dass er zerfleischt wurde, war zwar ein Unfall, doch die Kritiker sind sich einig, dass Gugugugugs Todesschreie das Stück in geniale Höhen trieben. Danach wurde es zu einer merkurianischen Tradition, beim dritten Crescendo einen Bariton an ein Viviphonork zu verfüttern, und auch wenn es barbarisch ist, kann man sich der intuitiven Anziehung der Komposition nur schwer entziehen.

Ein Arbeitsroboter näherte sich. »Hallo, Lord Mollusk.«

Ich schoss auf den Roboter. Er zerfiel zu einem Haufen Schrott.

»Warum haben Sie das getan?«, fragte Zala.

»Die Anlage wurde übernommen. Alle Roboter werden auseinandergenommen, inspiziert und repariert werden müssen.« Ich zerschoss einen weiteren Roboter. »Ich habe keine Zeit für eine subtilere Methode.«

»Ich dachte, Sie hätten gesagt, alles werde gut.«

»Ich dachte auch, meine gefährlichste Technologie auf einer dimensional instabilen Insel voller mutierter Dinosaurier zu lagern wäre sicher. Doch so sehr es mich schmerzt, das zugeben zu müssen: Auch ich mache Fehler.«

Ich instruierte die zweiundvierzig restlichen Roboter, sich zu sammeln, und gab Snarg den Befehl, sie zu zerstören. Sie führte den Befehl mit Begeisterung aus und verschlang die Roboter. Sie liebt exotische Legierungen, auch wenn sie sie manchmal nicht verträgt. Ich ließ für den Moment einen Roboter funktionstüchtig.

Wir kontrollierten das Archiv, einen Raum voller Aktenschränke. Zala öffnete eine Schublade und blätterte die Akten durch.

»Kommt mir ein bisschen unpraktisch vor«, sagte sie.

»Das ist genau der Punkt. Elektronische Ordner kann man leichter kopieren und stehlen«, erklärte ich. »Ich lagere die radikaleren Forschungen in Papierform, um das zu verhindern.«

»Hier sieht nichts verändert aus«, sagte sie.

»Warum sollte es? Wenn Brain die Kontrolle über meine Arbeitsdrohnen hatte, konnte er alles bekommen, was er wollte, ohne danach zu suchen.«

Ich forderte einen Arbeitsplan der Archivpflege an. Der Roboter gab mir einen Bericht, den ich durchblätterte. Das Antizeit-Radio, der Qualligant, der Erdbeberator, die 501 Modelle von Todesstrahlen, die atomare Cappuccino-Maschine, der xylophonische Mutantifizierer, das positronische Terrarium. All diese und dazu noch alle anderen Akten waren gescannt und hochgeladen worden. Die meisten befanden sich erst im theoretischen Stadium, andere waren sogar nur halbfertige Ideen. Aber sie waren die Grundlagen gefährlicher Superwissenschaft.

Trotz der stoischen Natur eines Neptuner-Gesichtes musste Zala etwas bemerkt haben.

»Was ist los, Imperator?«

»Ich habe eben einen Megalomanen mit dem Rüstzeug versorgt, das System zu erobern und/oder zu zerstören.«

Zum Thema Fehler – das war ein großer.

»Brain hat alles, was er braucht.«

»Aber Sie leben noch.«

»Ich war nie in echter Gefahr. Niemand hat je versucht, mich zu töten.«

»Warum haben sie dann Söldner angeheuert? Oder das

Quallenmonster? Oder Sie in einen Hinterhalt auf dieser Insel gelockt?«

»Alles eine kalkulierte Manipulation, um mich genau im richtigen Moment hier zu haben, damit ich die Anomalie stabilisiere.«

»Das ist absurd«, sagte sie. »Es ist unmöglich, alles so perfekt zu kontrollieren. Diese Söldner haben sich nicht zurückgehalten. Der Qualligant hätte Sie ganz leicht aus Versehen zerquetschen können. Und diese Insel ist voller Tiere, die Sie jeden Augenblick hätten töten können. Kein Mastermind könnte alles so perfekt arrangieren. Es sind einfach zu viele Variablen.«

»Unter normalen Umständen hätten Sie recht. Aber Brain hat einen Vorteil: Er bekommt Instruktionen aus der Zukunft. Es ist sehr viel leichter, das Chaos zu kontrollieren, wenn man die Ergebnisse schon kennt, während man die Dinge in Gang setzt.«

»Sie wollen mir sagen, dass unser Feind weiß, wie alles enden wird, bevor er überhaupt anfängt?«

»Theoretisch.«

»Sie hatten Zugang zu so einem Gerät und haben es nicht benutzt?«, fragte sie skeptisch.

»Ich hatte es hauptsächlich wegen der wissenschaftlichen Herausforderung entworfen. Als ich mich dann der Vollendung näherte, wurde mir klar, dass das Radio, gepaart mit meinem Intellekt, die Eroberung des Systems, sogar des ganzen Universums, zu einer ausgemachten Sache machen würde. Was soll das bringen?«

»Wenn Sie so schlau wären, wie Sie glauben, hätten Sie die Forschungsergebnisse zerstört.«

»Warum sollte ich das tun?«

»Damit sie nicht in die falschen Hände fallen. Wie es gerade passiert ist.«

»Wissen zerstören?«, fragte ich. »Der einzige Sinn der Existenz, falls es überhaupt einen gibt, ist die Akkumulation kollektiver Intelligenz empfindsamer Wesen des Universums!«

»Auch gefährlicher Intelligenz?«

»Intelligenz ist neutral. Die Anwendung ist alles.«

Sie seufzte. »Sagt der Superschurke.«

»Schurke ist ein relativer Begriff.«

»Genau das würde ein Superschurke sagen. Wenn Brain also Ihr Radio benutzt hat, um Wissen über die Zukunft zu gewinnen, was soll dann das Ganze hier?«

»Wir können nur hoffen, dass er einen Fehler gemacht hat. Er wirkte ehrlich überrascht von Ihrer albernen *Rettung*. Aus unserem Gespräch schließe ich, dass sein Wissen möglicherweise Löcher aufweist. Und dann ist da noch die Frage, ob der Zeitfluss stabil ist und allein durch das Übertragen von Informationen in die Vergangenheit verändert werden kann.«

»Bisher hat es zu seinem Vorteil gewirkt«, sagte sie.

»Man möchte es meinen«, stimmte ich zu. »Aber es braucht nur eine scheinbar winzige Fehlberechnung, um alles zu ändern. Es ist unwahrscheinlich, dass er alle Möglichkeiten der Antizeit-Übermittlung in Betracht gezogen hat.«

»Aber Sie«, sagte Zala. »Ist Ihnen mal in den Sinn gekommen, dass Brain genauso intelligent sein könnte wie Sie? Er hat Ihre Insel entdeckt, Ihre Technologie gestohlen.

Und falls ich Ihr ominöses Antizeit-Radio richtig verstehe, dann hat er das zu dem Zeitpunkt noch alles ohne irgendein Wissen über die Zukunft gemacht.«

»Sie verstehen es richtig. Und ich muss zugeben, dass Brain ein respekteinflößender Gegner ist. Aber abgesehen vom Finden der Dinosaurier-Insel, was auch Zufall gewesen sein könnte, hat er keine wahre Kreativität gezeigt. Er mag zwar die Wissenschaft, die er gestohlen hat, verstehen, aber seine Anwendung bleibt uninspiriert.«

»Nachdem ich den Schaden gesehen habe, den Sie mit Ihrer Wissenschaft in der Vergangenheit anrichten konnten, finde ich das nicht gerade beruhigend. Und nehmen wir einmal an, dass er genauso intelligent ist wie Sie. Oder nehmen wir mal kurz an, er wäre *intelligenter*.«

»Also gut. Gehen wir davon aus. Ich gebe zu, das ist eine faszinierende Möglichkeit.«

»Was heißt das dann?«

Ich zuckte die Achseln.

»Das heißt, wir verlieren.«

DIE ZERSTÖRUNG VON PARIS

In der Rückschau war es nur eine Frage der Zeit, bis jemand auf meine Welt herabschauen und beschließen würde, sie mir wegzunehmen.

Dieser Moment kam, während ich mich auf der Terrasse meines Herrenhauses im Herzen von Paris sonnte: Es waren Hunderte von Kriegsschiffen vom Saturn; ihr ausgeprägtes Korkenzieher-Design verdunkelte den Himmel, als sie über der Stadt niedergingen.

Das Leitschiff schraubte sich zur Landung herab, bohrte seine nadelartige Spitze in den Boden und zerstörte meinen Topiari-Garten. Ein ungeschlachter Saturn-Kommandant ging mit seiner persönlichen Leibwache von Bord. Der Kommandeur hatte die zerklüfteten grauen Gesichtszüge eines erfahrenen Veteranen. Mehrere Leibwächter-Roboter versuchten, sich ihnen in den Weg zu stellen. Sie wurden zu Schrotthaufen zerschossen. Meine treuen Terra-Sapiens-Diener eilten, obwohl unbewaffnet, zu meiner Verteidigung. Ich winkte sie fort.

»Imperator Mollusk?«, fragte der Kommandant.

Er war über einen Meter größer als mein Exo, deshalb fuhr ich die Beine aus, um ihm in die Augen zu schauen.

»Ja.«

»Ich bin als Bevollmächtigter hier, um Sie davon zu unterrichten, dass Terra mit all ihren Ressourcen von den Völkern des Planeten Saturn requiriert wurde. Jeglicher Widerstand Ihrerseits wird als Akt der Rebellion betrachtet und mit aller nötigen Gewalt erwidert werden.«

»Verstehe.«

»Außerdem habe ich Instruktionen, Ihnen eine dienstbare Position einzuräumen, sollten Sie kooperieren.«

»Was für eine Position?«

»Der Titel ist irrelevant. Sie können sich ausdenken, was Sie wollen.« Der Kommandant zuckte die Achseln, und man konnte die tektonischen Platten in seinen Schultern gegeneinander rumpeln hören. »Sie werden keine faktische Autorität besitzen, dürfen aber bleiben, solange Sie in vollem Umfang mit dem Regierungsrat des Saturn kooperieren.«

»Wie ausgesprochen großzügig.«

»Sie werden feststellen, dass wir wohlmeinende Eroberer sind.«

»Das sehe ich. Dürfte ich Sie einen Augenblick sprechen, Kommandant?«

Der Anführer rückte seine Schärpe zurecht und nickte. »Sicherlich, Warlord Mollusk.«

Wir spazierten zur anderen Seite der Veranda.

»Ich verstehe, dass dies kein Arrangement nach Ihrem Geschmack ist«, sagte er, »aber Sie müssen zugeben, dass es ein großzügiges Angebot ist. Ich hätte Sie lieber in die Roten Hal-

len der Eroberung mitgenommen, wo Sie zur Erheiterung von gaffenden Felsküken ausgestellt worden wären. Aber ich habe so etwas nicht zu entscheiden.«

»Sie sind ein guter Soldat, Kommandant. Das sehe ich. Bevor ich Ihr Angebot annehme, möchte ich Ihnen aber gerne etwas zeigen.«

»Keine Tricks, Mollusk. Beim ersten Anzeichen von Widerstand bin ich befugt, tödliche Gewalt anzuwenden.«

»Keine Tricks«, versicherte ich. »Nur eine kurze Lektion in terranischer Geschichte.«

Ich zeigte auf den Turm in der Ferne.

»Diese Konstruktion ist die Vision eines Terraners namens Gustave Eiffel. Eiffel war davon besessen, die Welt vor einer Alien-Invasion zu schützen. Damals wurde das als die bizarre Paranoia eines exzentrischen Genies betrachtet. Terra hatte im Lauf seiner Geschichte mehrere Eroberer aus dem All erlebt und zurückgeschlagen. Die Horden von Dschingis Khan, bewaffnet mit Speeren, Pferden und brutaler Entschlossenheit, hatten die Slors des Titan abgewehrt. Leonardo da Vinci besiegte 1499 das Kometenmonster mit nichts weiter als einem Skizzenblock, einem Gyroskop, einem harmonischen Resonator, gebaut aus ein paar Stücken Bronze und Eisen, und dem reanimierten Leichnam von Jeanne d'Arc. Es gibt überzeugende archäologische Beweise, dass die Assyrer einen Einfall der Emirate der Negativen Dimension vernichtend geschlagen haben. Keine leichte Aufgabe.«

»Wollen Sie damit auf irgendetwas hinaus?«, fragte der Kommandant.

»Ja, will ich. Man kann verstehen, warum die Terraner eine gewisse furchtlose Gleichgültigkeit gegenüber der Verteidigung

ihrer Welt verspürten. Niemand hörte auf Gustave Eiffel, und sein großartiger Prototyp eines Verteidigungsnetzes war zu einer einfachen Kuriosität geworden. Doch Gustave war seiner Zeit wirklich voraus, und mit ein paar Modifikationen meinerseits konnte ich ihn zum Laufen bringen. Natürlich besitzt er nicht die Reichweite und Durchschlagskraft, um die ganze Flotte außer Gefecht zu setzen, aber jedes nichtterrestrische Schiff im Umkreis von ein paar tausend Meilen ist dadurch ziemlich gefährdet.«

Erkenntnis blitzte in den Augen des Kommandanten auf, allerdings einen Augenblick zu spät. Ich aktivierte den Eiffelturm. Der Himmel über Westeuropa knisterte leuchtend grün, als die saturnischen Schiffe explodierten. Sie krachten auf Terra herab, zerstörten Paris und seine Umgebung. Das Schiff des Kommandanten brach in zwei Teile. Die Hälfte blieb stehen, während die andere Hälfte auf meinen Rasen fiel und meinen Lieblings-Springbrunnen zertrümmerte.

Der Kommandant stürzte auf mich zu, aber ich landete einen vibrierenden Aufwärtshaken gegen sein Kinn, der seinen steinernen Kopf pulverisierte. Steinchen und Staub flogen in alle Richtungen, und er fiel zu einem Haufen Felsbrocken zusammen.

»Ich weiß, Sie machen nur Ihre Arbeit«, sagte ich zu seiner Leibwache. »Ergeben Sie sich jetzt, und ich verschone Sie.«

Ein junger Soldat griff nach seiner Waffe. Ich pustete auf der Stelle ein Loch in ihn hinein.

Die drei restlichen Saturner entwaffneten sich selbst und hoben die Hände.

»Was werden Sie mit uns tun?«, fragte einer.

»Sie dürfen zu Ihrer Flotte zurückkehren.«

»Aber wir werden gedemütigt sein«, sagte er. »Wir können nicht einfach mit leeren Händen zurückkehren.«

Ich zerschoss seine Hand zu Kies.

»Ist das besser?«

»Ja, danke.«

Nachdem ich auch die anderen beiden verstümmelt hatte, ließ ich sie vom Butler wegführen.

Ich musterte die Stadt der Lichter. Die Armada mochte vielleicht zerstört sein, doch der Verlust für Paris war bedauerlich. Es war mein erster bitterer Beigeschmack der Eroberung: sehen zu müssen, dass etwas, für dessen Erreichen ich so hart gearbeitet hatte, meinetwegen zerstört wurde.

Und das sollte erst der Anfang sein.

ZWÖLF

Die Beziehungen zwischen Terra und Luna waren angespannt, seit die Lunaner 1960 Neil Armstrong gegessen hatten. Die Diplomatie stockte auch weiterhin, nachdem die Terraner ihre erste Mondbasis eingerichtet hatten. Das Kernproblem war zweifellos die unnachgiebige Haltung der Terraner (ganz zu schweigen von ihrer unwiderstehlichen Köstlichkeit) und die Politik des erst Zubeißens und dann Fragenstellens der Lunaner. Das Leben auf Luna war mit der Ankunft der Terraner für alle Beteiligten hektisch und unangenehm geworden.

Ich hatte das alles geregelt. Ich hatte die primitive Weltraumtechnologie der Terraner auf den neuesten Stand gebracht und ihrem Mond eine leichte Atmosphäre geschaffen. Nichts allzu Prahlerisches. Nur genug Luft, damit es angenehm wurde. Auf Luna gab es für Terraner nicht viel zu sehen, aber sie kamen sie trotzdem gern besichtigen. Seit grauer Vorzeit hatten die Terraner davon geträumt, ihren Mond zu bereisen, und als sie schließlich entdeckten, dass es dort keine Wunder gab (abgesehen von den vier großen Luna-Pyramiden und dem Schrecklichen Shothog, der in seinen subterranen Tiefen schlummert), marschierten sie los und schufen ihre eigenen Wunder – ein Teil ihres Nur-nicht-aufgeben-Geistes, den ich so an ihnen mochte. Der Tourismus war der wichtigste Wirtschaftszweig auf Luna, mit Freizeitparks, Wellness- und All-inclusive-Resorts. Mondbasis Eins war von einer am Hungertuch nagenden Kolonie zu einer blühenden Ferienstadt geworden.

Als wir die Atmosphäre verließen, starrte Kreegah auf Terra, die unter uns lag. »Sie ist so klein!«

»Ja, ist sie«, sagte ich.

»Der Computer sagte mir, das Universum sei groß, aber es ist doch etwas anderes, es auch wirklich zu sehen.«

»Es zu sehen ist die beste Möglichkeit, um seine Größe zu erfassen«, sagte ich. »Ich finde, Grafiken illustrieren es am besten. Ich habe ein Kreisdiagramm, das zeigt, wie riesig und gleichgültig das Universum tatsächlich ist.«

»Vielleicht schauen wir es uns später an«, sagte Zala. Jetzt, da Kreegah dabei war, hatte sie weniger Platz im Cockpit, und sie war gar nicht glücklich darüber. Aber ich konnte ihn schließlich nicht zwingen, unten zu bleiben und die Aussicht zu verpassen.

Wir schossen auf Luna zu, aber ich ließ uns Zeit, damit Kreegah die Reise genießen konnte.

»Sie haben mir immer noch nicht gesagt, warum wir hier sind«, sagte Zala.

»Ich wusste nicht, dass es so entscheidend für Sie ist.«

»Vielleicht will ich es einfach wissen.«

»Sie werden es nur uninteressant finden.«

Sie verschränkte die Arme und lehnte sich zurück. »Vielleicht sollten Sie mich das selbst entscheiden lassen.«

Ich blendete ein Liniendiagramm auf dem Bildschirm ein, der ihr am nächsten war. Sie studierte es eine Weile, bevor sie aufgab.

»Was sehe ich da?«

»Das sind die gravimetrischen Ablesungen der Dinosaurier-Insel. Genauer gesagt die Verzerrungen durch das Antizeit-Radio.«

Sie warf wieder einen Blick auf das Diagramm. Es war nicht fair von mir, es ihr so hinzuwerfen. Fehlende Ausbildung, nicht Dummheit war der Grund, warum sie die Daten nicht verstand. Doch sie hatte eine solche Freude daran, sich über meine Intelligenz lustig zu machen, dass ich gar nicht anders konnte, als sie gelegentlich damit zu ärgern.

»Die Varianz liegt innerhalb der erwarteten Parameter.« Ich markierte eine einzelne Linie unter vielen. »Bis auf diesen Wert hier.«

Zala sackte zusammen. »M-hmm.«

»Ich langweile Sie doch nicht, oder?«

Sie richtete sich wieder auf und zwang sich zu einem wachen Blick. »Überhaupt nicht!«

»Dieser Wert gehört nicht hierher. Es ist fast, als wäre das Antizeit-Radio konstruiert worden, um das Signal unbemerkt im Hintergrund zu generieren. Eine Analyse hat ergeben, dass die Variation mit dem Frequenzprofil des ausgestorbenen neptunischen gefleckten Tümmlers übereinstimmt.«

»Okay, Sie hatten recht.« Ihr Schwanz wurde schlaff. »Es ist mir egal.«

»Zu spät. Wenn ich einmal angefangen habe, beende ich es auch gerne. Davon ausgehend war es eine einfache Frage der Übersetzung des Signals in einen Binärcode, den ich dann in eine Reihe von Standard-Universalkoordinaten umgewandelt habe.«

»Und diese Koordinaten führen zu Terras Mond«, sagte sie.

Ich lächelte. »Schön zu sehen, dass Sie aufpassen. Übersetzt ergeben sie eine bestimmte Adresse und die Nummer einer Suite dort.«

Zala zeigte auf den Bildschirm. »Angenommen, Sie haben recht: Wer hat das Signal dort für Sie eingebaut? Das muss doch jemand getan haben, oder?«

»Davon würde ich ausgehen. Es sei denn, ich lese zu viel hinein. Es ist nicht ausgeschlossen, dass ich mir das Muster eingebildet habe.«

»Angenommen, das haben Sie nicht«, sagte sie, »wer hat es dann eingebaut?«

»Eine hervorragende Frage. Wenn wir weiter von Annahmen ausgehen, was zwar gefährlich ist, an diesem Punkt aber notwendig, dann hat es jemand geschafft, Brains Sicherheitssystem zu übernehmen und einen Hinweis für mich einzuschleusen, dem ich folgen kann.«

Sie zeichnete die Linie auf dem Bildschirm nach, während sie darüber nachdachte. »Und wer könnte das sein?«

»Darüber möchte ich lieber noch keine Vermutungen anstellen.«

»Es gibt noch eine weitere Möglichkeit, Imperator. Das Signal wurde von Brain absichtlich eingesetzt, genau wie die atlantischen Mörder und die Schleimbestie, um Sie auf diesen fröhlichen Irrweg zu führen.«

»Falls Sie recht haben«, fragte ich, »was schlagen Sie stattdessen vor?«

Sie sagte: »Wir sollten ermitteln.«

Ich lächelte.

»Was denn?«, fragte sie.

»Ich bin nur überrascht, dass Sie nicht vorschlagen, in Deckung zu gehen«, antwortete ich.

»Wenn Sie mit diesem Brain recht haben, würde Verstecken nichts nützen. In einen Kampf zu stürmen, den Sie nicht gewinnen können, ist immer noch besser, als sich von einem Kampf zurückzuziehen, den Sie vielleicht gewinnen werden.«

Ich dockte meine Untertasse in meinem privaten Hangar an. Eine Crew von Lunanern begrüßte uns, als wir von Bord gingen. Lunaner gab es in zwei Größen. Sehr, sehr klein und sehr, sehr groß. Die Frauen waren drei Meter groß, hatten zottiges graues Fell und alles von drei bis sieben Gliedmaßen. Das Arrangement von Armen und Beinen variierte individuell.

Die Männer der Spezies waren kaum fünfundzwanzig Zentimeter groß. Ihr Fell war kürzer, denn wenn ihnen kalt wurde, sprangen sie einfach auf die nächstbeste Frau, um sich zu wärmen. Sie hatten immer zwei Arme, und sie rollten und sprangen überallhin.

Eine Lunanerfrau mit drei Beinen und drei Armen watschelte auf mich zu.

»Hallo Blug«, sagte ich.

»Lord Mollusk.« Der runde, lippenlose Mund der Spezies machte einigen das Sprechen schwer, doch sie schaffte es fließend, abgesehen von einem hauchfeinen Spuckeregen bei jedem S. »Was für eine unerwartete Freude.«

Die Männer hüpften quiekend und zirpend um Snarg herum. Sie flitzten ihren langen Rücken hinauf und striegelten lose Stücke Schmutz und Fusseln weg, die sich in den Spalten ihres Panzers gesammelt hatten.

»Ihre Standessuite ist vorbereitet, falls Sie sie benötigen«, sagte Blug.

»Das wird kein längerer Besuch«, erwiderte ich. »Leider geschäftlich.«

»Ach, wie schade. Es ist gerade der Höhepunkt der Mondschnecken-Beobachtungssaison.«

Ich erklärte: »Die Schneckenmännchen ziehen mit ihrem phosphoreszierenden Schleim Spuren, die auf der dunklen Seite von Luna meilenlange Muster bilden. Die Designs basieren auf symplektischer Geometrie. Ich habe noch nicht ganz verstanden, ob sie es absichtlich tun oder ob es der reine Instinkt ist, aber so oder so ist es sehr schön. Nächstes Mal, wenn Sie auf Luna sind, müssen Sie unbedingt eine Tour buchen.«

»Das werde ich«, sagte Zala neutral.

»Ich bleibe an Ihrer Seite, Imperator«, fügte Kreegah hinzu.

»Wenn nicht die Mondschnecken, was führt Sie dann hierher, Lord Mollusk?«, fragte Blug.

»Persönliche Geschäfte, leider«, sagte ich. »Kann noch nicht darüber sprechen. Ich werde einen Transport zum

Business-Sektor brauchen. Und ich will ein Gamma-Level-Sicherheitsteam auf Standby.«

Sie nickte, was bei Lunanern ein allgemeines Auf und Ab des ganzen Körpers bedeutete. »Ich werde mich sofort darum kümmern.«

Wir kamen an terranischen Touristen vorbei, die durch den Zoll gingen. Mehrere Kinder winkten mir zu, und ich winkte zurück.

»Belastet es Sie nicht, Imperator?«, fragte Zala. »Was Sie ihnen angetan haben?«

»Ich wüsste nicht, warum das von Bedeutung sein sollte«, antwortete ich.

»Niemand mag Sie. Nicht wirklich.«

»Blug mag mich schon«, sagte ich. »Stimmt's nicht, Blug?«

»Ja, Lord Mollusk, Sie sind sehr nett.«

»Sie ist eine Angestellte«, sagte Zala. »Das zählt wohl kaum.«

»Kreegah mag mich auch«, sagte ich. »Snarg mag mich.«

Der Ultrafüßler zirpte.

»Von mir aus. Kreegah und das Insekt mögen Sie wirklich«, räumte Zala ein. »Aber ansonsten sind Sie allein. Ein Ausgestoßener Ihres Volkes, ein Krimineller im ganzen restlichen System. Selbst die Terraner akzeptieren Sie nur, weil Sie sie kontrollieren.«

»Ich stelle fest, dass mich die Methode weniger beunruhigt als das Ergebnis.«

»Tun Sie nicht, als würden Sie den Unterschied nicht kennen, Imperator!«, sagte Zala. »Ich fange allmählich an, Sie zu verstehen. Sie sind nicht so kalt und skrupellos, wie

Sie vielleicht erscheinen mögen. Sie haben etwas für diese Terraner übrig.«

Ich sagte nichts.

Zala kicherte. »Habe ich Sie gerade sprachlos gemacht?«

»Das stimmt«, sagte ich. »Warum es leugnen?«

»Ich frage mich aber, warum. Warum ist Ihnen von allen Welten, die Sie zu erobern versucht haben, von allen Verbrechen, die Sie ohne Zögern begangen haben, diese hier so wichtig? Ich habe nichts an den Terranern auszusetzen, aber es ist nicht viel Besonderes an ihnen.«

Sie schwieg und wartete auf meine Antwort. Ich blieb still. Erst nachdem Zala und ich hinten in einer Limousine saßen und losgefahren waren, antwortete ich ihr schließlich.

»Sie brauchen mich.«

Sie schüttelte den Kopf. »Sie haben es doch gesagt. Die Terraner können sich um sich selbst kümmern.«

»Sie konnten es«, erwiderte ich. »Aber dann kam ich daher und habe sie passiv gemacht. Ich habe nicht mit dem absoluten Erfolg des Prozesses gerechnet. Verstehen Sie mich nicht falsch: Ich mag die Terraner und ihre Verehrung, ob künstlich oder nicht. Aber es gibt ein Problem, wenn man einen Planeten erobert hat.«

»Und was für ein Problem ist das?«, fragte Zala.

»Was fängt man damit an?«

»Aber darüber müssen Sie doch vorher nachgedacht haben.«

»Um genau zu sein, kann ich das nicht behaupten.«

»Aber alle Verbrechen, die Sie begangen haben, all die Ränke und Verschwörungen, die Feinde, die Sie sich gemacht haben, der Schaden, den Sie angerichtet haben: Soll ich Ihnen wirklich glauben, dass das nur Denksport war? Eine Art perverses Spiel?«

»Habe ich schon erwähnt, dass mir schnell langweilig wird?«, fragte ich. »Einen Planeten zu erobern schien mir ein guter Zeitvertreib zu sein.«

»Ihre Verbrechen gegen Venus, gegen das ganze System, waren nichts als das Nebenprodukt Ihrer Langeweile?«

»Wenn Sie es so ausdrücken, klingt es ziemlich kindisch.«

Zala presste die Lippen zusammen. Ihre Nasenflügel blähten sich. Ihr Schwanz schlug auf ihren Sitz.

»Und jetzt, wo Sie die Terraner unterworfen haben, ist Ihnen wieder langweilig.«

»Ein bisschen schon«, antwortete ich. »Wenn ich mich auch in einer schwierigen Lage befinde. Ich habe Reichtum, Macht und unbegrenzte Mittel zur Verfügung. Das ist mehr, als ich erwarten konnte. Aber wie findet man Zufriedenheit, wenn es keine Grenzen gibt?«

»Sie können Ihren Intellekt immer noch der Verbesserung des Systems zuwenden«, sagte sie.

»Dafür ist es ein bisschen spät, oder? Wer würde mir jetzt noch vertrauen? Und ich war nie sehr gut darin, meine wissenschaftlichen Bestrebungen zu beschränken. Ich habe es versucht, aber ich kann einfach nicht anders. Und Sie haben gesehen, was passiert, wenn meine Forschung in die falschen Hände gerät.«

»Und natürlich können Sie sie nicht zerstören«, sagte sie sarkastisch.

»Natürlich nicht. Das haben wir doch schon geklärt.«

Ihre Lippe zuckte. Ihre Schuppen wurden dunkler. »Sie können jederzeit einen neuen Planeten erobern.«

»Daran habe ich tatsächlich gedacht. Aber wenn es mich nicht befriedigt hat, eine Welt für mich zu beanspruchen, bezweifle ich, dass mich zwei zufriedenstellen werden. Und Terra beschäftigt mich genug.«

Zala sagte: »Laut dem venusianischen Geheimdienst ist mindestens die Hälfte der Bedrohungen, vor denen Sie Terra schützen, ein Nebenprodukt Ihrer eigenen Aktivitäten. Unser aktueller Gegner zum Beispiel.«

»Mir sind von Zeit zu Zeit ein paar Experimente außer Kontrolle geraten. Aber ich habe dafür gesorgt, dass sie nicht zu viel Schaden anrichten.«

»Bisher«, sagte sie.

Die Limo kam an unserem ersten Ziel an. Das kleine Haus stand in einem Viertel mit vielen anderen malerischen Häuschen. Es gab eine blühende Immobilien-Teilzeitnutzungsindustrie am See der Ruhe.

Ich ließ Blug und Kreegah bei der Limo.

Zala und ich näherten uns der Haustür. Sie zog ihre Waffe.

»Die werden Sie nicht brauchen. Das ist nur etwas Persönliches, von dem ich dachte, ich bringe es hinter mich, wenn wir sowieso schon hier sind. Es wird nicht lange dauern.«

Ich klopfte. Ein rundlicher Terra Sapiens mit buschigem Schnurrbart und schlechtem Haarschnitt öffnete. Er rückte seine Brille zurecht.

Dann grinste er. »Imperator Mollusk, du alter Sohn eines Nautilus, was führt dich her?«

»Geschäfte, leider.«

»Geschäfte, Geschäfte?«

»Geschäfte, Geschäfte«, bestätigte ich.

Er zog ein Taschentuch aus seiner Manteltasche und putzte sich die Nase. »Dann kommt herein, kommt herein, unbedingt.«

Er führte uns ins Arbeitszimmer. Dort gab es nicht viel zu sehen. Einen Schreibtisch voller Papiere, eine Datenbank und eine Hausbar.

»Ich weiß, dass der Imperator nicht trinkt«, sagte er zu Zala, »aber darf ich Ihnen etwas anbieten? Ich habe eine gute Auswahl an venusianischen Brandys. Sie bringen meine Eingeweide durcheinander, aber ich liebe sie.«

»Nein, danke.« Sie ging zum Fenster und zog die Vorhänge zu.

»Achte nicht auf sie«, sagte ich. »Sie ist nur paranoid.«

»Achten Sie nicht auf ihn«, sagte sie. »Er ist nur vermessen.«

Der Terraner goss sich ein Glas ein und setzte sich an den Schreibtisch. Er nahm einen langen Schluck, atmete aus und rieb sich das runde Kinn. »Dann gehe ich davon aus, dass dies hier etwas mit den Zelebranten zu tun hat.«

»Ich fürchte ja.«

Zala fragte: »Was weiß er über die Zelebranten des Vergessens?«

»Er kennt sich in ihren Angelegenheiten gut aus.«

»Sind Sie ein Anhänger?«

»Die Zelebranten haben keine offizielle Geschichte«, antwortete er. »Man bleibt kein Mysterium, indem man Aufzeichnungen hinterlässt.«

»Woher wollen Sie dann etwas über sie wissen?«

Er nahm einen Schluck und fuhr mit den Fingern am Glasrand entlang. »Ich bin in gewisse mündliche Überlieferungen der Zelebranten eingeweiht.«

»Und wie wollen Sie Eingeweihter des Kults geworden sein?«

Er lächelte leicht. »Wir benutzen dieses Wort nicht gern. Wir finden es ... beleidigend für unsere Berufung.«

Sie musterte den kleinen, rundlichen Mann in dem Konfektionsanzug mit der leuchtend gelben Krawatte. Ihre Skepsis war offensichtlich und nicht ganz unangebracht.

»Sie sind ein Zelebrant?«, fragte sie.

Er hob die Hände und zuckte die Achseln. »Ich hoffe, das ist nicht zu enttäuschend.«

»Ich glaube Ihnen nicht.«

»Oh, das ist jetzt ein bisschen unhöflich«, gab er zurück. »Ich stelle Ihre Qualifikation ja auch nicht infrage.«

»Er ist der siebttödlichste Assassine im System«, sagte ich.

»Sechst«, korrigierte er mich. »Aber wer zählt schon mit?«

Zala umkreiste ihn. »Sie sehen nicht wie ein Assassine aus.«

»Gute Assassinen sehen nie wie Assassinen aus.« Er ließ die Eiswürfel in seinem Glas klirren. »Wie könnte ich es Ihnen beweisen? Möchten Sie, dass ich Sie töte?«

Sie grinste herablassend. »Den Versuch würde ich gern sehen.«

Er kicherte. »Sie würden es nicht kommen sehen.«

»Ich unterbreche nur ungern diesen kleinen Wettstreit«,

sagte ich, »aber ich habe Zala nicht hergebracht, damit sie getötet wird.«

»Wirklich?« Er griff in die Tasche und stellte eine kleine rote Phiole auf den Tisch. »Dann sollte sie das wohl trinken.«

Sie nahm es hoch. »Was ist das?«

»Gegenmittel für das Gift, das ich Ihnen gegeben habe.«

Zala zog ihr Krummschwert.

»Na ja, es wird Ihnen jetzt nicht viel nützen, mich zu töten«, sagte er. »Trinken Sie das Gegenmittel.«

»Woher weiß ich, dass das kein Gift ist?«

»Sie werden mir vertrauen müssen. Ich mag ein Assassine sein, aber ich lüge Sie nicht an. Oder Sie können eine Minute warten und tot umfallen. Es wird ziemlich schmerzlos sein.«

Sie schaute mich an, aber ich sagte nichts.

»Das musst du verstehen, Imperator. Es war ehrlich ein Versehen«, sagte er. »Man bringt keinen Besucher zu einem heiligen Assassinen, ohne dass gewisse Mutmaßungen angestellt werden.«

Ich sagte: »Kein Grund, sich zu entschuldigen. Ich hätte es von Anfang an deutlich sagen sollen.«

Zala schraubte die Phiole auf und trank sie aus. Dann knallte sie sie auf den Schreibtisch. »Ich spiele mit und nehme an, dass Sie der sind, der zu sein Sie behaupten. Woher wissen Sie das, Imperator?«

»Ich bin ein Mitglied«, sagte ich.

»Und Sie haben es versäumt, mir das zu sagen.«

»Hätten Sie mir geglaubt?«

»Ich glaube immer noch keinem von Ihnen«, gab sie zu.

»Ich bin nur ein Rekrut ehrenhalber«, sagte ich.

»Sei nicht so bescheiden«, erwiderte er. »Was du auf Saturn getan hast, findet im Orden nicht seinesgleichen.«

Ich dachte nicht gern an Saturn zurück.

»Ich bin nicht hier, um in Erinnerungen zu schwelgen«, sagte ich. »Ich brauche nur Informationen. Und könntest du Zala bitte das Gegenmittel zu dem Gift geben, das du ihr gerade verabreicht hast?«

»Aber er hat mir das Gegenmittel doch gerade gegeben!«

»Nein, er hat Ihnen das Gift gegeben. Er hat gelogen.«

Sie zog ein finsteres Gesicht.

Er lachte. »Tut mir leid.« Er öffnete eine Schublade, holte eine Flasche heraus und bot Zala eine kleine rote Pille an. »Die sollten Sie besser nehmen.«

Sie hielt sie zwischen den Fingern. Vorsichtig, als traue sie ihr nicht.

»Nehmen Sie sie«, sagte ich. »Ich bin mir fast sicher, dass sie Sie nicht umbringen wird.«

»Fast?«, fragte sie.

»Er ist ein todesverehrender Assassine«, sagte ich.

Er lächelte. »Schuldig im Sinne der Anklage. Wenn du also nicht vorbeigekommen bist, damit ich deine Begleitung umbringe, warum bist du dann hier, Imperator?«

»Ich muss wissen, ob du versuchen wirst, mich zu töten.«

Er kicherte. »Wenn ich versuchen würde, dich zu töten, wüsstest du das. Um ganz genau zu sein: Du wüsstest es nicht, denn du wärst längst tot.«

»Versucht ein Mitglied der Zelebranten, mich zu töten?«

Er trommelte mit den Fingern auf den Tisch. »Könnte sein. Es ist gegen die Regeln, obwohl immer die Frage sein muss, wie ernst ein Verein von Entropisten Regeln nimmt. Trotzdem, wenn du noch nicht tot bist, beantwortet das wohl die Frage.«

»Das hatte ich vermutet.« Ich stand auf. »Danke, dass du dir die Zeit genommen hast.«

»Kein Problem. Hat mich gefreut, dich wiederzusehen. Wir sollten mal zusammen zu Mittag essen gehen. Ich rufe dich an.« Er wandte sich an Zala. »Es war mir ein Vergnügen, Ihre Bekanntschaft zu machen.«

»Ich habe Ihren Namen nicht mitbekommen«, sagte sie.

»Nein, das haben Sie nicht.« Er stand auf und glättete seine Krawatte. »Ich möchte wirklich nicht unhöflich sein, aber der Vizepräsident des Pluto wird wahrscheinlich nicht ganz von selbst einen scheinbar gewöhnlichen Herzinfarkt haben.«

Wir verließen das Häuschen. Zala blickte ihm nach.

Dann sagte sie: »Ich glaube es immer noch nicht.«

Er stand neben ihr, ein lautloser Schatten, der aus dem Nichts auftauchte.

Sie zuckte zusammen und zog ihr Krummschwert. »Lassen Sie das!«

»Ich bitte um Entschuldigung«, sagte er. »Die Macht der Gewohnheit. Dann versicherst du mir also, dass du sie nicht tot sehen willst, Imperator?«

Lächelnd zögerte ich mit einer Antwort.

»Nein, ich glaube nicht. Sie hat sich bisher als nützlich erwiesen.«

»Ich möchte das nur richtig verstanden haben«, sagte er. »Sichergehen, dass ich kein Zwinkern oder ein geheimes Zeichen übersehen habe, das mir sagen soll, dass du es eigentlich anders meinst.«

»Wir sollten uns wirklich ein offizielles Zeichen ausdenken«, schlug ich vor.

»Ich bin ganz deiner Meinung. Vielleicht eine Handbewegung oder ein Codewort.« Er warf Zala einen Blick zu. »Also nicht tot?«

»Nicht tot«, antwortete ich.

»Dann sollten Sie die Pille nicht nehmen, die ich Ihnen gegeben habe«, sagte er.

Ihre Augen blitzten. »Das habe ich schon!«

»Kein Problem. Ich habe hier irgendwo das Gegenmittel. Einen Moment ...«

Er wühlte in seinen Taschen, bis er einen Subkutaninjektor herauszog.

»Das sollten Sie in den nächsten vierzig Minuten in ihre Hirnanhangdrüse spritzen.« Er gab es ihr. »Sie sitzt direkt unter Ihrer dritten Rippe ...«

»Ich weiß, wo sie ist«, sagte sie leise.

»Natürlich, natürlich. Dann wünsche ich einen guten Tag.« Vor sich hinpfeifend ging er davon.

Zala schnallte mit finsterer Miene ihre Rüstung auf. »Sie haben interessante Bekannte, Mollusk.«

DREIZEHN

Der nächste Stopp auf unserer Luna-Tour war die Adresse, die ich enträtselt hatte. Sie gehörte zu einer Suite im vierzehnten Stock eines Bürogebäudes im Geschäftsviertel. Hier gab es nicht viele Touristen. Nur Lunaner und Terraner, die ihren täglichen Verrichtungen nachgingen. Die Straßen waren belebt, aber der Vorteil daran, ehemaliger Warlord zu sein, war der, dass ich mir nie Gedanken um einen Parkplatz machen musste.

Das Sicherheitsteam wartete schon auf uns. Drei Terraner, vier Lunaner und ein Saturner, herausgeputzt in Kampfmontur. Sie salutierten. Alle bis auf den Saturner.

»Das ist das beste Team auf Luna, Sir«, sagte Blug.

Der Saturner und ich starrten uns in die Augen. »Wie heißen Sie, Officer?«

»Gorvud«, antwortete er kurz angebunden.

»Eine mustergültige Akte«, sagte Blug.

Er salutierte vor ihr. »Danke, Ma'am.«

»Wie Sie befohlen haben, wurde das Gebäude evakuiert und der Häuserblock gesichert.«

»Sehr gut. Ich gehe als Erster. Wenn es ein Problem gibt, gebe ich euch ein Zeichen.«

»Wie Sie wünschen«, sagte Blug.

Zala, Kreegah, Snarg und ich betraten die Lobby des Gebäudes.

»Ein Saturner in Ihrem eigenen Sicherheitsteam«, sagte Zala. »Manchmal frage ich mich, ob Sie lebensmüde sind, Imperator.«

»Irgendetwas muss er schließlich arbeiten, oder?«

Wir fuhren mit dem Aufzug in den vierzehnten Stock. Das Büro, das uns interessierte, war in der Woche zuvor gemietet worden, aber den Aufzeichnungen nach hatte man es nicht genutzt. An der Tür gab es nicht einmal einen aufgeklebten Namen.

Nichts – bis auf einen kleinen Tisch, auf dem ein Würfel mit einem nichtssagenden Gehäuse lag.

»Was ist das?«, fragte sie.

»Der nächste Hinweis«, erwiderte ich. »Zweifellos hier hinterlegt, damit ich ihn finde.«

Eine flüchtige Prüfung des Würfels ergab keine offensichtliche Möglichkeit, wie er zu öffnen war.

»Könnten Sie vielleicht Ihr geliebtes venusianisches Schwert dafür benutzen?«, fragte ich.

Sie schreckte zurück. »Es wäre würdelos, den heiligen Stahl als besseren Dosenöffner zu benutzen!«

»Ich kann ihn öffnen.« Kreegah nahm ihn in die Hände.

»Warten Sie«, sagte Zala. »Wie können Sie sicher sein, dass es kein Sprengkörper ist?«

»Das kann ich nicht, aber es wäre eine unnötig komplizierte Methode des Tötens.«

»Und wenn Sie sich irren?«

»Eine faszinierende Hypothese.«

Sie schnappte sich die Schachtel, aber Kreegah hielt sie fest. Sie zogen beide daran.

»Imperator, wenn Sie so schlau wären, wie Sie glauben, würden Sie dann nicht von jeder Zivilisation des Systems bis auf eine gehasst werden?«

»Das ist ein gutes Argument, Zala. Und diese Schachtel ist möglicherweise eine Falle. Um genau zu sein gehe ich sogar davon aus. Aber ich wäre überrascht, wenn es sich als so etwas Uninspiriertes wie eine Bombe herausstellen würde.«

»Warum es überhaupt anfassen?«

Ich blinzelte. »Ich fürchte, ich verstehe die Frage nicht.«

»Sie müssen das Ding doch nicht stupsen und piek-sen«, sagte sie. »Sie könnten es auch einfach in Ruhe lassen.«

»Warum sollte ich das tun?«

»Weil eine Bombe in einer Schachtel die perfekte Waffe gegen Sie wäre.«

»Aber das ist so langweilig!«, sagte ich.

»Ja. Es ist langweilig und umständlich und dazu noch allzu einfach. Aber es funktioniert. Die meisten Wesen im System würden es einfach vorziehen, ihre Feinde zu erschießen oder zu erstechen. Das ist technisch zwar nicht beeindruckend, aber es wirkt. Und es würde Ihre größte Schwäche ausnutzen: Ihre Neugier. Alles Komplizierte würden Sie fast sofort durchschauen. Aber etwas so Einfaches wie das hier ist eine Falle, der Sie nicht widerstehen können.«

»Das ist ein interessantes Argument.«

Bevor sie protestieren konnte, riss Kreegah den Deckel der Schachtel ab.

»Hmmm. Keine Bombe«, sagte er.

»Zu schade«, sagte ich. »Ich dachte, Sie wären da etwas auf der Spur.«

»Sie klingen enttäuscht«, sagte sie.

»Ach ja?«

»Wenn Sie dachten, ich könnte recht haben, warum haben Sie sie dann öffnen lassen?«, fragte Zala.

»Hervorragende Frage.«

Weil ich keine hervorragende Antwort hatte, sagte ich nicht mehr dazu.

»Ihnen ist schon klar«, sagte sie, »dass wir jetzt alle tot wären, wenn ich recht gehabt hätte?«

»Ja, aber das hatten Sie nicht.« Ich holte ein Sphäroid aus der Schachtel. »Diese Idee mit der Bombe in der Schachtel – die haben Sie sich doch nicht ganz allein ausgedacht.«

»Ein Vorschlag des venusianischen Geheimdienstes. Damals, als wir darüber nachdachten, Sie für Ihre Verbrechen einfach zu töten.«

»Guter Plan.«

Das Sphäroid klickte und schwirrte.

»Was ist das?«, fragte sie.

»Eine Art unter Druck stehendes Dampfstrahlgerät«, sagte ich.

»Eine Gasbombe?« Zala hustete.

Ich legte das Gerät ab. »So etwas in der Art. Auch wenn es mir ein Rätsel ist, wie jemand auf die Idee kommen könnte, Gas wäre eine Bedrohung für mich – hermetisch eingeschlossen in meinem eigenen Exo.«

Zala wischte sich die tränenden Augen. »Verdammt, Imperator! Haben Sie sich vielleicht mal überlegt, dass es gar nicht für Sie gedacht sein könnte?« Ihr Husten wurde lauter. Ihre grauen Schuppen blitzten in leicht unterschiedlichen Schattierungen von Grün und Blau.

»Also, das ergibt jetzt keinen Sinn«, sagte ich. »Sie versuchen nicht, Sie zu töten. Selbst wenn, gäbe es unzählig viele Gase, die zu einem sofortigen Tod führen könnten.«

Hustend und auf ihre Götter schwörend, verließ sie den Raum.

Sharg zirpte. Ihre Giftkrallen zuckten. Jahrhunderte spezialisierter Fortpflanzung hatten Ultrafüßler für fast alle Giftstoffe immun gemacht. Doch sie reagierte – was an sich schon unüblich war.

Kreegah stand nur da. Ich wedelte mit der Hand vor seinem Gesicht herum, aber er reagierte nicht. Das Gas hatte ihn katatonisch gemacht.

Ich sog Luft durch den Analysator meines Exos. Da dies ein Mehrzweck-Exo war, würde die Analyse ein paar Minuten dauern.

Zala betrat das Büro. Sie hustete nicht mehr, aber ihre Schuppen hatten einen dunkleren Grauton als sonst. Fast tiefgrün.

»Sie sollten besser draußen bleiben, bis ich das Gas bestimmt habe.«

Zala zog ihre Waffe und feuerte sie ab. Der Schuss traf

mich in die Brust. Ich taumelte rückwärts. Dann trat sie mich mit einer solchen Wucht, dass das Fenster hinter mir Risse bekam.

Snarg war zu sehr damit beschäftigt, sich auf dem Boden zu winden, um eine große Hilfe zu sein. Kreegah blieb bewegungslos. Zala feuerte weiter, während sie auf mich zukam. Ihre Treffsicherheit war voll da, nur ihre Instinkte waren wie ausgeschaltet. Sie schoss weiterhin in mein Exo, obwohl ein einziger guter Schuss in die Kuppel genügt hätte.

Ich schoss einen Betäubungspfeil auf sie ab. Er hätte sie umhauen sollen, brachte sie aber nur dazu, die Waffe fallen zu lassen. Sie hatte immer noch ihr Krummschwert.

»Töte Mollusk!«, knurrte sie und sprühte dabei Geifer.

Ich fing den Schlag mit dem Arm ab. Die Klinge schnitt mehrere Zentimeter hinein. Sie drehte das Schwert heraus, und ihr nächster Hieb hätte beinahe meinen Kopf gespalten. Stattdessen durchbohrte er meine Schulter und schnitt mir fast den Arm ab.

Das Gas hatte Zalas Kampffähigkeit beeinträchtigt. Ihre Angriffe waren zwar kraftvoll, aber schlampig. Bei ihrem dritten Schwung schaffte ich es, einen Boxhieb an ihr Kinn zu landen. Er machte sie lange genug benommen, dass ich sie zurückdrängen konnte. Ich feuerte noch ein paar Betäubungspfeile. Ihre Knie wurden weich, aber sie fiel nicht.

»Töte! Mollusk!«

Mit unwahrscheinlicher Geschwindigkeit griff sie an und warf sich auf mich. Die Wucht zersplitterte das Fenster, und wir stürzten auf die Straße zu, die sich vierzehn Stockwerke unter uns befand.

Zala schlang die Hände um den Hals meines Exos, brüllte und verspritzte Speichel auf meiner Kuppel.

Meine Gedanken waren kurz abgelenkt, und ich muss zugeben, dass zu viel von meiner Aufmerksamkeit auf den Dampfkatalysator gerichtet war, der meine Leibwächterin wider Willen in meine passionierte Mörderin verwandelt hatte. Sinnlose Wut durch chemische Stimulation auszulösen war nicht schwer. Aber abgesehen vom Auslösen von Anarchie waren die Anwendungsmöglichkeiten beschränkt.

Zala war nicht nur wütend. Sie war wütend auf mich, und das war – wissenschaftlich gesprochen – beeindruckend.

Ich schob meine Neugier beiseite und Zala von mir. Mein Exo versuchte, sich in der Luft zu drehen, damit ich auf den Füßen landete, aber ich war erst halb herum, als ich auf dem Pflaster aufschlug. Durch den Aufprall wurde ich bewusstlos. Ich nahm an, dass Zala auf den Füßen gelandet war. Lunas künstliche Schwerkraft war schwächer als die der Venus, und auch wenn sie sich bei einer ungeschickten Landung vielleicht den Knöchel verstaucht hatte: Ihre Raserei erlaubte ihr vermutlich nicht einmal den Gedanken an diese Möglichkeit.

Sie torkelte auf mich zu. »Töte! Mollusk!«

Das Sicherheitsteam richtete die Waffen auf sie.

»Nicht schießen!«, sagte ich.

Mein Exo funktionierte nicht mehr perfekt, aber Zala auch nicht. Sie schwankte auf wackligen Beinen.

Ein weiterer Betäubungspfeil ließ sie zusammenbrechen. Sie krabbelte. Weil sie ihr Schwert nicht mehr halten konnte, kroch sie mit sabbernder Entschlossenheit auf mich zu.

»Töten!«

Sie zuckte und fauchte, wahrscheinlich phantasierte sie davon, mich mit bloßen Zähnen aus meinem Exo zu beißen.

Blug näherte sich. »Ich dachte, sie wäre auf Ihrer Seite, Lord.«

»Nicht ganz«, antwortete ich, »aber jetzt ist sie nicht sie selbst.«

Das Sicherheitsteam fixierte Zala. In der Zwischenzeit leitete die Verkehrspatrouille Fahrzeuge um und hielt die Gaffer fern.

»Ist das unbedingt nötig?«, fragte Gorvud, während er Handschellen an Zalas schlaffer, nur halb bewusstloser Gestalt einrasten ließ.

»Besser, wir gehen kein Risiko ein«, erwiderte ich.

Zala hob den Kopf und schickte wütende Blicke in meine Richtung. Sie sprang, doch Gorvud ließ sie nicht los. Sie knurrte und wehrte sich.

»Töte Mollusk!«

Gorvud lächelte. »Ja, ja. Stellen Sie sich hinten an, Lady.«

Er warf sie hinten in einen Sicherheitstransporter. Nachdem die Luke verschlossen war, schwankte der Transporter, als sie sich schreiend von innen gegen die Wände warf.

»Wird sie wieder?«, fragte Blug.

»Ich denke schon – wenn die Wirkung des Gases nachlässt«, sagte ich. »Bis dahin müssen wir sie isolieren.«

Der Transporter schepperte von einem besonders gewaltsamen Angriff.

»Ach, du meine Güte«, sagte Blug. »Ich hoffe, sie verletzt sich nicht.«

Das Gas würde wahrscheinlich nicht dauerhaft wirken, und wenn nötig, war ich sicher, dass ich ein Gegenmittel herstellen konnte. Aber ich stellte mir auch vor, wie Zala als rasende, schäumende Kreatur den Rest ihrer Tage in eine Zelle gesperrt zubrachte. So ein Ende verdiente eine stolze Venuskriegerin nicht.

Die Erde bebte, als etwas Fürchterliches von oben herabfiel und die Limousine zerquetschte. Das Sicherheitsteam zog die Waffen und umringte mich.

Snarg krabbelte von dem demolierten Gefährt herunter. Ich hatte sie ganz vergessen, aber sie hatte mich nicht vergessen. In ihren milchig-gelben Augen lag Mordlust. Sie kreischte und stürmte auf mich zu.

Das Team feuerte seine Waffen ab, aber keine davon konnte Snargs modifizierten Panzer durchdringen. Sie fegte die Geschosse beiseite, als wären sie gar nicht da. Nur Gorvud konnte sie packen, doch auch er kämpfte auf verlorenem Posten.

Sie ignorierte meine Ultraschall-Befehle.

Kreegah landete leicht wie eine Feder neben mir. Ich wich einem Haken aus, der meine Kuppel zersplitterte und mich fast zu Brei schlug. Ein paar Sicherheitsleute versuchten, den Jupiterianer festzuhalten, doch der war so stark, dass er kaum die Achseln zucken musste, um sie abzuschütteln.

Ich besprühte ihn mit einer ordentlichen Dosis Betäubungsgas. Viermal mehr als die reguläre Dosierung. Er schwankte, fiel auf die Knie und brach dann zusammen.

Blug drängte mich in einen Schwebegleiter des Sicherheitsteams. Das Vehikel schoss die Straße entlang. Ich sah Gorvud wanken. Aus dem Gleichgewicht gebracht, wurde er von Snarg einfach abgeschüttelt. Sie jagte dem Gleiter nach.

Ich befahl dem Piloten abzuheben. Als wir uns vom Boden lösten, rumste etwas von unten gegen die Maschine. Der Gleiter bebte.

»Ich schüttle es ab«, sagte der Pilot und vollführte eine langgezogene Schraube.

Kneifer brachen durch den Unterboden. Snarg schob den halben Kopf durch das Loch. Als sie näher kam, schnappte sie trillernd mit den Kiefern. Der Pilot mühte sich ab, den Gleiter in der Luft zu halten, aber wir gingen in den Sinkflug.

Ich klammerte mich an die Decke des Vehikels. Snarg riss mein Exo durch das Loch. Sie verschlang die schwere Legierung wie Alufolie.

Der Pilot schaffte es, den Gleiter hochzuziehen, und wir prallten von der Straße ab. Das Vehikel schlitterte, drehte sich und überschlug sich einmal, bevor es liegenblieb. Dass ich mich am Dach festhielt, verhinderte, dass ich in der Kabine herumgeschleudert wurde. Von Blugs wirbelnden Gliedmaßen bekam ich zwar ein oder zwei Schläge ab, doch das konnte ich ihr kaum vorwerfen.

Das Licht, das in Streifen durch die zerbrochenen Fenster brach, verschlimmerte meine Orientierungslosigkeit. Ich hörte Blug stöhnen.

»Geht es Ihnen gut, Lord Mollusk?«

»Ich werd's überleben«, antwortete ich. »Sind Sie noch in einem Stück?«

»Mehr oder weniger«, sagte sie. »Vielleicht habe ich mir den Arm gebrochen.

Snarg scherte die Tür des Gleiters ab und schlang mit einem Fauchen die Mundwerkzeuge um mich. Es war meine eigene verdammte Schuld, dass ich sie so unverwüstlich gemacht hatte. Aber ich konnte mir kein angemesseneres Ende vorstellen, als von meiner eigenen Genialität erledigt zu werden.

Sie schlabberte mir mit ihrer langen, schwarzen Zunge übers Gesicht. Ihre Fühler zuckten, und obwohl ihre vielen Augen noch unregelmäßig blinzelten, war die Wirkung des Gases wohl größtenteils abgeklungen.

Ich streichelte ihre Pedipalpen. »Braves Mädchen.«

VIERZEHN

Zalas Konstitution war nicht so robust wie die von Snarg, deshalb brauchte sie drei Stunden länger, bis sie über die Auswirkungen des Gases hinweg war. Nach einer Stunde, in der sie sich gegen die Wände ihrer Zelle geworfen hatte, und noch einmal zwei, in denen sie schnaubend und wütend dreinblickend in einer Ecke gesessen hatte, war ihre Energie größtenteils verbraucht.

Ich nutzte die Zeit, um die Gasprobe und das Trägergerät zu untersuchen. Die Konstruktion war einfach: Das Gas löste Aggressionen aus, während das Gerät einen psionischen Transmitter hatte, der ein Bild der Zielperson implantierte. Es war zwar nicht sehr raffiniert, aber das musste es eigentlich auch nicht sein.

Die Labortür öffnete sich, und Gorvud, der saturnische Sicherheitsoffizier, trat ein.

»Ihre venusianische Leibwächterin fragt nach Ihnen«, sagte er.

»Geht's ihr wieder besser?«, fragte ich.

»Sie kann jedenfalls mehr sagen als ›Töte Mollusk‹, falls Sie das meinen, Sir.«

Ich brauchte ein paar Minuten, um den Aggressionskatalysator wieder zusammenzubauen.

»Darf ich Sie etwas fragen, Gorvud?«

»Ja, Sir.«

»Sie nehmen mir nicht übel, was ich mit Saturn gemacht habe?«

Gorvuds Gesicht blieb so unergründlich wie der Fels, aus dem es geschaffen war.

»Sie können die Frage ehrlich beantworten«, sagte ich. »Ohne Angst vor Repressalien.«

»Das ist es nicht, Sir.« Er runzelte die Stirn. »Es ist nur so ... ich weiß nicht recht, wie es mir damit geht.«

»Faszinierend.«

»Was Sie Saturn angetan haben, war schrecklich. Sir.«

»Einverstanden.«

»Aber Sie haben den Krieg nicht angefangen. Und Krieg ist ein brutales Geschäft. Ich kann Sie wohl kaum dafür verurteilen, sich zu verteidigen. Von meinen eigenen Moralvorstellungen mal abgesehen, haben Sie gewonnen. Und es wäre heuchlerisch, Ihre Gräuel aufzuzählen, ohne die Grausamkeiten meiner eigenen Seite in Betracht zu ziehen. Hätten wir die Kontrolle über Terra übernommen, hätten wir ihre Ressourcen geplündert und ihre Völker versklavt. Dass wir dazu nicht die Gelegenheit bekommen haben, ändert nichts daran, dass wir es getan *hätten*. Ein bisschen albern, sich deshalb moralisch im Recht zu fühlen.«

»Der Fels auf dem Hügel ist einen ordentlichen Schubs vom Fuß des Hügels entfernt«, sagte ich.

»Ganz genau, Sir.«

Ich schraubte die zwei Hälften des Geräts zusammen. »Aber Sie haben mir das Leben gerettet, Gorvud.«

»Tja, das ist mein Job.«

»Also ist Ihnen nicht einen Augenblick lang der Gedanke gekommen, mich von meinem Ultrafüßler fressen zu lassen?«

»Nein, Sir. Danach ja, aber in dem Moment war ich im Dienst.«

»Ich bewundere Ihre Arbeitsmoral, Gorvud.«

»Danke, Sir.« Er grinste. »Aber ich muss zugeben, wenn ich Feierabend gehabt hätte, wäre es vielleicht anders ausgegangen.«

Ich grinste zurück. »Schon in Ordnung.«

Ich hielt die Kugel hoch.

»Sie haben ein Teil vergessen.« Gorvud zeigte auf ein Einzelteil, eine Scheibe von der Größe einer Münze.

»Nein, habe ich nicht. Es dient keinem Zweck.«

»Warum war es dann drin?«

»Eine sehr gute Frage.« Ich schob die Scheibe in eine der Innentaschen meines Exos. »Die müssen wir uns für später aufheben.«

Gorvud begleitete mich zur medizinischen Abteilung, wo Zala behandelt wurde, und entschuldigte sich dann, um nach seinem Team zu schauen. Sie waren nicht ernsthaft verletzt, aber auch eine beiläufige Rückhand von einem zurückgebliebenen Jupiterianer konnte einige Schrammen verursachen.

Zala war an ein Bett geschnallt. Sie knurrte mich an, als ich eintrat. Die Monitore piepsten hartnäckig.

»Wir haben einen Rückfall«, sagte die Lunaner-Ärztin. »Bereiten Sie das Sedativum vor!«

Zala zog ein finsteres Gesicht. »Imperator, wenn Sie ihnen erlauben, mir irgendetwas zu spritzen, werden Sie sich wünschen, ich hätte Sie umgebracht!«

»Ihr geht es gut«, sagte ich. »Sie können sie freilassen.«

»Sind Sie sicher, Lord Mollusk?«, fragte die Ärztin. »Wir bekommen hier erhöhte Aktivitätswerte, sowohl in ihren primären als auch in ihren sekundären Nebennieren.«

»Ruhiger wird sie nie, wenn ich in der Nähe bin«, sagte ich.

Das medizinische Personal löste die Gurte und begann, ihre Verletzungen zu behandeln.

»Keine Sorge«, sagte die Ärztin. »Wir haben hier die besten medizinischen Einrichtungen. In einer Stunde sind Sie wieder so gut wie neu.«

Zala setzte sich auf und verzog das Gesicht. »Was ist passiert?«

»Sie haben versucht, mich umzubringen«, sagte ich. »Wir führen Ihr Scheitern auf die negativen Auswirkungen des Katalysators auf Ihre Kampfkünste zurück, wenn Sie sich dann besser fühlen.«

»Sie mussten diese Schachtel unbedingt öffnen, oder?«

»Und Sie mussten währenddessen an meiner Seite bleiben, oder?«

»Ich bin hier, um Sie vor sich selbst zu schützen, Imperator.«

»Und Sie haben Ihre Sache grandios gemacht. Bis auf

den Teil, als Sie mich umbringen wollten. Aber keiner ist perfekt.«

Zala schob eine Krankenschwester von sich und versuchte aufzustehen.

»Das würde ich nicht empfehlen«, sagte die Ärztin. »Sie haben sich beide Knöchel ernsthaft verstaucht, ebenso wie Ihr rechtes Knie.«

Sie knurrte und verlagerte ihr Gewicht probeweise auf die Beine.

Die Ärztin kratzte sich am behaarten Kopf. »Unglaublich. Ich kann nicht fassen, dass Sie stehen können.«

Zala lachte. »Das ist gar nichts. Ich habe einmal mit drei gebrochenen Rippen, einer zerfetzten Aorta und dazu noch Lungenpocken gegen einen messerschwänzigen Trukyut gekämpft.«

»Und wir sind alle sehr beeindruckt«, sagte ich, »aber wenn Sie mir irgendetwas nützen wollen, dann sollten Sie sich von den Ärzten zusammenflicken lassen. Wenn ich ständig nach Ihnen schauen muss, widerspricht das dem Zweck einer Leibwache, oder?«

Sie wusste, dass ich recht hatte, auch wenn sie es nicht zugab. Aber sie setzte sich wieder aufs Bett. Als sich die Ärztin mit einer Spritze näherte, fragte Zala: »Was ist das?«

»Ein Alles-in-einem-Stärkungsmittel«, sagte ich. »Speziell für Ihre Biologie und Verletzungen hergestellt. Es ist wirklich ein erstaunliches Ding. Sie werden in Nullkommanichts wieder auf den Beinen sein.«

»Das ist alles?«, fragte sie.

»Das ist alles«, erwiderte ich.

»Es hat keine Nebenwirkungen?«

Die Ärztin schaltete sich ein: »Es wird eine gelegentliche Steifheit auftreten. Und die Beschleunigung Ihres Stoffwechsels könnte eine deutliche Appetitsteigerung bedeuten, außerdem einen trockenen Mund und möglicherweise ein oder zwei Tage Probleme mit dem Einschlafen.«

»Und das ist alles?«, wiederholte Zala.

Ich sagte: »Oh, und eine Nanomaschine wird sich an Ihre Aorta heften und sich auf mein Kommando selbst zerstören.«

Sie warf mir einen finsteren Blick zu.

Ich kicherte. »Ehrlich, Zala, wann werden Sie mir endlich vertrauen?«

Ihr ausdrucksloser Blick beantwortete die Frage, aber sie ließ die Spritze zu. Während wir warteten, dass das Serum seine Aufgabe erfüllte, legte sich Zala auf ihr Bett.

»Wo ist Kreegah?«, fragte sie.

»Er wird eine Weile schlafen. Mindestens eine Woche. Vielleicht länger. Ich habe ihn mit dem konzentrierten Extrakt der gestreiften Tulpe besprüht. Harmlos für die meisten Lebensformen, aber ein starkes Sedativum für einen Jupiterianer. In freier Wildbahn ist es normalerweise tödlich, weil die Tulpe ihrem Opfer den Saft aussaugt. In dieser Umgebung wird es aber nur ein erholsames Nickerchen sein, gefolgt von einer Mondschnecken-Beobachtungstour – das ist meine Art der Entschuldigung.«

»Und Sie hatten dieses Sedativum zufällig zur Hand.«

»Es zahlt sich aus, vorbereitet zu sein«, sagte ich. »Es würde nicht viel Sinn ergeben, ein Kraftpaket wie Kreegah mitzubringen, ohne zugleich Vorsichtsmaßnahmen zu treffen.«

»Und was ist mit mir?«, fragte sie. »Haben Sie auch Vorbereitungen für mich getroffen, falls es nötig werden sollte? Oder darf ich das nicht wissen?«

»Sie sind kein Problem. Wenn ich muss, töte ich Sie einfach.«

»Guter Plan«, sagte sie. »Aber müsste es nicht heißen: *falls* es sein muss?«

»Ich glaube, wir wissen beide, wohin unser Strom fließt, Zala, und keiner von uns scheint besonders daran interessiert zu sein, gegen ihn zu schwimmen.«

Wir lächelten uns wissend an.

»Aber Sie haben mich diesmal nicht getötet.«

»Das war nicht nötig. Diesmal.« Ich zuckte die Achseln. »Ich konnte nicht zulassen, dass mich Brain um einen Aktivposten bringt. Sie sind genau das richtige Verhältnis von Nützlichkeit und Entbehrlichkeit, und das macht Sie so praktisch.«

»Ich bin gerührt, Imperator. Ehrlich. Und, haben Sie die Gasbombe entworfen?«, fragte sie.

»Sie besitzt gewisse Konstruktionselemente, für die ich eine Vorliebe habe«, sagte ich, »aber darüber habe ich nicht viel geforscht. Anscheinend wurden dabei ein paar sehr simple Forschungsergebnisse als Ausgangspunkt benutzt, aber größtenteils ist es ein Originalentwurf.«

»Wissen Sie, was das bedeutet? Brain wird klüger. Am Anfang hat er nur Ihre wissenschaftliche Böswilligkeit nachgeäfft. Aber wie lange wird es dauern, bis er sie in seine eigene abartige Richtung lenkt?«

»Sie klingen, als fürchteten Sie ihn mehr als mich.«

Sie lächelte reumütig. »So sehr es mich schmerzt, das

zuzugeben, Imperator« – Zala zuckte zusammen, als sie ihr Gewicht verlagerte –, »aber Sie waren immer an einen gewissen bizarren Sinn für Fairplay gebunden. Sie haben zwar Dinge getan, die verrückt und mörderisch waren, aber normalerweise kann man davon ausgehen, dass Sie einem Verhaltenskodex folgen. Sie waren nie fasziniert von unnützer Zerstörung. Und auch wenn Sie rücksichtslos Ihre Ziele verfolgen, werden Sie, wenn Sie die Wahl haben, immer den subtileren Weg anstreben, um sie zu erreichen.«

Sie schwieg, aber ich reagierte nicht.

»Sind Sie anderer Meinung?«, fragte sie.

»Ich hatte bisher noch nicht darüber nachgedacht«, erwiderte ich.

Sie lachte und biss sich dann auf die Lippe, als ihr der Schmerz durch die Seite fuhr.

»Es ist unglaublich, dass jemand, der behauptet, so intelligent zu sein wie Sie, mehr Zeit damit verbracht hat, Weltuntergangsmaschinen und Zeitempfänger zu entwerfen, als über seine eigenen Beweggründe nachzudenken. Missverstehen Sie mich nicht. Sie sind immer noch eine Bedrohung für das zivilisierte Universum. Im Großen und Ganzen machen Ihre Methoden Sie weit gefährlicher als Brain. Aber auf kurze Sicht wird Brain wahrscheinlich etwas tun, das nicht einmal Sie sich vorstellen könnten. Wer weiß, welchen möglicherweise irreversiblen Schaden er in einem Augenblick ambitionierter Dummheit anrichten könnte?«

»Warten Sie. Sagen Sie jetzt, dass er klüger oder dümmer ist als ich?«, fragte ich.

»Ich sage, er ist beides. Er hat diesen Planeten mithilfe Ihrer Forschungen schon fast zerstört. Und wenn Sie der Gedanke an Ihre Wissenschaft in den Händen von jemandem, der nicht einmal von Ihren sowieso schon mangelhaften Moralvorstellungen eingeschränkt wird, nicht erschreckt, dann sind Sie doch nicht so schlau, wie Sie glauben.«

Ich dachte über die verschiedenen Technologien nach, die ich in meinen Studien entworfen hatte. Tausende von Geräten und Ideen, die eine Stadt, ein Land, einen Planeten, ein System verwüsten konnten. Eine Handvoll, die sogar imstande war, ein ganzes Universum zu bedrohen. Es war vielleicht ein bisschen töricht von mir, die Basis für den Sternenbrecher oder den Vorletzten Nullifizierer gelegt zu haben, auch wenn das nur Gedankenspielereien gewesen waren. Vielleicht noch törichter, als sie überhaupt auf Papier niederzulegen. Aber so war ich eben.

Ich war überzeugt, dass all die wirklich gefährlichen Ideen letztlich nur Ideen waren. Die halb ausgeführten Grübeleien eines überlegenen Intellekts. Unvollendet und höchstwahrscheinlich nirgendwo hinführend. Aber sie mussten nicht genau wie erwartet funktionieren, um unermesslichen Schaden anzurichten.

Ich stand auf der anderen Seite einer Superschurkengeschichte. Das gefiel mir nicht.

»Was tun wir jetzt?«, fragte Zala.

»Ich bin überrascht, dass Sie nicht schon wieder vorgeschlagen haben, in Deckung zu gehen.«

»Ihre Arroganz hat diesen wahnsinnigen Möchtegern-Eroberer erst auf das System losgelassen, aber Sie sind vielleicht der Einzige, der ihn aufhalten kann, bevor er etwas Schreckliches tut. Um meiner geliebten Heimatwelt und jedes anderen Planeten im System Willen muss mein persönlicher Wunsch, Sie vor Gericht zu bringen, hinten anstehen.«

»Es ist ernster, als ich dachte«, sagte ich.

»Sie wissen genau, wie ernst es ist, Imperator. Und deshalb weiß ich: Sie sind schon dabei, einen Plan zu entwerfen.«

Ich gab ihr die kleine Scheibe.

»Eine holografische Disc? Ein bisschen altmodisch, oder?« Sie drehte sie so im Licht, dass die beinahe nicht wahrnehmbaren Vertiefungen auf ihren Seiten sichtbar wurden. »Diese hier sieht nicht aus, als wären viele Daten darauf.«

»Ich habe sie noch nicht ausgelesen, aber ich nehme an, es wird eine einfache Botschaft sein. Ich habe sie in dem Katalysator gefunden.«

»Das Gerät, das mich beinahe dazu gebracht hat, Sie zu töten?«

»Ja.«

»Lassen Sie mich raten. Noch eine geheime Botschaft von unserem mysteriösen Insider? Derselbe mysteriöse Agent, der uns überhaupt erst in eine Falle gelockt hat?«

»Nein, die entschlüsselte Botschaft auf der Dinosaurier-Insel wurde offensichtlich von Brain dort deponiert.«

Zala setzte sich auf. Das Serum wirkte offenbar.

»Falls Brain eine falsche Spur gelegt hat, wie kommen Sie dann darauf, dass er nicht einfach noch eine gelegt hat?«

»Denken Sie mal scharf nach: Brain würde vermutlich nicht davon ausgehen, dass ich einem zweiten Hinweis folge, nachdem der erste schon falsch war.«

»Ihr Argument ist also, dass er sich nicht die Mühe machen würde, nach dem ersten einen zweiten falschen Hinweis zu hinterlegen? Weil er nicht glauben würde, dass Sie ihm folgen. Nur dass er Zugang zu Wissen aus der Zukunft hat und sowieso schon alles weiß, was Sie tun werden, bevor Sie es tun. Wie können Sie dann etwas tun, das er nicht erwartet?«

»Es ist ja nicht so, als würde ihm das Antizeit-Radio einen minütlichen Bericht darüber liefern, wie sich alles entwickeln wird. Er ist wie ein Raumschiff, das mit einer unvollständigen Karte navigiert, mit gewissen Ereignissen, die den Weg markieren, während er darauf vertraut, dass in den weißen Flecken keine explodierende Supernova liegt.«

Ich konnte erkennen, dass sie nicht überzeugt war, aber sie zuckte die Achseln. »Also gut. Ich werde so tun, als hätte ich das verstanden.«

Wieder war ich überrascht. »Sie wollen nicht noch ein bisschen darüber streiten?«

»Warum denn? Es ist ja nicht so, als hätte ich selbst irgendetwas vorzuschlagen. Und selbst wenn, würden Sie es nur abtun. Also überspringen wir die Debatte und machen einfach weiter.«

»Sehr vernünftig«, sagte ich.

Halb höhnisch schnaubend, halb lächelnd gab sie mir die Disc zurück. »Also dechiffrieren Sie das verdammte Ding schon endlich!«

GEISTERSATURN

Der Krieg gegen Saturn war nicht so gut gelaufen, wie ich gehofft hatte.

Die spitzen saturnischen Raumschiffe waren zwar nicht die stärksten Schiffe im System, aber sie waren billig, effizient und Verbrauchsgegenstände. Die saturnische Taktik beschränkte sich normalerweise auf eine überwältigende Macht, und ein endloser Schwarm von Wegwerf-Kampfschiffen hatte ihnen manchen Sieg gegen nuanciertere Gegner eingebracht.

Wenn das nicht funktionierte, schickten sie die Glorreicher Triumph hinaus, das Flaggschiff ihrer Flotte. Das funktionale rechteckige Schiff war wenig mehr als eine fliegende Waffenplattform. Jeder Zentimeter dieses Dings war mit Kanonen, Raketen, Blastern, Meteorgeschossen und mondschmelzenden Hitzestrahlen gepflastert. Das Schiff hatte drei verschiedene Weltuntergangswaffen an Bord, unter anderem den gefürchteten Systemkiller, eine Bombe, die so mächtig war, dass sie alle neun Planeten mit einem einzigen Knopf-

druck zerstören konnte. Das behaupteten zumindest die Saturner.

Angesichts ihrer Liebe zur Feuerkraft zweifelten wenige daran.

Die Debatte über die Plausibilität einer Bombe war normalerweise eine zweitrangige Sorge, vor allem weil die Triumph einen Planeten auch ohne sie innerhalb von ein paar Minuten in Schutt und Asche legen konnte. Die Saturner hatten schon Kriege gewonnen, indem sie die Triumph in Gesprächen nur beiläufig erwähnten.

Und nach drei Monaten Krieg mit den Saturnern kreiste die Triumph, ein technologischer Gott des Todes und der Zerstörung, um Terra.

Meine Untertasse und ihre automatische Kampfeskorte näherten sich dem Flaggschiff. Eine kleine Flotte saturnischer Schiffe umringte uns. Es wäre für den Feind sehr einfach gewesen, mich zu vernichten, doch wo wäre da der Spaß geblieben? Die Saturner waren schließlich hier, um mich kriechen zu sehen.

Ich landete in der einzigen Landebucht der Triumph. Kaum groß genug für ein Dutzend Schiffe. Alles, was größer war, hätte erfordert, dass einer der zahllosen Steuerbord-Polar-Deatomisierer umgesetzt werden musste.

Ich ging von Bord. Der Oberste Warmaster von Saturn höchstpersönlich begrüßte mich. Zusammen mit einer Truppe imperialer Wachen. Der Warmaster maß drei Meter und hatte türkisfarbene Haut. Orden pflasterten seine Uniform, und er stand mit hinter dem Rücken verschränkten Armen und einem Glitzern in den Obsidianaugen da.

Er grinste. »Sie sind Warlord Mollusk?«

»Ich habe mein Eroberer-Exo mitgebracht. Es ist ziemlich groß und glänzend und hat unnötige Stacheln. Aber das war mir irgendwie zu viel Glitzer. Sind wir zum Posieren hier oder um die Kapitulationsbedingungen zu verhandeln?«

Der Warmaster nickte. »Ich sehe, Sie sind sehr direkt. Das respektiere ich. Haben Sie Leibwächter dabei?«

»Ich habe ein paar Roboter an Bord meines Schiffs, aber die werden wir nicht brauchen.«

Er gluckste. »Ich hätte nicht gedacht, dass Sie so entspannt sein würden.«

»Das ist nichts Persönliches«, antwortete ich. »Nur zwei Zivilisationen, die ein für beide Seiten vorteilhaftes Arrangement ausarbeiten.«

Wir wurden in einen Sitzungsraum gefahren. Ich hinterfragte nicht, warum der Raum so weit von der einzigen Landebucht des Schiffs entfernt war. Die Triumph war kein Diplomatie-Schiff, und Saturner waren kein diplomatisches Volk. Sogar ihr Sitzungsraum bestand aus einer kleinen grauen Kammer mit einem Tisch und ein paar Stühlen. Es gab einen Bildschirm mit einer Abbildung von Terra. Es war ein sehr kleiner Bildschirm, zweifellos dazu da, um mich daran zu erinnern, wie winzig meine Welt im Vergleich zu der riesigen saturnischen Kriegsmaschine war.

»Ich würde Ihnen einen Rundgang anbieten, Mollusk«, sagte der Warmaster, »aber das Innenleben der Triumph ist natürlich Militärgeheimnis.«

»Ja, Sie haben da eine sehr schöne riesige Weltraumkanone. Sehr einschüchternd. Sehr furchterregend. Beeindruckend, wenn auch ein wenig konventionell. Aber sie erfüllt ihren Zweck.«

Der Warmaster blickte höhnisch drein, was für einen Saturner schwierig war, angesichts seines zerklüfteten Steingesichts. »Die Triumph ist die größte Waffe, die das System je gesehen hat. Die blutsaugenden Unholde von Dread Planet V haben einen Blick auf dieses Schiff geworfen und ihre Flotte lieber in ein schwarzes Loch umgeleitet, als sich ihr im Kampf zu stellen. Selbst Sie, der große und gefürchtete Warlord von Terra, Imperator Mollusk ...« Er unterdrückte ein Kichern. Oder gab vor, es zu unterdrücken. »... zittern bei ihrer bloßen Ankunft und haben Ihren sinnlosen Kampf gegen uns aufgegeben.«

»Oh, ich glaube, da hat es ein Missverständnis gegeben. Ich bin nicht hier, um meine Kapitulation anzubieten. Ich bin hier, um die Konditionen Ihrer Kapitulation auszuhandeln.«

Der Warmaster und seine Leibwachen lachten.

»Imperator ... wenn ich Sie Imperator nennen darf ...«

Ich nickte.

»Imperator, Sie haben einen Mordskampf um Ihre kleine Welt ausgefochten. Angesichts Ihrer Ressourcen, der Grenzen der terranischen Population und Technologie, haben Sie das Unmögliche geschafft: Sie haben das Unausweichliche hinausgezögert. Und wir salutieren vor einem würdigen Gegner wie Ihnen.«

Sie schlugen sich mit der linken Hand an die rechte Schulter. Die Saturner hatten ein aufwendiges Salut-System. Der Schlag an die rechte Schulter war für respektierte Feinde reserviert. Wenn ich auch ein klein wenig beleidigt war, dass ich nicht den doppelten Brustschlag für gefürchtete Gegner bekommen hatte. Aber das war vielleicht ein bisschen ambitioniert, selbst für mich.

»Unser Geheimdienst berichtet, dass Sie am Limit sind, Imperator. Sie könnten natürlich immer noch kämpfen. Aber wir wissen beide, wohin das führen würde. Mehr Schaden für die Welt, noch mehr terranische Todesopfer. Am Ende wird dieser Krieg doch auf dieselbe Art ausgehen.«

»Manche sagen, es läge Ehre darin, bis zum bitteren Ende zu kämpfen«, erwiderte ich.

»Es ist nichts ehrenvoll daran, einen Krieg auszufechten, den man schon verloren hat. Nicht, wenn der Gegner höflich genug ist, eine Alternative anzubieten. Ergeben Sie sich jetzt, und wir werden Ihnen erlauben, Warlord von Terra zu bleiben. Im Grunde ist uns die Terra-Bevölkerung gleichgültig. Sie können weiter so über sie herrschen, wie Sie wollen.«

»Und im Gegenzug wollen Sie nur das Recht, sich von dem Planeten zu nehmen, was auch immer Sie wünschen«, sagte ich.

»Wir werden Ihnen genug für Ihre eigenen Bedürfnisse lassen.«

»Und was ist mit den Terranern?«, fragte ich.

Der Warmaster verschränkte die Finger und rieb absichtlich seine Steinhaut aneinander, um ein schmirgelndes Geräusch zu produzieren.

»Was ist mit ihnen? Sie haben sie erobert. Wir haben Sie erobert. Nach meinen Berechnungen befinden sie sich damit zwei Stufen unter meinen Belangen.«

»Aber nicht unter meinen«, sagte ich.

»Verzeihen Sie mir, aber haben Sie die Terraner nicht so programmiert, dass sie Sie anbeten, unter welchen Umständen auch immer? Wenn Sie ihnen sagen, sie sollen tun, was wir sagen, dann werden sie das doch gerne tun, oder nicht?«

»Sie würden auf ein Wort von mir mit Freuden ihre Welt übergeben. Sie würden sogar eine Parade für Sie schmeißen, einen internationalen Feiertag einrichten.«

»Hübscher Gedanke«, sagte der Warmaster. »Wir werden das im Hinterkopf behalten.«

»Hier ist mein Gegenangebot: Sie werden sich vollständig und bedingungslos ergeben. Sie werden Ihre Flotte abziehen und sämtliche feindlichen Handlungen einstellen.«

Ich beugte mich vor und imitierte seine Pose. Verschränkte sogar meine feingliedrigen Finger, auch wenn das Geräusch von Metall auf Metall nicht ganz so einschüchternd war.

»Und im Gegenzug werde ich Saturn nicht zerstören.«

Er lächelte, lachte aber nicht. »Ihre Prahlerei ist beinahe liebenswert.«

»Ich prahle nicht«, sagte ich. »Und wenn Sie daraus die Frage machen wollen, wer die Macht der Wissenschaft in die beste Weltuntergangsmaschine umsetzen kann, muss ich Ihnen leider sagen, dass Sie dieses Spiel nicht gewinnen können.«

»Und ich soll glauben, dass Sie über eine Waffe verfügen, die die Triumph außer Gefecht setzen kann?«

»O nein. Ich habe etwas Besseres.«

Ich ersetzte das Bild von Terra auf dem kleinen Bildschirm mit einem von Saturn.

»Ich muss nicht Ihre riesige Weltraumkanone besiegen. Ich muss einfach nur Sie besiegen.«

Ich drückte einen blinkenden roten Kopf am Arm meines Exos. Es gab einfachere Wege, eine Waffe zu aktivieren, aber nichts so Dramatisches. Schließlich war ich hier, um meinen Standpunkt zu verdeutlichen.

Nichts geschah.

»Sie werden ein paar Minuten warten müssen«, sagte ich. »Die Degravitatoren müssen wahrscheinlich erst aufwärmen.«

Der Warmaster sagte: »Was soll das bedeuten?«

»Ich dachte eigentlich, das wäre offensichtlich«, sagte ich. »Ich bin dabei, Ihre Welt als kosmischen Staub über das ganze System zu verteilen.«

Er marschierte zu mir herüber. »Sie wagen es, Saturn zu drohen?«

»Ich wusste nicht, dass das gegen die Regeln ist.«

Seine Hände ballten sich zu Fäusten, die nicht mehr von Felsbrocken zu unterscheiden waren.

»Das würde ich nicht tun«, sagte ich. »Wenn Sie mich töten, wird der Prozess irreversibel sein. Saturn wird sich innerhalb von Minuten auflösen. Vier Minuten, meiner Rechnung nach.«

Der Warmaster wedelte glucksend mit der Hand. »Sie bluffen, Imperator. Sie wissen, wenn meiner Welt etwas passieren sollte, hätte ich keine andere Wahl, als die Zerstörung von Terra zu befehlen.«

»Gegenseitig angedrohte Zerstörung«, sagte ich. »Das ist nicht ideal, aber funktional.«

Ich zeigte auf das leichte Zittern in Saturns Ringformationen.

»Natürlich baut das auf der Annahme auf, dass Ihre riesige Weltraumkanone wirklich funktioniert.«

»Was wollen Sie damit andeuten, Neptuner?«

»Ach, nichts. Nur, dass ich keinerlei Aufzeichnungen darüber finden konnte, dass die Glorreicher Triumph je in Kampfhandlungen verwickelt war. Abgesehen von einer einzigen Demonstration an einem Ihrer eigenen Monde, Mimas, kann ich

keine Belege dafür finden, dass sie überhaupt einmal gefeuert hat. War eher ein kleiner Mond, oder?«

Mein Exo piepte. Wieder unnötig, aber zu Demonstrationszwecken nützlich.

»In diesem Stadium wird die Atmosphäre anfangen sich aufzulösen.« Ich zoomte heran, damit man es besser sehen konnte. »Beobachten Sie die Kamineffekte an den Polen. Ein eigenartiges Phänomen. Ziemlich schön, wenn auch ein bisschen unbequem für die Leute auf dem Planeten selbst.«

Ich setzte mich.

»Ich kann das jederzeit aufhalten. Es liegt an Ihnen.«

Der Warmaster hieb mit der Faust auf den Tisch und zerbrach ihn. »Das ist kein Krieg! Das ist Völkermord! Sie verteidigen nicht einmal Ihre eigenen Leute!«

»Gibt es da einen Unterschied?«, fragte ich. »Die Terraner sind meine Verantwortung.«

»Und Saturn ist meine!«

»Dann tun Sie, was Sie tun müssen«, sagte ich. »Ergeben Sie sich. In vierzig Sekunden ist der Prozess nicht mehr umkehrbar. Ihre Familie, Ihre Freunde, alle, die Sie kennen und weitere Milliarden, die Sie nicht kennen, werden sterben. Ich nehme an, ein paar Millionen sind schon tot.«

»Wie können Sie so lässig darüber sprechen?«

Das konnte ich gar nicht, aber ich musste so tun, als ob. Ich hatte gerade Millionen getötet und würde vielleicht noch ein paar Milliarden mehr vernichten. Und falls Saturn unterging, würde seine verbleibende Flotte ihren Zorn sicherlich an Terra auslassen, was zu weiteren Milliarden Toten führen würde.

Doch das waren alles nur Zahlen. Statistisch unbedeutend. Ein paar Millionen Lebensformen, ausgelöscht mit einem ein-

zigen Knopfdruck. So fühlte es sich aber nicht mehr an. Es machte keinen Spaß. Es war keine Wissenschaft, sondern nur ein hässlicher, willkürlicher Tod.

Alles, was ich je getan hatte, hatte unausweichlich zu diesem Moment geführt, und in einem Augenblick würde ich herausfinden, wo es enden würde. Ich war schon ein Monster. Ein wie großes, das war noch nicht festgelegt.

Mein Exo piepste. »Nichts ist daran ehrenvoll, einen Krieg auszufechten, den man schon verloren hat. Nicht, wenn der Gegner höflich genug ist, eine Alternative anzubieten. Fünfzehn Sekunden, Warmaster.«

Der Countdown piepste mit jeder verstreichenden Sekunde. Der Warmaster rang mit seinem Stolz. Ich dachte an die Leben der unermesslichen Billionen von Lebensformen, über die durch die Taten von nur zwei Wesen entschieden wurde, die in einem grauen Konferenzraum saßen.

Als nur noch drei Sekunden übrig waren, knurrte der Warmaster, die kleinen schwarzen Augen zusammengekniffen, die Zähne zusammengebissen.

»Wir ergeben uns.«

Ich drückte den Knopf.

Der Warmaster sackte auf seinem Stuhl zusammen. Ein großer und mächtiger General – ohnmächtig. »Was sind Ihre Forderungen?«

»Der Bildschirm zeigt nicht die Städte im Chaos, die Fluten, die Folgen der Beben. Und Sie werden mit gestörten Wetterphänomenen zu tun haben, mit einer zerschmetterten Biosphäre und unvermeidlichen und desaströsen tektonischen Verschiebungen. Saturn wird überleben, aber es werden noch viele lange Jahre des Ringens vor Ihrem Volk liegen. Gehen Sie nach

Hause, Warmaster. Starten Sie den Wiederaufbau. Aber vor allem: Halten Sie sich von meiner Welt fern.«

Er sagte nichts, aber einer der Wächter trat vor.

»Das ist alles?«

»Genügt das nicht?«, fragte ich.

Ich verließ die Glorreicher Triumph ohne Zwischenfälle, aber ich ging nicht allein.

Ihre Geister würden mich noch lange, lange Zeit verfolgen.

FÜNFZEHN

Die dechiffrierte Disc enthielt Koordinaten. Sie führten uns in Richtung Antarktika. Dort hatte ich keine geheime Anlage, und soweit ich wusste, gab es auf diesem gefrorenen Kontinent auch wenig, was von Interesse war. Aber es konnte nicht schaden, nachschauen zu gehen. Terra war eine Welt der Rätsel.

Meine Untertasse setzte auf dem Landeplatz auf, umgeben von einer endlosen weißen Fläche. Wir stiegen aus. Venusianer sind Warmblüter, aber das war, evolutionär gesprochen, eine neue Entwicklung in ihrer Spezies. Eis und Schnee machten ihnen immer noch zu schaffen. Zala regelte die Wärmeeinstellung ihres Schutzanzugs.

Der Helm verbarg ihr Gesicht und machte ihren Ausdruck schwer zu lesen. »Das ist es?«

»Laut den Koordinaten, ja«, antwortete ich.

Snarg krabbelte übers Eis. Eine steife Brise kam auf, und schon bildete sich Eis auf ihrem Panzer. Das Knirschen der gefrorenen Schneedecke begleitete unsere Schritte.

»Hier ist nichts«, sagte Zala.

Snarg kreischte. Sie hatte etwas Interessantes gefunden. Wir stemmten uns dem Wind entgegen und sahen einen Höhleneingang, den sie entdeckt hatte.

Die Öffnung und der Tunnel direkt dahinter waren kaum groß genug, dass wir uns hineinzwängen konnten. Es wäre der perfekte Platz für einen Hinterhalt gewesen, aber Zala schlug vor hineinzugehen. Ihre Abneigung gegen die gefrorene Landschaft war stärker als ihre Kriegerausbildung. Sie bestand allerdings darauf, als Erste zu gehen. Ich folgte ihr. Snarg bildete die Nachhut.

Je tiefer wir hineinkamen, desto wärmer wurde es. Die Höhle war leicht abschüssig und führte uns in das unterirdische Mysterium hinab. Vielleicht war es ein lange verloren geglaubter Eingang in die Untersphäre. Das Königreich der Maulwurfsmenschen erstreckte sich unter dem amerikanischen Doppelkontinent, dem Atlantik und dem größten Teil von Europa. Es gab noch eine zweite, primitivere Maulwurfskultur unter Asien und Australien, doch soweit ich wusste, existierte nichts dergleichen unter Antarktika. Zugegenermaßen hatte ich es aber auch noch nicht gründlich geprüft.

»Sollte es nicht dunkel sein?«, fragte Zala. »Wo kommt denn das Licht her?«

Das war eine gute Frage. Es gab keine sichtbare Lichtquelle, aber die Höhle wurde heller, nicht dunkler, während wir weiter eintauchten.

Wir erreichten das Ende des Tunnels und tauchten auf

einem Sims mit Blick in eine weitläufige Höhle auf. Unter uns war eine ausgedehnte Stadt in den Fels gehauen worden. Hunderte von schlauchförmigen Wesen bewegten sich auf ihren Straßen. Zala duckte sich, aber wir waren so hoch oben, dass es meiner Einschätzung nach unwahrscheinlich war, dass sie uns sahen.

»Haben Sie diese Wesen schon einmal gesehen?«, fragte sie.

»So etwas habe ich noch nie gesehen«, antwortete ich, während ich die Sensoren meines Exos auf die Wesen fokussierte. Ich hatte Tausende und Abertausende von Lebensformen im ganzen System und darüber hinaus katalogisiert. Terra war als einzige von einer Vielzahl an intelligenten Wesen bevölkert, und eines mehr hätte mich auch nicht überrascht. Aber die Entdeckung einer ganz neuen Spezies war ein unerwartetes Vergnügen.

Sie bewegten sich vorwärts, indem sie ein Ende übers andere bogen. An beiden Enden besaßen sie rudimentäre Fühler, die ihnen zur Balance dienten. Ich bemerkte Flecken und Öffnungen in der Mitte, die wahrscheinlich sensorischen Zwecken dienten.

Etwas schlurfte hinter uns heran. Zala wirbelte mit gezogener Waffe herum.

Ein Trupp von zwei Dutzend Wesen näherte sich. Sie produzierten seltsame Pfeif- und Zirplaute, während sie vorrückten.

Ich legte die Hand auf Zalas Waffe und zwang sie, sie zu senken.

»Sie könnten feindlich sein«, sagte sie.

»Dasselbe könnten sie von Ihnen denken«, erwiderte

ich. »Dies ist der erste Kontakt. Gehen wir einfach nicht davon aus, dass wir jemanden erschießen müssen, bis wir eines Besseren belehrt werden.«

Die Menge teilte sich, während ein einzelnes Wesen vorwalzte. Es schien wenig mehr zu sein als ein paar tausend Pfund Protoplasma, verpackt in eine fettige Hauthülse. Ein besonders dicker und großer Wurm glitt vom Rücken des Tieres. Dieser spezielle Wurm besaß ein Paar unterentwickelter Flügel, die von seiner Mitte ausgingen.

Ich nahm an, er war eine Art Anführer.

Man konnte unmöglich wissen, wie diese Kreaturen kommunizierten. Oder wie sie das Universum sahen. Die denkenden Helium-Entitäten des Sol-Kollektivs hatten zum Beispiel keine Vorstellung von Geräuschen und kommunizierten über bunte Lichtblitze. Jupiter und Sol hätten beinahe einen Krieg angefangen, weil ein Gesandter des Jupiter aus Versehen eine Kleiderkombination trug, die übersetzt bedeutete: *Eure Mutterwolke hat einen hohen Schmelzpunkt.*

Es war unmöglich, die Absichten dieser Kreaturen zu erkennen. Sie hatten keine Gesichter, die man lesen konnte, und ihre Körper wirkten so fremdartig, dass man auch an ihrer Gestik nichts ablesen konnte. Andererseits hatten sie auch noch keine offensichtliche Feindseligkeit erkennen lassen.

»Seid gegrüßt«, sagte ich. Irgendwo musste ich anfangen.

Der Anführer schlug mit den Flügeln. Seine Antwort, die irgendwo aus der Mitte seiner stängelförmigen Gestalt kam, war perfekt ausgesprochen.

»Sind Sie Imperator Mollusk?«

»Der bin ich.«

Die Wesen brachen in einen Jubelchor aus. Ein Trupp stimmte eine pfeifende Version meiner neptunischen Lieblingskomposition an, Scrogs *Ode an die Glockenkurven*.

Der Anführer sagte: »Ich heiße Hiss und habe die Ehre, Sie zu begrüßen. Wir warten schon sehr, sehr lange auf Sie, Imperator Mollusk. In alter Zeit wurde vorhergesagt, dass ein Retter erscheinen würde. Und dass er einen Körper aus Metall und einen göttlichen Intellekt besitzen würde.«

»Ich glaube es nicht«, murmelte Zala.

»Und jetzt sind Sie endlich gekommen«, sagte Hiss. »Wir hatten die Hoffnung zwar nie aufgegeben, aber einige von uns haben sich schon gefragt, wann Sie ankommen würden.«

»Warten Sie mal kurz!«, schrie Zala. »Warten Sie eine Sekunde!«

Der Chor hörte auf zu singen. Die Menge hörte auf zu jubeln.

»Wer hat Ihnen das gesagt?«, fragte sie.

»Orakel«, antwortete Hiss.

»Und Seher«, fügte ein Weiterer hinzu.

»Und mindestens eine Wahrsagerin«, sagte ein Dritter.

»Denn es steht geschrieben auf dem Großen Stein der Weissagung«, fügte Hiss hinzu, »dass ein legendärer Krieger, ein Welteneroberer und Herr der Urkräfte des Universums im Riss der Offenbarung erschiene. Und es steht geschrieben, dass sich alles, was auf dem Großen Stein steht, zutragen wird.«

»Wo geschrieben?«, fragte Zala.

»Na, auf dem Großen Stein natürlich«, entgegnete Hiss unwirsch.

»Es steht auf dem Stein geschrieben, dass sich die Dinge, die auf dem Stein geschrieben stehen, zutragen werden«, sagte sie. »Und Sie wissen, dass das stimmt, weil es auf dem Stein geschrieben steht.«

Die Menge murmelte zustimmend.

»Das ergibt überhaupt keinen Sinn«, sagte Zala.

»Es steht auch geschrieben, dass Sie es nicht verstehen würden«, antwortete Hiss.

»Also stehe ich jetzt auch auf dem Stein der Weissagung?«

»Es steht geschrieben, dass Imperator Mollusk von einer glorreichen Bestie und einer abscheulichen Kriegerin begleitet werden würde.« Er sank in sich zusammen und ließ die Flügel hängen. »Nichts für ungut. Nicht ich habe die Weissagung übertragen.«

»Kümmern Sie sich nicht um sie«, sagte ich. »Sie ist nur sauer, dass sie als Dritte genannt wurde.«

Snarg zirpte und klickte mit den Mundwerkzeugen. Zala brummelte.

»Ihre Propheten sagten, ich würde heute durch dieses Loch kommen und erscheinen?«, fragte ich.

Hiss kicherte. »Der Große Stein gibt keine Zeit vor. Deshalb haben wir uns, seit Ihr Name darauf erschienen war, hier versammelt und auf Ihre Ankunft gewartet.«

»Hier unten gibt es nicht viel anderes zu tun«, sagte ein weiteres Wesen.

»Ja, wir führen ein einfaches Leben«, sagte Hiss. »Die

Pilzfelder abgrasen, unserem wilden Gott opfern, den Großen Stein lesen, auf den Riss der Offenbarung warten. Es ist nicht viel, in seiner stoischen Schönheit aber zutiefst lohnend.«

»Hört, hört«, sagte ein Anhänger.

Der Chor erfüllte die Kaverne mit weiterem Gesang.

Zala zog mich beiseite und drehte sich von der Menge weg. Sie flüsterte: »Das gefällt mir nicht. Das ist alles eindeutig eine Falle, und diese Wesen, was auch immer sie sind, wurden von Brain eingewiesen.«

»Das ist die offensichtlichste Erklärung«, antwortete ich. »Aber die offensichtlichste Erklärung ist nicht immer auch die richtige.«

Zala seufzte. Ihr Atem beschlug ihren Helm, deshalb klappte sie ihn auf. »Sagen Sie mir nicht, Sie glauben, dass diese Wesen alle wirklich auf Sie gewartet haben!«

»Es kann nicht schaden, sie anzuhören, oder? Sind wir nicht deshalb hier?«

Sie zuckte die Achseln. »Nur solange Sie diesen Prophezeiungs-Unsinn nicht glauben.«

»Ach, das tue ich nicht«, sagte ich. »Aber wäre es nicht faszinierend, wenn es wahr wäre?«

»Ihre Neugier wird noch Ihr Tod sein, Imperator.«

»Es gibt schlimmere Charakterschwächen, für die man sterben kann«, sagte ich.

Wir drehten uns um. Die Wesen starrten uns an. Oder wenigstens beugten sie sich auf eifrigen Stängeln vor.

Ich fragte: »Und wie kann ich euch heute retten?«

Weil die Wesen keinen offiziellen Namen für sich selbst hatten (und ihnen allein schon die Vorstellung eines solchen fremd zu sein schien), beschloss ich, sie Stängel zu nennen. Sie wirkten sehr verwirrt von der Vorstellung, eine Bezeichnung zu brauchen. Aus Gesprächsfetzen entnahm ich, dass sie die einzige Lebensform in der Höhle waren, abgesehen von einem roten Pilz, von dem sie sich ernährten. Sogar das fleischige Puddingtier, auf dem wir ritten, war eines von ihnen. Weniger ein Lasttier als vielmehr ein sonderbarer mutierter Ableger. Er walzte einen kurvenreichen Weg in die Tiefen der Kaverne hinab.

»Am Anfang war die Große Saat«, sagte Hiss.

»Wie viele *große* Dinge habt ihr denn?«, fragte Zala. »Vielleicht solltet ihr euch ein Synonymwörterbuch zulegen.«

Hiss fuhr ohne eine Spur Verärgerung fort: »Die Große Saat brachte das Große Gynäzeum hervor, das wiederum alles Leben hervorbrachte. Es verbreitete sich über das Universum, und lange Zeit war Gedeihen allenthalben. Die Pilzfelder boten Lebensunterhalt für alle, auch für das Gynäzeum.

Doch dann wuchs der Hunger des Großen und Schrecklichen Gynäzeums über die Fähigkeit der Felder, ihn zu stillen, weit hinaus. Um es zu besänftigen, hielt man es für notwendig, Opfer darzubringen. Im Lauf der Zeit verlangte das Gynäzeum mehr und mehr. Jetzt verschlingt es an einem Tag mindestens dreißig oder vierzig von uns, und wenn nicht bald etwas getan wird, werden wir sicher ins Aussterben getrieben und mit unserem Ableben nur ein leeres Universum zurücklassen.«

»Aber Ihnen ist schon klar, dass das Universum aus mehr besteht als aus dieser Höhle, oder?«, fragte Zala.

Hiss kicherte. »Manche sagen, es gäbe jenseits einen Ort, wo der Fungus feucht und im Überfluss vorhanden ist.«

»Häretiker!«, schrien mehrere Stängel.

»Die meisten von uns sind weise genug, nicht an solchen Unsinn zu glauben«, sagte Hiss. »Denn wenn es einen solchen Ort gäbe, stünde das sicherlich auf dem Großen Stein geschrieben.«

»Wie lange lebt ihr schon hier unten?«, fragte Zala.

»Es steht geschrieben, dass wir seit der Morgendämmerung der Zeiten hier leben.«

Zala lachte. »Wenn ihr euer ganzes Leben lang unter der Erde existiert habt, dann erklär mir bitte, woher ihr eine Vorstellung von der Morgendämmerung habt. Das dürfte euch eigentlich gar nichts sagen.«

»Wir extrahieren telepathisch die angemessenen Wörter aus euren primitiven Gehirnen, um die Kommunikation zu vereinfachen. Unsere eigene natürliche Sprache besitzt solch einen Ausdruck nicht.«

»Na, ist das nicht praktisch?«

»Ja, das ist es«, stimmte das Wesen zu.

»Aber was glaubt ihr, wo wir herkommen?«, fragte Zala.

»Ihr kamt natürlich aus dem Riss.«

»Ja, aber was glaubt ihr, was sich auf der anderen Seite dieses Risses befindet?«

»Was meinen Sie?«

Zala sagte: »Wenn wir durch den Riss gekommen sind, dann muss er irgendwohin führen. Ihr werdet ja schließlich nicht glauben, dass wir uns einfach aus dem Nichts materialisiert haben.«

Die Stängel murmelten.

»Seien Sie bitte nachsichtig mit meiner Begleiterin«, sagte ich. »Sie ist ein bisschen eigen.«

Zala knurrte. Wäre es zweckmäßig gewesen, hätte ich sie darauf hingewiesen, dass dies weder die Zeit noch der Ort war, um die Sicht der Stängel auf den Kosmos infrage zu stellen. Stattdessen lenkte ich das Gespräch in eine produktivere Richtung.

»Also gab es bisher keine anderen Besucher aus dem Riss?«, fragte ich.

»Keine«, sagte Hiss. »So, wie es geschrieben steht.«

Falls er nicht log, bedeutete das, dass Brain nichts mit den Stängeln zu tun hatte. Täuschung war zwar möglich, aber ich hielt es für unwahrscheinlich. Diese Wesen schienen mir weitgehend außerstande zu Lug und Trug. Oder vielleicht waren sie so gut darin, unterstützt von ihren seltsamen Körpern und unergründlichen Wesen, dass ich mich vollkommen irrte.

»Also nehme ich an, dass ihr Hilfe braucht – wegen des Großen Gynäzeums«, sagte ich.

»Ja. Der Hunger des Gynäzeums droht, alles Leben zu vernichten.«

»Also braucht ihr uns ... den Imperator, um es zu töten?«, fragte Zala.

Die Stängel stießen einen gemeinsamen hochfrequenten Heulton aus, den ich für ein kollektives entsetztes Luftschnappen hielt.

»Das Gynäzeum ist die Quelle allen Lebens. Es zu zerstören würde alles dem Untergang weihen.«

»Was soll er dann tun?«, fragte sie.

»Er ist hier, um uns zu retten«, sagte Hiss mit einem Kichern. »Wie er das tut, steht nicht geschrieben.«

»Es ist eine unklare Prophezeiung«, gab ein anderer zu.

»Die Einzelheiten sind unwichtig.« Hiss taumelte im Kreis herum. »Es steht uns nicht zu, infrage zu stellen, was geschehen soll.«

Zala hatte keineswegs vor, das so einfach durchgehen zu lassen, doch dann kamen wir in die Stadt der Stängel. Jubelnd teilte sich die Menge vor unserer Prozession. Einige Stängel legten merkwürdig geformte Metallinstrumente an ihre Körper und stimmten eine diskordante Festmelodie an. Die Bürger dieser versteckten Zivilisation tanzten und wogten in Wellenbewegungen und sprühten bunte Schleimstücke wie Konfetti.

Ich winkte den Kleinen zu und hoffte, die Geste werde freundlich verstanden.

»Sie genießen das«, sagte Zala.

»Vielleicht ein bisschen.«

»Werden Sie nur nicht unvorsichtig, Imperator. Wir können es uns nicht leisten ...«

Ihre Stimme verklang, als wir um eine Ecke bogen und uns vor einer riesigen Statue mit meinem Ebenbild wiederfanden. Es war nicht einmal meine größte Statue auf Terra. Nicht besonders gut behauen. Aber sie sah mir im weitesten Sinne ähnlich.

Wir stiegen ab, um sie uns genauer anzuschauen.

»Wo kommt die denn jetzt hierher?«, fragte Zala.

»Die größeren Gebäude müssen sie verborgen haben«, sagte ich.

Den Sockel der Statue bildete die gigantische Felsformation, aus der sie gehauen war. Sie war mit merkwürdigen Piktogrammen bedeckt.

»Seht her, der Große Stein!«, verkündete Hiss und schnalzte dabei vor und zurück.

Die untersten Schnitzereien waren primitiv, wenig mehr als verschnörkelte Linien. Doch die Bildzeichen wurden ausgefeilter, als mein Blick an dem Stein nach oben wanderte. In der Nähe der Spitze war die Szene unserer Ankunft, mit den Stängeln, die uns umringten, deutlich zu erkennen.

»Das ist absurd!«, sagte Zala.

»Sie müssen aber zugeben, dass die Ähnlichkeit verblüffend ist«, sagte ich.

»Natürlich ist sie das, Imperator. Brain hätte das ganz einfach inszenieren können.«

»Einfach«, stimmte ich zu. »Aber warum? Und wenn nicht, wie? Auch diese Fragen sollte man stellen.«

Sie kniff die blitzenden Augen zusammen. »Sagen Sie mir nur nicht, dass Sie irgendetwas von alledem hier glauben.«

»Nein, eigentlich nicht. Allerdings würde ich, wenn ich eine Analyse über die Schnitzereien laufen ließe, wahrscheinlich den Zeitpunkt ihrer Herstellung bestimmen. Dann wäre ich sicher.«

»Niemand außer Ihnen bräuchte eine wissenschaftliche Bestätigung, dass Sie kein Messias sind.«

»Kontrolle kann nie schaden«, erwiderte ich.

Die Höhlenstadt der Stängel rumorte. Quietschend rannten sie in alle Richtungen.

»Siehe! Das Große Gynäzeum erhebt sich!«, rief Hiss.

Der Boden brach auf, und ein gelb-violettes Ding stieg wie ein sich windender Turm pflanzlichen Materials auf. Sein Kopf – sozusagen – war ein Ring aus spitzen Blütenblättern und vibrierenden Dornen. Er stürzte sich auf das Matschtier, und die arme Kreatur wurde von den mahlenden Kiefern des Gynäzeums verschlungen.

»Viel Glück, Retter!«, rief Hiss, als er – Ende über Ende schnalzend – die Flucht ergriff. »Auch wenn ich sicher bin, dass Sie es nicht brauchen werden.«

Die entsetzliche Pflanze richtete ihren finsteren, starren Blick auf uns.

SECHZEHN

Das Gynäzeum versuchte, uns zu schnappen. Zala sprang zur Seite, und ich flog mithilfe meines Jetpacks in die Luft. Es packte Snarg, doch ihr Panzer erwies sich als zu hart für seine wirbelnden Zähne. Es mühte sich ab, sie zu verschlucken, während sich Snarg an die bunten Blütenblätter klammerte.

Ich gesellte mich wieder zu Zala. Sie schoss nicht auf das Wesen, sondern ließ Snarg als Ablenkung dienen.

»Irgendeine Idee, wie wir das Ding mit dem, was wir haben, umbringen können?«, fragte sie.

»Ich würde es lieber nicht umbringen«, sagte ich.

»Sie glauben doch nicht wirklich an diese Prophezeiung, oder?«

»Nein, aber ich habe einen Widerwillen, einzigartige Lebensformen zu vernichten«, sagte ich. »Oder sollen wir den Mesmerosaurus-Zwischenfall wiederholen?«

Zala und ich wichen aus, als eine Wurzel auf den Boden

krachte, an der Stelle, wo wir noch Augenblicke zuvor gestanden hatten.

»Den Qualliganten haben Sie ohne zu zögern getötet«, sagte sie.

»Das ist nicht dasselbe. Von denen kann ich jederzeit noch einen machen.«

»Werden Sie aber nicht.«

»Wahrscheinlich nicht«, gab ich zu.

Sie warf mir einen finsteren Blick zu.

»Das ist nicht der beste Moment für so eine Diskussion«, sagte ich.

Das Gynäzeum gab seine Bemühungen, Snarg zu verschlingen, auf. Es spuckte sie zusammen mit mehreren Litern grüner Galle auf den Boden. Dann krümmte es sich und würgte mehrere Stängel heraus.

Die nächste Minute verbrachte es damit, sie wieder zu verschlucken.

Zala zielte mit ihrer Pistole auf das Monster, doch wahrscheinlich würde sie es damit nur verärgern.

»Ich wusste, ich hätte etwas Größeres mitbringen sollen. Wenn Sie einen Weg finden, dieses Wesen aufzuhalten, ohne es zu töten, habe ich keine Einwände.«

»Zala, ich finde Ihren Mangel an Glauben beunruhigend.«

Sie lächelte freudlos. »Halten Sie einfach den Mund und stoppen Sie dieses Biest endlich!«

Die Wurzeln des Gynäzeums brachen durch den Boden. Sie tasteten blind umher und packten jeden Stängel, den sie erwischten. Zala schoss auf eine Ranke, die daraufhin ein paar Bürger fallen ließ. Andere hatten weniger Glück. Die Riesenpflanze verschlang sie zu Dutzenden.

Ich schnappte mir Zala und schoss in die Luft, außer Reichweite der hungrigen Kreatur. Sie protestierte nicht.

Das Monster brach ein Steingebäude auf und schlürfte seine Bewohner hinunter, als sei es ein Erdferkel, das ein Termitennest angreift.

Ich setzte Zala in sicherer Entfernung ab und flog wieder näher heran, um es mir genauer anzuschauen. Es waren nicht die Zähne oder der Appetit des Monsters, die mich faszinierten, sondern die Dutzenden von Schoten, die an seiner Körpermitte hingen. Während sich das Wesen mit Stängeln vollfraß, flitzte ich nahe genug heran, um eine der größeren Hülsen abreißen zu können. Das Gynäzeum bemerkte es nicht einmal.

Ich flog zu Zala zurück und legte die Schote zwischen uns auf den Boden. Sie war milchig grün, und darin schlängelte sich etwas herum. Mit meinem Laser schlitzte ich die Schote auf. Ein kleiner Stängel quoll heraus. Die Kreatur rollte herum und versuchte aufzustehen.

»Das Große Gynäzeum«, sagte ich. »Die Quelle allen Lebens.«

»Es frisst seine eigenen Nachkommen?«, fragte Zala. »Worin liegt da der Sinn?«

Ich schaute mich in der Kaverne um. Jetzt, da ich wusste, wonach ich suchte, war es offensichtlich. Der Fungus war noch spärlich vorhanden, doch die Glätte der Wände und Gebäude zeigte, dass die Stängel alles andere abgeschabt hatten. Die Stängelpopulation und das Gynäzeum, das sie hervorgebracht hatte, befanden sich im Ungleichgewicht.

»Es kann nicht mit dem Reproduzieren aufhören«, sagte ich, »also muss es seine ungewollten Kinder verschlingen, in der Hoffnung, sein Ökosystem wieder auszugleichen. Dafür ist es aber zu spät.«

»Können wir es dann zerstören?«, fragte Zala.

»Wir werden es nicht töten«, sagte ich.

»Ich bin überrascht, dass Sie so zimperlich sind. Oder zögern Sie nur, eine Spezies zu töten, die man benutzen könnte, um Ihre eigenen …«

Bevor sie die Frage beenden konnte, flog ich davon. Ich beschoss das Monster mehrmals, aber die Waffen meines Exos waren dem Gynäzeum höchstens lästig. Ich feuerte mehrere Miniraketen ab. Schwarzer Pflanzensaft quoll aus den Wunden und löschte alle eventuellen Feuer. Mein letzter Versuch bestand darin, direkt in das blühende Maul zu schießen. Die Explosion brannte die Atemöffnung und die barthaarartigen Staubfäden weg. Das Wesen schluckte sein Maul voll Stängel und stürzte sich dann auf mich.

Ich flog höher, um es aus dem Boden zu ziehen, während ich weiterhin harmlose, aber lästige Laser in sein Gesicht abschoss. Seine Ranken und Wurzeln peitschten um mich herum, aber ich war gerade schnell genug. Mein Plan funktionierte perfekt, bis ich die Höhlendecke erreichte. Ich konnte nirgendwo mehr hin, und das Gynäzeum hatte seinen verletzlichsten Teil immer noch nicht entblößt.

Wurzeln wickelten sich um mich und wollten mich in das schnappende Maul des Monsters ziehen. Ich schleuderte eine Bombe in seinen Schlund. Sie explodierte und verspritzte Pflanzensaft und Gemüseabfall. Das furchtlose Gynäzeum heulte. Seine schlaffen Wurzeln ließen mich los, und es zog sich in den Boden zurück. Innerhalb von Sekunden war es fort, ganz und gar, mit Wurzel und Ranke. Übrig blieb nur die Zerstörung, die es hinterlassen hatte.

Ich flog zu Zala zurück.

»Sie haben es geschafft«, sagte sie.

»Ich habe ihm nur Angst gemacht«, erwiderte ich. »Es ist nicht fort. Es versteckt sich nur.«

Die Kaverne rumpelte. Der unterirdische Schrei des verwundeten Wesens hallte aus allen Richtungen wider.

»Wir sollten hier verschwinden, solange wir können«, sagte Zala.

»Noch nicht. Wir haben das Problem nicht gelöst.«

»Sagen Sie mir nicht, Sie glauben diesen Prophezeiungs-Unsinn!«

»Nein. Aber trotzdem – die Stängel und das Gynäzeum sind meine Verantwortung.«

Ich stieß ein Ultraschall-Kommando aus, und Snarg zirpte und wuselte in eine der Erdspalten, die das Gynäzeum hinterlassen hatte.

»Ist das ein törichter Versuch, mich glauben zu machen, Sie hätten sich geändert?«, fragte sie. »Oder drückt sich da nur Ihre Unfähigkeit aus, einem wissenschaftlichen Rätsel zu widerstehen, egal, wie unwichtig es ist?«

»Wir können dieses Gespräch später führen. Oder gar nicht«, sagte ich. »Am liebsten gar nicht. Soweit ich weiß, gibt es so etwas wie ein unwichtiges wissenschaftliches Rätsel nicht. Und ich darf nicht zulassen, dass eine einzigartige Lebensform zugrunde geht, Zala. Nicht hier. Nicht auf Terra.«

»Sie haben diese Welt freigelassen.«

»Das ist eine Grauzone«, sagte ich. »Zumindest für die nächsten fünfzig oder sechzig Jahre.«

Mein Exo gab als Antwort auf ein Zirpen von Snarg einen Klingelton von sich. Sie hatte ihre Beute gefunden. Ich gab ihr noch ein Kommando.

Der Boden bebte. Das Gynäzeum brüllte. Die Felsformation unter uns drohte zu zerbrechen und in eine tiefe schwarze Grube zu fallen.

Die kolossale gewundene Pflanze brach hervor. Kreischend schlug sie um sich und warf sich gegen die Kavernenwände. Ein riesiger Stalaktit fiel von der Decke und zerquetschte mehrere Stängel-Gebäude.

»Bei allen Göttern, Imperator!«, sagte Zala. »Wenn Sie so weitermachen, werden wir noch lebendig begraben.«

Das Gynäzeum fiel in sich zusammen und wand sich auf dem Höhlenboden. Endlich erschienen die farblosen Ranken und Wurzeln, die Teile, die sich sonst immer unter der Erde befunden hatten. Und an diesem verwundbaren Teil wuchsen mehrere Tonnen breiiges, weißrosa pflanzliches Material. Snarg ringelte sich um die Auswüchse. Sie grub ihre vielen Krallen hinein, während sie gleichzeitig darauf kaute. Der Schmerz, den sie dem Gynäzeum damit zufügte, tat mir leid, aber es war der einzige Weg, das Monster dazu zu bringen, seinen verletzlichen Punkt zu entblößen.

Auf meinen Befehl hin hörte Snarg mit ihrer aggressiven Massage auf. Ich flog Zala hinab, damit sie sich die kampfunfähige Kreatur genauer anschauen konnte. Ihre Ranken pochten. Die Blütenblätter zuckten. Es war immer noch Leben in ihren dornigen Wurzeln, wenn auch nichts allzu Gefährliches.

Überall um uns herum welkten die Stängel.

»Was ist mit ihnen los?«, fragte Zala.

»Falsches Pronomen«, sagte ich. »Die Stängel sind keine Gruppe von Individuen. Sondern lediglich Ausläufer einer einzigen riesigen Lebensform. Sie hatten recht. Das Gynäzeum ist die Stängel – und die Stängel sind das Gynäzeum.

Snarg hat sich um sein zentrales *Gehirn* gelegt – ich verwende den Ausdruck aus Mangel an einem treffenderen Begriff, der Sie nur verwirren würde.«

Sie verdrehte die Augen. »Danke.«

»Kein Problem. Im Grunde hat Snarg das Gehirn überstimuliert und die Kreatur *bewusstlos* gemacht, aus Mangel an einem treffenderen ...«

»Nur weil ich keine Wissenschaftlerin bin, bin ich noch lange keine Idiotin, Imperator.«

»Ich entschuldige mich, falls ich herablassend klinge.«

»Sich für Herablassung zu entschuldigen, ist normalerweise in sich selbst auch herablassend«, sagte Zala.

»Normalerweise«, stimmte ich zu. »Aber ich habe noch nicht herausgefunden, wie ich das umgehen kann.«

Sie stupste einen reglosen Stängel an. »Aber sie haben mit uns gesprochen.«

»Ein telepathischer Taschenspielertrick, nehme ich an. Das Gynäzeum hat auf unsere eigenen Gedanken reagiert und verlockende Geräusche produziert. Vielleicht ist das eine alte Anpassung, die noch aus der Zeit stammt, als es Beute anlocken musste. Sein eigenes Urverständnis der Situation hat auch eine Rolle gespielt. Also nahm es seine eigenen Instinkte und drehte sie so, dass es mein Interesse weckte. Auf eine seltsame Art hat es mich eigentlich um Hilfe gebeten.«

Zala bemerkte, dass die Statue zu meinen Ehren jetzt nur noch aus einem Fels bestand, der mir überhaupt nicht mehr ähnelte, und dass die Gravierungen verschwunden waren. Oder sie waren überhaupt nie da gewesen. Alles war nur ein psionischer Knick in unser beider Wahrnehmung gewesen.

»Warum hat es Sie ausgesucht?«, fragte sie.

»Höchstwahrscheinlich reagierte es auf meine eigene Willenskraft.«

Sie schenkte mir einen finsteren Blick.

»Oder vielleicht spürte es, dass ich der Anführer der Expedition war. Oder dass ich die intellektuelle Kreativität hatte, sein Problem vielleicht zu lösen.«

»Oder vielleicht waren Sie auch nur leichter zu manipulieren«, sagte sie. »Geben Sie es zu. Ihnen gefiel die Idee, ein Retter zu sein.«

Das Gynäzeum hatte tief in meinem Inneren etwas angezapft. Ein Teil von mir erwartete, angebetet zu werden. Zwar regierte ich Terra nicht mehr, aber es wäre einfach gewesen, dort weiterzumachen, wo ich aufgehört hatte.

Bewusst interessierte es mich nicht. Aber unterbewusst konnte ich nicht leugnen, dass ein Teil von mir es vermisste.

Ich sagte: »Ungeachtet des Grundes braucht es ein enormes telepathisches Feld, um so eine große Lebensform zu kontrollieren, die in derart viele eigenständige Teile aufgeteilt ist. Es muss ziemlich mächtig sein, um an meinem immanenten psionischen Widerstand vorbeizukommen.«

»Die Stängel hatten recht. Wenn ich das Gynäzeum zerstört hätte, wäre es wohl ihr Ende gewesen. Meine Theorie, und es ist eine sehr lose Theorie, also gehen Sie davon aus, dass sie nach einer genauen Überprüfung erheblich überarbeitet werden muss ...«

»Ich werde es in meinem Bericht erwähnen«, sagte sie.

»Tun Sie das. Schlampige Wissenschaft nützt niemandem etwas. Ich gehe davon aus, dass der zentrale Körper die Stängel abwirft, damit sie Fungus sammeln, um die Hauptpflanze zu füttern. Das Pilzangebot wurde knapp. Das Gynäzeum versuchte, seine Biomasse wieder aufzunehmen, aber es war evolutionär nicht mit einem Ausschalter ausgestattet, deshalb warf es weiter Stängel ab. Das Ergebnis war ein Ungleichgewicht.«

»Woher wollen Sie das alles wissen?«, fragte Zala.

»Überrascht es Sie wirklich, dass ich ein ausgedehntes Wissen über Botanik habe? Uranus hat ähnliche Formen massiver Flora entwickelt. Keine davon ist so mobil, aber es gibt eine parallele Evolution. Uraner müssen tatsächlich graben, um zum Gehirn zu kommen. Das ist dort eine Spezialität. Aber ich habe angenommen, dass es einfacher wäre, das Gynäzeum dazu zu bringen, die Arbeit selbst zu machen.«

Zala sagte: »Sie hätten wegen einer bloßen Vermutung die ganze Höhle über uns zusammenstürzen lassen können.«

»Es war eine wohlbegründete Vermutung.«

Sie lachte. Ihre Schuppen leuchteten auf. »Ich sollte wütend sein, Imperator. Aber was hätte ich denn erwarten sollen? Es war ein waghalsiger und törichter Plan, mit dem wir uns auch einfach hätten umbringen können.«

»Das sagen Sie ständig, aber wir sind noch nicht tot.« Ich schnitt ein Stück vom Gehirn des Gynäzeums ab, als Probe für eine Analyse. Dann schmolz ich den Rest mit meinem Laser. Die riesenhafte Pflanze rührte sich nicht mehr.

»Ich dachte, Sie wollten sie nicht töten«, sagte Zala.

»Ich zerstöre nur das aktive Gehirn. Es besitzt redundante Biologie.« Ich zeigte auf mehrere kleinere rosa Klumpen. »Es kann ein neues wachsen lassen. Aber das wird eine Weile dauern, und die Kreatur müsste in eine niedrige Stoffwechselrate übergehen, die den Stress auf das Ökosystem mildert, bis ich einen Weg gefunden habe, das Ganze nachhaltiger zu regeln.«

Ich packte das Muster in ein Lagerfach. »Für den Moment ist meine Arbeit hier getan. Wir sollten zu unserer nächsten Etappe weitergehen.«

»Sollten wir uns nicht erst noch umschauen?«, fragte Zala.

»Nicht nötig. Ich bin mir ziemlich sicher, dass wir jetzt haben, wozu wir hergekommen sind.«

Zala widersprach nicht. Sie stellte auch keine Fragen, abgesehen von einer auf dem Weg zurück zur Oberfläche.

»Halten Sie immer noch an Ihrer Theorie vom Insider fest?«

»Im Moment bin ich darüber hinaus, sie zu hinterfragen. Ich folge nur der Spur, um zu sehen, wohin sie führt. So oder so werden wir am Ende unsere Antworten finden.«

Sie kicherte.

»Finden Sie das amüsant?«, fragte ich.

»Ja.«

Wir erreichten die schneeweiße Oberfläche.

»Wollen Sie mir nicht sagen, warum?«, fragte ich.

Grinsend ließ Zala ihren Helm zuschnappen und versteckte damit ihr Gesicht. Ohne ein weiteres Wort stapfte sie in Richtung der Untertasse. Snarg zirpte und trippelte ihr nach.

Ich lächelte vor mich hin, als ich ihr folgte, auch wenn ich nicht sagen konnte, warum.

SIEBZEHN

Abgesehen von den Koordinaten befand sich ein einzelnes Bild auf der Disc. Ein stilisierter Skorpion als Hieroglyphe. Er war genauso gut wie eine Reihe von Koordinaten.

Die Ewige Dynastie war die älteste noch aktive Zivilisation auf Terra. Ihre Erfinder und ihre fremdartige alchemistische Wissenschaft, möglich gemacht von einer mysteriösen Quelle in ihrem Herzen, hatte sie zur unumstrittenen Herrscherin von Afrika und eines großen Teils von Asien gemacht. Doch Imperien bröckeln. Das ist eine unumstrittene Wahrheit. Wenn die Zeitachse lang genug ist, fallen auch die mächtigsten Nationen. Die Umstände ihres Verschwindens mögen variieren, aber das Resultat bleibt immer dasselbe. Die größten Zivilisationen sind nur ein paar tausend Jahre vom Vergessen entfernt, wie die Dynastie es höchstwahrscheinlich auch gewesen wäre, wenn sie nicht das eigentümliche Talent gehabt hätte, sich als kleiner Punkt auf der Karte neben Ägypten an die Existenz zu klammern.

Ich erklärte Zala kurz, was uns erwarten würde. Die Ewige Dynastie war eine Inselnation. Wenn sie auch nichts mehr von ihrer einstigen Herrlichkeit besaß, blieb ihr doch die Fähigkeit, sich zu verteidigen. In den letzten Tagen des Zweiten Weltkriegs waren die Achsenmächte in ihrer Verzweiflung einmarschiert. Archivierte Wochenschauen von Panzern, die von gebündelten Solarstrahlen zerschmolzen wurden und von riesigen Skorpionen, die ganze Kompanien verschlangen, hatten ziemlich großen Eindruck gemacht, und solange die Dynastie für sich blieb, ließ der Rest Terras sie gern zufrieden.

Ich landete meine Untertasse vor der antiken Stadt und wies Zala an, ihre Waffen zurückzulassen. Sie bestand jedoch darauf, ihr Schwert mitzunehmen, und ich gab nach. Snarg ließ ich an Bord. Sie kam nicht allzu gut mit den Dynastie-Skorpionen aus.

Eine Abordnung barbusiger Terra Sapiens empfing uns. Sie sagten nichts, führten uns durch die antike Stadt und in den Thronsaal ihrer Königin. Wir standen am Fuß einer hohen goldenen Treppe. Diener teilten die bestickten Vorhänge an ihrem oberen Ende und gaben so den Blick auf ihre Königin frei.

Serket hatte einmal zu den Terra Sapiens gehört, doch die endlosen Jahrtausende und die dynastische Wissenschaft hatten ihren unsterblichen Körper auf mysteriöse Weise verändert. Sie war mindestens so alt wie ihr verblichenes Königreich und wahrscheinlich sogar noch ein paar Jahrhunderte älter. Noch immer stand sie hoch aufgerichtet, bewegte sich mit Anmut, doch dabei hüllte sie sich in die feinsten blauen Seidenbandagen und trug eine Kapuze, die ihren Kopf verbarg. Ihre einzigen sichtbaren Züge waren die Augen, zwei blutrote Stecknadelköpfe aus Licht, und der Teil des Mundes, der zwischen zwei Falten sichtbar blieb.

Zwei Riesenskorpione folgten ihr gehorsam. Die Ewige Dynastie hatte die Kunst der Genmanipulation bereits durch ihre eigenartige alchemistische Wissenschaft gemeistert, während sich der Rest der terranen Zivilisation noch in Höhlen zusammenkauerte, um sich gegenseitig zu wärmen.

Serket klatschte leicht in die Hände. Ein Diener eilte herbei und sprühte seiner Königin feinen Nebel in den Schlund, damit sie sprechen konnte.

»Hallo Imperator.«

Ich verneigte mich. »Königin Serket.«

Zwei weitere Diener nahmen ihre Hände und führten sie die goldene Treppe herab. Sie schien sie nicht zu brauchen, doch hatte sie über die Jahrhunderte offenbar ihre Marotten entwickelt.

»So schön, Sie wiederzusehen«, sagte sie. »Es ist keineswegs alltäglich, dass ich den Warlord von Terra empfange.«

»Ehemaliger Warlord«, sagte ich.

Sie lachte. Es klang leicht und melodiös, bis ihre Stimme brach. Sie hustete. Der Sprüher eilte herbei und verschaffte ihren Stimmbändern einen neuen Überzug.

»Einmal regieren heißt für immer regieren«, sagte sie. »Ich habe die ganze bekannte Welt regiert. Das Land, soweit das Auge reichte, und all seine Völker und Tiere standen unter meinem Befehl.« Sie ließ den Blick in die Ferne schweifen. »Doch die Zeit ist nicht immer gnädig. Nicht einmal den Unsterblichen.«

Weitere Diener warfen nun Seidenkissen auf einen goldenen Thron. Nachdem ihre Königin mit ihrer Arbeit zufrieden war, scheuchte sie sie davon und nahm Platz. Der anstrengendste Aspekt, wenn man mit Serket zu tun hatte, waren die langen Pausen, während sie verhätschelt wurde.

»Also sagen Sie mir, Imperator, *ehemaliger* Warlord von Terra. Was führt Sie hierher?«

»Wir glauben, jemand stiehlt Wasser aus Ihrer Quelle«, sagte Zala.

Serkets Augen blitzten auf. Ein Diener bot ihr eine Platte mit Datteln an. Sie ließ einen zweiten Diener die Datteln durchsuchen, bis er eine fand, die ihrer würdig war. Er legte sie an ihre Lippen. Sie knabberte daran und nickte billigend.

»Die Quelle ist meine wertvollste Ressource.« Sie hielt inne, um sich noch einmal die Kehle befeuchten zu lassen. »Ich kann Ihnen versichern, dass niemand auch nur einen Tropfen daraus gestohlen hat.«

»Vielleicht hat es einen Diebstahl gegeben, den Sie nur noch nicht bemerkt haben«, sagte Zala.

Serket kicherte. »Ich bin es nicht gewöhnt, Sie in so törichter Gesellschaft zu sehen, Imperator.«

»Ich bitte um Entschuldigung, Königin«, sagte ich, »aber sie hat recht. Die Diebe, die wir verdächtigen, sind außerordentlich schlau. Sie haben es auch geschafft, sich mit ein paar Gegenständen aus meinem Besitz davonzumachen.«

Sie kniff die Augen zusammen und musterte die langen, zarten Finger ihrer rechten Hand. »Höchst betrüblich, das kann ich mir vorstellen. Aber die Ewige Dynastie schützt ihre Quelle schon seit über fünftausend Jahren, und zwar ohne einen einzigen Zwischenfall.«

»Es gibt immer ein erstes Mal«, sagte Zala.

Serket rückte auf ihrem Thron herum, dann wieder zurück. Kissenverstauer sorgten dafür, dass sich die Kissen jedes Mal an der richtigen Position befanden.

»Vor dreitausend Jahren hätte ich Ihre Begleiterin für diese Bemerkung rituell ausweiden lassen. Aber jetzt ist wohl eine andere Zeit. Ich mag unsterblich sein, aber ich bin nicht unveränderlich. Ich kann akzeptieren, dass die Welt ... zivilisierter geworden ist. Jetzt regiert der Pöbel sie, und auch wenn das enttäuschend sein mag, so ist es doch der beste Weg. Vielleicht wird die Welt in noch einmal fünftausend Jahren wieder zu ihrer alten Ordnung zurückfinden.«

Sie klatschte. Ein Riesenskorpion mit einem Thron auf dem Rücken krabbelte hinter einem Vorhang hervor. Ihre Diener lagerten ihre Königin auf ihr neues Beförderungsmittel.

»Bis dahin würde es Ihre Sorge vielleicht lindern, wenn Sie die Sicherheitsvorkehrungen für unsere Quelle sehen.«

Der Skorpion schwankte einen Flur entlang, und wir folgten, flankiert von Wachen.

»Nicht sehr umgänglich, oder?«, fragte Zala flüsternd.

»Sie leben noch«, antwortete ich. »Das ist aus ihrer Perspektive in höchstem Maße höflich.«

»Und was ist mit Ihnen?«

»Ich bin Warlord von Terra. Das verschafft uns eine relativ ebenbürtige Stellung. Und ja, ich weiß, ich halte den Titel nicht offiziell, aber Serket ist altmodisch. Einmal Königshaus, immer Königshaus.«

»So ein Unsinn.«

»Wenn ich mich recht erinnere, wird Venus von einer Königin regiert.«

»Unsere Königin beweist sich selbst, indem sie sich den Zwölf Göttlichen Prüfungen stellt. Diese Königin hier trinkt nur aus einer Quelle, sonst nichts.«

»Ich nehme alles zurück. Ihr tyrannisches Herrschaftssystem ist viel besser.«

Wir betraten einen riesigen offenen Raum. Rote Flecken, neue und alte, sprenkelten die Steine unter unseren Füßen. Knochen und zerbrochene Waffen lagen überall im Raum verstreut. Zala griff schon nach ihrer Waffe, überlegte es sich dann aber anders, als drei Speere an ihre Kehle gesetzt wurden.

Ein blauer Scheinwerfer erfasste uns. Mein Exoskelett schaltete sich aus.

Serkets Skorpionthron bekam Libellenflügel und flog sie zu einem Balkon über der Kammer.

»Entschuldigen Sie bitte die Kränkung«, sagte Serket. »Nicht einmal vor tausend Jahren hätte ich von einer solchen Beleidigung geträumt, aber selbst eine Königin muss ihre Ehre manchmal hinter ihre Sorgen stellen.«

»Es ist eben eine andere Welt«, stimmte ich ihr zu.

»Eine, die selten nach meinem Geschmack ist, aber ich passe mich an, soweit ich muss.«

»Was ist hier los?«, fragte Zala.

»Serket arbeitet mit Brain zusammen«, antwortete ich.

»Und wann genau haben Sie das gefolgert? Bevor oder nachdem wir in die Falle getappt sind?«

»Auf dem Flug hierher.«

»Und Sie hielten es nicht für nötig, mir das mitzuteilen?«

»Wenn ich Ihnen alles sagte, was ich weiß, wären Sie fürchterlich gelangweilt. Also lasse ich die kleinen Details lieber aus. Zu Ihrer Unterhaltung.«

Zala wirbelte herum. Ich achtete nicht auf die Einzelheiten, doch am Ende hatte sie in jeder Hand einen Speer, und die Wachen lagen alle auf dem Boden – entweder tot oder so kurz davor, dass man sich keine Sorgen machen musste.

»Danke für Ihre Rücksicht, Imperator.«

Ein Gerät, das oben an der Hallenwand angebracht war, war die Quelle des Scheinwerferlichts. Eine einzelne Kerze, verstärkt und gefiltert durch ein Oszilloskop, das kristalline Prismen enthielt, schien alles zu sein, was nötig war, um mein Exo zu stören. Die genaue Beschaffenheit war mir ein Rätsel, wie auch der größte Teil der Dynastie-Technologie. Ich hätte das Gerät zu gerne studiert, wenn auch nur für einen Augenblick vergessener Wissenschaft, doch Serket teilte ihre Geheimnisse nicht mit der Außenwelt, und ich hatte sogar damals als Herrscher von Terra mehr als genug wissenschaftliche Geheimnisse zu erforschen gehabt, auch ohne die Angelegenheit zu forcieren.

Zala schleuderte einen Speer. Er flog in einem schönen Bogen und durchbohrte Serkets Brust. Die Königin knurrte und lehnte sich auf ihrem Thron zurück, während ihn zwei Dienerinnen wieder herauszerrten.

»Wie schrecklich ungehobelt«, sagte Serket.

Zala zuckte die Achseln. »Ich musste es wenigstens versuchen.«

»Sie könnten es mit dem Scheinwerfer versuchen«, sagte ich.

Sie warf noch einen Speer. Er schepperte gegen die gusseiserne Hülle des Scheinwerfers, und das blaue Licht flackerte.

Zala machte sich bereit, einen weiteren Speer zu schleudern, als sich eine Tür an der Seite der Arena öffnete und ein monströser Skorpion schwerfällig herauskroch. Der lila-gelbe Gigant, sicher dreißig Tonnen schwer, mit Greifern, die einen ausgewachsenen Snargelfot durchzwicken konnten, trottete schläfrig daher.

»Sie liebt Skorpione wirklich«, sagte Zala.

Das Monster schüttelte sich wach. Es richtete seine vielen tiefschwarzen Augen auf uns.

»Könnten Sie sich bitte darum kümmern?«, fragte ich. »Ich bin zurzeit ein bisschen indisponiert.«

Zala zog das Schwert. Ohne Zögern griff sie das Biest an.

Ich wandte mich Serket zu. »Wie lange arbeiten Sie schon für Brain?«

Sie antwortete, ohne den Blick von dem Kampf abzuwenden. »Sie sind immer so wissbegierig. Das ist eines der Dinge, die ich so an Ihnen liebe. Ich mochte Sie immer recht gern. Ein Jammer, dass ich Sie jetzt töten muss.«

Die Arena bebte, und der Skorpion heulte auf. Aus dem

Augenwinkel erhaschte ich einen Blick auf die Bestie, die auf unsicheren Beinen schwankte, während Zala etwas tat, das die Kreatur einen Schritt zurückdrängte. An eine kreative Stelle stechen, nahm ich an.

»Das geht jetzt schon, ach, ich weiß nicht, ein paar Jahre so«, sagte Serket. »Die Zeit wird irgendwie … unbestimmt, wenn man unsterblich ist. Aber es war lange, bevor ich Sie kennengelernt habe, Imperator. Noch bevor Sie auf Terra ankamen. Damals bestand er natürlich nicht nur aus einem Gehirn. Aber er war sterblich und wusste, er musste weiterleben. Für das Allgemeinwohl, wie er gern sagte.«

»Er kann nicht der Erste gewesen sein, der um der Geheimnisse der Unsterblichkeit willen zu Ihnen gekommen ist.«

»Natürlich nicht. Es gab auch andere. Ich sage ihnen, was ich allen sage. Es steht mir nicht zu, die Geheimnisse meiner Quelle weiterzugeben. Das unsterbliche Wasser zu trinken garantiert zwar ein langes Leben, aber der Effekt variiert von einem zum anderen. Nur ich habe wahre Unsterblichkeit bekommen. Vielleicht eine Marotte? Ein Geschenk der Götter? Wer könnte das sagen? Das hat ihn nicht entmutigt. Er sagte, das Wasser sei alles, was er bräuchte, und dass er sein Geheimnis selbst entschlüsseln könne. Also habe ich ihm ein paar Tropfen überlassen, um damit zu experimentieren.«

»Ich bin überrascht, dass Sie ihm welches gegeben haben.«

Der Skorpion knurrte, und Serket klatschte in die Hände. »Ach du meine Güte, sehr gut!«

Ich warf einen Blick zu dem Kampf hinüber. Zala saß

auf dem Rücken des Monsters. Sie hatte die Hälfte seiner Augen ausgestochen und zwei Beine abgetrennt. Es versuchte gerade, sie abzuschütteln, doch sie klammerte sich an ihr Schwert, das in seinem Rücken steckte.

»Und es hat funktioniert?«, fragte ich Serket.

Ein Diener bot ihr eine weitere Dattel an, doch sie winkte ab. Der Riesenskorpion fiel hart auf den Boden und wälzte sich auf dem Rücken, während Zala um ihn herumrannte und nach einer neuen verletzlichen Stelle suchte.

»Und es hat funktioniert?«, fragte ich noch einmal.

»Was hat funktioniert?«

»Brain hat einen Weg gefunden, das Wasser zu benutzen?«

Sie seufzte und hielt inne, um sich erneut die Kehle befeuchten zu lassen.

»Ich nehme es an. In gewisser Weise.«

»Ich bin überrascht, dass Sie ihm überhaupt das Wasser gegeben haben.«

Sie wedelte mit der Hand. »Er war sehr überzeugend. Man trifft so selten interessante Individuen. Auch wenn ich zahllose Lebensspannen durchlebt habe, eine so ausgefallene Genialität bleibt eine Seltenheit.«

»Mich haben Sie nie auch nur einen Blick auf das Wasser werfen lassen.«

Serket fuhr sich mit einem zerbrechlichen Finger über die Wange. »Sie haben nie gefragt.«

Es war mir tatsächlich niemals in den Sinn gekommen. Ich hatte einfach angenommen, dass es außer Frage stand. Es sind kleine Fehler wie dieser, die mich gleichzeitig ärgern und amüsieren. Ich mag keine Pannen, vor allem keine offensichtlichen, aber wenn ich wirklich unfehlbar wäre, gäbe es keinen Grund, überhaupt irgendetwas zu tun. Nur in diesen winzigen Momenten der Unsicherheit finde ich die Herausforderungen, die mich am Ball halten.

»Könnte ich jetzt eine Probe bekommen?«, fragte ich.

Sie beugte sich vor und rang die Hände.

»Nein.«

Ich hörte das Todesröcheln der Skorpionbestie. Oder meinte es zu hören. Doch das Monster war nicht tot, nur verwundet und verängstigt. Es krabbelte auf seinen sechs Beinen rückwärts, bedeckte den Vorderleib mit den Krallen und duckte sich vor Zala.

»Interessant«, sagte Serket. »Sie haben wirklich immer einzigartige Begleiter, Imperator.«

Zala schob ihr Schwert in die Scheide zurück.

»Wollen Sie ihm nicht den Rest geben?«, fragte Serket.

»Es ist nicht ruhmreich, harmlose Tiere zu töten.«

Serket nickte einem Diener zu, der den Gong schlug. Die Arenatüren öffneten sich wieder, und ganze Rudel von Skorpionen, die allerdings nur wolfsgroß waren, stürmten auf uns zu. Doch Ketten um die Schwänze hielten sie drei Meter von uns entfernt zurück.

»Sie mag Skorpione *wirklich*«, sagte Zala und zog ihr Schwert erneut.

»Das ist nicht nötig«, sagte Serket. »Legen Sie Ihre Waffe hin und verlassen Sie die Arena friedlich. Sie haben mein Wort, dass Ihnen nichts geschehen wird.«

»Sie wollen uns weismachen, dass Sie uns gehen lassen?«, fragte Zala.

Serket lachte. »Nichts dergleichen. Ich gewähre Ihnen

nur eine Atempause, bis ich mir eine amüsante Art ausgedacht habe, wie ich Sie loswerden kann.«

»Legen Sie Ihr Schwert hin!«, sagte ich.

»Sind Sie verrückt geworden, Imperator?«, fragte Zala. »Ich bin das Einzige, das zwischen Ihnen und dem Tod steht!«

»Sie sind eine gute Kriegerin, Zala. Aber selbst Sie kommen nicht dagegen an. Wenn sie unseren Tod wollte, würde sie Sie nicht bitten, sich zu entwaffnen.«

»Aber Sie können mich nicht bitten, mich zu ergeben! Das geht gegen alles, was ich gelehrt wurde.«

»Sehen Sie es nicht als Kapitulation. Sehen Sie es als strategischen Rückzug.«

»Ich ziehe mich nicht zurück!«

Serket gähnte theatralisch. »Ich langweile mich langsam ein wenig. Vielleicht würde es sich lohnen, dabei zuzusehen, wie Sie von meinen Haustieren in Stücke gerissen werden.«

»Sie haben gesagt, Sie wollten mir vertrauen, Zala«, sagte ich.

»Sie haben uns in eine Falle geführt. Um genau zu sein, führen Sie uns ständig in Fallen.«

»Kleinigkeiten.«

Sie beugte sich vor und flüsterte: »Dieses Schwert ist aus dem seltensten, heiligsten venusianischen Stahl geschmiedet. Es befindet sich schon seit neun Generationen in meiner Familien-Kaste. Es ist meine Seele. Wenn ich es verliere, muss ich ernsthaft über rituellen Selbstmord als Sühne für diese Sünde nachdenken. Doch vorher werde ich Sie finden, wo auch immer Sie versuchen werden, sich zu verstecken, und Ihren knorpeligen Körper unter meinem Absatz zertreten. Sehr, sehr langsam.«

Sie legte einen Finger an meine Kuppel und lächelte drohend.

»Habe ich mich klar ausgedrückt?«

Ich hatte Glück, dass Neptuner-Gesichter von Haus aus so schwer zu lesen sind, denn ihre Drohung war, wenn sie auch nicht unerwartet kam, ein kleines bisschen beängstigend. Ihr Blick, die Überzeugung in ihrer Stimme, all das bewies, dass sie jedes Wort ernst meinte. Von meiner eigenen Verbündeten getötet zu werden hatte ich zwar in Betracht gezogen, aber zum ersten Mal schien es mir eine echte Möglichkeit zu sein. Es war ein weiterer Moment der Unsicherheit, und ich lächelte.

»Sie glauben mir nicht?«, fragte sie.

»Ganz im Gegenteil«, antwortete ich.

Zala hielt ihr Schwert hoch. »Dieses Schwert wurde aus dem seltensten, heiligsten …«

»Ja, ich habe Sie verstanden«, sagte Serket. »Sehr inspirierend. Sehr unterhaltsam.«

Zala legte die Waffe zu ihren Füßen ab. Wächter eilten aus einer anderen Tür herbei und umstellten sie. Sie richteten ihre Speere auf sie, blieben aber auf Abstand.

»Sorgt dafür, dass sie zu essen hat und versorgt ist!«, befahl die Königin. »Ich bin sicher, sie wird nichts Dummes tun.«

Sie führten Zala fort, wobei das Wort *führen* beinhaltet hätte, dass sie die Oberhand hatten, während sie doch nichts weiter taten, als Zala in sicherer Entfernung zu folgen.

Als sie aus der Arena verschwunden waren, schwebte Serkets Skorpionthron herab, und sie fragte mit einem leichten gelben Blitzen in den glühenden Augen: »Was halten Sie von einem gemeinsamen Mittagessen, Imperator?«

ACHTZEHN

Serket arrangierte ein aufwendiges Bankett, wo ihr alle Arten von seltenem und exotischem Essen im Rahmen einer prunkvollen Zeremonie in ihrem großzügigen Speisesaal präsentiert wurden, dekoriert mit goldenen Statuen, herrlichen Wandteppichen und allerlei teuren Kunstgegenständen. Der Raum war für einen riesigen Tisch gemacht, doch stattdessen stand in der Mitte jedoch ein intimer runder Tisch. Serket hatte einen Stuhl für sich selbst hineinstellen lassen und einen Wassertank für mich. Mein deaktiviertes Exoskelett hatte sie irgendwo anders gelagert.

Ihre Lakaien setzten die Heizung unter dem Tank in Gang und streuten Rosenblätter auf die Oberfläche.

»Ich hoffe, alles ist zu Ihrer Zufriedenheit«, sagte die Königin. »Vielleicht mehr Salz?«

Der Diener mit dem Salz eilte auf ihren Vorschlag hin vor.

»Nein, ich habe es bequem.« Ich dümpelte auf der Oberfläche. Die Rosenblätter waren eher lästig als hilfreich, aber ich war ein guter Gast. »Sind die Wände mit Platin verkleidet?«

»Ja, aber der Wert ist in letzter Zeit gesunken, deshalb denke ich darüber nach, es durch Gold ersetzen zu lassen.«

Sie nickte einem Diener zu, dessen Aufgabe es war, eine Glocke zu läuten, was er schnell und effizient tat. Am anderen Ende des Raums erschien eine Prozession von noch mehr Dienern. Erlesene junge Terraner-Exemplare tanzten voraus und streuten Blütenblätter. In der Mitte der Parade wurde ein ganzes gebratenes Schwein von vier muskulösen Dienern auf einer Platte getragen. Ein Flötenspieler und ein Jongleur bildeten die Nachhut.

»Es ist seltsam, oder?«, fragte Serket, während sich das Essen langsam auf uns zu bewegte. »Ich glaube nicht, dass ich Sie je bewirtet habe. Nicht einmal, als wir noch gleichgestellt waren.«

»Ein Versäumnis meinerseits«, sagte ich. »Als Warlord hat man nur wenig Zeit für gesellschaftliche Anlässe.«

»Ja, es ist eine schreckliche Verantwortung, Herr über alles zu sein. Manchmal frage ich mich, ob die Bauern eigentlich wissen, wie gut sie es haben.«

Zwanzig Sekunden später hatte es das Essen schließlich zu unserem Tisch geschafft. Serket nickte beifällig. Sie nahm aber keinen Bissen. Serket aß nicht viel. Eine Dattel am Tag, zusammen mit einer kleinen Menge unsterblichen Wassers, das war mehr als genug, um sie zu stärken. Ich konnte das Essen ebenfalls nicht verdauen. Der Glockenläuter läutete, und die Diener trugen es mit einem entsprechenden Spektakel wieder davon. Sieben Diener wuselten um ihre Königin herum.

»Warum haben Sie sich mit Brain zusammengetan?«, fragte ich.

»Das habe ich Ihnen bereits gesagt. Er besitzt einen einzigartigen Intellekt.

»Und genau das glaube ich nicht. Wir sind allein.« Diener galten für Serket gerade einmal als Mobiliar. »Warum nennen Sie mir nicht den wahren Grund?«

Sie zuckte die Achseln. »Ich verstehe nicht, warum Sie unbedingt über solche Dinge sprechen wollen. Ein geschmackloses Thema, finden Sie nicht auch?«

»Es ist Geld, oder?«, fragte ich.

Serket resignierte. »Ja ... Geld. Es hat sich herausgestellt, dass mein Schatz nicht so endlos ist wie mein Leben. Und die Mittel meines Reichs, wie es augenblicklich existiert, sind der Aufgabe nicht gewachsen, mich in der Art und Weise zu erhalten, wie es die Schicklichkeit verlangt.«

»Ich kann mir vorstellen, dass es schwierig sein muss, eine Pensionskasse für die Ewigkeit zu planen.«

»So könnte man meinen, Imperator. Ich versuche aber, meine Bedürfnisse einfach zu halten. Ich habe mich auf ein Bankett am Tag beschränkt und genieße Festmahle nur am Sonntag. Außerdem tröpfelt die Produktion der königlichen Gießerei mit lediglich dreißig Statuen am Tag dahin.«

Sie zeigte auf die hoch aufragende Abbildung ihrer selbst auf einem Thron. Dutzende dieser Kunstwerke schmückten den Raum, alle zeigten die Königin, jedes davon war einzigartig.

»Diese Statue ist schon seit sechs Tagen hier«, sagte sie. »Sie langweilt mich. Trotzdem bleibt sie. Sehen Sie jetzt, welche Strapazen ich dulden muss?«

»Sie sind ein wahrer Fels in der Brandung«, sagte ich.

»Danke. Aber hier geht es natürlich nicht nur um mich. Mein Volk braucht eine Aufgabe. Man möchte meinen, es würde genügen, die Ehre zu haben, mir zu dienen. Doch sie bestehen auf den Luxus, sich selbst zu ernähren und einzukleiden. Obdach. Irgendwelche Vergnügungen, nehme ich an. Und medizinische Versorgung. Allein die Zahnversicherung hat mein Königreich in den Bankrott getrieben.«

Sie deutete auf den großgewachsenen Mann, der ihr mit einer riesigen Feder Luft zufächelte. »Du? Wie viel Urlaub hast du?«

»Drei Wochen, Eure Großartigkeit«, antwortete er.

Serket schüttelte den Kopf. »Mir war nie bewusst, für wie selbstverständlich ich Sklaven gehalten habe. Meine Leute leben natürlich, um mir zu dienen. Aber das heißt auch, dass sie leben *müssen*.«

»Sie könnten ihnen jederzeit erlauben, ihre Talente zu exportieren«, sagte ich. »Ihre Goldschmiede und Seidenhändler gelten als die besten auf Terra.«

»Ja, weil ich die feinsten Dinge haben muss. Doch diese Dinge sind nicht fürs gemeine Volk gedacht, für die Emporkömmlinge. Und mein Volk besitzt bereits die heiligsten Gewerbe von allen. Ich könnte sie gar nicht bitten, etwas anderes zu tun.« Sie schnippte mit den Fingern. Der Glockenläuter läutete seine Glocke. Die Essensprozession begann von Neuem. Diesmal mit einer Platte, die hoch mit

Obst und Käse beladen war. »Sehen Sie, wie glücklich sie sind?«, fragte sie. »Seid ihr nicht glücklich, meine Leute?«

Die Diener nickten und murmelten zustimmend. Ich bemerkte, dass sie alle sehr schöne Zähne hatten.

»Aber eine auf Dienern basierende Wirtschaft, so vollendet und schön sie sein mag, braucht dennoch Kapital von irgendwo her. Diese Platinwände bezahlen sich nicht von selbst. Ich gebe Brain gelegentlich ein paar Tropfen von meinem wertvollen Wasser, und er ergänzt meine Kassen. Dann geht alles so weiter, wie es soll. In einer perfekten Welt würden solche Opfer nicht von mir verlangt werden, aber dies ist keine perfekte Welt.«

Sie streckte die Hand aus, und ihr Team von Gehilfen trat in Aktion. Sie stellten sich zu ihren Füßen, und sie stand ohne die geringste Mühe auf. »Die Frage, Imperator, ist jetzt diese: Was soll ich mit Ihnen anstellen?«

»Wollen Sie mich doch nicht Ihren Haustieren verfüttern?«

»Oh, das war nur eine Laune.« Ihr Kehlenbefeuchter besprühte ihre eingetrockneten Stimmbänder, bevor sie hustend kicherte. »Aber warum Sie töten, wenn ich Sie auch verkaufen kann? Irgendwer würde sicher hübsch für Sie bezahlen. Wenn nicht Brain, dann vielleicht die Saturner?« Sie schritt theatralisch um mein Bassin herum. Oder die Venusianer? Sagen Sie mir: Wie kommen Sie eigentlich zu einer venusianischen Leibwache? Ich dachte immer, die hassen Sie!«

»Ich habe mein Bestes gegeben, die richtige Art von Feinden zu sammeln. Die, die einander beinahe so wenig mögen, wie sie mich nicht mögen.«

»Ein vernünftiger Plan.«

»Wenn es um Geld geht, Serket«, sagte ich, »kann ich Ihnen jederzeit einen Scheck ausstellen.«

»Seien Sie nicht unhöflich!«, sagte sie. »Ich könnte Ihr Geld nicht annehmen. Dafür habe ich viel zu viel Respekt vor Ihnen. Es ist tragisch genug, dass ich zu solchen Mitteln greifen muss. Von Ihnen könnte ich das nicht verlangen.«

»Das ist sehr nett von Ihnen.«

»Wo wären wir ohne Anstand?«

Das Obst wurde inspiziert, genehmigt und in die Küche zurückgebracht. Serket brach das Bankett ab. »Diese unangenehmen Gespräche haben mir offenbar den Appetit verdorben. Wenn Sie mich also entschuldigen möchten ...«

Sie wandte sich an einen Untergeordneten: »Sorg dafür, dass der Warlord alles bekommt, was er braucht, während ich die Einzelheiten seines Transfers arrangiere. Versorgt auch die Venusianerin gut und achtet darauf, dass ihr nichts geschieht. Nur für den Fall, dass Venus sie wertvoll genug findet, um sie zu kaufen. Und falls nicht, kann ich sie immer noch meinen Tieren in der Arena vorwerfen, die einen solchen Zeitvertreib ja auch verdient hätten.«

Serket kletterte auf ihren Skorpionthron, und das Tier bewegte sich zur Tür.

»Und sorgt dafür, dass die Statue ausgetauscht wird. Wenn ich sie noch einmal sehen muss, werde ich verrückt. Guten Tag, Imperator.«

»Guten Tag, Serket.«

Sie verließ den Raum. Die schweren Türen schlossen sich hinter ihr.

»Ich nehme nicht an, dass ich euch einen Scheck ausschreiben kann?«, wollte ich von den Dienern wissen.

Sie lachten. Serket war, trotz ihrer Oberflächlichkeit, wirklich ihre göttliche Königin. Es war nicht unmöglich, dass einer oder zwei über das Angebot nachdachten, doch für die meisten war ihre Treue zu Serket unerschütterlich. Es half, dass sie klug genug war, sich um sie zu kümmern.

Ein Trio von kräftigen, gebräunten Kriegern schob mich in meinem Tank einen langen Korridor entlang.

»Er wirkt gar nicht so einschüchternd«, sagte einer. »Wie hat er die Welt erobert?«

»Das ist nicht schwer«, antwortete ich. »Sie müssen nur vorausdenken, vorbereitet sein. Und ein gewisser Grad an Flexibilität ist auch hilfreich.«

»Haben Sie eine Armee benutzt?«

»Keine Armee«, sagte ich. »Ich erledige Dinge gern mit meinen eigenen Tentakeln.«

Sie schnaubten höhnisch. Zweifellos fanden sie die Vorstellung eines Anführers, der sich in alltägliche Angelegenheiten einmischte, ebenso abstoßend wie ihre Königin.

Wir bogen in einen anderen Flur ab, gingen durch eine Reihe von Kammern, bis ich durch einen Garten gerollt wurde, ein weites Meer aus üppigem Grün und exotischen Blumen. Ein Kristallfenster verwandelte das harte Licht der Wüstensonne in sanfte Wärme.

»Dies ist mein letztes Angebot«, sagte ich. »Ich werde es nicht noch einmal wiederholen. Nennen Sie Ihren Preis.«

»Oder was?«, fragte der Größte von ihnen. »Fliehen Sie dann, indem Sie sich mit ihrem knochenlosen Körper über den Boden schleppen?«

Sie kicherten.

Etwas raschelte in den Blättern eines nahen Busches.

Meine Eskorte zog die Schwerter. Zwei der Wachen schoben den Dritten nach vorn, auf die raschelnden Pflanzen zu. Er stach mit seiner Waffe in den Garten, dann machte er einen Schritt in den hüfthohen Bewuchs und stocherte noch ein bisschen mehr herum.

»Da ist nichts«, sagte er. »Muss ein ...«

Etwas riss ihn in das Grünzeug hinein. Er hatte gerade noch Zeit für einen Aufschrei, dann wurde es still.

»Das wollte ich nicht«, sagte ich. »Ich akzeptiere, dass es manchmal notwendig sein mag, Leute zu verletzten, aber es ist auch lästig. Ganz zu schweigen von dem existenziellen Dilemma, ob ich das Recht dazu habe, weil ich kein Problem damit habe, wenn es sein muss.«

»Informiert die Sicherheit«, sagte ein Wächter. »Wir haben hier ein unbefugtes Eindringen.«

Sein Kamerad stürmte davon. Er bog um die Ecke und verschwand hinter einer Formschnitt-Sphinx. Der Klang seines Schwertes, das klappernd auf den Boden fiel, hallte im Garten wider.

»Sie machen nur Ihre Arbeit«, sagte ich zu dem letzten Wächter, »und das respektiere ich. Aber hier geht es schließlich um größere Dinge. Vielleicht ist es hilfreich, wenn Sie Ihre Waffe fallen lassen und von dem Tank zurücktreten. Dann sieht sie Sie möglicherweise nicht als Bedrohung.«

Knurrend wandte er sich zu mir um und stach in den Tank hinein. Ich schoss zur Seite. Er zog das Schwert im Wasser herum, doch selbst in dem kleinen Becken war ich ein schlüpfriges Ziel. Er kippte den Tank um. Er zersprang, und ich lag schutzlos auf den nassen Steinen.

»Für meine Königin!«, schrie er.

»Ihre Königin will mich lebend haben«, sagte ich.

Er stoppte den Schwung seines Schwertes.

Snarg erschien hinter ihm, doch ich gab ihr mit dem Schalltransmitter, den ich in meiner rechten Kieme versteckt hatte, das Signal zum Aufhören. Niemand schaut je in den Kiemen nach. Sie sehen nur einen Kopffüßer von fünfzehn Pfund außerhalb meines Exoskeletts und glauben, ich wäre harmlos.

Der Wächter blinzelte in Snargs milchig weißgelbe Augen.

»Ein Befehl von mir, und sie reißt Sie in Stücke«, sagte ich. »Nicht, dass ich das wollen würde, aber ich habe es nie geschafft, sie darauf zu trainieren, zu fangen oder kampfunfähig zu machen. Sie tötet sofort. Das liegt in ihrer Natur. Sehen Sie, wie die Spitzen auf ihrem Rücken zittern? Das signalisiert normalerweise einen hohen Grad an Aggression. Also dürfte Ihr Tod wenigstens kurz und schmerzlos sein.«

Der Wächter ließ sein Schwert fallen und rannte davon. Snarg wollte ihm instinktiv nachjagen, doch sie war gut trainiert. Sie legte sich hin. Ich streichelte sie mit zwei Tentakeln, und sie gurrte.

»Braves Mädchen.«

Auf ihrem Rücken öffnete sich ein Sitz. Vorsichtig schlang sie die Maxillen um mich und setzte mich hinein. Die Cockpit-Kuppel schnappte zu. Ich gab Snarg eine Anordnung, und sie krabbelte folgsam los.

Ich nutzte die Zeit, um einen Scan des Palasts zu lesen. Ein Aufklärungssatellit gab mir einen Lageplan und den Aufenthaltsort aller Lebensformen, die über hundert Pfund wogen. Eine Lebensform war als blauer Punkt markiert. Das war mein erster Halt.

Snarg war schnell und zu überraschender Lautlosigkeit fähig, wenn es von ihr verlangt wurde. Mein bionischer Hundertfüßer trippelte ohne das geringste Geräusch durch die Hallen. Die Wächter waren leicht zu meiden. Die Golem-Wachposten, so beeindruckend sie vor fünftausend Jahren gewesen sein mochten, waren nun schwerfällig und bemerkten nichts, das leiser war als ein lärmendes Tohuwabohu. Nur die Skorpione erwiesen sich als echtes Risiko, entdeckt zu werden, doch Snargs überlegene verbesserte Sinne warnten sie rechtzeitig, um ihnen aus dem Weg zu gehen. So erreichten wir unser Ziel ohne Zwischenfall.

Der Kerker bestand aus weitläufigen Katakomben mit leeren Zellen, düster beleuchtet vom Fackellicht. Sie waren ein Relikt aus einer Zeit, als Serket mächtig genug gewesen war, jeden einzukerkern, der sie beleidigte. Doch nach dem Staub auf den Gitterstäben zu urteilen war das lange her. Wir fanden eine Eisentür mit zwei Wachen davor. Sie sahen tapfer aus, doch als Snarg zischte, rannten sie durch einen dunklen Flur davon.

Mit zwei Schnitten ihrer Kauwerkzeuge knipste sie die Angeln durch, und die Tür fiel aus dem Rahmen. Zala trat aus dem aufgewirbelten Staub.

»Warum hat das so lange gedauert?«

»Warlord-Angelegenheiten«, sagte ich. »Das würden Sie nicht verstehen.«

Wir schlichen weiter. Zala erwies sich – wenn sie wollte – als beinahe so lautlos wie Snarg, doch ich merkte deutlich, dass es ihr nicht gefiel. Aber sie konnte durchaus praktisch sein, wenn es nötig war. Wir drangen bis zum Ort der Quelle vor. Er lag tief unter Serkets Palast. Wachen gab es keine. Doch als wir den Raum betraten, knallten Falltüren aus Stahl vor allen möglichen Ausgängen herunter. Serket war weniger besorgt, dass jemand das Wasser finden, als dass er damit verschwinden könnte.

Das Wasser tröpfelte von der Spitze eines goldenen Brunnens, nahm seinen Weg an kunstvoll geschlängelten Rillen entlang und tropfte dann in ein Becken auf dem Boden. Ein paar Unzen des reinen Wassers sammelten sich in diesem Becken.

»Das ist alles?«, fragte Zala. »Das soll so wichtig sein?«

»Es war einmal wesentlich mehr.« Die Falltüren wurden hochgekurbelt. Serket und ihr Skorpionthron schwankten aus einem schattigen Flur. »Vor Tausenden von Jahren flossen die Wasser wie ein Fluss. Jetzt können wir eigentlich nicht mehr als ein paar Tassen Wasser pro Tag erwarten.«

Verstärkung stürmte hinter der Königin herein. Wachen, Golems und Skorpione umringten uns innerhalb von Sekunden.

»Ohne die Quelle gibt es keine Dynastie«, sagte Serket. »Also werden Sie verstehen, wie wertvoll sie für uns ist. Ich würde Sie bitten, beiseite zu treten.« Ihre Augen blitzten auf. »Und ich werde nicht zweimal darum bitten.«

Zala hob ihren Speer.

Snarg würgte und spuckte eine kleine schwarze Schachtel aus. Das Gerät klingelte.

»Oh, Imperator«, sagte Serket. »Sind Sie wirklich so tief gesunken?«

»Ich werde Ihre Quelle in die Luft jagen«, erwiderte ich.

»Und sich dabei selbst töten? Was wäre dann gewonnen?«

»Ich bin hier drin gut geschützt.« Dabei klopfte ich an die Kuppel.

»Aber was ist mit Ihrer Begleiterin?«

»Oh, sie würde sterben«, gab ich zu, »aber ehrlich gesagt, werde ich sie eines Tages sowieso töten müssen, also kann ich das auch gleich hinter mich bringen.«

»Törichter Sterblicher«, sagte Serket. »Ich kann nicht sterben. Wie kommen Sie darauf, dass ich den Tod fürchte? Und Sie können die Quelle nicht zerstören. Im schlimmsten Fall könnten Sie uns zwingen, sie wieder auszugraben.«

Der Blick ihrer Wachen sagte mir, dass sie bei der Aussicht darauf weniger nonchalant waren, doch in Gegenwart ihrer Königin würden sie keinen Rückzieher machen.

»Zunächst einmal ist das kein Speer in der Brust oder eine verlorene Gliedmaße. Es gibt einen Unterschied zwischen Unsterblich-sein und In-Kleinteilen-unsterblich-sein. Zweitens könnten Sie die Quelle ausgraben, doch warum das auf sich nehmen? Es ist vielleicht nicht das Ende der Welt, aber es wäre sicher unbequem.«

Serket gähnte. Dann trommelte sie mit den Fingern und ließ sich von einem Diener eine Fluse vom Umhang zupfen.

»Ich hasse Unannehmlichkeiten, Imperator.«

DAS ENDE

Drei Monate nach meinem Sieg gegen die Gefahr von Saturn saß ich in meinem Schweizer Chalet und arbeitete an einem neuen Gerät für die Zukunft Terras, als Grant, mein terranischer Butler, mich unterbrach.

»Lord Mollusk«, sagte er. »Ich möchte wirklich nicht unhöflich sein, aber wenn Sie nicht bald gehen, werden Sie die Parade verpassen.«

Ich blickte von meiner Arbeit auf.

»Gibt es schon wieder eine?«

Grant nickte. »Ja, Lord.«

»Sag ihnen, sie sollen ohne mich anfangen.«

»Wie Sie wünschen, Sir.« Er wandte sich zum Gehen.

»Grant, darf ich Sie etwas fragen?«

»Natürlich, Sir.«

Ich prüfte das Gerät. Zufrieden, dass es die Inspektion bestand, warf ich es auf einen Haufen davon, die ich in der Ecke gesammelt hatte.

»Finden Sie nicht, diese Paraden werden allmählich ein kleines bisschen ... ermüdend?«

»Ich verstehe leider nicht, Lord Mollusk.«

»Wie viele Paraden brauche ich?«, fragte ich. »Das ist jetzt die dritte in dieser Woche, und es ist erst Dienstag.«

Grant lächelte. »Aber Sir, Sie haben Terra vor schrecklicher Versklavung gerettet. Da werden Sie wohl kaum überrascht sein, dass ihre Bewohner ihre Dankbarkeit ausdrücken wollen.«

»Ja. Dankbarkeit.« Ich begann, ein weiteres Gerät aus den verschiedenen Teilen, die sich auf dem Tisch häuften, zusammenzusetzen. »Wäre es undankbar von mir, nur diese eine zu verpassen?«

»Dann soll ich also Ihr Bedauern übermitteln?«

»Tu das. Sag allen, ich sei beschäftigt. Eine Menge dringender Wissenschaft und so.«

»Soll ich ihnen sagen, sie sollen sie auf einen passenderen Zeitpunkt verschieben?«

»Nein, halten Sie sie einfach ohne mich ab.« Ich fügte zwei Teile mit einem Schraubenzieher zusammen. »Es gibt massenweise Forschung zu erledigen.«

Grant nickte. »Wie Sie wünschen, Sir.«

Er ging davon, und ich bastelte weiter.

Nach einer Stunde machte ich eine Pause, um mir die Berichterstattung über die Paraden anzuschauen. Überall auf dem Planeten feierten Pulks von Terra Sapiens in den größten Städten der Welt den Warlord-Mollusk-Tag. Oder vielleicht war es auch der Imperator-Mollusk-ist-großartig-Monat. Ich hatte aufgehört, die Feiertage zu zählen, die offiziellen ebenso wie die inoffiziellen, die allesamt meinen erstaunlichen Leistungen gewidmet waren. Doch auch wenn sie wirklich erstaunlich waren, gab es einen Punkt, wo es einfach nicht mehr interessant war.

Heute war New York Citys Gelegenheit, die offizielle offizielle Parade zu schmeißen. Es gab auch immer eine Menge inoffizieller Paraden und massenhaft inoffizielle offizielle Paraden. Doch die offizielle offizielle Parade war die größte. Sie verlief über den ganzen Planeten, von Stadt zu Stadt, wurde täglich größer und ausgefeilter. Was als einfache Autokolonne mit mir auf dem Rücksitz eines Cabrios begonnen hatte, war jetzt zu einer eigenen Industrie geworden.

Die Festwagen waren inzwischen so komplex, dass viele Colleges jetzt Universitätsabschlüsse in Festwagen-Ingenieurswesen anboten. Es gab Fabriken, in denen Tag und Nacht gearbeitet wurde, um die Nachfrage nach Konfetti und Ballons zu befriedigen. Und das Phänomen der Feiermüdigkeit wurde zu einem internationalen Problem.

Dennoch hielten die Terraner daran fest, ohne Anzeichen, das Tempo drosseln zu wollen, warfen all ihre Mittel in Monumente zu meinen Ehren und priesen mich auf jede Art, die ihre Kultur hergab.

Es gab 106 Filme über mein Leben, einer grandioser als der andere. Und auch wenn ich tatsächlich derjenige gewesen war, der die Invasion von Saturn zurückschlug, hatte ich doch nicht den zweiten Weltkrieg beendet, indem ich Gorilla-Hitler zusammenschlug. Noch hatte ich die industrielle Revolution geboren, Pangaea geteilt, die Aminosäuren synthetisiert, die zur Entwicklung des Lebens in diesem System führten, oder gar '69 mit Hendrix in Woodstock gespielt.

Ich zwang mich, ein paar Minuten lang die Übertragung

der Parade anzuschauen. Nicht, dass ich mir Sorgen machen musste, sie zu verpassen. Die Sprecher erinnerten mich daran, dass es direkt auf die Nachberichterstattung der Parade folgend eine Zweitausstrahlung geben würde.

Die dunkelhaarige Frau des Duos lächelte strahlend, während sie mit ihrer perfekt ausgebildeten Sprecherinnenstimme sagte: »Es ist ein Jammer, dass Lord Mollusk heute nicht bei uns sein konnte, aber wir wissen, dass er über uns wacht.«

»Ja, das tut er, Melanie«, sagte ihr genauso peppiges männliches Gegenstück. »Solange Terra Imperator Mollusk hat, können wir immer sicher sein, dass wir ungefährdet leben.«

Sie lachten beide.

»Und jetzt, Bill«, sagte Melanie, »kommt der Chor des Wundervollen Imperator Mollusk.«

»Ach, ich liebe diese Kinder«, sagte Bill. »Wie war noch mal der Name des Songs, mit dem sie berühmt geworden sind?«

Melanie warf einen Blick auf die Karte in ihrer Hand. »Laut meinen Informationen, Bill, heißt er ›Der Wundervolle Imperator Mollusk‹.«

»Ich Dummkopf«, sagte er. »Das hätte ich wissen müssen.«

»Vor allem weil es ihr einziger Song ist, du Dummerchen.«

Sie kicherten in vollkommener Eintracht.

»Nach einem Wort unseres Sponsors werden wir gleich wieder für Sie da sein«, sagte Bill. »Imperator Mollusk erschafft das Universum. Bald in einem Kino in Ihrer Nähe.«

»Ach, und der Film ist so gut!«, erwiderte sie. »Ich hatte die Ehre, eine Preview zu sehen. In diesem Film reist Lord Mollusk in die Vergangenheit und …«

Er legte einen Finger an die Lippen. »Na, na, Mel. Sie wollen doch nicht zu viel verraten, oder?«

Ich schaltete den Fernseher ab.

Gedankenkontrolle war eine heikle Wissenschaft. Offensichtlich hatte ich mich irgendwo verrechnet.

So kam es, dass ich eine Woche später am Kamin meines Palasts in Venezuela saß und mich ein letztes Mal an die Terraner wandte.

»Hallo. Hier spricht Imperator Mollusk.«

Ich lächelte in die Kamera.

»Als Erstes möchte ich Ihnen sagen, dass ich unsere gemeinsame Zeit sehr genossen habe. Sie sind eine großartige Spezies. Wirklich. Und es hat mir großen Spaß gemacht, über Sie zu herrschen. Aber ...«

Ich stockte. Das erwies sich als schwieriger, als ich gedacht hatte.

»Es liegt nicht an Ihnen. Es liegt an mir. Ich habe festgestellt, dass ich jetzt, wo ich die meisten Ihrer Probleme gelöst habe, das reine Herrschen über Sie nicht besonders befriedigend finde. Dieses Problem habe ich schon seit einiger Zeit. Auch schon, bevor ich in Ihre Welt gekommen bin. Aber das ist nicht wichtig. Ich bin nur hier, um zu sagen, dass ich mit sofortiger Gültigkeit nicht mehr Oberster Warlord von Terra sein werde. Es steht Ihnen wieder frei, selbst über sich zu bestimmen.«

Vermutlich war es nur Einbildung, aber ich meinte, das kollektive Luftschnappen einer Milliarde Seelen in der Atmosphäre widerhallen zu spüren.

Ich hob ein kugelförmiges Gerät in die Höhe.

»Die hier habe ich über den Planeten verteilt. Sie enthalten ein Gegenmittel für die Mikroben, die ich in Ihre globale Wasserversorgung eingespeist habe. Und die Psychomanipulatoren habe ich bereits deaktiviert und zerlegt.

Leider wird es mehrere Jahrzehnte dauern, bis die Wirkung dieser Konditionierung vollständig verschwunden ist. Dreißig Jahre, mehr oder weniger. In absehbarer Zeit werden Sie also weiterhin einen reflexhaften und unwiderstehlichen Drang verspüren, mich anzubeten. Bitte nehmen Sie Abstand davon.«

Ich schritt zur anderen Seite des Kamins und wieder zurück.

»Ich habe Dinge getan, Dinge, über die ich bei genauerem Nachdenken nicht unbedingt glücklich bin. Die meisten davon kann ich leider nicht wieder rückgängig machen. Aber ich kann Ihnen Ihre Welt zurückgeben. Dafür sind Sie natürlich noch nicht bereit. Aber Sie waren auch vor meiner Zeit nicht bereit dafür, und ich muss Ihnen zugestehen: Sie haben es auch ohne mich ziemlich gut geschafft, sie nicht in die Luft zu jagen. Ach, natürlich habe ich hier und da ein paar Probleme geregelt. Sie können die Verbesserungen ruhig behalten. Gern geschehen.

Da Sie ein paar Jahrzehnte brauchen könnten, um wieder zu ihrem alten Selbst zurückzufinden, werde ich bis dahin hierbleiben. Nur um mich um mögliche Notfälle zu kümmern! Aber behandeln Sie mich getrost wie jeden anderen Bürger Terras. Falls Sie mich zufällig auf der Straße sehen, können Sie gerne Hallo sagen. Aber keine Verbeugungen mehr. Keine Autogramme. Keine Paraden und Feiertage mehr. Und es reicht jetzt wirklich mit den Statuen. Sie sind alle sehr hübsch, aber irgendwann wird es einfach albern.«

Ich setzte mich in meinen edlen Ledersessel und verschränkte die Finger.

»Also gut. Jetzt bleibt mir nicht mehr viel zu sagen – außer dass es mir eine Freude war, Ihr Eroberer zu sein. Passen Sie auf sich auf.«

Ich machte eine schneidende Bewegung, und der Kameramann kappte die Verbindung.

»Wie war das?«, fragte ich.

»Hervorragend, Sir«, sagte er.

»Vielleicht hätte ich es aufzeichnen sollen.« Ich sank zusammen. »Na ja, jetzt nützt es nichts mehr, sich Sorgen zu machen. Es ist geschafft.«

Ich ging auf den Balkon und blickte auf Puerto Ayacucho hinab, das ins Abendlicht getaucht dalag. Die Straßen waren leer. Alle waren zu Hause und schauten sich meine Sendung an. Ich gab ihnen ein paar Minuten, um meine Botschaft zu verarbeiten. Ein Befehl, sie selbst zu sein, blieb immer noch ein Befehl, und sie waren darauf programmiert, alle meine Befehle kritiklos zu befolgen. Langsam krochen die Terraner aus ihren Häusern. Sie gingen an meinem Haus vorbei. Die meisten ignorierten mich. Einer oder zwei winkten mir zu, obwohl sie versuchten, es ganz beiläufig zu tun.

Ich winkte höflich zurück.

Und musterte die Statue, ein sechs Meter hohes Abbild von mir, das auf dem Platz direkt hinter den Bäumen stand. Das Granitmonument kam mir plötzlich lächerlich vor, und ich fragte mich, warum das nicht schon früher so gewesen war.

»Lass das morgen zerstören«, sagte ich einem Diener.

»Ja, Sir.«

»Lass sie alle zerstören«, sagte ich.

»Wie Sie wünschen, Lord.«

Ich dachte daran, ihm zu befehlen, mich nicht Lord zu nennen, aber das würden sie irgendwann selbst herausfinden.

»Außer vielleicht das in Moskau«, sagte ich. »Das hat mir immer gefallen.«

»Ja, Sir.«

»Und die Statue in St. Louis. Es wäre ein Jammer, die zu zerstören, nachdem sie dafür extra den Bogen abgebaut haben. Wenn ich es mir recht überlege: Zerstört doch lieber noch nichts. Nicht, bis ich Zeit hatte, darüber nachzudenken. Kann nicht schaden, ein paar Erinnerungen zu behalten.«

»Sehr wohl, Sir.« Er verbeugte sich und ging.

Ich stand auf dem Balkon und dachte über dies und das nach. Bei all meiner Intelligenz verschwendete ich selten Zeit mit Sinnieren. Normalerweise war ich zu beschäftigt mit meiner Forschung und dem Bauen und den Experimenten, aber in diesem Moment der Selbstanalyse wurde mir bewusst, wie unzufrieden ich mit meinen Leistungen war, so grandios sie auch gewesen sein mochten.

Doch dann wurde mir langweilig. Ich ging ins Labor und fing an, einen besseren Todesstrahl zu entwerfen.

NEUNZEHN

Wir verließen die Ewige Dynastie mit ein paar Unzen des unsterblichen Wassers und dem Segen der Königin. Wie erwartet wusste sie nichts über den momentanen Aufenthaltsort von Brain oder von seinen Plänen.

Wir hielten in Kairo, wo die Terraner mir nur zu gerne für ein paar Stunden Zugang zu einem hochmodernen Labor gewährten.

Die Labortür öffnete sich, und Zala kam herein.

»Ich dachte, Sie wollten sich ausruhen«, sagte ich. »Erschöpft nützen Sie mir nicht viel.«

»Das war vor neun Stunden, Imperator.«

»Ach ja?« Ich musterte den neuesten Stapel von Spektroskop-Ablesungen. »Muss wohl die Zeit vergessen haben. Die Wunder der wissenschaftlichen Forschung und so. Gut geschlafen?«

Sie streckte sich. »Die Couch hat mir die Schulter verzogen.«

»Sie hätten ins Hotel gehen können«, sagte ich. »Ich wäre nicht ohne Sie gegangen.«

»Ich lasse Sie nicht ungeschützt.«

»Sehr hingebungsvoll von Ihnen.« Ich blickte kurz von meinem Ausdruck auf. »Wenn Sie wollen, könnte ich Sie mit ein paar einfachen kybernetischen Zusätzen versehen, die Ihr Ruhebedürfnis reduzieren würden. Würde nicht länger als einen Tag dauern und braucht bloß ein bisschen simple Chirurgie. Denken Sie doch mal, wie viel Sie mit einer eingebauten Kettensäge zustande bringen könnten und mit Augen, die das ganze elektromagnetische Spektrum scannen können.«

»Ich passe.«

»Schade. Aber sagen Sie Bescheid, wenn Sie Ihre Meinung ändern.«

Zala beugte sich über den Tisch, auf dem ich alle Komponenten ausgebreitet hatte, die wir in diesem Abenteuer gesammelt hatten. Der halb zusammengebaute Katalysator vom Mond-Zwischenfall, die unermesslich unerheblichen Teile des Qualliganten. Die Flüssigkeitsprobe des Großen Gynäzeums und die Phiole mit unsterblichem Wasser.

»Ich bin mir sicher, Sie können es gar nicht erwarten, mir zu sagen, was Ihr scharf beobachtender Geist aus diesen Resten herausgelesen hat, Imperator.«

»Wenn Sie darauf bestehen ...« Ich gesellte mich am Tisch zu ihr. »Meine Daten weisen darauf hin, dass all diese Teile auf folgende Weise zusammengesetzt werden können. Passen Sie auf.«

Ich nahm den Katalysator auseinander und legte die

meisten Teile beiseite. Aber die wenigen, die übrig geblieben waren, verschraubte ich mit den Teilen aus dem Knoten des Qualliganten. Dann schraubte ich die Probe des Gynäzeums an und mischte sie mit ein paar Tropfen unsterblichen Wassers. Der schwarze Saft nahm eine frische weiße Farbe an. Ich gab ihr das Gerät, das gerade in eine Hand passte.

»Das ist es?«, fragte sie.

»Haben Sie mehr erwartet?«

Sie zuckte die Achseln. »Ich weiß nicht, was ich erwartet habe. Was soll es tun?«

»Ich habe wirklich keine Ahnung«, sagte ich. »Aber es ist die einzige Anordnung, die auch nur das kleinste bisschen Sinn ergibt.«

»Wie können Sie nicht wissen, was es tut?«

»Weil es nur eine Komponente ist«, sagte ich. »Es ist, als würde man eine Schraube anschauen und wissen, zu welchem Raumschiff-Modell sie gehört.«

»Sie können doch sicher eine Ihrer fundierten Vermutungen anstellen«, sagte sie.

»Natürlich.« Ich nahm das Gerät und drehte es in den Händen. »Hier kommt es ganz auf die Funktion des Gynäzeum-Safts an. Es könnte eine Kraftquelle sein. Oder es könnte künstlich stimuliert sein, damit es seinen eigenen psionischen Effekt erzeugt. Es ist wirklich ziemlich faszinierend, wie der Saft auf das unsterbliche Wasser reagiert. Das Wasser konserviert den Saft nicht nur, es erzeugt auch positive Energie. Der Output ist zwar niedrig, aber richtig benutzt könnte es genug Energie produzieren, um ein größeres Gerät ein oder zwei Minuten lang zu betreiben.«

Zala versuchte vergeblich, interessiert zu wirken.

»Ich weiß nicht, warum Sie immer unbedingt nach Erklärungen fragen müssen, die Sie sowieso nur langweilen«, sagte ich.

Ihre Schuppen wurden dunkler. »Ich weiß es auch nicht.«

Ich öffnete einen Schlitz an meinem Exo und steckte das geheimnisvolle Teil weg.

»Was tun wir jetzt?«, fragte sie.

Ich wandte mich wieder meinen Datenstudien zu. »Ich weiß es wirklich nicht. Die Disc enthält keine weiteren Informationen.«

»Vielleicht ist Ihnen etwas entgangen. Wenn das wirklich die Arbeit eines Insiders sein sollte, ist möglicherweise etwas noch Obskureres darin versteckt.«

»Auf der Disc ist nichts mehr, Zala«, sagte ich. »Ich habe nachgeschaut. Und dann noch mal nachgeschaut. Und dann habe ich noch einmal nachgeschaut. Ich habe jedes Datenrettungsverfahren drüberlaufen lassen, das ich kenne, und dann noch ein paar neue, die ich heute erst erfunden habe. Wenn es eines gibt, worüber ich mir sicher bin, dann, dass sich auf dieser Disc nichts mehr befindet.«

»Wie sieht also Ihr Plan aus?«

»Wir warten.«

Ihr Schwanz peitschte herum. »Das ist kein Plan!«

»Es ist ein Plan«, sagte ich. »Nur kein sehr guter. Falls Sie einen besseren haben, sagen Sie es mir bitte.«

Zala sträubte die Federn. Sie schwenkte die Arme mit einer ausladenden Bewegung durchs Labor. »Benutzen Sie das hier! Tun Sie etwas! Bemerken Sie irgendein winziges

Detail! Kommen Sie zu irgendeiner lächerlichen Schlussfolgerung! Tun Sie das, was Sie immer tun, Imperator!«

»Was ich tue ist nicht so leicht, wie ich es aussehen lasse«, sagte ich.

»Leicht? Seit wir auf diese Mission gestartet sind, ist uns eine knappe Flucht nach der anderen gelungen. Sie haben mich bisher noch nicht überzeugt, dass Brain Ihnen jedes Mal fünf Schritte voraus war. Meine Aufgabe ist es, Sie zu bewachen, aber Sie weigern sich, mir alles zu sagen, was ich dafür wissen muss. Die Hälfte der Zeit behandeln Sie die Leben von allen Kreaturen um Sie herum wie Einsätze, mit denen Sie unbekümmert wetten können. Und dann sind Sie wieder bereit, Ihr eigenes Leben für den Schutz dieses Planeten zu riskieren, über den Sie nicht einmal mehr herrschen.«

»Deshalb ziehe ich Roboter vor«, brummelte ich.

Zala fauchte. Dieses Geräusch war nur für die uneingeschränktesten Grade von venusianischer Abscheu und Frustration reserviert. Sie war gerade dabei, aus dem Labor zu stürmen, als ich sie aufhielt.

»Als wir die Gynäzeumshöhle verließen, haben Sie mich gefragt, ob ich glaube, dass wirklich ein Insider gegen Brain arbeitet. Erinnern Sie sich?«

Sie lehnte sich gegen den Türrahmen und kniff die Augen zusammen. »Ja?«

»Als ich Ihnen dann meine Antwort gab, haben Sie gelacht.«

Sie lächelte dünn. »Ich erinnere mich.«

»Als ich fragte, wollten Sie mir aber nicht sagen, warum.«

Zala kicherte. »Und das beschäftigt Sie seither die ganze Zeit, oder?«

Ich schwieg lange genug, um hoffentlich ein wenig desinteressiert zu wirken. »Ich gebe eine gewisse bohrende Neugier zu.«

»Sie können es nicht ertragen, oder? Nicht zu wissen.«

In ihren Augen blitzte ein boshaftes Leuchten auf.

»Gewöhnen Sie sich daran, Imperator!«

Sie wandte sich zum Gehen, als ein terranischer Militäroffizier auf dem Hauptschirm des Labors erschien.

Er sagte: »Lord Mollusk ...«

Ich unterbrach ihn. »Bitte, General. Nennen Sie mich Imperator.«

»Ja, Lord Imperator Mollusk. Sie hatten darum gebeten, dass wir Sie über mögliche auffällige Aktivitäten unterrichten. Wir haben Berichte über ein unbekanntes Flugobjekt im Anflug auf Paris.«

»Danke, General. Befehlen Sie Ihrer Abwehr, nicht einzugreifen, evakuieren Sie alles in einem Umkreis von zwanzig Quadratkilometern um das Marsfeld. Ich werde mich persönlich darum kümmern.«

Er salutierte. »Zu Befehl, Lord Imperator Mollusk.«

»Imperator«, sagte ich. »Einfach Imp... Ach, vergessen Sie es.«

Zala und ich eilten zu meiner Untertasse.

»Ist das Brain?«, fragte Zala.

»Es würde mich nicht überraschen. Und das kann nur eines bedeuten«, sagte ich. »Er will den Eiffelturm stehlen.«

ZWANZIG

Wir kamen in weniger als zwanzig Minuten in Paris an. Das war immer noch mehr als genug Zeit für Brains Schiffe, den Turm zu umringen. Drei schwere Schleppschiffe verwendeten Traktorstrahlen in dem Bestreben, das Monument zu entwurzeln.

Ich zielte und beschoss eines der Schiffe. Es geriet ins Schwimmen und hatte Schwierigkeiten, das Gleichgewicht zu halten.

Das Schleppschiff spuckte mehrere Dutzend Jagdschiffe aus. Brausend kamen sie auf mich zu. Ich schoss sie vom Himmel, während ich gleichzeitig Ausweichmanöver machte.

Brain erschien auf dem Bildschirm. »Imperator, wo kommen Sie denn her?«

»Haben Sie das nicht kommen sehen?«, fragte ich. »Nicht einmal mit Ihrem Antizeit-Radio?«

Mein Schiff schwirrte tief über die Stadt. Ich feuerte

einen Raketenhagel. Die Jäger, die mir auf den Fersen waren, explodierten.

»Ich brauche kein absolutes Wissen über die Zukunft, um Sie zu besiegen«, sagte Brain. »Sie sind die einzige Untertasse gegen fünfzig Jäger.«

Plötzlich hielt ich an, und die Jäger flogen vorbei. Sie summten wie eine Schule hungriger Piranhas. Strahlen brannten auf unseren Schirm. Zala beäugte die rasch abnehmenden Leistungspegel.

Brain lachte gackernd. »Geben Sie auf, dann lasse ich Sie vielleicht leben.«

Die Warnsirene der Untertasse ertönte.

»Schilde bei dreizehn Prozent«, fügte Zala unnötigerweise hinzu.

Ich schwebte, während die Jäger ihr Sperrfeuer fortsetzten.

»Wenn Sie eine Ihrer Superwaffen haben«, sagte sie, »sollten Sie sie jetzt benutzen.«

Ein Unterstützungstrupp meiner eigenen Roboterjäger schwirrte über die Stadt der Lichter. Sie schossen ein paar von Brains Schiffen aus der Luft.

Über der Stadt fanden offene Luftkämpfe unserer Streitkräfte statt.

»Sie geben nicht so leicht auf«, sagte Brain. »Das respektiere ich an …«

Ich drückte die Fernbedienung.

Während unsere Flotten einander beschäftigt hielten, schoss ich ein Schleppschiff entzwei. Seine flammenden Trümmer krachten herunter. Die anderen beiden Schiffe hatten Mühe mit ihren Traktorstrahlen.

Ich eröffnete die Verhandlungen. »Sie bekommen den Turm nicht.«

»Ich muss zugeben, ich wusste nicht, dass Sie mir in die Quere kommen würden«, sagte Brain, »aber das heißt nicht, dass ich unvorbereitet gekommen bin.«

Etwas brach aus dem Metallhaufen des Schleppschiffs, das ich abgeschossen hatte. Ein sechs Stockwerke hoher Automat trat aus den Trümmern; der Absturz hatte ihm offensichtlich nichts ausgemacht. Es war ein Standard-Kampfbot, der vom Mars stammte. Vier Beine und vier Arme, an einen zylindrischen Körper montiert. Er besaß auch ein paar Kanonen, war aber hauptsächlich dazu gedacht, beim Feind Angst und Schrecken auszulösen, indem er durch seine Reihen stapfte. Oben auf dem Zylinder war in einer durchsichtigen Kuppel ein riesiges Terra-Sapiens-Gehirn ausgestellt, das leuchtend smaragdgrün glühte.

»Zittern Sie vor meiner fürchterlichsten Waffe!« Auf meinem Bildschirm brüllte Brain vor Lachen. »Dem radioaktiven Verstand von Madame Curie!«

Kreischend zerschmetterte der Curie-Bot mit wild um sich schlagenden Gliedmaßen Gebäude in der Umgebung.

»Sie können mich davon abhalten, den Eiffelturm zu erobern – oder Paris vor ihrer Zerstörungswut retten. Aber Sie können nicht beides tun.«

Brains Bild verschwand vom Bildschirm.

Ich zögerte.

»Sie können doch nicht ernsthaft darüber nachdenken!«, sagte Zala. »Wenn er den Turm bekommt ... Ich weiß nicht, was dann passiert. Aber es kann nicht gut sein.«

Feuer brannten, Jagdschiffe stürzten um mich herum ab. Paris war immer meine Lieblingsstadt auf Terra gewesen. Aber ich konnte hier nicht mehr leben. Immer, wenn ich auf die Stadt der Lichter blickte, dachte ich an den Tag, als mich die Notwendigkeit gezwungen hatte, die Hälfte davon zu zerstören. Ich hatte sie wieder aufgebaut, aber jetzt, da ich wieder Teile davon zerstört sah und Madame Curie sie unter ihren schrecklichen Klauen zertrat, entdeckte ich, dass ich das nicht noch einmal zulassen konnte.

Ich befahl meinen Schwadronen, ihren Angriff auf den Roboter zu konzentrieren. Sie brachen aus und beschossen Curie ohne jede Wirkung. Ihr Gehirn strahlte ein scharfes grünes Flackern aus. Der verbesserte Schild meiner Untertasse konnte uns vor ihrem zerstörenden Puls schützen. Meine Jäger hatten nicht so viel Glück. Die meisten fielen vom Himmel. Mehrere schossen in wirren Flugmustern herum, bis sie miteinander oder mit dem Boden kollidierten. Ein oder zwei explodierten direkt.

Curie demolierte einen ganzen Häuserblock mit drei stampfenden Schritten.

Ich flitzte auf sie zu und beschoss sie mit der vollen Bandbreite der Blaster und Todesstrahlen meines Schiffs. Sie zeigten keine Wirkung. Das mutierte Gehirn, das den Kampfbot betrieb und lenkte, fungierte als eine Art Energie-Schwamm. Jeder Schuss, den ich auf sie abgab, wurde absorbiert und in sie hineingeleitet.

»Sie entkommen mit dem Turm«, sagte Zala.

»Darum kümmere ich mich später.«

Ich schoss eine Reihe ausgesuchter Waffen ab, von Raketengeschossen bis hin zu explosiven Neutrinokugeln. Sie trafen mit mäßigem Erfolg. Die meisten explodierten in einiger Entfernung von Curie, wenn sie von ihrer Interferenz zerstört wurden. Andere änderten die Richtung und explodierten irgendwo in der Stadt.

Eine Kraft von außen übernahm die Kontrolle der Untertasse. Curie war nicht nur riesig und radioaktiv. Sie war auch telekinetisch.

Meine Konterversuche erwiesen sich als sinnlos, nachdem sie die Energie der Untertasse abgezogen hatte. Die Motoren gingen aus. Genau wie mein Exoskelett. Snarg gurgelte, als ihre kybernetischen Teile abschalteten. Sie konnte zwar ohne sie funktionieren, aber es nahm ihr den Schwung.

Curie zog uns in ihre Arme und klammerte die Klauen um die Schiffshülle.

»Tun Sie etwas, Imperator!«, rief Zala.

»Ich bin jederzeit für Vorschläge offen.«

»Kehren Sie die Polarität um oder rekonfigurieren Sie etwas! Ich weiß nicht! Setzen Sie doch diese wissenschaftliche Magie ein, in der Sie so bewandert sind!«

Was ich dann sagte, muss sie schockiert haben. Mich schockierte es jedenfalls.

»Mir fällt nichts mehr ein.«

Mit einem triumphierenden Geheul schleuderte uns Curie weg wie ein Frisbee. Wir segelten hilflos durch die Luft, wurden ohne die Trägheitsdämpfer herumgeschleudert, setzten zweimal auf der Straße auf, bevor wir knirschend und krachend zum Halten kamen.

Nicht einmal für die Notfallbeleuchtung war genug Energie da.

Ich saß im dunklen Cockpit in meinem eigenen nichtfunktionalen Exoskelett. Es kann nicht lange gedauert haben. Höchstens ein paar Minuten. Aber in der schwarzen Stille des Cockpits saß ich da und dachte an überhaupt nichts.

»Imperator?« Zwei stecknadelkopfgroße Lichtpunkte, Zalas Augen, erschienen in der Dunkelheit. »Imperator, sind Sie am Leben?«

»Ich lebe«, sagte ich. »Aber ich kann mich nicht rühren.«

»Warten Sie.« Sie ächzte und stöhnte, weil sie mit ihren eigenen Problemen zu tun hatte. »Ihr Haustier ist auf mich gerollt. Ich bin fast frei.«

Snarg gurgelte.

»Sei nicht sauer auf mich, du dummer Käfer!« Etwas schepperte. »So!«

Ein weiteres Licht erhellte die Dunkelheit. Zala hatte eine kleine Taschenlampe. Sie war zwar nicht sehr hell, aber eine hungrige Meeresschnecke nimmt, was sie kriegen kann. Das Cockpit war steil geneigt. Zala schaffte es, zu mir herüberzuklettern.

»Sind Sie verletzt?«, fragte sie.

Sie leuchtete in meine Kuppel. Ich hatte mich von dem Exo abgekoppelt, darum war es jetzt wenig mehr als ein unhandliches Aquarium.

»Ich bin nicht tot, aber mehr bin ich im Moment nicht bereit zuzugeben. Sie?«

»Ich werd's überleben.«

Ihr Gesicht wies Schnitte und Schrammen auf, und sie hatte offensichtlich Schmerzen, wenn sie sich bewegte. Das war zu erwarten gewesen. Die neptunische Physiologie ist, abgesehen von unseren hochentwickelten Gehirnen, relativ einfach und schwer zu traumatisieren.

Zu ihren Schmerzen sagte ich nichts. Es hätte sie nur beleidigt.

»Wir müssen Sie hier herausschaffen. Sie werden sich von mir tragen lassen müssen.« Sie strich mit den Fingern an der gesprungenen Kuppel entlang. »Hat das Ding eine Notentriegelung? Oder muss ich es aufbrechen?«

»Vielleicht sollten wir auf Hilfe warten«, sagte ich.

»Wir können nicht in dieser Untertasse bleiben, hilflos und ausgeliefert.«

Sie mochte zwar recht haben, aber außerhalb meines Exos war ich nicht mehr als ein matschiges Genie in einer gefährlichen Welt. Und Zala war eine meiner schlimmsten Feindinnen.

»Verdammt, Imperator! Sie werden mir einfach vertrauen müssen.«

»Ich war nie besonders gut darin zu vertrauen«, gab ich zu.

»Vielleicht wäre jetzt ein guter Zeitpunkt, damit anzufangen. Meinen Sie nicht auch?«

Ins Cockpit drangen nur wenige Geräusche, aber es wurde leicht erschüttert. Eine leichte Erschütterung nach der anderen. Jedes Zittern war stärker als das vorherige. Die näherkommenden Schritte von Madame Curie.

Ich drückte die Entriegelung. Die Kuppel sprang auf, verschüttete Wasser, sodass Zala beinahe ausrutschte.

Sie griff herein, und ich schlang die Tentakel um ihren Arm.

»Meine Götter, Imperator, sind Sie aber schleimig!«

»Ich habe gern so einen gesunden Schleimschimmer.«

Ich fixierte mich an ihrem Arm. Aber nicht, bevor ich das Exo-Fach geöffnet und das mysteriöse Bauteil herausgeholt hatte.

Sie knurrte. »Nicht so fest, Imperator!«

»Entschuldigung.« Ich zeigte auf einen Hebel. »Das ist der Notausgang.«

Das Beben wurde stärker. Sie zog an dem Hebel. Ein Teil der Cockpitwand fiel zur Seite, und sie sprang hinaus. Snarg schleppte sich hinter uns her. Wir entfernten uns gerade von dem Wrack, als Curie ihre Metallhände darumlegte. Sie hob es hoch und musterte es wie ein zerbrochenes Spielzeug.

Dann warf sie die Untertasse beiseite und richtete einen hellen roten Scheinwerfer auf Zala und mich.

Zala wollte schon davonlaufen, aber Curie rammte ein Bein vor uns auf den Boden. Der Riesenroboter beugte sich vor. Ihr monströses grünes Gehirn flackerte vor atomarer Energie. Die treue Snarg knurrte, obwohl sie kaum den Kopf heben konnte.

Ich hielt das Gerät in meinen Tentakeln. Es war nutzlos. Genauso gut hätte ich einen Haufen Schrott halten können.

Der Schatten des Schleppschiffes schob sich über uns. Curie trudelte davon, und das Schiff zog sie per Traktorstrahl an. Dann flogen die beiden Schleppschiffe und ihre restlichen Jäger mit dem Turm davon. Die Luft schimmerte, als sie hinter einem Tarnschild verschwanden und sich in ihrem Triumph nicht einmal die Mühe machten, mich zu zertreten.

Und ich konnte verdammt noch mal rein gar nichts tun, um sie aufzuhalten.

EINUNDZWANZIG

Meine Untertasse war nicht mehr zu retten, aber es war einfach, eine neue zu besorgen. Ich hatte überall auf Terra Hunderte davon stationiert. Und Tausende von Ersatz-Exos. Snarg ging es wieder gut, nachdem ihre Batterien neu aufgeladen waren. Und Zalas Verletzungen waren mit ein bisschen moderner Medizin ganz leicht zu behandeln.

Eine Krankenschwester verband den Schnitt auf Zalas Stirn. »Das Pflaster schließt die Wunde, aber es könnte sein, dass eine Narbe bleibt.«

Zala war zu stolz, um Schwäche zu zeigen. Sie dankte der Schwester mit einem Knurren.

»Danke, Schwester«, sagte ich. »Das ist dann alles.«

»Ja, Lord Mollusk. Drücken Sie einfach den Knopf, wenn Sie noch etwas brauchen.« Sie verließ das Zimmer.

Ich stand am Fenster im achten Stock. Die Aussicht auf Paris war zwar nicht frei, aber die immer noch brennenden Feuer konnte ich sehen. Das Geheul von Sirenen erfüllte die Nacht, während die Terraner die Brände bekämpften. Der Schaden war nicht katastrophal. Sicherlich nicht annähernd so verheerend wie der Beginn der Invasion, die vom Saturn ausging. Paris würde überleben.

Doch die Flammen hypnotisierten mich, und auch wenn das Fenster in die falsche Richtung hinausging, musste ich den leeren Fleck nicht sehen, wo der Eiffelturm hätte stehen sollen. Ich wusste auch so, dass er fehlte.

»Was ist los, Imperator?«, fragte Zala.

Snarg, die meine Melancholie spürte, kam unterwürfig bei Fuß gekrabbelt.

Ich streichelte sie zwischen den Fühlern.

»Er hat mich besiegt.«

»Es war nicht Ihre beste Stunde, aber ich bin mir sicher, Sie kommen darüber hinweg.«

»Sie verstehen mich nicht. Er hat gewonnen. Ich habe verloren.«

»Oh, ich verstehe. Ich war dabei.« Sie stand auf und probierte ihren Arm aus. Er war immer noch empfindlich. »Und ja, Sie wurden besiegt. Auf geschickte Art.«

»Sie genießen das, oder?«

Sie strahlte. So glücklich hatte ich sie noch nie gesehen.

Ich wandte mich ihr zu. »Ich wurde bisher noch nie geschlagen.«

Mit einem Kichern sprang sie vom Tisch. »Dann beantworten Sie mir das: Warum sind Sie nicht Warlord von Venus?«

»Ich bin schon gescheitert. Viele Male. Das kommt davon, wenn man Risiken eingeht. Selbst ich kann nicht alle Variablen kontrollieren.«

»Es ist immer ein Vergnügen, Sie das zugeben zu hören«, sagte sie. »Sie sollten das öfter tun. Wenn Sie also wissen, dass Sie fehlbar sind, warum sollte Ihnen diese spezielle Niederlage dann etwas ausmachen? Auch wenn sie noch so erniedrigend ist.«

»Sie genießen das wirklich!«

Sie versuchte, das Lächeln von ihrem Gesicht zu wischen, doch mehr als abschwächen konnte sie es nicht.

»Das ist etwas anderes«, sagte ich. »Es fühlt sich ... anders an.«

»Anders«, sagte sie. »Ein bisschen vage, oder nicht?«

»Brain hat das Antizeit-Radio.«

Zala zog ihr Krummschwert und übte ein paar Schwünge, um zu testen, wie ihr Arm reagierte. »Das hatte er schon vorher. Da schien es Sie auch nicht zu stören.«

»Weil ich angenommen hatte, dass ich klüger bin als er.«

»Wollen Sie damit sagen, dass Sie da jetzt nicht mehr so sicher sind?«

Ich antwortete nicht, und sie senkte die Waffe.

»Imperator, wollen Sie mir sagen, dass Sie glauben, er könnte klüger sein als Sie?«

»Ich weiß es nicht«, sagte ich leise.

»Das kann nicht das erste Mal sein, dass Sie über die Möglichkeit nachgedacht haben, es könnte jemanden geben, der Sie überlisten kann. Es gibt doch Milliarden von intelligenten Lebensformen im System. Ich bin keine Wissenschaftlerin, aber ich würde meinen, es wäre statistisch unwahrscheinlich, dass Sie die ganze Zeit die Klügste von ihnen allen sind.«

Ich streichelte Snargs Fühler. »Das ist mir bewusst. Intellektuell.«

»Aber jetzt haben Sie den unwiderlegbaren Beweis. Zum ersten Mal in Ihrem Leben müssen Sie zugeben, dass jemand klüger war als Sie. Sie können es nicht leugnen, oder?«

Ich antwortete nicht, was an sich schon eine Antwort war.

»Ich dachte, Sie wären aus härterem Zeug gemacht, Imperator.«

Sie drängte das Lächeln aus ihrem Gesicht und stellte sich zu mir ans Fenster.

»Sie wurden besiegt. Erniedrigt. Ihre Niederlage war verheerend und total. Sie sind auf der ganzen Linie gescheitert.« Sie unterdrückte ein Grinsen und strich ihre Federn glatt. »Das kommt vor.«

»Nicht bei mir.«

Sie schüttelte den Kopf. »Das passiert jedem. Also hatten Sie einmal, nur dieses eine Mal, Ihr Schicksal nicht in der Hand. Sie waren nicht derjenige, der die Entscheidungen getroffen hat. Sie sind zu selbstsicher in einen Kampf gestolpert, den Sie nicht gewinnen konnten, und haben eine harte Lektion gelernt. Egal, wie begabt Sie sind, egal, wie klug und mächtig und überaus geschickt – Sie werden ab und zu verlieren. Man kann nicht jeden Kampf gewinnen. Selbst Sie, so genial Sie auch sein mögen« – ich wusste zu schätzen, dass sie Abstand davon nahm, das Wort *genial* ironisch auszusprechen – »werden Fehler machen. Und ja, dies war ein großer.

Aber Sie leben noch. Sie sind immer noch ein Genie,

das aus Wolle, Kokosnüssen und Pappkarton eine Weltuntergangsmaschine bauen kann. Brain ist vielleicht klüger als Sie. Na und? Ist doch nicht so wichtig, dass er Ihnen eine vernichtende Niederlage zugefügt hat. Ich glaube, wir können beide zugeben, dass sie vernichtend war.«

»Sie genießen das wirklich.«

»Das zu sehen war es fast wert, umgebracht zu werden«, gab sie zu. »Fast.«

Dann sagte sie: »Wollen Sie wissen, warum ich in der Höhle gelacht habe, Imperator?« Sie legte mir eine Hand auf die Schulter und lächelte ohne Häme. Mit vielleicht einem klitzekleinen Bisschen echter Zuneigung.

»Sie mögen ein egoistischer, megalomanischer, manipulativer Krimineller sein. Aber Sie scheuen vor keiner Herausforderung zurück. Selbst gegen einen Feind, der Ihnen auf dem Weg vielleicht immer einen Schritt voraus sein wird, halten Sie dennoch entschlossen durch. Sie können gar nicht aufgeben. Nicht die Wissenschaft. Nicht Ihre Rätsel. Nicht diese Welt, die Sie genauso oft in Gefahr bringen, wie Sie sie retten. Genau diese Charakterschwäche hat Sie zu jedem einzelnen Fehler geführt, den Sie je gemacht haben. Aber mir ist klar geworden, dass das auch das Einzige ist, das ich an Ihnen mag.

Sie sind gescheitert, Imperator, sind in die Falle Ihrer eigenen Hybris getappt. Und vielleicht war dieses übermäßige Selbstvertrauen gerechtfertigt, aber Ihre verheerende Niederlage musste früher oder später eintreten. Wenn nicht dieses Mal, dann beim nächsten. Oder irgendwann danach. Aber wenn es eine Lebensform in diesem Universum gibt, von der ich nicht erwartet hätte, dass sie ihr

Selbstvertrauen verliert, dann sind das Sie. Und wenn Sie Brain diesen Sieg einfach schenken, sind Sie nicht der Neptuner, für den ich Sie gehalten habe.

Niemand ist so schlau, wie er glaubt. Nicht einmal Sie.«

Zala überließ mich meinen Gedanken. Als sie den Raum verließ, kicherte sie vor sich hin.

»Vernichtend«, murmelte sie und prustete los.

ZWEIUNDZWANZIG

Ich könnte nicht sagen, ob mich Zalas Vortrag motivierte oder ob ich mich auch von allein aus meinem spirituellen Überdruss gerissen hätte. Es wäre gelogen zu behaupten, meine Niederlage in Paris hätte mein sonst so unverwundbares Selbstvertrauen nicht geschwächt, aber ich war nie der Typ, der sich treiben lässt. Auch nicht, wenn ich es eigentlich besser wissen müsste.

Ich hatte Terra genauso oft beinahe zerstört, wie ich sie gerettet hatte. Wahrscheinlich war die Chance recht groß, dass ich es eines Tages vollends tat. Doch das würde mich nicht davon abhalten, die Grenzen gefährlicher Wissenschaft zu erkunden. Es war ein innerer Drang, und ich konnte nicht einfach so tun, als hätte ich ihn unter Kontrolle.

Die Philosophenkönige von Pluto behaupten, es gäbe kein gut oder schlecht. Es gäbe nur Ordnung und Chaos, und nach den Gesetzen der Physik müsse sich die Entropie durchsetzen. Nicht gegen das Chaos zu kämpfen war dennoch die ultimative Sünde, denn es war ein stillschweigender Verrat an den Grundfesten aller empfindungsfähigen Lebensformen. Und ein Universum ohne Leben war vollkommen sinnlos, während ein Universum *mit* Leben nur größtenteils sinnlos war. Und in einem größtenteils sinnlosen Universum war es eigentlich keine große Wahl, wenn man entscheiden musste, ob man sich in der Niederlage suhlen oder weitermachen und auf eine sichere Niederlage zusteuern wollte.

Zala hatte recht gehabt. Brain war vielleicht mein einziges unlösbares Problem, aber so oder so, ich musste da durch.

Die folgenden zwölf Stunden verbrachte ich mit Plänen und Modifikationen für unser nächstes Zusammentreffen. Zala ließ mich machen, und nachdem ich von meinen wissenschaftlichen Fähigkeiten überzeugt genug war, gingen wir an Bord meiner Untertasse und flogen in Richtung der heiligen Stadt Shambhala.

»Woher wissen Sie, dass sie dort sein werden?«, fragte Zala.

»Ich weiß es nicht«, antwortete ich. »Aber nachdem sie den Eiffelturm in ihren Besitz gebracht haben, kann ich nur annehmen, dass sie vorhaben, irgendeine Art Signal zu senden. Und das braucht Energie. Da der Turm der kraftvollste Transmitter auf Terra ist, gehe ich davon aus, dass das Nächste auf ihrer Liste der stärkste Energieerzeuger sein wird.«

Als sie keine weitere Frage stellte, wusste ich nicht recht, wie ich reagieren sollte.

»Es ist nur eine wilde Vermutung«, sagte ich. »Fundiert, aber ohne Beleg.«

Sie lehnte sich zurück, verschränkte die Arme und nickte. »Ja, das sehe ich.«

»Wollen Sie nicht die Gelegenheit nutzen, auf die höchst wahrscheinliche Möglichkeit hinzuweisen, dass ich mich irre?«, fragte ich.

»Sollte ich?«

»Nein, sollten Sie nicht, aber das tun Sie doch normalerweise. Oder machen zumindest eine beiläufige Bemerkung über meine Arroganz. Oder so etwas.«

»Möchten Sie das gerne?«

»Nicht unbedingt.«

»Dann werde ich es nicht tun.«

Sie lächelte leicht. Ihre Gedanken waren offensichtlich. Auch wenn es nicht meiner Natur entsprach, mich mit meiner Niederlage aufzuhalten, blieb mein Selbstvertrauen noch immer erschüttert. Zum ersten Mal seit ... na ja, seit jeher ... vertraute ich meinem Urteil nicht. Es musste nicht sein, dass Zala meine Kompetenz infrage stellte, aber wir hatten in den letzten Tagen ein gewisses Ritual entwickelt.

»Sie müssen mich nicht schonen«, sagte ich.

»Oh, das tue ich nicht.«

Ihr Lächeln kehrte zurück. Wir wussten beide, was sie tat. Ihre respektvolle Akzeptanz meines Plans, ohne Widerrede, war eine Erinnerung an meine Fragilität, verkleidet als ein Akt des Mitgefühls. Es war ärgerlich, und genau darum ging es.

Sie warf einen Blick auf die schneebedeckten Spitzen

des Himalayas, die unter unserer Untertasse vorüberzogen. »Warum befindet sich der Generator überhaupt an einem so abgelegenen Ort?«

»Der Motor nutzt eine bisher unbekannte Form der Energie, die ich Molluskotronik nenne. Sie ist auf dem ganzen Planeten vorhanden, aber hier ist sie am stärksten und am einfachsten anzuzapfen.«

»Geht nicht gerade leicht von der Zunge, oder?«

»Ich habe sie entdeckt. Ich kann sie also auch benennen.«

»Dagegen ist nichts einzuwenden.«

»Auch wenn ich sie nicht ganz allein entdeckt habe«, sagte ich. »Irgendein Terra Sapiens hatte das Feld in der Vergangenheit schon angezapft und nutzte es für einfache Wettermanipulation, Lebensverlängerung und andere Dinge. Sie benutzten es, um eine geheime Stadt namens Shambhala zu gründen.«

»Müsste es dann nicht *Shambhalatronik* heißen?«, fragte sie.

»Sie wussten eigentlich gar nicht, was sie da hatten«, erwiderte ich. »Und sie wären längst tot, wenn ich nicht den Motor gebaut und die Energie effizienter nutzbar gemacht hätte. Also denke ich, mir die Namensgebung zu überlassen, ist ein kleiner Preis. Die Shambhalaner sind sowieso ein bescheidenes Volk. Ihnen ist egal, wie es heißt, solange sie in Ruhe ihr Leben der stillen Meditation und Philosophie weiterführen können.«

»Das klingt entzückend«, sagte sie ausdruckslos.

»Sie werden sie wahrscheinlich mögen. Sie folgen einem strikten Kriegermönch-Kodex. Sie reden gerne von Ehre. Sehr oft. Das haben Sie also schon gemeinsam.«

Shambhala war ein strahlend grüner Fleck in den schneebedeckten Bergen. Die eigentliche Stadt wies gewisse Eigenschaften der traditionellen asiatischen Architektur auf, eine Kreuzung der verschiedenen Kulturen der Region. Es gab sogar westliche Einflüsse, zweifellos eingebracht von Wanderern und Wahrheitssuchern, die vom ganzen Globus stammten. Alles war aus Stein und Holz. Ich hatte angeboten, ihre Baumaterialien zu verbessern, doch die Mönche lehnten ab. Sie hatten einen isolierten Lebensstil gewählt, und solange die Molluskotronik sie erhielt, hatten sie keinen Grund, irgendwo anders zu suchen.

Die Maschine stand neben der Stadt.

»Das Ding kanalisiert unbegrenzte Energie für Terra?« Ihre Skepsis war verständlich. Die Maschine glühte nicht. Sie schoss keine Energieblitze in den Himmel. Abgesehen davon, dass es eine Stahlkonstruktion in einem primitiven Reich aus Holz und Stein war, war sie recht bescheiden.

»Mehr als das«, sagte ich. »Die Quelle der Energie ist immer noch überwiegend rätselhaft, selbst für mich, und genügt an sich nicht. Doch mit ihr konnte ich ein Perpetuum Mobile bauen, das M-Strahlen generiert, die über den Planeten gesandt und in Elektrizität umgewandelt werden.«

»M-Strahlen?«, fragte sie.

»Wenn Sie eine neue Strahlenform entdecken, dürfen Sie sie auch benennen.«

Shambhala hatte ein Landefeld direkt vor der Stadt. Wir gingen von Bord und wurden von einem Terraner in orangefarbener Robe empfangen. Er lächelte und verbeugte sich.

»Imperator Mollusk, Sie beehren uns mit Ihrer Gegenwart.«

Ich erwiderte die Verbeugung. »Erhabenster Meister der Zehn Heiligen Palmen, seien Sie versichert: Die Freude ist ganz meinerseits.«

Rasch machte ich Zala und den Erhabenen Meister miteinander bekannt. Die Höflichkeiten übersprang ich allerdings.

»Ich habe Grund zu der Annahme, dass Kräfte von außerhalb Ihre Stadt bedrohen«, sagte ich.

»Shambhala ist ein Ort des Friedens«, erwiderte er. »Wir verärgern niemanden. In tausend Jahren hat niemand mit gewalttätigen Absichten einen Fuß in unser Paradies gesetzt. Die Götter lächeln auf Shambhala herab.«

»Hoffen wir, dass Sie recht haben.«

Der Erhabene Meister lächelte immer, aber jetzt lächelte er ein bisschen weniger. »Sie waren immer ein großer Freund von Shambhala. Und es wäre uns eine Ehre, Ihre Sorgen anzuhören. Ihr Rat hat sich in der Vergangenheit als Segen erwiesen, und wir würden ihn nicht leichtfertig abtun. Verzeihen Sie, wenn ich Sie in meinen Taten gekränkt habe.«

»Und ich bitte um Verzeihung, falls die Wahrnehmung meiner eigenen Kränkung Sie gekränkt hat, Erhabener Meister.«

Wir verbeugten uns.

»Eine Entschuldigung ist nicht notwendig«, antwortete er. »Falls ich Ihnen den Eindruck vermittelt habe, es wäre eine nötig, entschuldige ich mich ehrlich für den Fehler.«

»Und ich entschuldige mich, falls der Fehler eine Entschuldigung zu erfordern scheint.«

Wir verbeugten uns wieder.

Zala stellte sich zwischen uns. »Wollten Sie sich nicht umschauen, Imperator? Nur, um sicherzugehen, dass alles in Ordnung ist?«

Der Meister sagte. »Natürlich. Wie unbedacht von mir. Ich entschuldige mich für meine Unbedachtheit.«

Er wollte sich verbeugen, doch Zala hielt ihn mit einer Hand auf seiner Schulter davon ab.

»Ja, allseitige Entschuldigungen. Eine Entschuldigung für jeden. Aber wir sollten jetzt wirklich weitermachen.«

Der Meister führte uns durch die Straßen der Stadt. Shambhala war ein ruhiger Ort. Es herrschte keine Betriebsamkeit. Die einzigen Geräusche waren die von Singvögeln, spielenden Kindern und die vereinten Ächzlaute von Dutzenden von Mönchen, die Kampfsport übten.

Er nickte zu Zala hinüber. »Ihre Begleiterin spricht recht freimütig. Das ist bewundernswert.«

»Manchmal«, sagte ich.

Zala wurde langsamer, als wir an einem Mönch vorbeikamen, der gerade die siebzehn rechtschaffenen Schwertbewegungen absolvierte. Die eigentümliche Waffe, die die Mönche zu diesem Zweck bevorzugten, hatte Löcher in der Klinge, die pfiffen, wenn das Schwert durch die Luft schnitt.

»Die Alten sagen, Erleuchtung liege im Lied der Klinge«, sagte der Erhabene Meister.

Die Alten sagten aber auch, man könne die Erleuchtung in den grünen Blättern eines Kohls finden. Und zwischen den Flügelschlägen einer Hummel hören. Und in tausend und einem Schweißtropfen riechen. Und unter dem Fels finden, der sich niemals rührt. Und an tausend anderen Orten.

»Ich muss zugeben, Imperator Mollusk, Ihr Besuch ist keine Überraschung für uns.«

»Nein, das dachte ich auch nicht.«

Ich hatte bemerkt, wie sich die Mönche um uns versammelten, während wir durch die Stadt gingen. Das Ganze war nicht besonders subtil. Jede Person, an der wir vorbeikamen, schloss sich uns an, und bald waren wir von mehreren Hundert Bürgern umgeben. Männer, Frauen und Kinder jeden Alters. Ihre freundlich lächelnden Gesichter spiegelten aber keinerlei Bedrohung wider, die ihre wachsende Zahl hätte bedeuten können.

Zala musste es ebenfalls bemerkt haben, aber sie sagte nichts.

»Sie verstehen, dass wir in der heiligen Stadt tief in Ihrer Schuld stehen, und dass wir beinahe schon an Kampf dachten, als die Außenstehenden kamen, um Ihre Technologie irrezuleiten. Aber es ist natürlich nicht unser Weg, die Fäuste in Gewalt zu heben. Dafür muss ich mich ausdrücklich entschuldigen.«

Er blieb stehen und verbeugte sich.

»Wenn uns Ihre geschätzte Begleiterin ihre Waffen übergeben würde, würde das die ganze Sache etwas einfacher machen.«

Zala lachte. »Wenn Sie meine Waffen wollen, werden Sie sie mir ...«

Der Roundhouse-Kick eines Mönchs hätte sie beinahe

enthauptetet. Sie war nur schnell genug, ihm auszuweichen. Er führte mehrere Boxhiebe aus. Sie wich aus und schmetterte ihm den Ellbogen auf die Nase. Er brach zusammen. Eine ältere Frau und ein Kind eilten herbei und halfen ihm davonzuhumpeln.

»Ich dachte, diese Leute wären Pazifisten«, sagte Zala.

»Das sind wir auch«, antwortete der Erhabene Meister. »Aber wir wurden höchst unglücklich missbraucht.« Er verbeugte sich und drehte den Kopf, um die Narbe unter seinem rechten Ohr zu zeigen. Hier war zweifellos irgendeine Art Implantat am Werk. »Jetzt wurde das Können, das uns bei unserem Streben nach innerem Frieden geholfen hat, missbraucht, und ich kann Sie nur demütig um Verzeihung für unsere Taten bitten.«

Drei Schwertkämpfer rückten gegen Zala vor. Sie zog die Pistole an ihrer Hüfte.

»Tun Sie das nicht!«, sagte ich. »Sie werden unschuldige Leute erschießen.

Sie knurrte, steckte die Waffe weg und zog ihr Krummschwert.

Einer der Schwertmeister wirbelte seine Waffe in einem blitzenden Muster herum. »Ich entschuldige mich, falls mein Schwert Ihre Reise zur Erleuchtung vorzeitig beendet, und hoffe nur, Sie können mir in Ihrem nächsten Leben vergeben. Und sollten Sie meines beenden, so entschuldige ich mich dafür, da ich Sie gezwungen habe, Blut …«

Zala boxte ihn gegen den Kiefer und schickte ihn zu Boden.

»Entschuldigung angenommen.«

Die Shambhalaner, jeder Einzelne, abgesehen vom Erhabenen Meister, stürzten sich auf Zala. Ich verlor sie in dem Chaos, doch ihr Kampfschrei kam von irgendwo in dem Durcheinander. Sie konnte diesen Kampf wahrscheinlich nicht gewinnen, aber sie würde es ihnen gewiss auch nicht leicht machen.

»Ihre Begleiterin ist sehr stur«, bemerkte der Meister. »Aber wie die Alten sagen: Erleuchtung kann im aussichtslosen Kampf gefunden werden.«

»Mir scheint, man kann sie überall finden«, erwiderte ich.

»Ah, so geht die Reise immer weiter.«

Ich ließ Zala ihr Streben nach Erleuchtung auf ihre eigene Weise ausfechten. Der Meister führte mich zu dem Tempel im Zentrum der Stadt. Ich war nicht überrascht, Brain in einem zwei Meter fünfzehn großen Exoskelett auf den Stufen stehen zu sehen.

»Wie lieb von Ihnen, sich zu uns zu gesellen, Imperator. Wo ist die Venusianerin?«

»Ich fürchte, ihr Weg zur Erleuchtung könnte ein paar blaue Flecke beinhalten«, sagte der Meister.

»Egal«, erwiderte Brain. »Von jetzt an übernehme ich. Wenn ihr die Venusianerin gebändigt habt, bringt sie her.«

Der Erhabene Meister verbeugte sich.

»Wo ist er?«, fragte ich. »Wo ist der Turm?«

Brain zeigte hinter mich. Die Luft schimmerte, als er das Tarnschild deaktivierte, das den Eiffelturm neben der Molluskotronik-Maschine verbarg.

»Zweifellos werden Sie viele Fragen haben, Imperator, und wir wollen sie beizeiten auch beantworten. Aber wir haben jetzt noch ein paar Minuten, bis alle Vorbereitungen beendet sind, und es wird langsam Zeit, dass wir die formelle Vorstellung hinter uns bringen. Wir warten schon viel zu lange darauf, Sie von Angesicht zu Angesicht kennenzulernen.«

Er führte mich in den Tempel. Einst ein offener Raum, wo die Mönche von Shambhala zu den Klängen eines heiligen Gongs meditierten (es gab viele heilige Dinge in der heiligen Stadt), wurde er jetzt als ein Audienzsaal genutzt. An den Wänden entlang lagen Hunderte von körperlosen Terra-Sapiens-Gehirnen in ihren eigenen flüssigkeitsgefüllten Kugeln.

»Der Rat der Egos heißt Sie willkommen, Imperator.«

Und der Rat jubelte.

DREIUNDZWANZIG

Es war schwierig, ein terranisches Gehirn vom anderen zu unterscheiden. Zum Glück hatte man Namensschilder aus Metall an ihre Kugeln geschraubt. Ich besaß eine flüchtige Selbstbildung in Terras Geschichte und erkannte viele von ihnen: den Marquis de Sade, Gräfin Elisabeth Báthory, Dschingis Khan, Julius Cäsar, Florence Nightingale, Pol Pot, Mao Zedong, Soupy Sales, Kleopatra, Susan B. Anthony. Um nur ein paar zu nennen.

»Wo ist Hitler?«, fragte ich. »Ich sehe Hitlers Gehirn nicht.«

»Dieser Idiot?«, erwiderte P.T. Barnum. »Er war zu lästig und fordernd. Dafür ist im Rat der Egos kein Platz. Wir dienen einem höheren Zweck, einem großen Plan.«

Mussolini kicherte. »Wir haben ihn ins Klo gespült.«

»Nicht jeder ist des Rates würdig«, sagte Zu Ding. »Bei manchen ist der Konvertierungsprozess auch zu schwierig. Es funktioniert einfach nicht. Bei Greta Garbo, Konfuzius und Oscar Wilde zum Beispiel hat das wundersam konservierende Elixir, das aus den unsterblichen Wassern destilliert wird, versagt.«

»Eine Schande«, sagte Buffalo Bill.

»In der Tat«, sagte Zu Ding. »Und andere werden verrückt. Normalerweise fallen sie in Katatonie. Oder noch schlimmer.«

»Jane Austen hat nicht aufgehört zu schreien«, sagte Archimedes. »Und Madame Curie stürzte in einen tierischen Zustand ab. Allerdings konnten Sie ja feststellen, dass es auch noch andere Nebenwirkungen hatte, deretwegen es durchaus nutzbringend war, sie zu behalten.«

»Und wieder andere bestehen natürlich darauf, an antiquierten Moralvorstellungen festzuhalten«, sagte Zu Ding. »Einstein nannte uns verrückt. Er behauptete, der Konservierungsprozess müsse unsere Geister verwirrt haben. Können Sie sich diese Absurdität vorstellen? Wir haben einen Weg gefunden, uns in Halbgötter aus purem Intellekt zu verwandeln, und er hielt uns für wahnhafte Größenwahnsinnige.«

Der Rat brach in gackerndes Gelächter aus. Sie steckten sich gegenseitig an und hörten eine ganze Weile nicht wieder damit auf.

Zwei Mönche brachten Zala herein. Sie war übel zugerichtet, aber die Shambhalaner hatten sich ausreichend von ihrer Zurückhaltung bewahrt und sie nicht so zugerichtet, dass sie nicht mehr selbst hätte gehen können. Sie stellte sich neben mich.

»Ich bin überrascht, dass sie Sie nicht umbringen mussten«, flüsterte ich unter dem Lachen, das von den Wänden widerhallte.

Sie wischte sich ein wenig Blut aus dem Mundwinkel. »Wenn mich die Erfahrung eines gelehrt hat, Imperator, dann ist es, dass Sie Vergnügen daran zu haben scheinen, uns in Fallen zu führen. Mich hat diese Wendung der Ereignisse nicht überrascht. Aber man kann wohl kaum von mir erwarten, dass ich mich lammfromm ergebe, oder?«

Das Gelächter erstarb, und für einen Augenblick dachte ich, der Rat könnte fertig sein. Doch dann brach Tolstoi in heiseres Gekicher aus und löste damit eine neue Lachsalve aus.

»Sie sind jedenfalls ein munterer Haufen«, sagte sie. »Muss ich mir Sorgen machen?«

»Das habe ich noch nicht entschieden«, antwortete ich.

Das Gelächter des Rats hörte abrupt auf, als hätte jemand einen Schalter umgelegt.

Zu Ding sagte: »Den Rat der Egos eint eine einzigartige Zukunftsvision. Alte Rivalitäten, alte Vorstellungen müssen abgelegt werden, wenn man zu uns gehören möchte. Wir können niemanden tolerieren, der nicht bereit ist, sich der neuen Ordnung anzupassen. Irgendwann standen wir einmal ganz kurz davor, dafür zu stimmen, Davy Crockett und Antonio López de Santa Anna zu entfernen. Aber jetzt schauen Sie sie an. Die besten Freunde.«

»Mittwochs spielen wir Mahjongg«, sagte Santa Anna.

»Ich weiß nicht einmal, warum wir uns damals gekabbelt haben«, sagte Crockett.

»Das ganze Gezänk und die internen Machtkämpfe, die uns als Spezies ausgemacht haben«, sagte Otani Kozui.

»Eine Zeitverschwendung, die reine Ablenkung. Das System wartet darauf, dass wir Ordnung in sein Chaos bringen, und stattdessen haben wir Tausende von Jahren damit verschwendet, uns wegen Grenzen und Nationen und anderen bedeutungslosen Nichtigkeiten zu streiten.«

»Bis Sie daherkamen, Imperator«, sagte Barnum, »und uns gezeigt haben, dass die Einheit von Terra möglich ist. Der Rat arbeitet seit Tausenden von Jahren im Verborgenen, aber all unsere Bemühungen waren langsam und ineffektiv. Selbst als unsere Zahl stieg, waren wir nicht in der Lage, die sture Natur der Terraner zu überwinden. Es brauchte einen Außenstehenden, einen wahren Meister der Wissenschaft und Eroberung, um uns den Weg zu zeigen.«

Die Gehirne murmelten zustimmend.

»Sie sind ihr Held«, sagte Zala. »Sie haben versucht, sie aufzuhalten, und dafür haben sie Sie die ganze Zeit bewundert.«

»Und warum auch nicht?«, fragte Zabaia. »Haben wir nicht seit Anbruch der Zivilisation Terras zu den Himmeln aufgeblickt und nach Führung und Rettung gesucht? Und ist nicht Lord Mollusk herabgekommen, um uns vor uns selbst zu retten, wie es von Propheten und Bauern gleicherweise erträumt wurde?«

Zala lachte. Niemand lachte mit ihr, und der Laut hallte im Saal wider.

»Oh, sagen Sie mir bitte, dass Sie das nicht ernst meinen!«

Sie lachte wieder.

»Sie halten den Imperator für Ihren Messias?«

»Das ist kein angemessenes Wort«, sagte Barnum. »Er ist gekommen, um uns vor uns selbst zu retten und uns den Weg zu zeigen.«

Wider Willen lächelte ich.

»Sie lieben das, oder?«, fragte sie.

»Es ist nett, angebetet zu werden«, gab ich zu.

»Das ist doch absurd. Er ist kein Gott. Und das hier ist falsch verstandener religiöser Unsinn ...«

Die Menge übertönte sie murmelnd.

»Das ist keine Religion«, sagte Kleopatra. »Solche kindischen Dinge sind unter der Würde des Rats.«

»Religion bietet nichts als leere Versprechungen für verzweifelte Sterbliche, die nur Angst kennen«, sagte Joseph Lyons.

»Manche Versprechen sind leerer als andere«, fügte Tomás de Torquemada hinzu.

»Was soll das heißen?«, fragte L. Ron Hubbard.

»Ach, nichts«, erwiderte Torquemada.

»Liebe Konsul-Kollegen«, sagte Martin Luther, »jetzt ist nicht der richtige Zeitpunkt für diese Diskussion.«

»Niemand hat dich nach deiner Meinung gefragt«, sagte Hubbard. »Nicht, dass irgendwer das je hätte tun müssen.«

»Konsuln, bitte!«, sagte Mussolini. »Zwingt uns nicht, darüber nachzudenken, euch hinunterzuspülen!«

»Ihr wollt ja vor dem Messias nicht schlecht aussehen«, sagte Zala mit allem Sarkasmus, der ihr zur Verfügung stand.

Barnum erwiderte: »Sie missverstehen uns, Venusianerin. Wir sind keine Trottel, die ihre Hoffnungen hinter blinden Glauben und irrationales Wunschdenken stellen. Das ist der Weg der alten Terra Sapiens. Wir haben unser störendes Fleisch und Blut überwunden, um zu Wesen von reinem Intellekt zu werden. Und dieser Intellekt sagt uns, dass Imperator Mollusk gekommen ist, um uns vor uns selbst zu retten.«

»Sie sind alle verrückt«, sagte sie.

»Aber natürlich können Sie das nicht verstehen«, sagte Sigmund Freud. »Es ist das Fleisch, das Sie umgibt, das Ihre Rationalität mit all seinen verwirrenden Nervenimpulsen erstickt. Wenn wir Sie erst von dieser Verwirrung getrennt haben, werden Sie es sehen.«

Vor uns öffnete sich der Boden, und ein kleiner Stahltisch stieg mit mehreren chirurgischen Robotern in den Tempel auf.

Eine Reihe von Mönchen, die sich pausenlos entschuldigten, ergriffen sie. Sie kämpfte wie ein turillischer Teufel und schickte mehrere zu Boden. Doch es waren zu viele. Schließlich schleppten sie sie zu einem Tisch. Sie kämpfte mit aller Kraft und Erfahrung, doch es nützte nichts. Sie schnallten sie fest, auch wenn sie sich noch so wehrte. Eine Gehirnaufbewahrungskugel wurde neben ihren Kopf gerollt, während die Roboter eine Kreissäge sterilisierten.

»Wir retten sie vor sich selbst«, sagte Barnum. »Es sei denn, Sie haben Einwände, Lord Mollusk.«

Im Saal wurde es still.

»Sie können sie das nicht tun lassen, Imperator!«, sagte Zala. »Ich bin eine venusianische Kriegerin! Ich verdiene es, auf den Beinen und mit einem Schwert in der Hand zu sterben!«

Ich sagte nichts.

Brain legte einen Arm um mich. »Sagen Sie ein Wort, und wir tun, was immer Sie wünschen. Ohne Tricks. Ohne Hintertürchen. Sie sind der Anführer, auf den wir gewartet haben, und Sie haben unsere absolute Loyalität.«

»Worauf warten Sie?«, fragte Zala. »Sagen Sie ihnen, sie sollen mich freilassen!«

Ich schwieg und dachte nach.

»Sie denken doch nicht wirklich darüber nach?«, schrie Zala. »Wie oft habe ich Ihnen das Leben gerettet?«

»Wie oft haben Sie mir gesagt, Sie werden mich wegsperren?«, fragte ich zurück. »Eigentlich sind wir keine Freunde, oder?«

Sie schnaubte. »Sie könnten mir wenigstens die Ehre erweisen, mich zu töten, statt mich in eine von diesen körperlosen Abscheulichkeiten zu verwandeln.«

Da hatte sie recht.

»Bevor Sie Ihre endgültige Entscheidung treffen«, sagte Königin Victoria, »möchten wir Ihnen gern etwas zeigen. Etwas, von dem wir wissen, dass Sie es erhellend finden werden.«

Im Raum wurde es dunkel, und ein Bild erschien über dem Rat in der Luft. Mein Bild.

»Hallo Imperator.« Meine aufgezeichnete Stimme knackte statisch, während das Bild flimmerte. »Schön, dich zu sehen, sozusagen. Wie du wohl schon kapiert hast, bin ich derjenige, der die Botschaft aus der Zukunft geschickt hat. Ich entschuldige mich für die schlechte Übertragungsqualität, aber wie du weißt, ist die Antizeit-Projektion eine ungenaue Wissenschaft.«

Zala sagte: »Sie? Sie sind also derjenige, der die ganze Zeit dahintergesteckt hat?«

»Ja, das ist wohl leider wahr«, sagte das Zukunfts-Ich. »Ein Jammer, dass Sie das zu spät herausgefunden haben, meine liebe Zala.«

»Ist das eine Liveübertragung?«, fragte sie.

»Nein«, antwortete er. »Es ist nicht live. Ich habe dieses Gespräch nur beim letzten Mal, als ich es führte, auswendig gelernt und erinnere mich, wie Sie es beendet haben. Es ist lediglich eine Simulation, denn ich kann Sie im Augenblick nicht hören. Aber ich habe Sie damals gehört, und das kommt dem nahe genug.«

»Woher soll ich wissen, dass du ich bist?«, fragte ich.

»Wer könnte ich sonst sein?«, fragte er. »Ich schätze, ich könnte ein zweiter gesetzloser Neptuner sein. Wir sehen schließlich alle gleich aus, und diese schlechte Verbindung ist auch nicht gerade hilfreich. Ich kann nicht beweisen, wer ich bin. Ich hätte eure Reaktionen von einer Quelle von außen aufgezeichnet haben können. Also ist das nicht beweiskräftig. Oder ich könnte ein Klon sein. Vielleicht einer, von dem du nicht einmal etwas wusstest. Der Klon eines Klons. Und aus der Zukunft betrachtet gibt es zahllose Tricks, die ich zu meinem Vorteil nutzen könnte.«

Das Bild verblasste zu grauem Rauschen, dann wurde es langsam klar.

»Und die Frage, die du dir jetzt stellst, ist, was hätte ich zu gewinnen, wenn ich dich anlüge? Auf welches höhere Ziel würde so eine Täuschung hinarbeiten?«

»Er ist gut«, gab ich zu.

»Ich bin du«, sagte er. »Und egal, wie unmöglich diese

Behauptung von deinem Punkt im Raum-Zeit-Kontinuum aus zu beweisen ist – du weißt, dass es stimmt. Wer sonst wäre erfindungsreich genug, dich so gekonnt zu manipulieren, dich auf eine große Jagd zu schicken, die dazu gedacht ist, dich daran zu erinnern, wer du eigentlich bist? Wer als du selbst könnte dich wohl derart überlisten?«

»Meine Götter, Mollusk!«, sagte Zala. »Er ist tatsächlich Sie! Niemand sonst könnte etwas so widerwärtig Selbstzufriedenes sagen, ohne auch nur eine Miene zu verziehen.«

Zukunfts-Ich lachte, und der Rat der Egos lachte mit ihm.

»Ein Wesen von deinen Talenten gehört nicht auf diese jämmerliche kleine Welt«, sagte Zukunfts-Ich. »Du bist zum Erobern geschaffen! Es ist dein Schicksal, das Universum zum Ruhm zu führen!«

Er hob die Faust. Der Rat brüllte.

Jetzt hatte sogar ich das Gefühl, dass das ein bisschen viel war.

»Vielleicht war das ein bisschen viel.« Er lächelte ironisch. »Hier geht es weniger um das Schicksal als um Unvermeidbarkeit. Du kannst nicht aufhören, der zu sein, der du bist, Imperator. Dieser fehlgeleitete Ruhestand macht dich unzufrieden. Spar dir also die Mühe, es zu leugnen.«

Ich sparte sie mir.

»Und ich muss dich nicht fragen, ob dir die letzten Tage ein Gefühl von Lebendigkeit beschert und dich stimuliert haben, wie es schon seit Jahren nicht mehr der Fall war.«

Er hatte recht.

»Dein Ruhestand war ein Experiment, doch dieses Experiment ist vorbei. Es ist ein Fehlschlag, und du bist zu intelligent, um das zu leugnen. Ich verstehe deinen Widerwillen. Ich weiß, es gibt unangenehme Aspekte dieses Hobbys, die dich nicht besonders reizen. Aber wenn du es nicht tust, dann tut es jemand anders. Und wir wissen beide, dass er es nicht mit Stil und Subtilität tun würde, sondern mit Armeen und Todesstrahlen und massenhaft einfallsloser Zerstörung.«

»Er wird scheitern«, sagte ich. »Das System kann nicht erobert werden. Es ist eine logistische Unmöglichkeit.«

»Ja, es ist unmöglich«, stimmte er zu, »und genau darum wirst du es tun.«

»Sag mir nicht, dass du es schon getan hast!«, rief ich.

»Nein. Ich bin in der Zukunft, aber nicht weit genug, dass ich Ergebnisse garantieren könnte. Allerdings sind Garantien auch langweilig. Nein, ich kann keine Versprechungen machen – außer zu sagen, dass es ein höllischer Spaß werden wird, es zu versuchen. Und falls du scheiterst, kannst du zumindest sagen, du hättest dein Bestes gegeben.

In zehn Sekunden werden diese wunderbaren Chirurgen Zalas Gehirn entfernen. Oder sie werden sie gehen lassen. Die Entscheidung liegt allein in deiner Hand. Ich vertraue darauf, dass du die richtige treffen wirst.«

Das Bild schwenkte nach rechts, damit ein Gehirn in einer Kugel sichtbar wurde. Das lila Gehirn hatte eine deutliche Teilung im Zentrum seines Frontallappens. Es war ein venusianisches Gehirn.

Zalas Stimme kam aus dem Sprachgenerator.

»Hallo Imperator.«

Die Säge des Chirurgen schwirrte bereits, als er sie über der anwesenden Zala mit dem intakten Körper senkte.

»Das ist ein Trick!«, schrie sie. »Das muss ein Trick sein! Das könnte jedes Venusianergehirn sein! Beim Fünften bis Achten Gott, wenn Sie zulassen, dass sie mein Gehirn entfernen, ich schwöre, dann werde ich …«

»Aufhören!«, sagte ich.

Die Chirurgensäge ging aus.

Zala atmete erleichtert auf. »Ich wusste, Sie würden zur Besinnung kommen, Mollusk.«

»Sie könnten sie wenigstens betäuben«, sagte ich.

Eine Krankenschwester drückte ihr eine Maske auf den Mund und schaltete das Gas ein. Zala verfluchte meinen Namen in dieser Minute oder den zweien, die es dauerte, bis sie das Bewusstsein verlor.

Brain verbeugte sich. »Der Rat der Egos erwartet Ihren ersten Befehl, Lord Mollusk.«

»Ich nehme an, irgendwo gibt es eine Maschine«, sagte ich. »Ein Gerät in der Nähe, den Höhepunkt unserer Reise.«

Brain dümpelte als ein Nicken in seiner Flüssigkeit auf und ab. »Sie ist fast vollendet.«

Ich zuckte innerlich zusammen, als ich das Geräusch einer Motorsäge hörte, die in Knochen schnitt. Es musste vielleicht sein, aber ich bezweifelte, dass Zala die Notwendigkeit der Entscheidung verstehen würde.

»Also gut«, sagte ich. »Dann machen wir uns an die Arbeit.«

VIERUNDZWANZIG

Die Weltuntergangsmaschine beanspruchte eine große Höhle unter Shambhala. Zwei Quadratkilometer unterirdische Maschinerie, Wissenschaft und Eroberung. Rohre für Kühlflüssigkeit. Netze von glänzenden Drähten zogen sich zwischen den vier Türmen kreuz und quer. Technikroboter polierten die Maschine und bedienten die Dampföffnungen, damit sie nicht überhitzte.

»Ist alles so, wie Sie es sich vorgestellt haben?«, fragte Brain nach meinem ersten Blick darauf – von der Aussichtsplattform aus.

»Sie ist wunderschön. Ich frage mich, was sie tut.«

»Sie wissen es nicht?«

»Ich habe eine Ahnung«, erwiderte ich. »Ein paar Möglichkeiten sehe ich. Aber ich muss zugeben, dass mir die genaue Funktion nicht klar ist.«

Wir betraten ein Laufband und bewegten uns langsam auf das Zentrum des gewaltigen Geräts zu.

»Wir müssen zugeben, dass wir selbst nicht sicher sind«, sagte Brain. »Die Wissenschaft des Geräts geht sogar über unsere größten Intellekte hinaus. Tesly glaubt, es ist ein Gerät, das sich das globale elektromagnetische Feld zunutze macht, um eine noch größere Maschine zu betreiben, die wir noch nicht einmal gebaut haben. Archimedes' Theorie geht dahin, dass es den ganzen Planeten in einen solaren Todesstrahl verwandeln soll. Lovelace glaubt, es ist nichts weniger als der Computer, der auf die Software des Universums selbst zugreifen wird, womit man mit einem Tastendruck die Gesetze der Physik umschreiben kann.« Er lachte. »Im Rat kursieren natürlich Hunderte von Theorien, aber selbst die Intelligentesten von uns müssen zugeben, dass wir es einfach nicht wissen. Ich nehme an, die anderen wird es trösten zu hören, dass Sie es auch nicht wissen.«

Ich runzelte die Stirn.

»Was ist los, Lord Mollusk?«, fragte Brain.

»Ich habe noch nie auf dieser Seite gestanden«, sagte ich. »Die ganze Forschung, Planung und Konstruktion zu überspringen und anzukommen, wenn der Plan kurz vor der Vollendung steht. Es ist interessant, aber ich weiß nicht recht, ob es mir gefällt. Das ist Teil des Spaßes. So kommt es mir einfach zu leicht vor.«

»Das ist die Bürde Ihres Genies.«

»Das stimmt wohl. Wer sind Sie überhaupt?«, fragte ich Brain. »Ich bin kein Experte in Terra-Geschichte, aber ich habe die meisten Namen im Rat wiedererkannt.«

»Mein Name ist unwichtig, und Sie haben nie zuvor von mir gehört. Falls doch, hätte ich meinen Job nicht ordentlich gemacht. Es war meine makellose Karriere in verdeckten Operationen, die zu meiner Anwerbung geführt hat.«

»Tja, wenn Sie für mich arbeiten wollen«, sagte ich, »sollte ich Sie – außer mit Brain – irgendwie ansprechen können.«

»Nennen Sie mich Omega.«

»Das ist ein bisschen melodramatisch, oder?«

Brain sagte: »Es ist egal.«

»Dann nenne ich dich Buddy.«

Buddy schwieg kurz.

»Lieber nicht.«

»Ach, entspann dich, Buddy. Was ist schon ein Name?«

Sein Gehirn hüpfte in seinem Tank auf und ab. »Mir wäre etwas anderes lieber.«

»Du wirst dich daran gewöhnen, Buddy.«

Er ließ die Schultern hängen. »Wie Sie wünschen, Sir.«

Wir betraten den Lift und wurden in den Kontrollraum hinabgefahren, der sich im Herz der großen Maschine befand. Zahllose Hebel und Knöpfe bedeckten die Wände. Eine Reihe von Monitoren bildete einen steten Informationsfluss ab. Ich verbrachte mehrere Minuten damit, die Daten zu studieren.

»Hilft das weiter?«, fragte Buddy.

»Ein wenig. Obwohl es hauptsächlich Statusreports über die Funktionalität der Maschine sind. Wie lange hat es gedauert, sie zu bauen?«

»Fünf Monate.«

Ich warf einen Blick aus dem Fenster der riesigen Maschine. »All das in nur fünf Monaten? Ich bin beeindruckt.«

»Sie schmeicheln mir, Lord.«

»Wann kann sie aktiviert werden? Nein, lass mich raten: Wenn dieses rote Licht grün wird, ist es Zeit, den Schalter umzulegen.«

»Woher ...?«

»Zukünfigter Erbauer«, sagte ich.

»Natürlich ...«

Zwei Wächterdrohnen und ein zwei Meter vierzig großes Exoskelett stapften in den Raum.

»Wenn ich Ihre Studien einen Augenblick unterbrechen dürfte«, sagte Buddy, »Ich dachte, Sie würden vielleicht gern Ihre neue Leibwächterin kennenlernen. Oder eher Ihre alte Leibwächterin in einer verbesserten Version.«

Ich warf einen kurzen Blick auf Zalas venusianisches Gehirn, das in der Brust eines affengleichen Exoskeletts dümpelte.

»Ja, sehr hübsch.«

Dann wandte ich mich wieder dem Datenstrom auf den Bildschirmen zu.

»Sie Sohn eines Pribts!« Sie hob eine Metallfaust, als wollte sie mich zerquetschen, doch ihr Arm blockierte.

»Sie werden feststellen, dass Ihr neuer Körper so programmiert ist, dass er jeden Schaden an unserem Anführer verhindert«, sagte Buddy.

Widerstrebend senkte sie den Arm. Neunzig Zentimeter lange Stahlkrallen schnappten aus ihren Fingerspitzen, und der Blaster, der auf ihren Schultern montiert war, rotierte und klickte.

»Glauben Sie mir, Mollusk: Ich werde einen Weg finden.«

Buddy sagte: »Sie sollten sich geehrt fühlen, Venusianerin. Sie stehen neben dem größten …«

»Das habe ich gehört. Hauptsächlich von ihm selbst. Ich muss es nicht auch noch von Ihnen hören.«

»Gib ihr das Schwert«, sagte ich.

Eine Drohne reichte ihr das Krummschwert.

»Ich habe es für Sie aufbewahrt«, erklärte ich. »Das Schwert ist die Seele einer venusianischen Soldatin, nicht wahr?«

Sie nahm die Waffe in die Hand. »Ich kann es nirgends hinstecken.«

»An Ihrem rechten Bein finden Sie eine ausklappbare Schwertscheide, in der Sie es verstauen können«, erklärte ich.

Die Scheide öffnete sich, und sie steckte die Waffe weg. »Woher wussten Sie das?«

»So hätte ich es entworfen«, sagte ich. »Oder sollte ich sagen: So werde ich es irgendwann in der Zukunft entwerfen?«

Im Kontrollraum wurde es stockdunkel. Doch nur einen Augenblick lang. Die Lichter gingen wieder an. Der Datenstrom setzte sich fort. Eine Glocke läutete. Das rote Licht wurde grün. Und alles vibrierte beinahe unmerklich.

Snarg wurde munter. Ihre Fühler zuckten, dann quiekte sie.

Buddy, dessen Stimme kaum mehr als ein ehrfürchtiges Flüstern war, ergriff das Wort.

»Sie ist bereit.«

»Was tut sie?«, fragte Zala.

»Eine hervorragende Frage«, antwortete ich. »Ich glaube

nicht, dass sie im Moment etwas Wichtiges tut. Sie läuft nur im Leerlauf und wartet darauf, dass jemand sie einschaltet.«

»Ja, Lord.« Buddy gestikulierte zu dem dramatisch großen Hebel hinüber, der in eine Konsole eingebaut war. »Sie müssen die Maschine nur noch einschalten, und unsere neue, herrliche Zukunft beginnt.«

Zala stellte sich zwischen mich und den Hebel. »Das können Sie nicht tun, Imperator!«

»Aber ich muss es tun. Die Kausalität verlangt es.«

»Also tun Sie es, weil Sie es tun *müssen*.«

»Gehen Sie beiseite!«, sagte Buddy.

»Nein, schon gut.« Ich musterte die Reihen von blinkenden Lichtern im Herzen der Maschine. »Raumzeit ist größer als wir alle, Zala. Nicht einmal ich stehe darüber. Diese Maschine, diese Botschaft aus der Zukunft, alles, was wir durchgemacht haben, hat uns zu diesem Moment geführt. So soll es sein.«

»Hören Sie sich eigentlich manchmal selbst zu?« Sie hatte kein Gesicht, aber ich konnte mir den höhnischen Ausdruck gut vorstellen. »Ich hätte nicht gedacht, dass sich der geniale Imperator Mollusk von jemandem sagen lässt, was er tun soll. Sie haben doch vorher auch noch nie nach den Regeln von irgendjemand anderem gelebt. Warum jetzt damit anfangen?«

»Soll ich sie deaktivieren?«, fragte Buddy.

»Nein. Sie hat ja recht. Was würde passieren, wenn ich diesen Schalter nicht umlege? Kann ich beschließen, nicht zu meinem zukünftigen Ich zu werden? Das ist eine faszinierende Möglichkeit.«

»Falls jemand dem Schicksal in die Suppe spucken kann«, sagte Zala, »dann Sie.«

Buddy schaltete ihr Exo per Fernbedienung ab.

»Das war ermüdend. Und sinnlos. Sie werden den Hebel umlegen. Sie wissen, dass Sie es wollen. Sie müssen sehen, was diese Maschine tut. Ihre Neugier lässt Ihnen keine andere Wahl.«

»Da hast du wohl recht«, gab ich zu.

»Sie wissen genau, dass ich recht habe, Lord Mollusk.«

Einen Moment lang war ich mir doch nicht so sicher. Geheimnisse, gebildet aus Schicksal und allerlei Möglichkeiten, tanzten auf den Spitzen meiner Tentakel, und obwohl ich überzeugt war, die Antworten darauf zu kennen, hatte ich auch eine Vorliebe für gute Experimente. Doch den Hebel umzulegen oder nicht – ich konnte nicht mit Bestimmtheit wissen, was ich tun sollte. Falls die Zeit unveränderlich und der einzige Unterschied zwischen dem gegenwärtigen und dem zukünftigen Ich eine Frage des Blickwinkels war, dann konnte ich eigentlich nichts tun, um zu verhindern, dass ich er wurde. Ich war schon er. Ich war nur noch nicht dort angekommen.

Ich konnte mich nicht selbst austricksen. Vor allem, wenn es um eine Version von mir ging, die den Vorteil hatte, alles zu wissen, was ich wusste *und* alles, was ich einmal wissen würde. Die Logik war fehlerfrei und unvermeidlich. Was auch immer ich wählte, es würde zu dem zukünftigen Ich führen. Und falls das stimmte, konnte ich die Maschine auch genauso gut anwerfen und schauen, was passierte.

Ich packte den Hebel, zögerte aber, ihn umzulegen.

Dann warf ich einen Blick auf Zalas Gehirn, das in der blubbernden Flüssigkeit schwamm. »Sie werden es verstehen.« Ich zog den Hebel. »Eines Tages.«

Die Maschine erwachte summend zum Leben. Blitze tanzten über die Drahtnetze, als tief in der Maschine etwas rumpelte. Die Maschine stieß riesige Dampfwolken aus, während bunte Lichter an den Türmen entlang knisternd zum Leben erwachten. Aber der genaue Zweck der großartigen Erfindung blieb verborgen.

»Danke, Imperator.« Buddy lachte. »Danke, dass Sie genauso närrisch sind, wie wir es uns dachten.«

Er reaktivierte Zalas Exo, und sie regte sich. »Mollusk, Sie Idiot! Ihre eigene wissenschaftliche Neugier hat sie am Ende zunichte gemacht.«

»Das musste früher oder später passieren«, antwortete ich.

Das Bild meines zukünftigen Ichs erschien auf den Monitoren.

»Ja, Imperator, das musste es. Wir wussten beide, dass dieser Tag kommen würde.«

Die Kamera zoomte weg und zeigte, dass die Roboter-Handlanger des Rats in der vorherigen Übertragung direkt außerhalb des Bilds gestanden hatten. Die Wachen hatten die Waffen auf mich gerichtet.

»Wie du in diesem Augenblick entdeckt hast, kommt die Zukunft, die dir der Rat der Egos versprochen hat, mit ein paar Einschränkungen daher. Sie wollen tatsächlich unsere Wissenschaft und unsere Genialität. Aber unsere Führung? Ist ihnen nicht so wichtig.«

»Dachten Sie wirklich, dass sich die größten Geister der

Geschichte Terras einem außerirdischen Herrn beugen würden?«, fragte Buddy.

»Ich hatte durchaus meine Zweifel«, sagte ich, »doch dann dachte ich, wenn Sie wirklich die größten Geister der Geschichte Terras wären, dann wäre das eine logische Schlussfolgerung. Und doch kann ich nicht sagen, dass ich furchtbar überrascht bin. Warum sollten Terraner heller sein als irgendeine andere Rasse im System?«

»Wir waren immerhin hell genug, um Sie auszutricksen«, sagte Buddy.

»Positiv gesehen«, sagte Zukunfts-Ich, »ist nicht alles schlecht. Als der Chefwissenschaftler des Rats bekommst du den Luxus und die unbegrenzten Mittel, dich zum Nutzen des Rats auf Forschung und Entwicklung zu konzentrieren.«

»Konzentrieren heißt, dass ich Ihr Gefangener sein werde, nehme ich an«, sagte ich.

»Wir können Sie nicht frei herumlaufen lassen, wo Sie doch alle möglichen Probleme verursachen könnten, oder?«, sagte Buddy.

»Nein, das könnt ihr wohl nicht.«

»Aber Sie sehen es ganz falsch, Imperator. Ihre neue Stellung bedeutet, dass Sie sich endlich Ihrer wissenschaftlichen Neugier hingeben und sie auf praktische Ziele anwenden dürfen. Ich weiß, dass Sie aus irgendeinem Grund Hemmungen haben, anderen Schaden zuzufügen. Aber das Schöne daran ist, dass Sie es nicht müssen. Wir verlangen nur, dass Sie die Waffen und Werkzeuge entwerfen und bauen, die wir brauchen, um das System zu erobern. Sie müssen sich die Hände nicht schmutzig machen. Das können Sie uns überlassen. Wenn Sie wollen, sorgen wir sogar dafür, dass Sie in Ihrem Labor in glückseliger Ahnungslosigkeit darüber arbeiten können, was draußen passiert. Sie müssen sich nie mit den unordentlichen Konsequenzen Ihrer Entdeckungen abgeben, sondern können in einem Reich purer Theorie und Entdeckung leben, frei von nervtötender Moral.«

»Das klingt wirklich verlockend«, gab ich zu.

»Sie machen doch nicht mit?«, fragte Zala. »Sie können sich nicht einfach dadurch von Ihren Sünden freisprechen, dass Sie sich weigern, von ihnen zu hören!«

»Schuld erfordert Wissen. Man kann sich nicht wegen etwas schlecht fühlen, von dem man nichts weiß.«

»Das ist absurd. Sie können doch nicht den Schaden ignorieren, den Sie womöglich anrichten, wenn Sie diesen Gehirnen nachgeben.«

Buddy schaltete sie wieder ab. »Sie ist wirklich lästig, oder?«

»Nach einer Weile gewöhnt man sich daran«, erwiderte ich.

Die Vibrationen der Maschine wurden intensiver.

»Was tut sie?«, fragte ich. »Sie hätten mich sie nicht einschalten lassen, wenn Sie es nicht wüssten.«

»Natürlich nicht.« Barnum kicherte. »Es ist ein Quantensicherheitsgenerator.«

»Also habe ich wirklich einen entworfen.«

»Ja«, sagte Zukunfts-Ich, »und er funktioniert sogar. Die Maschine manipuliert das Universum auf Quantenebene. Für jede Aktion gibt es eine Vielzahl von Ergebnissen mit unterschiedlicher Wahrscheinlichkeit. Mit Zugang zu diesem Gerät kann ein Bediener die Wahrscheinlichkeit jedes ungewollten Ereignisses auf weniger als ein Tausendstel Prozent reduzieren. Die Entropie ist natürlich immer ein notwendiger Teil jedes Systems. Doch für alle praktischen Zwecke liefert einem die Maschine die Ergebnisse der eigenen Aktionen mit beinahe absoluter Sicherheit. Bisher reicht ihre Wirkung nur ein paar Tage in die Zukunft und ein paar Hundert Kilometer weit, aber mit der Zeit, wenn die molluskotronische Maschine mehr und mehr Energie in den Eiffelturm einspeist, wird sich dieser Radius erweitern. Mit jedem vergehenden Moment fällt mehr und mehr des Universums unter unsere absolute Kontrolle.«

»Phantastisch«, sagte ich. »Ich muss zugeben, ich hätte ein solches Gerät nicht einmal für möglich gehalten. Ich habe es nie geschafft, dass die Berechnungen funktionierten.«

»Sie werden es aber.«

Buddy lachte wie wahnsinnig. Ich nutzte die Ablenkung, um die rätselhafte Komponente aus einem Fach in meinem Exo zu holen und in eine Buchse an der Konsole zu stecken. Die Komponente knisterte an den Rändern, als sie sich mit der Maschine verband. Buddy war zu sehr mit seinem Triumph beschäftigt, um es zu bemerken.

Er fuhr mit seiner Tirade fort: »Sie sehen also, Imperator: Mit dieser Maschine und Ihrem Genie kann uns nichts mehr aufhalten. Wir haben die Urkräfte der Schöpfung eingespannt. Das gilt für morgen, nächste Woche und auch noch für die nächsten tausend Jahre. Am Ende wird die Maschine uns zu Göttern machen.«

»Sie erwarten doch nicht, dass wir da einfach mitmachen, oder?«, fragte Zala.

»Ich erwarte, dass Sie genau das tun, wovon ich schon weiß, dass Sie es tun werden. Wachen, bringt sie fort!«

Snarg erhob sich, um mich zu verteidigen. Die Wächter schossen mit ihren Gewehren auf sie, und sie wurde schlaff.

Buddy lachte, als das Summen des Sicherheitsgenerators auf eine Ultraschallfrequenz anstieg. Die Blitze, die über sein Drahtnetz tanzten, brannten heller. Die Konsole rauchte und schlug Funken. Grüne Kühlflüssigkeit leckte aus den Rohren auf die Monitore.

»Moment. Das sollte nicht passieren.«

»Die Zukunft geht nicht immer genauso auf, wie wir es uns vorstellen«, sagte ich.

»Was haben Sie getan? Haben Sie die Maschine irgendwie sabotiert? Aber wie …«

Snarg hörte auf, sich tot zu stellen. Die Wachen beschossen sie mit ihren nutzlosen Waffen. Sie zerquetschte sie mit brutaler Effizienz.

Buddy kam auf mich zu. Ein Hieb von Zalas mechanischen Krallen trennte ihm das rechte Bein am Hüftgelenk ab. Er hopste auf seinem anderen Bein, bis sie es ihm unter dem Körper wegtrat.

»Wie ist das möglich?«, fragte er.

»Es ist ein bisschen kompliziert«, antwortete ich. »Vielleicht erkläre ich es dir ein andermal.«

Der zweite Turm fing Feuer. Weiß glühende Flammen leckten an seinen Seiten und schwarzer Rauch wogte.

Zala, Snarg und ich rannten über das Laufband, während die Maschine weiter ins Chaos stürzte. Die Drähte knisterten. Die Rohre spuckten Dampf. Flüssigkeiten spritzten. Sie summte noch immer, und das Summen wuchs zu einem hohen Pfeifen an.

»Was passiert da?«, fragte Zala. »Und warum ist dieses Summen so verdammt laut? Davon juckt mein Kopf!«

»Genau genommen haben Sie gar keinen Kopf«, sagte ich. »Es ist lediglich Ihr Gehirn. Nur dass Ihr Gehirn nicht juckt. Es ist eine neurologische Reaktion. Die schlechte Nachricht ist die, dass es schlimmer wird, bevor es besser wird. Die gute Nachricht ist, dass Ihre venusianische Physiologie dafür sorgen wird, dass es Sie nicht außer Gefecht setzt. Es könnte unangenehm sein, aber das müsste eigentlich wieder werden.«

Etwas explodierte. Der Teil des Stegs, über den wir gerade gegangen waren, brach zusammen. Er stürzte in die Tiefe, zerschmetterte unterwegs mehrere andere Laufstege und schickte Instandhaltungs-Roboter in kochende Wolken des Nichts.

Ein erneutes Beben löste die Bolzen unseres Stegs. Er neigte sich zur Seite. Wir schoben uns weiter vorwärts, und der Steg schwankte.

»Das war Teil Ihres Plans?«

»Könnte sein«, sagte ich.

Ich warf mich in eine Wolke aus schwarzem Rauch und tastete mich zum Ausgang zurück. Es ging langsam, doch obwohl alles um uns herum auseinanderfiel, schafften wir es, nicht in eine Explosion zu geraten oder in den Tod zu stürzen. Doch nachdem wir wieder am Fuß der Treppe waren, die zur Oberfläche führte, musste ich Zala Rede und Antwort stehen.

»Schulden Sie mir keine Erklärung, Imperator?«, fragte sie.

»Da bin ich mir nicht sicher.«

»Sie haben mein Gehirn entfernt!«

»Ich hatte keine Wahl. Nur so konnte ich den Rat der Egos überzeugen, dass ich auf ihren Trick hereingefallen war«, sagte ich. »Sie mussten glauben, dass sie mich manipulierten, sonst hätten sie mir nie genug vertraut, um die Maschine einzuschalten. Falls Sie sich Sorgen um Ihren Körper machen: Ich kann Sie in einen neuen stecken.«

»Sie können nicht einfach versprechen, mich wieder in den Normalzustand zu versetzen und die Entweihung meines heiligen Kriegerkodexes ungeschehen machen. Mein Körper ist nichts, was Sie nach Belieben ausrangieren können!«

»Ich glaube nicht, dass dies der richtige Zeitpunkt ist, das zu besprechen.«

Der Rauch und die Flammen zwangen uns nach oben. Doch auf halbem Weg zum Ausgang drängte sie sich vor mich und wollte mich nicht durchlassen.

»Sie haben recht«, sagte ich. »Was ich getan habe, war unverzeihlich. Aber ich habe schon schlimmere Dinge getan, also werden Sie entschuldigen, dass ich nicht besonders betrübt darüber bin. Falls Sie mich aus diesem Grund vernichten wollen, klären wir die Einzelheiten später. Im Moment kann ich Ihnen nur sagen, dass es für den großen Plan notwendig war.«

»Das ist Ihre Erklärung? Es gibt einen großen Plan, und Sie hielten es nicht für nötig, mich davon zu unterrichten?«

»Ich glaube, ich habe schon erwähnt, dass ich nicht besonders gut darin bin, mit anderen zusammenzuarbeiten«, sagte ich. »Was das angeht, bin ich rücksichtslos. Das ist bekannt. Was den großen Plan angeht, muss ich zugeben, dass das zurzeit hauptsächlich eine Annahme von mir ist.«

»Sie haben die Maschine nicht sabotiert?«

»Ich glaube schon«, sagte ich, »aber ich kann im Moment nicht sicher sein. Auch wenn ich bezweifle, dass sie überhaupt funktioniert hätte. Einen Quantensicherheitsgenerator gegen die entropischen Kräfte des Universums einzusetzen ist das Gleiche, wie das Meer betonieren zu wollen. Beides ist unnötig schwierig und einfallslos.«

Snarg stürzte sich auf einen Trupp Wächter-Roboter.

Ich seufzte. »Wenn wir das hier tun müssen, tun wir es hier. Ich deaktiviere Ihr Schutzprotokoll, Zala.« Ich drückte einen Knopf auf dem Arm meines Exos. »So. Jetzt können Sie mich nach Belieben verletzen. Ich werde keinen Finger rühren, um Sie aufzuhalten. Töten Sie mich, wenn Sie wollen, aber dann bekommen Sie Ihren Körper nie zurück. Oder finden die Antworten auf irgendeine Ihrer Fragen. Ich schlage vor, Sie tun es schnell, während die Wachen Snarg beschäftigen.«

Zala zog ihr Krummschwert. »Ein Hieb.« Sie tippte mit der flachen Seite der Klinge an die transparente Kopfkuppel meines Exos. »Mit einem Hieb werde ich meine Welt und mich selbst für all Ihre Verbrechen rächen, Imperator.«

»Dann tun Sie es oder lassen Sie uns gehen.«

Sie hob das Schwert, und einen Augenblick lang dachte ich, sie könnte es wirklich tun.

Zala steckte ihr Schwert wieder weg. »Glauben Sie nicht, das hieße, ich werde Sie nicht bei der nächsten Gelegenheit töten, die ich bekomme.«

»Würde mir nicht in den Sinn kommen.«

»Sie haben mein Protokoll nicht ausgeschaltet, oder?«

»Ich bin nicht dumm«, sagte ich.

Wir erreichten die Oberfläche. Die Shambhalaner standen um uns herum. Zala richtete ihre Waffen auf sie.

»Lassen Sie das«, sagte ich. »Sie sind keine Gefahr mehr.«

Der Erhabene Meister verbeugte sich. »Wir sind wieder im Besitz unseres eigenen Willens, Imperator Mollusk. Sie sind wirklich der größte Freund, den Shambhala je gekannt hat. Und wir müssen uns noch einmal für unsere Taten entschuldigen – und entschuldigen uns ebenfalls für die inadäquate Natur dieser Entschuldigung.«

Ich verbeugte mich. »Und ich entschuldige mich für die Kopfschmerzen, die Sie jetzt vermutlich verspüren. Das ist die Nachwirkung der deaktivierten Implantate. Es müsste aber bald abklingen.«

»Sie sind zu gütig, Imperator Mollusk.«

»Vielleicht sollten Sie Ihre Leute aus der Stadt bringen«, sagte ich. »Es ist noch nicht vorbei.«

»Wie Sie wünschen.«

Wir tauschten Verbeugungen aus, und die Shambhalaner gingen in die eine Richtung und wir in die andere. Auf das Stadtzentrum zu.

»Die Maschine hat die Implantate deaktiviert?«, fragte Zala. »Wurde sie dafür gebaut?«

»Unter anderem.«

Wir arbeiteten uns zum zentralen Tempel vor. Zwar versuchten Sicherheitsklons uns aufzuhalten, doch Zala und Snarg machten kurzen Prozess mit ihnen.

Der Stein unter unseren Füßen zitterte und bebte. Aber Shambhala ertrug es ebenso, wie es das schon seit Jahrhunderten tat.

Wir erreichten den Tempel, und ich riss die Türen auf. Der Rat der Egos dümpelte schweigend in seinen Kugeln.

»Sie sind katatonisch«, sagte Zala.

»Außer Gefecht gesetzt«, sagte ich. »Die Maschine benutzt den Saft des Großen Gynäzeums, um eine psionische Welle zu generieren. Sie sind in ihren eigenen Phantasien versunken, nehme ich an. Auf dem Weg zur Weltherrschaft, wenn auch nur in ihrer eigenen Vorstellung.«

»Deshalb habe ich also rasende Kopfschmerzen.«

»Tut mir leid. Kann man nichts machen.«

»Sie haben sie besiegt?«

Ich nickte.

»Haben Sie sie mit ihrer eigenen Maschine besiegt?«, fragte sie.

»Tatsächlich ist es meine Maschine. Sie haben sie nur für mich gebaut.«

Das stetige Summen wurde schwächer, aber die Wirkung auf den Rat der Egos würde noch ein oder zwei Wochen anhalten.

»Das war's dann also?«, fragte Zala.

»Nicht ganz. Wenn ich mich nicht irre, müssen wir noch eine letzte Sache tun.«

Ein Gebrüll erschütterte Shambhala. Genau auf der anderen Seite des Hofs brach sich ein Kampfbot seinen Weg aus dem Gebäude, in dem er gelagert gewesen war. Der wütende Roboter trampelte auf die molluskotronische Maschine zu. Und sie war nicht in der Stimmung, irgendetwas auszuweichen, das ihr im Weg stand.

Ich aktivierte das Leuchtsignal an meinem Exo. Meine Untertasse trieb über uns, und der Traktorstrahl zog uns an.

»Wir müssen das radioaktive Gehirn von Madame Curie zerstören.«

FÜNFUNDZWANZIG

Als ich erst einmal im Cockpit saß, prüfte ich die Systeme. Meine letzte Begegnung mit Curie war eine Katastrophe gewesen, und ich wollte eine Wiederholung unbedingt vermeiden.

Curie stapfte auf den Eiffelturm zu, angezogen von den M-Strahlen, die er aussandte.

»Wenn Ihre Maschine den Rat außer Gefecht gesetzt hat, hätte sie sie dann nicht auch aufhalten sollen?«

»Madame Curie ist ein einzigartiger Fall. Die Radioaktivität und das Konservierungs-Elixier müssen sie auf einer biochemischen Ebene verändert haben. Es hatte nicht denselben Effekt wie bei den anderen. Stattdessen scheint es eine Hyperaggression ausgelöst zu haben, gepaart mit einem Mordshunger.«

In sämtlichen Gebäuden, an denen sie vorbeikam, verloschen die Fackeln, als sie ihre Hitze absorbierte.

Curies riesiges Exoskelett war nicht für größere Geschwindigkeiten ausgelegt. Ihre Bewegungen waren langsam und ungelenk. Doch was ihr an Anmut fehlte, machte sie mit purer Größe und Kraft wett.

Das leuchtende Fünfzehn-Tonnen-Gehirn blitzte, als sie eine Explosion entfesselte, die einen Holzturm zerlegte, der ihr im Weg stand. Ich hoffte, die Shambhalaner hatten diesen Teil ihrer Stadt bereits evakuiert.

Ich flog über sie hinweg und feuerte ein paar Schüsse auf sie ab. Doch sie absorbierte die Energie und wurde davon nur stärker.

»Ich dachte, Sie wären auf diesen Kampf vorbereitet«, sagte Zala.

»Auch Vorbereitungen haben ihre Grenzen. Ich werde noch ein paar Kalibrierungen vornehmen müssen.«

Curie packte die Untertasse telekinetisch. Das Schiff wackelte, seine Lichter blinkten an und aus.

»Sie zieht unsere Energie ab«, sagte Zala. »Schon wieder.«

Ich legte einen Schalter um. Eine Kontrolltafel sprühte Funken, doch die Untertasse entschlüpfte ihrem Griff.

Curie knurrte neugierig. Ihr Gehirn glühte heller, als sie den telekinetischen Druck erhöhte, doch die Gegenmaßnahmen der Untertasse entzogen uns auch weiterhin ihrem Griff.

Ich versuchte noch ein paar Salven verschiedener Artillerie- und Strahlenwaffen – allerdings ergebnislos. Ihre eigenen Schüsse wurden ganz leicht von den automatischen Lenksystemen abgelenkt. Gelangweilt wandte Curie ihre Aufmerksamkeit wieder dem Turm zu.

»Sollte ich fragen, was für schreckliche Dinge passieren können, wenn sie den tatsächlich erreicht?«, fragte Zala.

»Wie kommen Sie darauf, dass etwas Schreckliches passieren muss?«

»Erwarten Sie wirklich, dass ich es nicht tue?«

»Der Turm ist ein extrem effizienter Transmitter für die beinahe grenzenlose Energie, die von der mulluskotronischen Maschine generiert wird. Ich kann nur vermuten, dass ihr verzehrender Hunger nach Energie sie dorthin locken wird. Und obwohl sie in der Lage zu sein scheint, große Mengen Energie zu absorbieren, muss ich annehmen, dass auch sie Grenzen hat. Irgendwann wird sie die kritische Masse erreichen.«

»Sie wird explodieren.«

»Unweigerlich.«

»Und lassen Sie mich raten: Das könnte genug Energie freisetzen, um Terra aus ihrer Umlaufbahn zu werfen und in die Sonne zu schleudern. Aber nicht, bevor sie haltlos durchs System gerast ist, die Umlaufbahn jedes anderen Planeten destabilisiert und sie alle in die Tiefe des Raums geschickt hat.«

»Haben Sie eine Ahnung, wie viel Kraft nötig wäre, um Terra aus ihrer Umlaufbahn zu werfen? Woher haben Sie nur diese Ideen?

Nein, das Schlimmste, das passieren würde, wäre eine Fünfzig- oder Sechzig-Megatonnen-Explosion. Und Curies atomisierte Gehirnfragmente würden die Atmosphäre verschmutzen. Aber die wahre Gefahr besteht darin, dass sie die Maschine beschädigen könnte, die das molluskotronische Feld unter Kontrolle hält. Keiner kann vorhersagen, wie es ohne Begrenzung reagieren könnte. Ich kann mich nur um eine eingeschränkte Anzahl von Simulationen auf einmal konzentrieren.

Egal, was also passiert, es wäre eine globale Katastrophe. Ich bin mir allerdings nicht sicher, ob es nur Millionen töten würde – oder ob es ein Massenaussterben verursachen würde.«

»Schalten Sie einfach die Maschine aus!«

»Ich kann sie nicht ausschalten.«

»Was meinen Sie damit? Haben Sie keinen Ausschalter eingebaut? Eine Sicherung? Irgendwas?«

»Molluskotronische Energie funktioniert nicht so. Ich könnte Ihnen die Berechnungen zeigen, aber Sie würden sie nicht verstehen.«

Curie brüllte, als sie auf Dutzende von kleineren Häusern trampelte, die ihr im Weg standen.

Ich ließ die Untertasse vorwärts gleiten und landete auf den Straßen von Shambhala, zwischen Curie und dem Turm. Das Fahrwerk fuhr aus und stellte sich auf drei stämmige Beine. Die Seiten teilten sich und verwandelten sich in Arme, die in mechanischen Händen endeten.

»Ist das Ihr Plan? Sie wollen einen Faustkampf mit diesem Monster anfangen?«

»Nein, ich wäre zu beschäftigt damit, einen Weg an ihrer Abwehr vorbei zu finden. Sie müssen steuern.«

»Aber ich weiß nicht, wie!«

»Es ist nur ein riesiges Exoskelett. Und jetzt stöpseln Sie sich ein!«

»Wie ...«

Ein Stecker an ihrem rechten Arm fuhr aus. Ich zeigte auf die Buchse im Kontrollpaneel.

»Sind Sie überhaupt sicher, dass es kompatibel ist?«, fragte sie.

»Ich habe es in der Zukunft gebaut. Schon vergessen? Es wird funktionieren.«

Der Turm vor uns stürzte ein. Curie trat aus dem Staub, den seine Zerstörung aufgewirbelt hatte.

»Zala, ich kann nicht für den Tod von Millionen verantwortlich sein. Nicht schon wieder. Ich weiß, Sie wünschen sich nichts mehr, als mich eine weitere beschämende Niederlage erleben zu sehen. Aber ist das Millionen, womöglich Milliarden terranische Leben wert?«

Curie zerstampfte den Turm, und der Staub, der dabei aufgewirbelt wurde, verschluckte sie.

»Verdammt, Imperator!«, sagte sie. »Verdammt seien Sie für Ihre manipulative Art!«

Mit einem Klick rastete der Stecker ein. Sie musste sich erst an die neue Reizzufuhr gewöhnen, deshalb konnte man ihr verzeihen, dass sie nicht versuchte, dem Strahlengeschoss auszuweichen, das Curie auf uns schleuderte. Die Schilde der Untertasse hielten.

»Enttäuschen Sie mich nicht!«, sagte ich.

Zala hieb ihre riesigen Fäuste zusammen. Curie stampfte mit den Beinen wie ein Sumo-Ringer. Sie griff mit unaufhaltsamer Raserei an. Zala war zu langsam. Curie prallte gegen uns, wuchtete uns in die Luft und schleuderte uns beiseite. Der Cockpitstabilisator bewahrte uns davor, herumgeschleudert zu werden, auch als unser Kampfroboter krachend auf einem Kornspeicher landete.

Curie wandte sich von uns ab und bewegte sich auf den Turm zu.

Ich verkniff mir jeglichen Kommentar, als Zala sich abmühte, uns aufzurichten.

»Wäre nett gewesen, wenn ich eine Chance bekommen hätte, das zu üben«, sagte sie.

»Die Untertasse weiß, was sie tut«, sagte ich. »Sie müssen ihr nur Ihre Kriegerinnen-Instinkte leihen.«

Ich hätte einen Knopf drücken können, dann hätte sich die Untertasse von selbst aufgerichtet. Aber sie brauchte die Übung.

»Sie müssen den Kampf nicht gewinnen«, fügte ich hinzu. »Sie brauchen sie nur zu beschäftigen, bis ich einen Weg finde, sie zu stoppen.«

Sie brachte die Untertasse auf die Beine. »Und wie lange dauert das?«

»Wenn ich es weiß, werde ich es Ihnen sofort verraten.«

Zala rannte auf Curie los. Die beiden Roboter verkeilten sich ineinander und rangen um die Oberhand. So stolperten sie durch die heilige Stadt. Ein heiliger Meditationsraum und eine alte Kung-Fu-Schule wurden zerstört.

Mein Computer piepste.

»Hmmm. Interessant.«

»Sagen Sie mir, dass Sie eine Antwort haben!« Zala grunzte, während sie mit Curie kämpfte.

»Konzentrieren Sie sich einfach auf Ihre Aufgabe«, sagte ich. »Ich arbeite daran.«

Curies Gehirn blitzte in einem intensiven Grün auf. Der Blitz übersteuerte die Sensoren der Untertasse, und in Zalas Moment der Blindheit schlug uns Curie erneut zu

Boden. Als sich unsere Sensoren wieder klärten, stand Curie über uns und hielt ein bröckelndes Steingebäude über ihrem Kopf.

»Oh, Glipft!«, sagte Zala.

Curie schmetterte es wie einen Achtzig-Tonnen-Hammer auf uns herab. Der Schaden war minimal, doch während Zala Mühe hatte, uns aus dem Schutt zu befreien, packte sich Curie noch einen Shambhala-Turm und wiederholte das Manöver. Sie tat es noch drei Mal, bis die Untertasse halb unter Trümmern begraben war.

Ich drückte einen Knopf. Die Untertasse fuhr herunter und spielte deaktiviert.

Curie heulte triumphierend und setzte ihren Weg zum Turm fort. Sie würde ihn in Sekunden erreichen.

Ich reaktivierte die Untertasse. Zala mühte sich ab, uns zu befreien. »Sie ist zu stark, Imperator.«

Ich warf einen Blick auf die Warnleuchten der verschiedenen beschädigten Systeme. Die Untertasse war Curie nicht gewachsen. Hätte ich noch eine oder zwei Wochen gehabt, um die Daten zu studieren, und dann noch eine Woche zum Umbau, mehr Zeit für Zala zum Üben, vielleicht hätten wir sie überwältigen können. Doch diese Zeit hatten wir nicht.

Zala zog uns aus den Trümmern, aber es war zu spät.

Curie hatte den Turm erreicht. Nur in seiner Nähe zu sein zog schon Blitze knisternder Elektrizität auf sie. Ihr Gehirn loderte von der absorbierten Energie. Die Sensoren der Untertasse begannen zu piepsen.

Zala rannte vorwärts, doch ich übernahm die Kontrolle. Die Untertasse blieb stehen.

»Neuer Plan«, sagte ich.

Curie zog noch mehr Energie. Die molluskotronische Maschine pumpte mehr in sie hinein, wie ein tosender Fluss, der sich durch einen zerbrochenen Damm ergießt. Die Warnanzeige der Untertasse splitterte, und eine Hupe plärrte.

»Imperator …«

»Sie müssen still sein, Zala. Wenn meine Berechnungen falsch sind, könnte das sehr schnell sehr schiefgehen.«

Der Eiffelturm und Curie brannten grellrot. Der Generator schüttete genug Energie aus, um Terra für tausend Jahre zu versorgen, und doch trank Curie sie ohne ein Anzeichen, dass ihr endloser Durst gestillt sein könnte. Ihr gigantisches Gehirn wurde zu einem Leuchtfeuer grünen Verderbens.

»Jetzt.«

Ich gab Zala die Kontrolle zurück, und mit furchtloser Selbstvergessenheit warf sie sich auf Curie. Die wehrte sich schwach, doch sie hatte bereits zu viel absorbiert. Davon war sie benommen, verwirrt, desorientiert. Die Atomgehirn-Version von betrunken.

Doch ihr Roboterkörper war nicht ganz so unverwüstlich wie ihr Gehirn. Die kochenden Mengen roher Energie hatten ihn beschädigt. Mit einem Schlag hieb Zala in den zylindrischen Torso hinein. Dann riss sie einen Arm ab und schlug Curie damit über die Kuppel. Die Kuppel brach.

Mehrere Dutzend Schläge später lag der Roboter in Trümmern. Curies riesiges Gehirn glitt schutzlos heraus, und Zala wollte darauftreten.

»Das würde ich nicht tun«, sagte ich. »Das würde einen Siebzig-Megatonnen-Knall geben.«

Curie zog immer noch Energie aus dem Turm. Im Moment war der Prozess nicht aufzuhalten. Curies Gehirn glühte immer heller, es blubberte und ploppte.

»Was jetzt?«, fragte Zala.

»Jetzt lassen wir der Natur ihren Lauf«, erwiderte ich, während ich wieder die Kontrolle über die Untertasse übernahm.

Ich hob Curies Gehirn auf. Die Reaktion war nun so stark, dass die Gegenmaßnahmen der Untertasse versagten. Sie würde unsere Energie innerhalb von nur einer Minute aussaugen. Ich flog in die Atmosphäre hinaus, ins All, soweit es meine schwindenden Reserven erlaubten. Dann schleuderte ich Curie in den Orbit. Trudelnd wirbelte sie davon.

Ich drückte einen Knopf, und der Eiffelturm feuerte all seine überschüssige Energie ab. Ein grellblauer Blitz traf Curie, und die Schwärze des Alls wurde durch eine höllische Explosion erleuchtet. Nur schade, dass es kein Geräusch dazu gab.

Die Druckwelle spülte über die Untertasse hinweg. Wir taumelten energielos im Nichts, in unseren Exoskeletten waren nur noch Funken vorhanden. Mit meinem letzten bisschen Energie aktivierte ich das Notsignalfeuer.

Zalas Stimme knisterte aus ihrem kaum noch funktionierenden Lautsprecher: »Und jetzt?«

»Jemand wird uns finden. Irgendwann. Oder unser Orbit wird zerfallen, und wir kommen auf die altmodische Art nach Terra zurück.«

»Angesichts der Anzahl von Feinden, die Sie über die Jahre gesammelt haben«, sagte sie, »glaube ich, ich mache mir mehr Sorgen darüber, wer uns hier wohl finden wird. Falls das falsche Schiff vorbeikommt …«

»Das ist irrelevant«, sagte ich.

»Wie können Sie so etwas sagen, Imperator?«

»Weil es so ist.«

Ich betrachtete den kleinen blauen Planeten unter mir. Er war wieder sicher. Für wie lange, vermochte ich nicht einzuschätzen. Aber für den Moment war er nicht in Gefahr, in die Luft zu fliegen oder erobert zu werden. Und ich fand, das war mehr als genug.

SECHSUNDZWANZIG

Ein Bote gab mir den Lieferschein. »Hier ist die letzte, Sir. Unterschreiben Sie bitte an dieser Stelle, wenn es Ihnen nichts ausmacht.«

»Danke. Stellen Sie sie einfach zu den anderen.«

Sie luden die Kisten ab, während ich ein paar Anpassungen an der Maschine vornahm.

Snarg zirpte, als ein Schatten über mich fiel.

»Hallo Zala«, sagte ich.

»Hallo Imperator. Woher wussten Sie, dass ich es bin?«

»So zirpt Snarg nur für Sie. Sie mag Sie wirklich.«

Der Ultrafüßler drängte sich an Zala heran und warf sie beinahe um.

»Du bist ein ekliges Biest, weißt du das?«, wollte Zala von Snarg wissen.

Snarg quiekte und leckte Zalas Hand. Sie seufzte und streichelte mit einer Hand Snargs Fühler, während sie versuchte, sich den erstarrenden Schleim von der anderen zu wischen.

»Imperator, würde es Ihnen etwas ausmachen …?«

Ich machte eine Pause, um das Lösungsmittel zu sprühen. Dann befahl ich Snarg, Zala ein bisschen Platz zu lassen. Snarg nahm eine unterwürfige Haltung ein und gurrte.

»Das ist nichts Persönliches«, sagte ich. »Ich habe sie gern um mich, weil sie nützlich ist.«

»Ja, na ja, das ist sie wohl«, sagte Zala.

»Ich habe nicht mir Ihnen gesprochen.« Ich kicherte. »Ich hätte gedacht, Sie wären schon nach Venus aufgebrochen, um Ihren Bericht einzureichen. Macht Ihnen Ihr neuer Körper irgendwelche Probleme? Ich habe vorher noch nie venusianische Biologie geklont.«

»Nein, er funktioniert gut.« Sie blickte auf ihre Hände und wackelte mit den Fingern. »Auch wenn es sich manchmal ein bisschen komisch anfühlt. Es fehlen ein paar alte Schmerzen und Zipperlein.«

»Ich kann Ihnen einen neuen Körper klonen, der sie wieder hat.«

»Nicht nötig.« Sie roch an ihrem Arm. »Ich mag diesen Neugeborenen-Geruch.«

»Der wird in ein paar Wochen vergehen«, sagte ich.

»Schade. Aber ich nehme an, ich kann nicht erwarten, als Kriegerin ernstgenommen zu werden, wenn ich wie ein Frischling rieche. Und ich kann mich nicht beschweren. Ich glaube, dieser Körper ist ein bisschen jünger als mein alter.«

»Betrachten Sie uns als quitt.«

»Quitt? Sie haben mein Gehirn entfernt!«

»Ja, und dann habe ich es in einen neuen Körper gesteckt. Damit sind wir quitt.«

»Das ist nicht …!« Sie lächelte. »Vergessen Sie es, Imperator. Schon damals, als ich zugestimmt habe, Sie zu schützen, wusste ich, dass Sie ein Krimineller sind.«

»Das ist ein bisschen grob, oder?«, sagte ich. »Vor allem, weil ich dafür gesorgt habe, dass das Gehorsamsimplantat nicht wieder in ihren neuen Körper eingesetzt wird.«

Zalas Gesicht wurde ausdruckslos.

»Ich mache Witze«, sagte ich. »Das Implantat ist da. Es ist nur inaktiv.«

Sie war immer noch nicht erfreut.

»Wenn ich Ihren Gehorsam wollte, hätte ich Sie in dem Exoskelett gelassen.«

Sie musterte mein Gesicht und dachte offenbar über diese leichte Spur eines Lächelns und seine Bedeutung nach.

»Sie können nicht von mir erwarten, dass ich Ihnen vertraue, Imperator.«

»Nein, das kann ich wohl nicht.«

Sie nickte zu den Kisten hinüber. »Was ist in den Kästen?«

Ich öffnete eine, um ihr einen Blick auf den Inhalt zu erlauben: durchsichtige Kugeln mit den körperlosen Gehirnen des Rats der Egos darin.

»Was haben Sie mit ihnen vor?«, fragte sie.

»Ich lagere sie hier.«

»Ist das nicht unnötig grausam? Ich hätte nicht gedacht, dass Sie zur rachsüchtigen Sorte gehören, Imperator.«

Ich deutete auf die Maschine in der Mitte des Lagers.

»Es ist eine modifizierte Version des telepathischen Extasefeldgenerators. Sie befinden sich immer noch in einem glückseligen Zustand des Unwissens. Im Moment leben sie alle ihre gemeinsame Phantasie der galaktischen Eroberung aus.«

Sie schloss den Deckel. »Ich weiß nicht, ob ich das grausam oder großzügig finden soll.«

Ich erwiderte: »Sie sind glücklich und keine Bedrohung mehr. Ich überlasse die Entscheidung über die Moral ihrer Bestrafung oder Belohnung anderen.«

»Sehr pragmatisch von Ihnen.«

Ich nahm noch ein paar letzte Einstellungen an der Maschine vor, während Zala zuschaute.

»Wenn ich dieses kleine Abenteuer also richtig verstehe, waren Sie das Mastermind hinter allem. Die Mörder von Atlantis. Das Fiasko auf der Dinosaurier-Insel. Ihre katastrophale Niederlage in Paris.«

»Alles ich«, sagte ich.

»Aber wie? Und warum?«

»Nachdem ich das Potenzial des Antizeit-Radios untersucht hatte, wusste ich, wenn es in die falschen Hände geriete, würde vielleicht jemand versuchen, es gegen mich zu verwenden. Also plante ich eine Ausfallsicherung für den Fall, dass es nötig werden sollte. Ich würde einfach eine Botschaft meines zukünftigen Ichs senden und sie so gestalten, dass meine Gegner glauben müssten, sie wären im Vorteil.«

»Aber Sie haben das Radio nicht gebaut.«

»Nein, das habe ich nicht. Aber das erforderte der Plan auch nicht. Ich musste nur irgendwann in der Zukunft einen Transmitter bauen und die richtige Botschaft in die

Vergangenheit senden. Natürlich ist das Problem dabei, dass die Partei, die den Empfänger in der Vergangenheit gebaut hat, die einzige sein wird, die die Botschaft erhält. Das erforderte, dass sie glauben mussten, dass die Botschaft wirklich von ihnen selbst in der Zukunft kommt. Also konnte ich keine direkte Botschaft senden. Ich musste sie davon überzeugen, dass sie das Ruder selbst in der Hand hielten und die Botschaft sie zu ihrem ultimativen Ziel führen würde, während sie in Wirklichkeit zu meinen Gunsten wirkte.«

»Aber die Mörder. Und die Dinosaurier. Die hätten Sie umbringen können.«

»Scheinbar ja. Aber wenn man den Ausgang all dieser Ergebnisse selbst plant, wird die Bedrohung natürlich bedeutungslos. Der Rat der Egos verstand das auch. Deshalb war es notwendig, sie davon zu überzeugen, dass ihr Ziel nicht mein Tod war, sondern die Gefangennahme und Versklavung. Sie mussten glauben, dass sie mich manipulierten.«

»Und die Maschine, die Sie sie bauen ließen?«

»Sinnlose Beschäftigung, nur ein Köder. Unnötig komplex und unverständlich, und wenig mehr. Abgesehen von den hirnblockierenden Pulskomponenten, die in ihrer Bauart versteckt waren und von den Komponenten aktiviert wurden, die ich selbst als nutzlose Einzelteile in ihre Waffenkonstruktionen eingebaut hatte.«

»Aber warum ist sie explodiert?«

»Sie haben sie wahrscheinlich falsch zusammengebaut. Oder vielleicht habe ich sie auch so entworfen. Das habe ich noch nicht herausgefunden. Steht auf meiner To-Do-Liste.«

Zala kicherte. »Ihr Plan scheint mir unnötig kompliziert zu sein. Es muss doch einen einfacheren Weg gegeben haben, Sie durch all das zu führen.«

»Wenn es zu einfach gewesen wäre, hätte der Rat es nie geglaubt. Es musste lächerlich, sogar unnötig sein, um den Rat zu täuschen. Das Herz des Plans bestand im Grunde darin, den Rat dazu zu bringen, die Maschine zu bauen, die ihn zerstören würde, sie mir zu erkennen zu geben und mir dann die Möglichkeit zu geben, sie zu aktivieren. Doch damit das passierte, musste ich den Rat erst davon überzeugen, dass er mich manipulierte und austrickste, während das Gegenteil geschah.«

»Sie haben den Rat durch einen Trick dazu gebracht zu glauben, dass er Sie durch einen Trick dazu gebracht hat zu glauben, dass Sie ihn durch einen Trick dazu brachten, Sie auszutricksen?«

»Ich glaube, da war ein Trick zu viel drin«, sagte ich. »Der Rat dachte, alle meine Manipulationen wären gewollte Irreführungen, um meinerseits törichte Vermessenheit zu schüren. Aber in Wirklichkeit waren alle Manipulationen an mir eigentlich Manipulationen an ihnen. Und auch an mir. Nur dass sie nie auf die Idee kamen, sich zu fragen, ob sie manipuliert wurden oder nicht. Sie gingen einfach davon aus, dass sie in dem Spiel vorn lagen. Darum dachten sie nicht ernsthaft über die Möglichkeit nach, es könnte anders sein.«

Zala schüttelte den Kopf. »Nö. Es ist immer noch verwirrend.«

»Sehen Sie es einfach so: In meinem geistigen Wettstreit gegen den Rat der Egos kann nur die Person, die in der Zukunft triumphiert hat, die Botschaft in die Vergangenheit senden. Und ich habe gewonnen.«

»Wie haben gewonnen, weil Sie gewonnen haben. Das ist eine bedeutungslose Tautologie.«

»Unter normalen Umständen.«

»Und falls der Rat gewonnen hätte ...«

»Aber er hat nicht gewonnen«, sagte ich.

»Aber falls doch ...«

»Dann würden wir dieses Gespräch nicht führen«, sagte ich. »Tun wir aber. Mehr müssen Sie nicht wissen.«

»Also wussten Sie die ganze Zeit über, was passierte?«, fragte Zala.

»Die Art des Plans brachte mit sich, dass ich nicht ganz sicher sein konnte, dass mein zukünftiges Ich die Botschaft gesendet hatte. Es war nicht unvorstellbar, dass all meine sorgfältigen Verschleierungen die kalkulierten Machenschaften eines anderen waren. Das ist die Natur der Raumzeit. Man weiß nicht, was die Zukunft bringt, bis man selbst dort ist.«

»Aber in Paris haben Sie so verzweifelt gewirkt.«

»Ich *war* auch verzweifelt. Es war nötig, den Plan so zu entwickeln, dass sogar ich daran zweifeln würde. Wenn ich mich selbst täuschen konnte, dann standen meine Chancen, den Rat zu täuschen, umso besser. Jetzt, wo wir hier sind, wird mir natürlich klar, dass meine Zweifel eine Manipulation meines eigenen Genies waren. Und ich finde den Widerspruch sehr befriedigend.«

Sie seufzte. »Ja. Sie sind genial. Ich kann es nicht einmal mehr abstreiten.«

»Merkwürdig – das ist noch befriedigender.«

»Auch wenn ich nicht recht weiß, wie wohl ich mich mit dem Paradoxon fühle, dass Sie in der Zukunft ein Komplott erfinden, nachdem Sie gesehen haben, wie es in der Vergangenheit geschehen ist. Ich glaube, damit verletzen Sie irgendein Gesetz der Physik.«

»Thermodynamik«, sagte ich.

»Ja. Genau.«

»Es besteht eine geringe Möglichkeit, dass die Verwendung des Antizeit-Radios einen drohenden totalen Quantumkollaps hätte auslösen können. Meine Daten sind nicht beweiskräftig. Sie werden sich wahrscheinlich selbst korrigieren.«

»Und wenn nicht, dann wird das Universum explodieren, nehme ich an«, sagte sie.

»Ich behalte es im Auge.«

»Da bin ich mir sicher.« Zala lachte. »Sie hätten mir irgendwann zwischendurch sagen können, dass Sie hinter allem steckten.«

»Ich habe Ihnen gesagt, dass ich eine Ahnung hatte, wer der Insider war. Ich habe Ihnen nur nicht gesagt, dass es höchstwahrscheinlich ich selbst bin.«

Zala blickte mich finster an. »Wäre vielleicht gut zu wissen gewesen.«

»Warum? Was wäre anders gewesen? Hätten Sie es gewusst, hätten Sie die Situation vielleicht nicht so ernst genommen, wie es nötig war. Und falls ich mich geirrt hätte, hätten Sie das einfach als Vorwand genommen, um mich lächerlich zu machen.«

»Aber Sie haben meinen Kampftrupp geopfert«, sagte sie.

Ich hob eine Hand. »Zunächst einmal habe ich Sie davor gewarnt, sie mitzunehmen. Zweitens habe ich sie beschützt, so gut ich konnte, obwohl Sie darauf bestanden haben, sie mitzunehmen.«

Sie seufzte. »Ja, das haben Sie. Aber Sie haben auch zugelassen, dass ein Monster auf Atlantis randaliert. Und Ihretwegen wären wir mehrmals fast getötet worden. Sie haben zugelassen, dass sie mein Gehirn entfernen.«

»Ja, und das habe ich korrigiert.«

Sie hob die Hände. »Fangen wir bitte nicht wieder diese Diskussion an. Eine letzte Frage. Wie haben Sie mich in das alles hineingezogen? Wie hat der venusianische Geheimdienst diese Verschwörung aufgedeckt?«

»Ich habe keine Ahnung. Ich nehme an, manche Rätsel bleiben am besten ungelöst.«

»Es überrascht mich, Sie das sagen zu hören.«

»Ich habe wichtigere Sorgen. Zum Beispiel muss ich immer noch meinen Antizeit-Transmitter bauen und die Nachricht in die Vergangenheit senden. Oder ist das dann eine Wiederholungssendung? Egal. Danach überlege ich, wie ich das Große Gynäzeum retten kann. Dann muss ich den Wiederaufbau von Shambhala, Paris und Atlantis beaufsichtigen. Es muss noch einiges aufgeräumt werden. Und die Terraner werden mich auch eine Weile brauchen. Damit nicht alles im Chaos versinkt.«

»Sind Sie sich da wirklich sicher, Imperator?«, fragte Zala. »Mir scheint eher, dass Sie selbst die Gefahr für diese Welt sind. Ohne Sie wären die Saturner nicht einmarschiert. Und der Rat konnte nur wegen der Technologie, die er Ihnen gestohlen hatte, zu einer Bedrohung werden.

Was Terra betrifft, so scheinen sich Ihre Bemühungen vor allem darum zu drehen, Ihre eigene Unordnung aufzuräumen.«

»Nur vierundsiebzig Prozent der Zeit«, erwiderte ich. »Ich habe eine Analyse gemacht.«

»Statistisch gesehen scheint mir das ein Gegenbeweis zu sein.«

»Wäre es besser, den Planeten in die Luft fliegen zu lassen?«

Sie lachte. »Dagegen kann ich nichts sagen.«

Ich schloss die Bedien-Platte der Maschine. Wir verließen das Lager, ich schloss die Tür hinter uns und überließ den Rat der Egos seinem glückseligen Wahn. Einen kurzen Moment lang beneidete ich sie.

Wir gingen zu meiner Untertasse, die auf der Straße parkte. »Kann ich Sie irgendwohin mitnehmen?«

»Nein, danke. Ich habe meinen eigenen Transport nach Venus arrangiert.«

»Ganz egal, worin die Gefahrenquelle besteht, Zala, die Terraner sind noch nicht soweit, sich selbst zu verteidigen. Wenn das mein Chaos ist, das ich aufräumen muss, dann müssen Sie zumindest zugeben, dass ich der beste Neptuner für den Job bin.«

»Und dann ist da noch die Tatsache, dass dies der letzte Planet im System ist, der Sie nicht hinrichten will.«

»Das auch.«

»Aber für wie lange?«, fragte sie. »Wenn Sie die Wahrheit sagen und die Bewusstseinsveränderung wirklich rückgängig machen, die Sie ihnen zugefügt haben, werden sie dann nicht eines Tages aufwachen und merken, dass sie Sie eigentlich nur wegen etwas brauchten, das Sie selbst ihnen vorher überhaupt erst angetan hatten? Ich kann mir vorstellen, dass sie darüber aufgebracht sein werden.«

»Höchstwahrscheinlich«, stimmte ich zu.

»Was werden Sie dann tun?«

»Ich habe noch nicht groß darüber nachgedacht«, sagte ich. »Vielleicht werden bis dahin die anderen Zivilisationen des Systems meine Verbrechen vergessen haben.«

Sie grinste.

»Es ist denkbar«, sagte ich.

Ein Blitz aus dem Himmel zerschoss meine Untertasse in nichts als Schrott. Zala und ich standen gerade außerhalb der Reichweite des Schrottregens, der daraufhin niederging. Der Schatten eines venusianischen Transportschiffs fiel über uns. Es landete und wirbelte Staub und Wind auf, und nur Augenblicke, bevor es aufsetzte, gingen drei volle Kampftrupps von Bord, bis an die Schuppen bewaffnet, und schwärmten im Halbkreis aus. Sie richteten Omegalevel-Protonenkanonen auf mich. Ein Trio Kriegspanzer, jeder an sich schon ein Bataillon, bildete die Nachhut.

Zala lächelte leicht. »Venus vergisst niemals.«

Snarg ringelte sich schützend um mich.

»Die Mission ist vorbei. Ihr Leben ist nicht mehr in Gefahr. Langsam wird es Zeit, sich für Ihre Verbrechen zu verantworten.« Zala zog ihr Schwert. »Sie müssen das erwartet haben, Imperator.«

Ich gab Snarg das Kommando, sich zurückzuhalten.

Ich grinste. »Ja. Muss ich wohl.«

Mein Exo piepste.

»Selbstzerstörungsmechanismus?« Zala zog eine Augenbraue hoch.

»Könnte ich wirklich so einfallslos sein?«, erwiderte ich.

Das Piepsen wurde lauter, eindringlicher.

»Sie könnten bluffen«, sagte sie.

»Könnte ich«, stimmte ich ihr zu.

Das Piepsen wurde schrill. Snarg wurde munter und quiekte im Rhythmus mit. Einige der weniger disziplinierten Soldaten verzogen die Gesichter und hielten sich die Ohren zu.

»Rückzug!«, befahl Zala.

Ein Soldat protestierte, aber sie brachte ihn mit einem Blick zum Schweigen.

»Ich sagte, Rückzug!«

Die Soldaten salutierten und marschierten in ihr Schiff.

Zala steckte die Waffe weg und streichelte liebevoll über Snargs Fühler.

»Eines Tages, wenn Ihnen die Tricks und Verstecke ausgegangen sind, werden Sie sich für Ihre Verbrechen verantworten.« Sie steckte ihr Schwert weg. »Und an diesem Tag werde ich da sein.«

»Ich wäre enttäuscht, wenn es anders wäre.«

»Wir sehen uns, Imperator«, sagte sie, als sich die Luke schloss.

Das Schiff schoss davon und war in Sekunden verschwunden.

Snarg zirpte sehnsüchtig.

»Ich würde mir keine Sorgen machen. Sie kommt wieder.«

Ich drückte einen Knopf, und eine neue Untertasse landete neben der ruinierten.

»Was hältst du von einem Abendessen in Paris?«

Mein treuer Ultrafüßler kreischte. Sie liebte französisches Essen, und die Nährstoffpaste schmeckte in der Stadt der Lichter immer umso süßer.

SEI UNSER
HELD!
PIPER FANTASY
Gleich mitmachen und die magische
Welt der Piper Fantasy erleben! Neugierig?
Dann auf zu www.piper-fantasy.de!
Piper-Fantasy.de
PIPER